国家出版基金项目
NATIONAL PUBLICATION FOUNDATION

本卷主编◎郭　力

1945—1949年

东北解放区文学大系

散文卷①

总主编◎丛　坤

黑龙江大学出版社
哈尔滨

图书在版编目（CIP）数据

1945—1949 年东北解放区文学大系．散文卷 / 丛坤
总主编 ; 郭力分册主编． -- 哈尔滨 : 黑龙江大学出版
社，2021.10
ISBN 978-7-5686-0467-3

Ⅰ．① 1… Ⅱ．①丛… ②郭… Ⅲ．①解放区文学—作
品综合集—东北地区— 1945-1949 ②散文集—中国—
1945-1949 Ⅳ．① I218.3

中国版本图书馆 CIP 数据核字（2021）第 099994 号

1945—1949 年东北解放区文学大系　散文卷
1945—1949 NIAN DONGBEI JIEFANGQU WENXUE DAXI SANWENJUAN
郭　力　主编

责任编辑	魏翕然　魏　玲　刘　岩　宋丽丽　范丽丽　高楠楠　张永生
出版发行	黑龙江大学出版社
地　　址	哈尔滨市南岗区学府三道街 36 号
印　　刷	哈尔滨市石桥印务有限公司
开　　本	720 毫米 ×1000 毫米　1/16
印　　张	151.25
字　　数	1694 千
版　　次	2021 年 10 月第 1 版
印　　次	2021 年 10 月第 1 次印刷
书　　号	ISBN 978-7-5686-0467-3
定　　价	488.00 元（全五册）

本书如有印装错误请与本社联系更换。

《1945—1949 年东北解放区文学大系》

学术顾问（按姓名笔画排序）

冯毓云　　刘中树　　张中良　　张毓茂

编委会（按姓名笔画排序）

主任： 于文秀

成员：　叶　红　　丛　坤　　刘冬梅　　那晓波

孙建伟　　李　雪　　杨春风　　宋喜坤

张　磊　　陈才训　　金　钢　　赵儒军

侯　敏　　郭　力　　戚增媚　　彭小川

蓝　天

出版说明

　　1945 年到 1949 年的东北解放区，社会风云变幻，文学繁荣发展。当时的文学创作者们以激昂向上的笔触，再现了波澜壮阔的解放战争和轰轰烈烈的土地改革，讴歌了人民军队可歌可泣的英雄事迹，描绘了劳动人民翻身后的喜悦心情，书写了时代的大主题。为了再现这段文学风貌，我们编辑出版了《1945—1949 年东北解放区文学大系》。

　　这套丛书大体以体裁分编，计小说卷（长篇、中篇、短篇）、散文卷、戏剧卷、诗歌卷、翻译文学卷、评论卷及史料卷七种，所收录作品以新文学为主。此阶段作品浩如烟海，而部分文字资料因时间久远或受当时技术所限出现严重缺损，考虑到丛书篇幅有限，故仅收入代表性较强的作品。对于因原始资料不全、不清晰而无法完整呈现，或受条件所限未收集到权威版本的篇目，则整理为存目，列于丛书卷末，以备读者参考。

　　丛书编辑过程中，多数篇目由原始版本辑录，首次收入文集，也有些篇目参照了此前出版的多种文集。原始文献若有个别字迹不清确不可考的，丛书中以□代替。

　　丛书收录作品以 1945 年 8 月至 1949 年 10 月为时间节点，个别作品的完成时间略有延伸。大部分作品结尾标注了写作时间，以及初次发表或结集出版的版本信息。作品编排大体以作者姓名笔画为序（特殊情况除外，如集体创作作品列于卷末）。

就筛选标准而言，所收主要为东北作家创作的主题作品，也有非东北籍作家创作的有关东北解放区的作品。除此之外，还有此时期公开发表的反映抗日战争题材的作品，以及在东北出版的反映其他解放区的、革命主题特色鲜明的作品。需要指出的是，在本丛书的史料卷中，还有一部分作品创作于新中国成立之后，但反映了解放战争时期东北解放区的文学发展面貌，或记述了一些典型事件、代表性人物，亦具珍贵的史料价值，为完整呈现当时的文学风貌，这部分作品亦收入丛书，以"节选"的方式呈现。

需要特别说明的是，此时期的个别作家受时代限制，思想表现出了一定的历史局限性，体现在文学创作方面可能表现为不同程度的瑕疵，这一群体的作品，只要总体导向是正面的、积极的，从保证史料全面性、完整性的角度考虑，我们也将其予以收录。个别作家在解放战争时期是积极追求进步的，但随着社会环境的变化，却出现思想动摇甚至走向错误道路，对于其作品，本丛书只选取其有代表性的、取向积极的篇目，对于其他时期该作家的不当言论、思想，我们不予认同。此外，在当时复杂的政治环境下，还有一些作品中的个别表述可能存在一些偏差，但只要其主题思想是积极进步的，则丛书亦予以收录。

丛书旨在突出东北解放区文学原貌，侧重文献整理，故此在编辑过程中，重点对作品中会影响读者理解的明显讹误进行了订正，对于字词、标点符号以及句法等，尊重原文的使用习惯，不予调改，以突出其史料价值。此外，由于此时期文学作品肩负宣传进步思想的重任,而读者对象大多文化程度较低,创作者亦水平不一,因此创作主旨以通俗易懂为要,一些篇目语言风格通俗、浅白,甚至个别篇目、细节存在一些俚语表达,为遵从原貌,丛书仅对不雅字、词、句加以处理,其余不予调改。本书选文除作者原注外,亦保留原文在初次出版时的编者注,供读者参考。

《1945—1949 年东北解放区文学大系》

散 文 卷 ①

总　序

张福贵

从古至今,东北在中国历史与文化进程中,特别是近代以来都是决定中国社会政治发展走向的重要因素。当然,这种作用不单纯是东北自生的,更是多种因素叠加和交汇的结果。东北文化既是文化空间概念,同时更是历史时间概念,是不同空间、区域的多种历史文化的积累,是一种时空统一的文化复合体。值得注意的是,除了抗战时期的特殊因缘使"东北作家群"名噪一时外,作为东北历史文化和现实社会表征的东北文学特别是东北解放区文学,在相当长的时间里却未得到应有的关注。黑龙江大学出版社在对过去为数不多的东北文学史料进行整理的基础上出版的东北文艺史料集成——《1945—1949年东北解放区文学大系》,因而可以说是特别值得关注的。

《1945—1949年东北解放区文学大系》内容丰富,除了包括小说卷、诗歌卷、散文卷、戏剧卷之外,还包括评论卷、史料卷和翻译文学卷。这是一个前所未有的大工程,也是一件大善事。正如"总导言"中所说的那样,丛书注重发掘新资料,通过回归文学现场,复现了东北解放区文学的整体面貌。东北解放区文学处于东北现代文学快速繁荣发展的历史时期,在土改文学、工业文学、战争文学等方面代表了 20 世纪 40 年代解放区文学的成就,是对《在延安文艺座谈会上的讲话》所确立的文艺观念的全面实践。对东北解放区文学的系统研究有利于更全面地总结解放区文学的成就,有利于把握延安文艺传统与东北解放区文学的内在联系,以及解放区文学对新中国文学制度、观念、创作等方面的影响。以"历史视角""时代视角"对东北解放区文学,尤其是解放战争时期的土改题材、工业题材的小说和戏剧进行分析,可以勾勒出政治意识形态对东北解放区文学运动、文学社团、文学形态、文学制度、文学风格、文学论争等产生的影响,有利于把握东北解放区文学的历史价值、认识价值、审美价值与当代意义,同时对于挖掘东北地区的文化历史和建设东北文化亦具有现实意义。东北解放区文学是基于延安文艺传统而创作的,对东北解放区文艺运动、文艺理论的全面审视具有重要的历史价值和理论意义。此外,对东北解放区文学进行深入研究,探寻人民文艺理论的历史源头,对于当代文艺创作、审美观念的引导亦具有一定的启示作用。但是,受地域因素、资料整理程度、研究者文化背景等条件的制约,东北解放区文学在中国当代文学史上的特殊地位与价值一直以来并未引起研究者的足够重视。

东北解放区文学无论是在中国大文学史中还是在东北文学和文化发展的历史中,都是具有特殊意义的存在。

虽然现代东北文学在新文学运动初期晚于也弱于关内文学的发展,但是 1931 年九一八事变发生,新起的东北文学及东北作家被国难推到了文坛中心,萧红、萧军等青年作家更是直接受到鲁迅的关注和扶持,迅速成为前沿作家。这一批流落到上海等都市的青年作家由此被称为"东北作家群",他们奠定了东北文学在中国大文学史上的特殊地位。然而，正像全面抗战进入相持阶段之后，中国文坛也变得相对平静、舒缓一样，除了萧红、萧军等人外，东北文学和东北作家也逐渐失去了文坛的关注。应当承认，一些东北作家的文学成就和文坛名声之间并不完全相符，是时代造就了他们，提高了他们的文学史地位。然而，另一方面，我们对其中有些作家及作品的价值却又是认识不足的。对此，我自己也有一个认识转化的过程：过去单纯依据多数东北作家的创作进行判断，感觉某些艺术价值之外的因素在评价中发生了作用，其地位可能有些"虚高"；但是，对于 20 世纪的中国文学史来说，艺术之外的价值判断就是艺术判断本身，或者说，社会判断、政治判断就是中国文学史评价的根本性尺度。因为在中国作家或者说在知识分子的群体意识之中，政治的责任感和社会的使命感几乎是与生俱来的，而中国 20 世纪风云激荡的社会现实又为这种责任感和使命感提供了最好的生长环境。"悲愤出诗人"，"文章憎命达"，文学创作是与政治、思想、伦理等融为一体的，脱离了这一切，文艺也就失去了时代与大众。所以说，无论是具体的作品分析，还是文学史研究，没有了这些"外在因素"，也就偏离了其本质。"东北作家群"是时代的产物，也是时代文艺的产物，20 世纪中国文学史中应该有他们浓墨重彩的一笔。作为后人，对历史做出评价往往是轻而易举的，但是这"轻而易举"往往会导致曲解甚至歪曲了历史，委屈了历史人物。"东北作家群"的价值和意义不是单一的，因为对中国现代文学史的评价从来就不是一种艺术史、学术史的评价，而是一种思想史和政治史的评价。正如鲁迅当年为萧军的成名作《八月的乡村》所作的序中所写的那样，"这《八月的乡村》，即是很好的一部，虽然有些近乎短篇的连续，结构和描写人物的手段，也不能比法捷耶夫的《毁灭》，然而严肃,紧张,作者的心血和失去的天空,土地,受难的人民,以至失去的茂草,高粱,蝈蝈,蚊子,搅成一团,鲜红地在读者眼前展开,显示着中国的一份和全部,现在和未来,死路与活路。凡有人心的读者,是看得完的,而且有所得的"。《八月的乡村》不仅是中国现代第一部抗日题材的长篇小说,也是世界反法西斯战争题材的第一部长篇小说,其意义和价值是特殊的、特有的,不可单单以艺术审美的标准来看待这部作品。"东北作家群"的存在及其创作的意义,不只是为20世纪30年代的中国文坛增添了特有的地域文化内容和东北文学特有的审美风格,更在于最早向全国和世界传达出中华民族抗敌御辱的英勇壮举,最早发出反法西斯的声音。此外,在抗战大历史观视域下,"东北作家群"的创作为十四年抗战史提供了真实的证据。特别是东北解放区的早期文学直书十四年历史的特殊性,这是十分可贵的和独特的。于毅夫的散文《青年们补上十四年这一课》,深刻而沉重地描写了十四年殖民统治下东北人的精神状态和文化演变:

这许多现象,说明了东北在十四年殖民统治的过程中,文化生活上是起了很大的变化。翻开伪满的《满语国民读本》一看,真是"协和语"连篇,如亚细亚竟写成アジヤ,俄罗斯竟写成ロシヤ,有的人一直到现在还把多少元写成多少円,这都是伪满"协和语"的残余,说明殖民统治残余的文化还在活着,还没有死去,这在今天不能不说是一件遗憾的事!仔细想来,这也难怪,因为日本的魔手,掌握了东北十四年,今天一旦解放,希望不着一点痕迹,这是完全做不到的,要从历史上来看,它切断了东北历史十四年,这十四年的历史是很黯淡地被抹掉了,十四年来也的确是一个大变化,在这期间多少国家兴起了,多少国家衰落了,多少血泪的斗争、多少波浪的起伏,都被日本鬼子的魔手所遮断!我回到家乡接触到成千成百的青年,几乎都不大明了这十四年来的历史真相,有的连中国内部有多少省都不知道,连云南、贵州在哪里都不晓得。

难能可贵的是,作者较早地认识到在经历了十四年的奴化教育之后,对东北人民进行民族和民主意识的启蒙是至关重要的。"不过历史是不能停滞的,殖民统治残余的文化必须要肃清,法西斯毒化思想也必须要肃清,既然是日本鬼子切断了东北历史十四年,既然法西斯分子要篡改这一段历史,那我们就应该设法补足这十四年的历史!""要做到这点,我想青年们今天的迫切要求,不是如何加紧去学习英文、代数、几何、物理、化学,读死书本事,争分数之短长,准备到社会上去找一个饭碗,而是如何加紧去学习新文化,如何加紧学习社会科学,如何去改造自己的思想,如何进一步地去改造这遭受法西斯思想威胁的半封建的半殖民地的社会!""因此我向青年们提议要加强你们对于新文化的学习,加强对于社会科学的学习,特别是政治的学习,不要把自己圈在课堂里,圈在死书本子上。""新青年要掌握着新文化,新思想,才能创造起新中国新东北!"(《东北日报》1946 年 10 月 13 日)

在一批最前沿的左翼作家流亡关内之后,东北文学经过了一段艰难而相对平静的发展阶段。在表面繁华而内在凶险的沦陷区文艺界,中国作家用各种文艺手段或明或暗地与侵略者进行抗争,并为此付出了血的代价。这种状况直到 1945 年光复之后才发生根本性转变,东北文艺创作者们一方面回顾过去的苦难,另一方面表现出对新生活的憧憬,这正是后来东北解放区文艺的心理基础,而日渐激烈的解放战争又为东北文艺的走向和解放区文艺的诞生提供了具体的现实基础。这与以萧军、罗烽、舒群、白朗、塞克、金人等人为代表的东北籍作家的返乡,以及在东北沦陷区留守的左翼作家关沫南、陈隄、山丁、李季风、王光逖等人的坚持,是分不开的。当然,随我党十几万军政人员一同出关的延安等地的众多文艺家,在东北文艺的创设中更是起到了引领和带头作用。这其中已经成名的有刘白羽、周立波、丁玲、草明、严文井、张庚、吴伯箫、华山、陆地、公木、方青、任钧、雷加、马加、陈学昭、西虹、颜一烟、林蓝、柳青、师田手、李克昇、蔡天心等。

东北解放区文艺的创作直接继承了延安文艺特别是毛泽东《在延安文艺座谈会上的讲话》精神。在党的直接领导下,东北解放区先后创办了《东北日报》《中苏日报》《东北民报》《关东日报》《辽南日报》《西满日报》《大连日报》《松江日报》《合江日报》《吉林日报》《胜利报》等,这些报纸多为党的机关报,其文艺副刊发表了大量的文艺作品、理论文章及文艺动态。这些报纸副刊对于东北解放区文学的引导与建构起到了重要的作用。与此同时,《东北文学》《东北文化》《东北文艺》《文学战线》《人民戏剧》《白山》《戏剧与音乐》等文学杂志,以及东北书店、大众书店、光华书店等出版机构相继创办,这些文艺刊物和书店对解放区文艺的发展也起到了很大的推动作用。

革命的逻辑和阶级的理论是东北解放区文艺创作的普遍主题。这是一种革命的启蒙,与左翼文艺一脉相承,只不过东北的社会现实为这种主题提供了更为广泛而坚实的生活基础。抗战胜利后,为了开辟和巩固东北解放区，使之成为解放全中国的军事和经济基地，我党进军东北，抢占了战略制高点。可是，在东北，人民军队所处的环境与山东等老解放区完全不同，殖民统治因素加之国民党的宣传，使得我们的政治优势在最初未能完全发挥出来。正如李衍白在散文《黎明升起——巨大变化的东北一年间》中所写的那样："群众在犹豫中，岁月在艰苦里，这就是我们在东北土地上刚刚开始播种，还没有发芽开花时的现实遭遇。"随着革命形势的发展，革命军队传统的政治思想工作优势又体现了出来。我党在部队中开展了以"谁养活了谁"为主题的"诉苦运动"，这颠覆了中国东北乡村社会的封建伦理，提高了官兵的阶级觉悟，极大地增强了部队的战斗力。

这种革命的逻辑在土改题材的作品中表现得最为突出。方青的短篇小说《擦黑》讲述了这个朴素的道理：

"……像赵三爷那号人，把咱穷人的血喝干了，咱们才不得不去找口水喝饮饮嗓；他们喝干了咱们的血没有一点过，咱们找口水喝饮饮嗓子就犯了罪？旧社会就是这么不公平！他们还满口的仁义道德，呸！雇一个扛活的，一年就剥削好几十石粮食，还总是有理！穷人的孩子偷他个瓜吃，就叫犯罪，绑起来揍半天，这叫什么他妈的道德？咱们要讲新道德，咱们贫雇农的道德；就是用新道德来看咱们贫雇农；像上边说的那些犯了点毛病的，都不要紧，脸上有点黑，一擦就干净了，只要坦白出来，都是穷哥儿们好兄弟。一句话：只要是姓穷的就有理，穷就是理！金牌子上的灰一擦净，还是金牌子。家务事怎么都

好办!"李政委讲的话刚一落音,大伙高兴地乱吵吵起来：
"都亲哥儿兄弟么!"

除此之外,还有在"你给地主害死爹,我给地主害死娘……"的事实教育下,认识到了彼此都是阶级弟兄,大家都是穷苦人的"无敌三勇士",他们从此"火线上生死抱团结"。(刘白羽《无敌三勇士》)

土地改革是东北解放区文艺最引人关注的问题。东北解放区文学作品中有许多极具写实性的"穷人翻身"故事,如周立波的《暴风骤雨》、马加的《江山村十日》、白朗的《孙宾和群力屯》、井岩盾的《瞎月工伸冤记》、李尔重的《第七班》、西虹的《英雄的父亲》等文艺经典作品。

方青的《土地还家》描述的就是这一历史巨变给贫苦农民带来的心理和生活的变化：

二十年了,郭长发又重新用自己的手来耕作自己的土地了。这是老人留下的命根,叫它长出粮食来养活后代的儿孙;可是二十年的光景,它被野狼吞了去,自己没有吃过它一颗粮食——他想到是旧社会把他的地抢走了。

现在呢?他又踏在这块地上铲草了。他感到自己已经离开家二十年,如今又回到母亲的怀里,亲切地叫着："娘!我回来了。"——于是他又感到是:这是新社会把我的地要回来的。他这样想着,不由得拉长了声音跟儿子说：

"柱儿！想不到啊,盼了二十年,那时候你才三岁。多亏共产党……记住！可别忘了本啊！"

他直起腰来,两手拉着锄把,又沉重地重复着这句话：

"柱儿！记住,可别忘了本啊！"

佚名的《永北前线担架队速写》则写了老乡们在一天的时间里就组织起了八百余人的担架大队,作者经过和担架队员们的交谈,感受到了新解放区人民的觉悟。大队长问担架队员们:"你们这次出来抬担架,怕不怕?"大伙回答:"不怕!"大队长又问:"为什么不怕?"大伙答:"不怕,这是为了自己。"担架队员们相信唯有民主联军存在,他们才能活着。他们说:"胜利是我们的,土地才是我们的。""赶走国民党反动派,保卫我们的土地和民主。"这与《白毛女》"旧社会使人变成鬼,新社会使鬼变成人"和《王贵与李香香》"要是不革命,穷人翻不了身,要是不革命,咱俩结不了婚"的主题是一样的。淮海战役的胜利是山东人民用手推车推出来的,而东北解放区的建立和辽沈战役的胜利又何尝不是如此！

战争书写是东北解放区文艺中最主要的内容,革命理想主义、革命集体主义和革命英雄主义精神,是东北文艺的思想主题,也是东北文艺的审美风尚。这种简单明了的思想、昂扬向上的精神本身就具有一种审美特质,它奠定了新中国文艺的审美基调。就东北解放区文艺而言,无论是描写抗日战争还是描写解放战争的作品,都普遍具有鲜明而朴素的阶级意识、粗犷而豪迈的革命情怀。

蔡天心的诗歌《仇恨的火焰》,描写了在觉醒的阶级意识支配下东北民主联军官兵的战斗情怀：

仇恨燃烧着，

像火一样烧灼着广阔的土地。

听啊——

大凌河在狂呼，

辽河在咆哮，

松花江在怒吼，

在许多城市和乡村里，

哪儿出现反动派的鬼影，

哪儿就堆成愤怒的山，

哪儿有敌人的迹蹄，

哪儿就燃起仇恨的火焰……

……

我们要

用剪刀剪断敌人的咽喉，

用斧头砍下他们的头颅，

用长矛刺穿他们的胸脯，

用棍棒打折他们的脚胫，

用地雷炸弹毁灭他们，

用从他们手里夺过来的武器，

打垮他们，

然后用铁镐把他们埋掉！

我们要用生命，用鲜血，

保卫这自由解放的土地，

不让反动派停留!

"赶走敌人啊,

赶快消灭它!"

让这充满着力量和胜利的声音,

随同捷报传播开去,

让千百万颗愤怒的心,

燃起

仇恨的火焰!

　　这种激情在东北解放区的散文、报告文学和战地通讯中表现得最为明显,如丁洪的《九勇士追缴榴弹炮》、马寒冰的《雪山和冰桥》、王向立的《插进敌人的心腹》、王焰的《钢铁英雄王德新》等。这些作品内容真实,情感深沉厚重,延续了抗战时期散文书写浪漫主义与现实主义相结合的审美特征。这些既有写实性又有抒情性的东北解放区散文作品在战争中凝聚人心,彰显力量,具有极大的宣传、鼓舞作用。

　　最为难得的是,面对东北发达的近代工业景观,作家们更多地描写了工人们的斗争和生活,这些作品成为东北文艺中最为独特而珍贵的展示,而且直接影响了新中国工业题材文学的创作。战争期间,沈阳、长春、大连等地的工业设施惨遭破坏。光复之后,为了保护工厂和恢复生产,工人们表现出了忘我的精神和高超的技术。这使得从未见过现代工业景象的文艺家们感动和激动,他们纷纷用笔来描写现代工业生产和城市新生活,从而给中国现代文学带来了前所未有的新气象。大连大众书店于 1948 年 8 月出版的

《"工农园地"选集》，就收录了城市工人拥护并融入新生活的历史片段，如袁玉湖《锉股的"火车头"》，郓景明、孙聚先《熔化炉的话》等。此外还有李衍白《工人的旗帜赵占魁》，草明《工人艺术里的爱和恨》，张望《老工友许万明》等。李衍白在散文《黎明升起——巨大变化的东北一年间》中，描写了东北现代工业的风貌和工人们的热情：

> 今日的城市也正在改变着一年以前的面貌，先看一看今天的哈尔滨，代表它新气象的是全部工业齿轮的旋转，是市中心区黑夜中的灯光如昼，是穿插在四条线路的廿五台电车和六条线路上卅台公共汽车，是一万五千吨自来水不停地输送给工厂、商店和住宅。这些数目字不仅超过了去年今日（蒋记大员们劫掠后所造成的混乱情况），而且有些超过了伪满。在紧张的战争中加速地恢复这些企业，同样不是依靠别的，而仅仅是由于工人的觉悟。你想一想，一个工人为了修理一个发电的锅炉，但又不能停止送电，于是就奋不顾身钻进可以熔化生铁、数百度的锅炉高热中，他穿着棉衣，外面的人用水龙朝他身上喷冷水，就这样工作一会熬不住了跑出来，再钻进去，来回好多次，最后，完成了任务。我们有好多这种感人的事例。

我们在这些描写工友的散文里，看到了解放区新生活带给城市工人的希望。他们积极上工，传授技术，加班加点，争着当劳动英雄。这在中国同时期其他地域的文学作品中是极少见的。

质朴单一的写实手法是东北文艺的普遍表现方式,这种质朴不单是一种审美风格,更是一种直面大众的话语策略。这一传统与近代"政治小说"、五四新文学、左翼文学和抗战文艺等都是一脉相承的。文艺作为一种宣传和斗争的工具,自然要承担起团结和争取最广大人民群众的历史任务。因此,质朴单一的写实手法、通俗易懂甚至有些粗俗的语言风格,成为东北解放区文艺的普遍表现形式。

鲁柏的诗歌《夸地照》用简朴的形式表达了翻身农民淳朴的感情:

> 一张地照领回家,
> 全家老少笑哈哈;
> 团团围住抢着看,
> 你一言我一语来把地照夸:

> 长方形,四个角,
> 宽有八寸长两拃;
> 雪白的纸上写黑字,
> 红穗绿叶把边插。

> 上边印着毛主席像,
> 四季农忙下边画;
> 地照本是政委会发,
> 鲜红的官印左边"卡"。

> 里面写着名和姓,

地亩多少填分明，

拿到地照心托底，

努力生产多收成。

这首诗歌不仅使用了农民的口语，而且用东北农村方言来直观地描摹地照的具体形状和细节，表达了翻身农民朴素的情感。这种描写和表现方式与中国古代民歌传统有直接的联系。

井岩盾的小说《瞎月工伸冤记》以一个雇农自述的方式讲述自己的悲苦经历和内心感受。当工作队员问他是否受地主老赵家的气，他说："大伙吃他的肉也不解渴啊，都叫他给熊苦啦。"于是在工作队的启发和支持下，他"找大伙宣传去了"："张大哥，李大兄弟啊，咱们都是祖祖辈辈受人欺负的人呀！这回来了八路军啦，八路军给咱们穷人做主呀！有话只管说呀！有八路军，咱们啥都不用怕呀！"这是东北解放区贫苦农民普遍具有的经历和感受，而这种质朴无华的语言也是地道的东北农民的日常语言，具有天然的亲和力。

邓家华的小说《打死我也不写信》从情节到语言都相当质朴，甚至有些幼稚，但是那种情感是真挚的。"我"被敌人抓去，遭到严酷的鞭打，"当时我痛得忍不住，皮肤里渗透出一条一条青的红的紫的血痕，可是打死我也不写信的，他们看到我昏过去了，也就走了。等我清醒过来时，浑身疼痛，我拼死命地弄坏了门逃了出来，可是不巧得很，又碰到了伪军，又把我抓起来了，他们还是逼迫我写信，我坚决地说：'死了心吧！就是死了，我父亲会帮我报仇的。'救星来了，在繁星的晚上，忽然西面枪声不停地响着，新四军老部队来攻击了，伪军们都吓得屁滚尿流地逃走了，啊！新四军救出我了，我很快地到了家里，见了爸爸妈妈，心里真是高兴得流泪了"。

　　李纳的散文《深得民心》记叙了长春一个米面商人对民主联军和共产党的淳朴情感："他已经将红旗展开，举到我的眼前，我看到七个大字：'中国共产党万岁！'""'中国共产党万岁！'他重复着这七个字，从眼镜里透露出兴奋的眼睛。这脸，比先前更可爱更慈祥了：'我喜欢这七个字，所以我选择了它。'""大会开始了，人们都向着会场移动，老先生也站起来要走，临走时他问我在什么地方工作，我告诉了他，他高兴地说：'好，都是民主联军。深得民心，深得民心。'"抛开其内容不论，作品文字风格的朴素也显露出解放区文艺在艺术层面幼稚和不甚精致的弱点，而这弱点又可能是许多新生艺术的共有问题。也许，正因为幼稚，它才有更广阔的发展空间。

　　形式的多样性特别是短小化是东北解放区文艺创作的普遍特点，短篇小说、墙头诗、快板诗、散文、战地通讯、说唱文学等成为最常见的艺术形式。战争的环境、急剧变化的生活和读者的接受水平与习惯等，决定了人们需要并且适应这种短平快的表达方式，而这也是延安文艺和抗战文艺形式的延续。天意的《县长也要路条》描写了两个一丝不苟的儿童团员在放哨时不放过民主政府的县长，硬是把他和警卫员带到乡长那里查证的故事。其篇幅短小，不到400字，但是内容蕴意深刻，语言风趣自然，简直就是一篇微型小说。

　　小区区的短诗《一心一意要当兵》，将人物的关系、思想、表情和语言都生动形象地表现出来，极具说服力和感染力：

　　　葫芦屯有个小莲青，

一心一意要当兵——

他爹说：

"你去吧。"

他娘说：

"你等一等！……"

他老婆说：

"哪能行?！……"

忸忸怩怩来扯腿；

哭哭啼啼不放松：

"你去当兵啥时还？

为老为少撇家中！"

小莲青，

脸一红：

"小青他娘，

你醒醒：

八路同志千千万，

哪个不是老百姓?！

我去当兵打蒋贼，

咱们才能享太平。"

当然,东北解放区文艺中也有许多保留了浓郁的文人气息的作品,这些作品与五四新文学的"纯文艺"审美风格有明显的承续性。例如大宇的诗歌《琴音》：

一个琴师

把琴音遗失在幽谷里

滑落在幽谷的谷缝里了

琴音栽培了心原上的一棵草儿

琴音赞咏了艺术的生命

一支灿烂的强烈的光焰

我就永住在这琴音里了

就仿佛身陷于一片梦的缘边

仿佛浴着一片无际的云海

无垠的生旅无限的生涯

何处呀

我摸索到何处呀

琴音丢在幽谷里

滑落在幽谷的谷缝里了

十分明显,这不是东北解放区文艺创作的主流。

《1945—1949年东北解放区文学大系》的编者耗费了大量精力来做这样一项浩大的地域性文学工程,这不只是对东北文艺的巨大贡献,更是对新中国文艺的巨大贡献。在此之后,东北文艺研究将迈上一个新台阶。

总导言

丛　坤

从 1945 年抗战胜利到 1949 年新中国成立这个时期,对于东北而言是极为特殊的。抗战胜利后,中共中央发布了《建立巩固的东北根据地》的指示,迅速成立了以彭真为书记的东北局,抽调了四分之一的中央委员、两万名党政干部、十三万主力部队赶赴东北,与国民党反动派展开激烈的斗争。在广大人民群众的支持下,中国共产党及其领导的军队从最初的战略防御转为战略反攻。1948 年 11 月,辽沈战役胜利,全东北获得解放。在解放战争时期,在中国共产党的领导下,东北人民反奸除霸,建立民主政府,消灭土匪,进行土地改革,在政治上、经济上翻身做了主人。东北的政治、经济、文化、教育等各个领域都发生了翻天覆地的变化,尤其是在文学创作方面,东北地区取得了不可低估的成就,文学创作出现了前所未有的发展和繁荣的局面。

"东北作家群"的回归、党中央选派的文化宣传干部的到来、文学新人的成长使得解放战争时期东北地区的创作队伍不断壮大。在东北沦陷后从东北去往关内的进步作家中,除萧红病逝于香港、姜椿芳在上海从事党的地下工作外,塞克(即陈凝秋)、舒群、萧军、罗烽、白朗、金人等都积极响应党的号召,陆续返回东北。1945年9月至11月,党中央从陕甘宁边区和各个解放区抽调一大批优秀的文化工作者到东北解放区。据不完全统计,这一时期来到东北解放区的文化工作者有刘白羽、陈沂、周立波、草明、严文井、张庚、吴伯箫、华山、西虹、陆地、李之华、胡零、颜一烟、公木、林蓝、江帆、李纳、魏东明、夏葵、常工、方青、任钧、李则蓝、煌颖、侯唯动、李熏风、雷加、马加、袁犀、蔡天心、鲁琪、李北开等。① 中共中央东北局宣传部与东北文艺协会在"土地还家"口号的基础上,提出了"文艺还家"的口号,号召广大文艺工作者在与农民同吃、同住、同劳动的同时,领导农民群众参加土地改革运动,帮助农民成立夜校、学习文化、办黑板报、成立文艺宣传队,提高他们的写作能力与文艺欣赏能力,在农民、工人等基层劳动者中培养了一大批"文学新人"。创作队伍的空前壮大为东北解放区文学的繁荣奠定了坚实的基础。

东北解放区文学的繁荣也与当时出版事业的空前繁荣密不可分。东北局宣传部将建立思想宣传阵地(即报刊、出版机构)、改造思想、建构意识形态话语权确定为首要任务。进入东北不久,东北局于1945年11月在沈阳创办了机关报《东北日报》(1946年5月28日由沈阳迁至哈尔滨,1948年12月12日搬回沈阳)。该报面向东北全境的党政军发行,是东北解放区发行量最大的报纸。之后,东北解放区创办、发行的报纸近百种。据《黑龙江省志·报

---

① 彭放:《黑龙江文学通史(第二卷)》,北方文艺出版社2002年版,第354页。

业志》的统计,当时黑龙江地区(5 省 1 市)的每个省市不仅有党政机关报,而且有人民团体和大行业的专业报纸,有些县也出版油印小报。仅哈尔滨出版的大报就有《哈尔滨日报》《哈尔滨公报》《哈尔滨工商日报》《大众白话报》《午报》《自卫报》《北光日报》《新民日报》《民主新报》《学生导报》《文化报》等。这一时期的报纸,无论设没设副刊,都或多或少地发表过文学作品。

东北局还出资创办了东北书店、光华书店、大连大众书店、辽东建国书店、兆麟书店、吉东书店、辽西书店等众多的图书出版机构。其中,东北书店是东北解放区规模最大、贡献最大的书店,在东北全境建有 201 个分店,发行网点遍布东北全境。除出版、发行图书外,东北书店还创办了《知识》《东北文学》《东北画报》《东北教育》等期刊。这些出版机构大量出版政治读物、教材和文学书籍,促进了东北解放区出版业的发展。仅以东北书店为例,从1946 年到 1948 年,东北书店总共出版图书杂志 760 种、各类图书1 520 余万册。① 东北解放区纸张和印刷质量上乘的大量出版物不仅发行于东北各地,还随着东北野战军入关和南下,成为陆续解放的北平、天津、武汉等地人民群众急需的读物。历史上一向"文风不盛"的东北第一次有大量的出版物输送到关内文化发达之地,这成为一时之盛事。

此外,东北解放区先后创办的文学类期刊的数量是惊人的。如 1945 年至 1947 年创办的文学期刊有《热风》(半月刊)、《文学》(月刊)、《文艺》(周刊)、《文艺工作》(旬刊)、《文艺导报》(月

---

① 逄增玉:《东北解放区文学制度生成及其对当代文学制度的预制》,载《文学评论》2017 年第 4 期。

刊)、《东北文艺》(月刊)。1947年以后创刊的大型专业期刊有《部队文艺》、《文学战线》(周立波主编)、《人民戏剧》(张庚、塞克主编),综合性期刊有《东北文化》(吴伯箫主编)、《知识》(舒群主编)等。其中,《东北文化》与《东北文艺》的影响最为突出。《东北文化》的主要任务是协同东北文化界,从政治上、思想上启发广大的东北青年和文化工作者,提高他们的自觉性,激发他们的革命热情、积极性和创造性,使他们在东北人民解放的伟大事业中发挥应有的作用。《东北文艺》是纯文艺性的刊物,刊载小说、戏剧、散文、诗歌、漫画、速写、报告文学、杂文、书刊评价,以及文学理论、有关文艺运动史的论著等。《东北文艺》聚集了一大批优秀的作者,如周立波、赵树理、罗烽、公木、萧军、塞克、舒群、白朗、严文井、刘白羽、西虹、范政、宋之的、金人、马加、雷加等。在他们的影响下,《东北文艺》还不断提携文学新人,这成为该刊的传统。从创刊到终结,《东北文艺》在新中国成立前后产生了很大的影响,20世纪50年代成长起来的许多作家、诗人是从这里起步的。可以说,《东北文艺》在解放战争和革命胜利后对新中国文学新人的培养起到了重要的作用。报纸、文学期刊、综合性期刊和出版机构的大量涌现,为东北解放区文学的发展创造了良好的条件。

与此同时,为了更好地团结广大文艺工作者,东北局于1946年在黑龙江佳木斯成立了东北文化工作委员会,成员有张闻天、吕骥、张庚、塞克等。此后,若干文艺与文化团体陆续成立,其中最有影响的是1946年10月19日由全国文协的老会员萧军、舒群、罗烽、金人、白朗、草明6人在哈尔滨发起筹备的"中华全国文艺协会东北总分会"。这个文艺团体表面上是由文人自由结社,实际上主体是来自延安、具有干部身份的文化人,其中不少人是党员或东北文艺界的领导干部。"中华全国文艺协会东北总分会"对东北解放区文学的发展起到了不可忽视的作用。此外,中苏文化协会、鲁迅文艺研究会等文艺社团相继成立。1948年3月,中共东北局宣传部首次召开了由文学、戏剧、音乐、美术、电影等部门的150余名文艺工作者参加的文艺工作者会议。会议对抗战胜利以来的东北解放区文艺工作进行了总结,并制订了随后一段时间的文艺工作计划。此外,中共中央东北局宣传部内部成立了文艺工作委员会,吕骥、舒群、刘白羽、张庚、罗烽、何世德、严文井、袁牧之、朱丹、王曼硕、华君武、白华、向隅、田方、沙蒙、吴印咸任委员,负责指导东北解放区的文艺工作。

1946年秋,已迁至哈尔滨的原延安鲁迅艺术学院,按照东北局的指示北撤至佳木斯,并入东北大学,更名为鲁艺文学院。同年12月,东北局又决定让鲁艺脱离东北大学,组建东北鲁艺文工团。1948年秋冬之际,随着沈阳的解放,东北鲁艺文工团在经历了三年多艰苦卓绝的转战与工作后进入沈阳,随后正式复名为鲁迅艺术学院,恢复了延安鲁迅艺术学院的学校建制。文艺团体的纷纷建立为东北解放区文学创作队伍的培养提供了组织保证。

为了纪念解放东北这段革命岁月,为了展现东北解放区文学的勃兴与繁荣,我们编辑出版了《1945—1949年东北解放区文学大系》,分别从小说、散文、戏剧、诗歌、翻译文学、评论、史料等体裁角度进行整理、收录。

一

抗战胜利后的东北解放区文学是延安文艺的延伸与发展,东北解放区四年所发生的巨大变化,都生动、形象地展现在东北解放区的小说创作中。东北解放区小说充分展示了当时的社会生活，塑造了形形色色的人物形象，给人们留下了时代的缩影与历史的印迹。

东北解放区小说创作大体可以分为两个阶段。第一个阶段是从1945年日本投降到1946年中共东北局通过"七七"决议，第二个阶段是从1946年通过"七七"决议到1949年新中国成立。在当时的局势下，中国共产党要最广泛地发动群众，进入东北的文艺工作者便肩负了与武装部队同样重要的"文化部队"的任务。他们用文学作品教育、引导群众，积极参与了粉碎旧的国家机器和意识形态的过程。在党的文艺方针政策的指引下，东北解放区的作家们广泛深入到农村土地改革、前方战斗生活和工厂建设之中，亲身体验群众生活。这使得东北解放区的小说能够迅速地反映生产、生活、军事等各个领域的变化与东北人民精神世界的变化。

从1931年日本发动九一八事变到1945年日本投降，十四年的沦陷历史构成了东北文学不可磨灭的创痛记忆。对沦陷时期东北社会生活的回忆，是这一时期小说的一个重要题材。而抗战题材小说则是对异族侵略者铁蹄下民生困难的真实记录，也是对战争年代民族精神的热情颂扬。但娣的《血族》、陆地的《生死斗争》、范政的《夏红秋》、骆宾基的《混沌——姜步畏家史》等都是这方面的代表作品。

土改斗争是东北解放区小说三大题材的重中之重。在那场深刻改变了中国农村政治、经济关系的运动中，东北解放区作家将强烈的政治使命感与巨大的创作热情相融合，创作出了大量的优秀作品，周立波的《暴风骤雨》、马加的《江山村十日》、安危的《土地底儿女们》等至今仍被读者反复阅读。

　　小说创作需要一个孕育的过程，相对来说，中长篇小说需要更长的时间来构思和写作，而短篇小说则完成得较快。在复杂、激烈的土改运动中，东北解放区作家们努力笔耕，迅速创作出大量的短篇小说。在这些小说中，我们可以看到东北农民在土改运动中的精神变化，农民经历了几千年的封建压迫，他们身上的枷锁不仅是物质上的，更是精神上的，从奴隶到主人的蜕变需要一个心灵的搏击历程。

　　反映前线战争是东北解放区小说的另一个重要题材，这些小说真实地体现了军民的鱼水情谊。西虹的《英雄的父亲》、纪云龙的《伤兵的母亲》等都是当时影响较大的作品。1947年至1948年是解放战争中我党从防御转为反攻的时期，随着战事的推进，中国人民解放军（1948年1月1日，东北民主联军改称为东北人民解放军，同年11月13日改称为中国人民解放军）的队伍急剧壮大，部队官兵的成分因而趋于复杂化。为此，部队采用诉苦的办法对广大指战员进行阶级教育，提高他们的政治觉悟和思想觉悟。诉苦教育消除了战士之间的隔阂，为解放战争的胜利打下了坚实的思想基础。刘白羽的短篇小说集《战火纷飞》、李尔重的中篇小说《第七班》等反映了这一主题。

　　除上述三大题材外，解放战争时期东北涌现出来的工业题材小说，亦可视为中国现代工业题材小说的发端，这也从一个方面证明了东北解放区小说的文学史价值和文化价值。

　　东北解放区的工业在新中国发展史上占有非常重要的地位。在这一方面，影响最大的是女作家草明的中篇小说《原动力》。这篇小说虽然存在粗糙和简单等不足之处，但作为新中国成立前描写工业生产和工人思想的作品，是值得关注和肯定的。此外，李纳的《出路》、鲁琪的《炉》、韶华的《荣誉》、张德裕的《红花还得绿叶扶》等作品也广受好评。这些小说充分展现了东北解放区工业蓬勃发展的景象,展现了工业生产对人的改造,也开创了新中国工业文学的先河。

东北解放区的相当一批小说,强调小说的政治价值,强调创作为工农兵服务,大多通俗易懂,而缺乏对心理深度和史诗境界的发掘。然而,东北解放区小说明朗新鲜,创造性地继承了延安文艺精神,反映了东北解放区的历史巨变和社会变革中诸多的社会问题,为新中国成立后的十七年文学开辟了道路。

二

散文卷在本丛书中占有重要的分量,真实地记录了解放战争中东北解放区人民的巨大贡献,独特的作品体例亦标示出其在新中国散文创作史中的独特地位。

解放战争时期东北战区的胜利,不仅是军事史上的奇迹,更是人民意志创造历史的丰碑。许多作者都以醒目而直接的题目记录了解放军普通战士勇敢战斗、不畏牺牲的英雄事迹,以真挚的情感,突出了普通战士大无畏的战斗精神和取得战斗胜利的信心。这些作品表现了同一个主题:解放军是人民的军队,中国共产党是全心全意为人民服务的。这也是新中国强大的根基体现。

散文卷中还有一部分作品,叙述了悲壮的抗联斗争的事迹,如纪云龙的《伟大民族英雄杨靖宇事略》、菽沉的《老杨——人民口中的杨靖宇将军》、陈堤的《悼念李兆麟将军》等。英勇不屈的民族气节是抗联英雄所具的崇高品质,也是抗联精神最真实的写照。而东北书店于1948年6月出版的《集中营》,以革命者的亲身经历叙述了大义凛然、为真理献身的革命志士的事迹,让后人真正理解了"头可断血可流,革命意志不能丢"的气节,"永不叛党"是英烈们用鲜血和生命刻写在党章之中的。

从 1946 年到 1948 年,尽管国民党军队在东北重要城市盘踞并负隅顽抗,但是东北农村却发生了翻天覆地的变化。中国共产党在根据地开展土改运动,领导农民推翻了地方统治势力,领导农民斗地主、分田地,农民欢欣鼓舞,迎来了新生活。强大的后方农村根据地为部队供给提供了保障,同时,许多年轻的子弟为了保护胜利果实自愿参加了解放军,这改变了国共双方在东北的兵力布局。《永北前线担架队速写》等作品反映了这一主题。

此外,解放区散文作家的笔下还洋溢着新生活的喜悦,如严文井的《乡间两月见闻》。除了乡村,对于那些在战后重新回到人民手中的城市,我党也开始接管,并进行初步的恢复性建设。在作家们的笔下,新生活带来了新气象。大连大众书店于 1948 年 8 月出版的《"工农园地"选集》,就收录了描写城市工人拥护和融入新生活的散文。在这些描写工厂、工友的散文里,我们可以看到解放区的新生活给城市工人带来了希望。

这些散文作品大多短小精悍,有迅速性、敏捷性和战斗性等特点,具有独特的艺术特征。这与当时许多作家的出身密切相关。如刘白羽、草明、白朗、华山、西虹等作家对战争环境和百姓生活有着敏锐的观察力和真实的体验,他们的作品使得东北解放区 1945年至 1949 年的散文创作呈现出独特的风格,表现出纪实性和文学性相结合的特点。此外,由众多从延安来到东北的文艺干部组成的随军记者,以大量的新闻报道反击了国民党的舆论污蔑,记录了解放军战士不畏艰险、顽强抗敌的英雄事迹,同时表现了后方人民在解放区土改过程中翻身解放、分得土地的喜悦心情。

散文作家记录这些真人真事的报道在东北解放战争中起到了巨大的宣传作用,成为鼓舞人心的强大的精神力量。东北解放区散文也因为内容真实、情感真实而呈现出历久弥新的生命力,往往给读者带来身临其境的感受,也让人忽略了作品本身的艺术特质。实际上,这些散文正是在真实的基础上,以生动与丰富的细节给读者留下了深刻的印象,在真实性的基础上呈现出文学性。华山的《松花江畔的南国情书》就是代表作品之一。

细节的生动亦使东北解放区散文具有鲜明的文学性。东北解放区散文将我军战士的大无畏精神写得非常真实、感人。在展示解放区新生活、新风尚方面,许多拥军爱民的片段写得细腻、真实。

东北解放区散文在主题内容上具有很高的价值,大量的散文颂扬了东北人民解放军的集体主义精神和英雄主义精神,表现了我军指战员的英勇气概,体现了战士们浩气长存的革命豪情。因此,东北解放区散文具有较高的文学价值,其明朗的表现方式恰恰是后来共和国文学明确表达和高度肯定的。题材广泛、内容真实和情感深厚的纪实性文学,使得东北解放区散文在战争时期凝聚了强大的精神力量。反映中国人民解放军不畏艰险、英勇战斗的长篇报告文学,在风格上激情澎湃,体现出解放军崇高的革命乐观主义精神。这一时期的散文把东北解放历史进程的全貌和战士们的英勇壮举再现了出来,东北解放区散文也因此具有了军事史和共和国历史的资料留存价值。东北解放区散文在创作上因为具有纪实性与文学性相结合的特点,为军旅散文创作提供了新的美学范式。

三

在东北解放区文学中,戏剧具有内容丰富、种类繁多、通俗明了、利于传播等特点,兼之创作群体庞大,故而获得了巨大的丰收,这成为东北解放区文学繁荣的重要标志之一。东北解放区的戏剧具有鲜明的启蒙性、宣传性和战斗性等特征,对生产建设、围剿土匪、土改运动和解放战争发挥着不可替代的宣传作用。

东北解放区戏剧的繁荣首先得益于东北解放区报刊对戏剧的支持。例如,《东北日报》刊发的剧作涉及歌唱新生活、感恩共产党、批判美蒋、拥军劳军、参军保家、歌颂劳模等多方面的内容。1947年5月4日创刊的《文化报》则是东北解放区第一份纯文艺性质的报纸,主要刊载一些文学常识、短文、小诗、书评、剧报等。此外,《前进报》《北光日报》《合江日报》等都刊发了大量的戏剧作品。而从刊载量来看,期刊对戏剧的支持力度更大。在众多的文艺期刊中,对戏剧传播影响较大的是《东北文学》《东北文化》《东北文艺》《文学战线》《知识》和《人民戏剧》等。

从1945年年底开始,东北解放区以各家出版社为依托陆续出版了许多戏剧作品,这是解放区戏剧传播的重要途径。较有影响的是东北书店和人民戏剧社等。在解放战争期间,东北书店出版的各类戏剧作品和理论书籍近百种,形式包括话剧(独幕话剧、多幕话剧)、京剧、评剧、二人转、歌舞剧(广场歌舞剧、儿童歌舞剧)、歌剧、新歌剧、小歌剧、道情剧、活报剧、秧歌剧、小喜剧、小调剧、皮影戏等。其中,秧歌剧超过一半。

文艺团体的迅猛发展是解放区戏剧广泛传播的最终体现。1945年11月以后,东北文工团等数十个文艺团体在东北局宣传部的领导下先后成立。这些文艺团体以《在延安文艺座谈会上的讲话》为指导,坚持走文艺大众化的道路,活跃在东北城市和乡村,战斗在前线和后方。他们创作、表演了一系列以支援前线、土地改革、翻身当家为主题的作品,这些作品受到人民群众的好评。

从内容方面来看,歌颂工人阶级是东北解放区戏剧的一个重要内容。东北光复后,作为解放全中国的大本营,哈尔滨、沈阳等工业城市的作用得以凸显,工人阶级成为时代的主角。从剧作内容来看,第一种是反映工人生活的剧作,如王大化、颜一烟创作的《东北人民大翻身》;第二种是歌颂先进个人无私支援解放区建设、帮助工厂恢复生产的剧作,较有影响的有《献器材》《十个滚珠》《一条皮带》《刘桂兰捉奸》;第三种是歌颂党的政策的剧作,代表作品有《比有儿子还强》和《唱"劳保"》。工业题材戏剧的大量创作,极大地拓宽了解放区戏剧的创作领域,为新中国工业题材戏剧的发展奠定了坚实的基础。

东北解放区戏剧中描写农民翻身解放、分得土地的农村题材的戏剧的比重最大。第一类是反映东北农民翻身解放,通过新旧对比来歌颂新农村、新生活的剧作。第二类是反映粉碎各类阴谋、同复辟分子做斗争的剧作,代表剧作有《反"翻把"斗争》等。第三类是反映改造后进、互助合作,表现农民积极开展大生产运动的剧作,如《二流子转变》。第四类是描写劳动妇女反抗封建婚姻、争取民主权利、积极参加劳动生产的剧作,如《邹大姐翻身》。

东北解放后,群众的思想还比较保守,革命启蒙的任务十分重要,尤其是要帮助东北人民认同和接受中国共产党及其领导的人民军队。在描写军队的戏剧中,既有表现人民军队英勇战争、不怕牺牲、勇于献身的剧作,也有以军民互助、拥军支前为主要内容的剧作,这类剧作完整地再现了东北人民从最初的误解民主联军到后来积极送子参军、送夫参军、拥军支前的全过程。前者的代表作有《老耿赶队》《鞋》《两个战士》等,后者的代表作有《透亮了》《收割》《支援前线》等。

在艺术特点上,虽然东北解放区戏剧的整体水平不是最高的,但是其庞大的作者群体、巨大的创作数量、伟大的历史功绩,使得解放区戏剧创作达到了巅峰状态。东北解放区戏剧因对传统戏剧和西方舶来戏剧的融合而具有现代性,在这种融合的过程中实现了本土化,并形成了民族化、大众化、乡土化的特征。东北解放区戏剧的民族化特征源于延安时期戏剧的"中国化"。而其大众化特征是指具有广泛的群众基础,且创作群体亦十分大众化。东北解放区戏剧的乡土化则主要表现在地域特色上。

在创作方法上,东北解放区戏剧继承了延安戏剧的传统,剧作家们用现实主义的方法把自己身边刚发生或正在发生的事情通过戏剧的形式真实地反映出来,集中表现工、农、兵的日常生活。东北解放区戏剧起到了鼓舞斗志、颂扬先进、宣传政策、支援前线的作用。

在戏剧结构上,东北解放区戏剧的戏剧冲突尖锐而集中,叙事模式多元,表现方式多样。在人物塑造上,剧作塑造了一个个爱憎分明、个性突出、敢作敢为的人物形象。这些人物形象生动丰满、有血有肉,为观众熟悉和喜爱。

东北解放区戏剧在取得较高的艺术成就和发挥重要的宣传作用的同时,也存在一定的不足。然而瑕不掩瑜,民族化、大众化、乡土化的特征,使得戏剧的宣传性、教育性、战斗性的作用得以充分发挥出来。东北解放区戏剧对光复后进行的民众文化启蒙、文化宣传具有不可替代的作用,对解放区的土地改革和解放战争做出了不可磨灭的贡献。

四

东北解放区诗歌秉承了我国诗歌的优秀传统,具有红色革命基因。它一方面与伪满时期的诗歌做了彻底的割裂,另一方面又延续了东北抗联诗歌的革命精神和爱国主义情怀,集中书写了山河易色、异族入侵带给东北人民的苦难和屈辱,书写了受难的人民在共产党领导下的觉醒与反抗,书写了东北人民在艰苦的自然环境与战争环境中形成的坚韧、乐观、幽默的性格。

东北解放区诗歌是中国解放区诗歌的重要组成部分,与其他解放区诗歌保持着一致性和连续性。它之所以能复制延安解放区的文学模式,主要是因为其创作队伍中的很大一部分是来自延安解放区的革命文艺工作者,故在文学制度和文学政策上与全国其他解放区能保持一致。东北解放区诗歌的作者主要有四种身份:一是中共中央派驻到东北的文艺工作者;二是抗战时期流亡到关内的"东北作家群"(在抗战结束后返回东北);三是虽然本人不在东北解放区,但是其作品在东北解放区的重要报刊上发表过并产生了一定影响的诗人;四是来自各行各业的业余诗人。《东北日报》文艺副刊曾陆续发表过很多业余诗人的作品,这些业余诗人中既有宣传干部,又有工人、农民、战士、学生(其中有许多人使用笔名,甚至使用多个笔名,今天有些作者的真实姓名已很难核实)。有一些诗人并不在东北解放区工作,但是其作品在东北解放区的重要报刊上发表过,并对全国解放区的文学发展产生过重要影响,如艾青、田间等。东北解放区的代表诗人有公木、方冰、马加、严文井、鲁琪、冈夫、天蓝、韦长明、刘和民、李北开、彤剑、侯唯动、胡昭、李沅、夏葵、林耘、顾世学、萧群、蔡天心、杜易白、西虹、师田手、白刃、白拓方、叶乃芬、丁耶、孙滨、阮铿等。

从内容上看,东北解放区诗歌主要是反映当时东北解放区的经济建设、军事斗争、农村工作和城市建设等,具有现实性、时代性。从艺术形式上看,诗歌谣曲化、大众化、民间化的特点突出。抒情诗、叙事诗、街头诗、朗诵诗、歌谣、童谣等成为当时最常见的诗歌体裁。东北解放区诗歌具有以下几个显著特点:

第一,诗歌内容具革命性且高度政治化。东北解放区文学是为中国共产党解放东北和建设东北的政治任务服务的,其主要功能和目的是紧密贴近和配合解放区的主流政治运动。很多诗歌是为满足当时的政治需要而作的,充分体现了《在延安文艺座谈会上的讲话》在诗歌创作方面的实践成绩。东北解放区诗歌与中国解放区诗歌在题材选择、审美价值上保持着一致性,并具有东北解放区特有的地域性特点。揭露、批判、颂扬是东北解放区诗歌的三大主旋律,诗人们以工人、农民、士兵、英雄人物、劳动模范等为书写对象,歌颂英雄人物,记录战争风云,赞美新农民,抒发家国情怀。

第二,具有鲜明的战争文学特点。东北经历了十四年艰苦卓绝的抗日战争,接着又经历了五年的解放战争,近二十年间,始终处于战争状态。诗歌也呈现出战时文学特质,记录了艰苦卓绝的战争场景与生活现实。对于重大战役的抒写与记录,英雄主义、乐观精神、必胜信念的情感基调,加之大东北茫茫雪原、天寒地冻的地域特点,使得东北解放区诗歌具有鲜明的东北地域特色。

第三,农村题材也是东北解放区诗歌的重头戏。东北经过十四年的抗日战争,土地荒废,农民思想落后。抗日战争结束后,解

放军入驻东北,一方面做农民的思想工作,进行思想启蒙,另一方面在农村贯彻党的土改政策,进行土地革命,让农民成为土地真正的主人。因此,在东北解放区,启蒙农民思想、反映土改运动、揭露地主阶级剥削农民的本质、塑造新农民形象成为农村题材诗歌的主要内容。

第四,工业题材诗歌在东北解放区诗歌中独领风骚。《文学战线》等报刊还专门设立了工人专栏,如《文学战线》专辟"工人创作特辑",作者均来自生产第一线。工业题材诗歌丰富了东北解放区诗歌的样态,也成为东北解放区诗歌的重要组成部分。

第五,叙事诗是东北解放区诗歌的主要体裁。长篇叙事诗体量大,便于完整地呈现人物或事件的变化过程,便于刻画生动、饱满的艺术形象,因此很受东北解放区诗人的青睐。在《东北文艺》《文学战线》等杂志和个人诗集中,带有浓郁的东北民间话语特色,反映土改运动、翻身农民踊跃参军等内容的长篇叙事诗一时间大量出现。

第六,诗歌审美倡导大众化、通俗化。在解放战争时期,文学要担负着团结人民、教育人民、打击敌人的任务,因此,战时诗歌不能一味地追求高雅的诗意,它既要通俗易懂,便于启蒙民众,又要迎合普通大众的审美需求,适应战争时期的宣传需要。东北解放区诗歌的谣曲化倾向突出,诗作大多出自部队宣传干部、战士、工人、农民之笔,以社会现象为题材,具有相当强的时效性,普遍具有语言通俗易懂、直抒胸臆、为群众所熟悉和易于接受等特点,真正达到了为工农兵服务的目的。

东北解放区诗歌也存在一些不足。由于过于强调宣传性、鼓动性和战斗性,重内容而轻艺术,艺术水准较低,东北解放区诗歌未能达到思想性和艺术性相结合的高度。

五

东北翻译文学兴起于 20 世纪 20 年代末,当时的《北国》《关外》等文学期刊上都登载过翻译作品,对俄苏、英、美、日等国家的民族文学作品,以及批判现实主义、"普罗文学"等文艺理论均有译介。但这种生动、活跃的局面随着 1931 年九一八事变的发生而不复存在。1931 年至 1945 年,在长达十四年的沦陷时期,东北翻译文学出现了两块文学阵地:一个是以沈阳、大连为中心的"南满文学"阵地,另一个是以哈尔滨为中心的"北满文学"阵地。辽南文坛在九一八事变以后出现了一股译介欧美和日本文学及其理论的潮流,主要刊发、翻译消极的浪漫主义、自然主义的文艺作品和理论,只刊发少量的俄苏文学。相对而言,北满文坛对俄苏现实主义文学作品及其理论的翻译有着更重要的意义。

解放战争时期的东北解放区文学的传播模式主要是"延安模式"。在翻译文学方面,东北解放区文艺工作者侧重译介的目的性和计划性。从目前了解到的情况来看,当时很多期刊都设有翻译栏目,其中《东北日报》《东北文艺》《前进报》《群众文艺》《知识》等都设立了介绍苏联文学的专栏,经常发表苏联社会主义建设时期和卫国战争时期的作品。此外,侧重刊发翻译文学的报纸、期刊还有《文学战线》《文化报》《知识》《东北文化》等。文学观念是文学创作的潜在基础,规范和支配着这个时代的文学创作。解放区的作家们译介了大量的苏俄作品,其中大部分是社会主义现实主义作品。除报刊外,东北解放区翻译文学的出版途径还有书店。由书店、期刊、报纸构成的媒介场,有效地促进了东北作家与世界

· 17 ·

文艺思潮的交流,尤其是苏联所倡导的革命现实主义文学创作思想对东北的文艺运动发挥了指导作用。

《东北日报》的译介主要集中在俄苏文艺思想、作家作品方面,其中刊发爱伦堡、法捷耶夫等文艺理论家的作品的数量最多,产生的影响也最为深刻。这些作品极大地开阔了东北知识分子的视野。《东北文艺》每期都对俄苏文学作品、作家进行介绍,较有代表性的是1947年曾连载过的金人翻译的苏联作家华西莱芙斯卡娅的中篇小说《只不过是爱情》。《文化报》介绍了大批的俄苏作家,刊载了一些文艺评论、文学作品等。《文学战线》在刊发原创作品的同时,则侧重于介绍俄苏文学作品和翻译俄苏文艺理论。

东北书店出版了大量的翻译过来的苏联文艺论著和苏俄文学作品,目前搜集到的翻译文艺论著的种类达110余种。其翻译出版的俄苏文学作品具有丰富的题材,包括电影文学剧本、报告文学、游记、书信集、诗歌、小说等。辽东建国书社、大连大众书店、光华书店等也是翻译作品重要的出版机构。

翻译文学的发展有助于文学创作的繁荣与文艺理念的更新,但东北解放区译介作品的内容较为单一,翻译的作品几乎全都来自苏联,俄苏文艺思想、文艺理论和文艺作品得到高度关注,成为文坛的主流。其原因有如下几个方面:

首先,从地缘因素来看,东北与苏联有着天然的地缘关系。东北地区与苏联的东西伯利亚地区有着相似的自然环境,都处于高纬度寒带地区,气候寒冷,地广人稀。自然环境和原始文化的相似为思想的交流提供了基本契合点。

其次,从政治因素来看,俄苏文学在中国的兴衰与中俄之间的政治文化交流有着密切的关系。当时的文人也希望通过译介苏联文学作品来改造和影响人们的思想意识,以及树立新民主主义革命的奋斗目标和未来社会主义的奋斗目标。

最后,从社会现实来看,东北解放区的沈阳、大连等地在中国人民解放军进驻之前已经驻有苏联红军,而且在经济、文化等方面与苏联交往密切,苏联文学作品的翻译、出版自然丰富。

1942年之后,延安文艺工作者主要是对苏联等少数社会主义国家的文学作品进行译介。对于与苏联接壤的东北解放区来说,由于与外界接触困难,能获得的外国文学作品更少,在建设新文学方面,除了以五四新文学和老解放区文学为资源外,苏联文学便是重要的资源。苏联文学对建设中的东北解放区文学具有不同寻常的意义。

六

东北解放区建立后,文学创作繁荣一时。然而,文学创作在繁荣的背后也存在着一些问题,其中一个突出的问题就是创作者的背景复杂,其中有来自抗日根据地的,也有来自关内国统区的,还有本土的。不同的思想意识、价值取向、艺术趣味掺杂在各类作品中,部分作品的创作倾向出现了偏差。这些问题引起了文艺界的关注。东北解放区的主要报刊和杂志纷纷开辟评论专栏,采用编者按、读者来信、短评、述评、观后感等形式开展文艺批评,为确立正确的文艺路线提供思想保障。

初到东北的文艺工作者首先感受到的是新老解放区之间政治环境和文化环境的差异。自清朝灭亡到抗战胜利的三十多年间,东北民众饱受战乱的痛苦。抗战胜利后,虽然旧的社会结构和文化体制已经解体,但旧的意识形态还残留在一些人的头脑中,东北民众与新政权之间存在着一定的隔膜。刚刚到达东北的大多数文艺工作者对东北特殊的历史环境认识不足,尚未做好相应的思想准备,仍然延续过去的创作方法和思维方式,脱离群众和实际。以什么样的形式和内容来服务刚刚从殖民者的铁蹄下解放出来的人民,是当时文艺工作迫切需要解决的问题。

文艺争鸣与文艺批评既是抗日根据地文艺工作的优良传统,也是党指导文艺工作的重要手段。毛泽东同志在《在延安文艺座谈会上的讲话》中指出,文艺界的主要的斗争方法之一,是文艺批评。此时,东北文艺工作者的首要任务就是对旧的意识形态进行批判和改造,从而构建与延安解放区主体同构的新的意识形态场域。因此,在本地区文艺界开展一场广泛的文艺批评运动就显得十分迫切和必要。1945年11月,陈云同志在《对满洲工作的几点意见》中提出了党在东北的几项重要任务:"扫荡反动武装和土匪,肃清汉奸力量,放手发动群众,扩大部队,改造政权,以建立三大城市外围及长春铁路干线两旁的广大的巩固根据地。"这既是党在东北的中心工作,也是东北文艺界所面临的主要任务。东北解放区的文艺队伍自觉地将创作与政治任务结合起来,坚持为人民服务的创作方向,以《在延安文艺座谈会上的讲话》为指导来进行创作。东北这块古老而又年轻的土地上结出了丰硕的艺术成果。这些作品在内容上贴近当时东北的现实生活,在形式上生动活泼,富有浓郁的地方乡土气息,在教育人民、鼓舞人民、组织人民、团结人民、打击敌人方面发挥了重要作用。东北解放区文艺作为革命文艺版图中的一个独立板块开始形成,它既是"延安文艺"的派生,又具备地域文化品格。它不是由内而外自发产生的,而是在改造和清除原有旧文化的基础上通过外部输入逐步确立的。

与"延安文艺"相比,东北解放区文艺自身也出现了一些新的特质,特别是在文艺批评方面,文艺工作者表现出了强烈的自觉性。他们坚持无产阶级和人民大众立场,从不同层面和角度开展文艺界的批评与自我批评,引导东北解放区文艺朝着正确的方向发展。

东北解放区文艺的根本任务与延安文艺的根本任务保持着高度一致,但又具有特殊性。如果简单地照搬、照抄延安文艺的经验,那么东北解放区文艺很难适应革命发展的需要。东北解放区文艺首先具有启蒙的意义,它不仅具有文化启蒙的意义,也具有政治启蒙的意义。为此,东北解放区的文艺工作者以《在延安文艺座谈会上的讲话》精神为指导,树立起无产阶级的文艺大旗,以新文化来改造旧社会,重塑民众的国家意识、民族意识和政治意识,把东北建设成为中国革命的战略大后方。

在延安文艺旗帜的指引下,东北文艺界通过理论探讨和思想整风,统一了广大文艺工作者对革命文学根本属性的认识,东北的文艺工作焕然一新。广大文艺工作者在理论和实践两个方面取得了很大的成就,既继承和发扬了延安文艺思想,也将《在延安文艺座谈会上的讲话》精神与具体实践结合起来。夏征农、蔡天心、铁汉、甦旅、萧军、胥树人等知名的文艺界人士都对这个问题做了深入研究,产生了较大的影响。

与延安文艺相比,这个时期的东北文艺作品主题更丰富,创作者以切身的生命体验为基础,再现了解放战争时期东北所发生的波澜壮阔的革命斗争,以及在这个过程中东北人民的生活与精神面貌。

东北解放区的文艺发展也不是一帆风顺的,它也走了一些弯路。但是,在毛泽东《在延安文艺座谈会上的讲话》的指引下,文艺工作者不仅投身到创作之中,也开展了广泛的文艺批评,营造了一个宽松的舆论环境,作家们畅所欲言,在批评他人的同时也开展自我批评。这为创作的繁荣奠定了理论基础,也为新中国的文艺创作和文艺批评积累了资源和经验。

七

史料卷是大系的综合卷,其编撰初衷是反映东北解放区文学创作的初始背景,呈现当时的政策和文学创作的大环境,通过对资料的梳理,为弘扬东北解放区文学创作的优良传统提供第一手的基础资料。史料卷共分为七大部分。

一是文艺工作政策方针。文艺工作的政策方针是党根据一定历史时期的总路线和总任务确立的文艺指导原则,反映了一定时期文艺创作的总体规划、部署和要求。史料卷旨在呈现东北解放区创作繁荣的大背景下中国共产党对文艺工作的总体规划和实施情况。史料卷主要收录了与东北解放区相关的宣传文件,以及部分会议发言和讲话等内容,其中有出版、通讯、写作的相关规定,也有重要领导对文艺工作的指示要求,同时还收录了部分重要会议成果。

二是重要报纸、期刊。报纸、期刊大量创办是文艺繁荣的重要标志之一。报纸、期刊直接促进了文学事业整体的发展和繁荣,使优秀作品产生了广泛的社会影响。1945年11月《东北日报》创办后,东北解放区先后创办、发行的报纸近百种。此外,在东北局宣传部的统一领导下,地方与军队也创办了数十种文学与文化类刊物。从成人刊物到儿童刊物,从高雅刊物到面向大众的通俗刊物,从文学到艺术,靡不具备。诸多的文艺报刊为文学作品的生产提供了园地,成为东北解放区文学创作的先锋阵地。

三是文艺团体、机构。在东北解放区,多个文艺团体和机构活跃在文艺创作和宣传的第一线,对东北解放区文艺事业的发展发挥了重要作用。东北局先后出资创办了东北书店等众多的图书出版机构,使得东北解放区报刊出版和传媒得到快速发展。1946年,东北局在佳木斯成立了东北文化工作委员会,此后,中苏文化协会、鲁迅文艺研究会等文艺社团也相继成立。东北文艺工作团等文艺团体也迅速发展。在组建大量的文艺团体和文工团之际,军队与地方政府和宣传部门还非常重视文艺人才的培养和文学教育体系的建立,在演出之余,也招收和培养文艺人才。在短短的四年间,东北解放区建立了众多的文艺工作团体与人才培养学校。这体现了我党对教育人民、教育部队和动员人民参与革命的重视。

四是作家及创作书目。从延安来到东北的革命文艺工作者数以百计,此外,20世纪30年代从哈尔滨流亡到关内各地的东北作家群成员也陆续返回东北。这些文化工作者云集黑龙江,办报纸,办杂志,从事广泛的文化艺术活动,使得东北解放区文学艺术以全新的姿态向共和国迈进。史料卷收录了活跃在东北解放区的多位作家的生平和创作情况,当然,由于这一历史时期具有特殊性,作家区域性流动较为频繁,对作家的遴选和掌握主要以创作活动的轨迹和作品发表的区域为依据。

五是东北解放区文学回忆与纪念。为了弥补现有资料不足的缺憾,史料卷特别收录了部分文学界前辈及其家人的回忆与纪念文章,其中既有参加文艺团体的亲历感受,也有对文艺创作细节的点滴回忆。由于年代久远,这些资料的某些细节无法准确、翔实地

体现出来,但这些资料记录了东北解放区文艺工作者的亲历感受,对补充和完善史料卷的内容大有裨益。

六是大事记。为了对解放区文学创作资料进行细致整理,进而为读者提供一个简明的、提纲挈领式的线索,史料卷呈现了大事记。大事记旨在将反映文学活动和文艺创作的各种资料予以浓缩,按照时间线索对史料进行编排。大事记简明扼要地记述了1945年9月至1949年9月东北解放区文学方面的大事、要事,涵盖了部分文艺作品创作、文艺团体成立的时间节点,有助于读者了解东北解放区文学的发展脉络。

七是索引。鉴于东北解放区文学总体呈现出体裁广泛、内容丰富等特点,史料卷以作者为线索,将分散在小说卷、散文卷、诗歌卷、戏剧卷、评论卷、翻译文学卷中的作品整理出来,形成丛书索引。索引以作者为基点,将作者在各卷中的作品情况(作品名称、所在卷册、页数)逐一列出,可以在一定程度上呈现出东北解放区文学的整体情况,亦可以体现出作者的创作风格和特点,进而从不同角度展示出东北解放区文学发展的脉络和趋势。

随着军事上的胜利和东北解放区的形成,东北的政治面貌、经济面貌发生了根本性的变化,特别是文化呈现出前所未有的发展和繁荣的局面。东北解放区在政策制定、政策实施、新闻出版、文艺社团、文艺教育体制、作家培养等涉及文艺发展与繁荣的各个方面,继承、发展和完善了延安文艺体制,对当代文学和文艺制度产生了重要和深远的影响。

尽管东北解放区文学得到前所未有的发展和繁荣,但这份珍贵的文化资料始终没有得到系统整理,有关资料分散在哈尔滨、齐齐哈尔、牡丹江、佳木斯、长春、沈阳、大连等地,加上年代久远,这给编选工作带来了很大的困难。一方面,区域性的文学史料不易引起一般研究者的重视,文学史料的保留和整理工作在通常情况下很不理想,尽管编选者在前期已有一定的资料积累,但是很多工作还需要从头开始。另一方面,由于年代久远,加之当时的出版印刷技术有限,许多资料的保存和整理已经成为一大难题。许多珍贵的文学资料甚至已经出现严重的、不可恢复的缺损,因此,整理和出版东北解放区的文学史料,对东北解放区文学和中国现代文学的研究具有重要意义,同时,对人们了解和认识东北解放区这段历史也具有重要意义。

东北解放区文学创作距今已有七十年的历史,从 20 世纪 80 年代开始,东北解放区文学作为中国现代文学的一部分开始进入研究者的视野,搜集、整理与研究工作逐渐深入,一大批有分量的成果随之产生。其中,具有代表性的成果有两项,一项是林默涵主编的《中国解放区文学书系》(重庆出版社,1992 年出版),另一项是张毓茂主编的《东北现代文学大系》(沈阳出版社,1996 年出版)。这两部著作以文学价值作为侧重点,对东北解放区文学进行了很好的梳理。此外,黑龙江、辽宁与吉林三省的社会科学院文学研究所通力编辑出版的《东北现代文学史料》(共九辑),其价值亦不可低估,当时资料的提供者或为亲历者,或为亲历者之亲友,这从文献抢救的角度来看可谓及时。尽管《中国解放区文学书系》和《东北现代文学大系》对东北解放区文学进行了较大规模的搜集与整理,但由于编辑侧重点不同,这两部著作对东北解放区文学作品只是有选择性地收录,东北解放区文学作品分散在各地图书馆与散落在民间的态势并未改变。进入 21 世纪后,随着时间的流逝,承载东北解放区文学作品的旧报、旧刊、旧图书流失和损毁的情况日益严重,对东北解放区文学进行进一步搜集与整理的必要性在中国现代文学界达成共识。2008年,东北现代文学研究者、黑龙江省社会科学院文学研究所研究员彭放在主编完成《黑龙江文学通史》(北方文艺出版社,2002年出版)之后,提出了编辑出版《东北解放区文学大系》的建议,这一建议得到了认可。事隔十年,2018年,由黑龙江省社会科学院文学研究所与黑龙江大学出版社联合策划的《1945—1949年东北解放区文学大系》荣获国家出版基金资助出版,这完成了老一代东北现代文学研究者的夙愿。

《1945—1949年东北解放区文学大系》的编者,力求完整地体现东北解放区文学的整体风貌,在文学价值之外,亦注重作品的文献价值,以文学性与文献性并重作为搜集、整理工作的出发点。

《1945—1949年东北解放区文学大系》的篇目编选工作,由黑龙江省社会科学院发起,联合黑龙江大学、哈尔滨师范大学、哈尔滨学院等黑龙江省多所高校共同开展。为了保证学术性,本丛书特聘请多位东北现代文学领域的专家组成编委会,各卷主编均为中国现代文学方面学养深厚的研究者。本丛书的篇目编选工作得到了北京、吉林、辽宁等地多家相关单位的支持。东北现代文学界德高望重的老一代学者亦给予大力支持,刘中树、张毓茂与冯毓云三位先生欣然允诺担任本丛书的学术顾问,本丛书的姊妹著作《1931—1945年东北抗日文学大系》的总主编张中良先生亦为学术顾问。特别应提及的是,张毓茂先生在允诺担任本丛书学术顾问不久后就溘然离世,完成这部著作就是对先生最好的悼念。

本丛书的资料搜集工作,除得到东北三省各家图书馆的支持外,还得到了中国现代文学馆、黑龙江省浩源地方文献博物馆的大力支持。东北红色文献收藏人胡继东、华东师范大学历史系博士崔龙浩，以及华东师范大学历史系高铭阳、雷宇飞等人为本丛书的集成提供了大量珍贵而稀缺的第一手资料。对于他们的无私奉献，在此表示诚挚的感谢！此外，黑龙江大学文学院、哈尔滨师范大学文学院许多在读的博士生、硕士生和本科生也参与了资料搜集工作，在此，请恕不一一列名。

《1945—1949 年东北解放区文学大系》除入选 2019 年度国家出版基金资助项目之外，还被列入黑龙江历史文化研究工程项目，在此谨致谢忱。

散文卷导言

书写战争风云　奏响解放凯歌

——东北解放区散文纵论

郭　力

东北解放区文学大系散文卷，为我们打开了一扇历史之门。当那些熟悉的东北地名——哈尔滨、长春、四平、沈阳、锦州、黑山被放置在 1945 至 1949 这一历史时空中，它们就会是刻写在中华人民共和国历史上与辽沈战役密切相关的一连串血与火镌刻出来的滚烫的名字，就像一串跳跃激荡的音符，以一浪高过一浪的气势奔向辽沈战役东北解放的最强音，而在这些地名背后，是站立起来的中国人民解放军（东北联军）战士的光辉群像。四战四平、围困长春、锦州攻坚、沈阳解放等著名战役，都刻写在共和国解放的历史上。通过东北解放区文学大系散文卷中那些真实记录的文章，你会真正地理解"为有牺牲多壮志，敢教日月换新天"的革命豪情，真正地明白在解放战争中辽沈战役的重要作用和东北解放区人民的巨大贡献。

历史永远铭刻着战争的正反面,因为在战争摧枯拉朽毁坏一个旧世界的同时,新世界也在熹微中诞生。东北解放区文学大系散文卷因其作品体例的特别,而标示出其在新中国散文创作史中的独特地位,其以写实散文的真实性,带来战争场面的震撼性,以鲜活的纪实体引发后人对战争的思考。中华民族经历了太多的灾难和战争的创伤,和平永远是我们这个民族最善良的愿望。也正因如此,东北解放区文学大系散文卷对战争的描写、对东北人民对和平生活热烈向往之情的刻画,都反映出一种基于人道主义精神的自由畅想。这些散文作品中所描写的前方战事和后方百姓的生产生活,都洋溢着革命乐观主义精神。得民心者得天下,解放战争东北战区的胜利,不仅是共和国军事史上的奇迹,更是人民意志创造历史的丰碑。

民族精神与一个国家的历史密切相关,尊重历史的本真性,就是还原历史的真实,是对历史上存在的世界观、价值观的尊重,而对待人类历史上曾经发生过的战争,从来都不应该是单维度的价值评判。对史实的尊重,体现国家的政治理想,关涉民族精神、国家观念,以及历史书写的知识架构和美学范式。而当文学作品还原了历史事件时,文学史的风貌将是对生机勃勃的历史审美精神的再现。东北解放区文学大系散文卷还原了辽沈战役中曾经发生过的一些真实的战争场面,不论是在战略思想上还是在艺术价值上都具有十分重要的意义。

一

东北解放战争的胜利在共和国历史上意义深远,在军事史、党史等方面研究成果颇丰,尤其是关于东北解放战争胜利的原因,很多理论研究成果早有定论。理论著作所书写的战争史如同一座恢宏的建筑,宏大而庄重。就像今天的人们怀着敬仰的心情去参观坐落在锦州市的"辽沈战役纪念馆",走进陈列馆大厅,"前言"第一句就是:"辽沈战役是 20 世纪中期中国人民解放战争中具有决定意义的三大战役的第一个战役。"结尾一句是:"为辽沈战役胜利暨东北解放而英勇牺牲的革命先烈,其功名同山河长在,与日月同辉。"首尾两句精要地概括出辽沈战役的重要性和英烈浩气长存的英雄壮举。墨写的历史是今天人人得见的纪念馆的前言,而真正走进历史才会知晓血染的历史的凝重壮烈。今天我们在纪念馆看到的那些英烈名录中的名字,在东北解放区文学大系散文卷中,被还原为一个个血肉之躯,一个个"一不怕苦,二不怕死"的英雄战士的身影。抚卷追思,想到那些"同山河长在,与日月同辉"的英烈们,他们在战场上何以会那般英勇壮烈?阅读完这些作品,才会真正明白答案就在那些普通战士身上,那就是我军战士旺盛的斗志和建立新中国的决心。而旺盛的斗志和胜利的信念,化成强大的精神力量,对打败国民党全副武装的精锐部队起到了重要作用。"没有一个人民的军队,便没有人民的一切。"这是毛泽东主席总结中国革命胜利经验得出的一个重要结论。

东北解放区散文记录了东北战区许多重要的战斗,描写了解放军战士英勇杀敌的典型事迹。许多作者都以醒目而直接的题目记录了解放军普通战士勇敢战斗、不畏牺牲的英雄事迹,那些可爱的战士形象随着朴实无华的题目和文字扑面而来,一个个普通的名字,就如同一张张生动朴实的战士的面孔。他们不仅仅是著名战役当中一个个的名字,也是从东北解放战场上走来的一个个活生生的年轻人,为了保护亲人,也为了新中国的诞生,他们成为最勇敢

的战士和祖国最骄傲的英雄儿女。

在描写这些普通战士的英雄事迹时,作家笔端充满了真挚情感。正如刘白羽所说:"在战争中,指挥员的责任是指挥,战士的责任是用枪,我的责任是用笔。"刘白羽以饱含革命激情的笔墨记录下解放军英勇的战斗,并以高质量的战地通讯和报告文学,书写了共和国壮烈的历史。

在《光明照耀着沈阳》中,刘白羽以文艺干部的觉悟和史学家般的目光,精准切入沈阳解放后的新气象,揭示出中国共产党胜利的历史必然性。文章巧妙地用了三个小标题,把新生的沈阳与历史和未来衔接起来,如同进行曲一般,一步步迈向胜利的前方。

第一部分的标题是"历史的暴风雨",一开篇就点出了沈阳解放,也是辽沈战役胜利的伟大时刻。1948 年 11 月 2 日这一天,沈阳永远属于人民了!抚今追昔,刘白羽还回忆了 1946 年 4 月他在军事调停处执行部邀请下,与其他中外记者来访沈阳的事情。第二部分的标题是"混乱的崩溃与清醒的胜利",以对比的手法叙述了国民党覆灭前夕,即 10 月 29 日在沈阳机场狼狈出逃的混乱场景,被国民党视为生死线的东北和被国民党军队最后盘踞的东北城市沈阳就这样回到了人民手中,蒋介石的防御神话全部破灭了。这一天,沈阳人民走上街头,走入工厂,保护自己的城市和工厂。因为他们知道,解放军来了,中国是全体人民的了。第三部分的标题是"光明日月永属人民",叙述了军事管制委员会是如何帮助沈阳这座城市恢复正常的生活秩序的。几天的时间里,工厂复工了,学校复课了,老百姓拿到救济费买到粮食了,一切都是解放后的新光景。新政权如何让老百姓信服拥护?刘白羽在文中给出了让人信服的结论。在沈阳解放之后,市民有三大满意:"第一是解放军纪律好,第二是水电交通恢复快,第三是粮食价格低落。"正是出于这种对新政权新国家的信心,刘白羽在文章的结尾才能由衷地写道:"沈阳千万人民在这样光照里喊出同样的一句话:光明的日子开始了!"

这些来源于事实的文字,不仅使我们今天的读者感叹刘白羽对战争细腻的观察和精准的表达,同时也激发了读者的爱国情怀,透过东北解放战争的风云,我们看到了新中国这轮红日喷薄而出的壮观画面。刘白羽以笔为枪,把辽沈战役难忘的时刻以文学的方式刻写在新中国的历史中。作为战地记者的代表,他始终奔波在战争的最前沿,在炮火中锻造出那些如火如歌的战地通讯报道。他曾亲赴四平前线,在炮火硝烟中,以充沛的革命情感,写下一篇篇反映东北人民解放军浴血奋战的真实报道。其中最震撼人心的画面莫过于我军指战员在激烈的炮声中,在低矮的地堡里发出铿锵有力的誓言:"我誓死坚守,死了也要把尸身挡着敌人!"战场上这一响彻云天的誓言,让我们感受到英雄战士们热血洒疆场的大无畏精神。他们每个人都是勇敢的人。刘白羽后来创作的《村落战英雄孟绍武》《六勇士》等通讯,都是通过挖掘战斗英雄们内心真实的情感,以细腻的笔触来记录这些勇敢、不怕牺牲的战士和他们饱满的复仇情绪、勇敢的战斗精神的。

这种大无畏的战斗精神在散文卷其他作者的作品中同样得以真实再现。在这些作品中,一个个闪着光的名字照亮了新中国的黎明。孤胆英雄王永泰,一个人追击逃敌,俘获38人,并连续冲锋,被授予"战斗英雄"的光荣称号(刘爱芝《第一名战斗英雄王永泰》);爆炸英雄任子厚,为炸掉敌军火力猛烈的带有扇形枪眼的碉堡,把炸药包的引火线割下大半截,扛起药箱挺身炸掉了碉堡,自己被强烈的炮火掀到空中炸得昏了过去,醒来后感到头脑昏沉、两腿飘飘,却对自己说轻伤不下火线,又扛起炸药冲了上去,立下了大功(华山《爆炸英雄任子厚》);抢救英雄登科是一名身经百战的老同志,因为身体受伤虚弱而被调到炊事班,他所在的连队是获得"顽强冲杀第三连"锦旗的光荣连队,在著名的四平保卫战中,他接下火线抢救工作,冒着敌人密集的炮火,从火线上背运伤员,多次被敌人猛烈的炮火掀倒埋在土里,但是他凭着"我死了也得把彩号抢下来"的信念,成为抢救英雄(西虹《抢救英雄登科》)。通过这些作品所记录的战斗时刻,一个个有名有姓的英雄被载入共和国史册。

同时,还有许多无名的英雄。他们是一天里击退敌人四次冲锋、激战七个小时坚守阵地的六勇士(刘白羽《六勇士》);他们是勇敢沉着压制敌人火力的重机第五班(彦克《重机第五班》);他们是在敌人密集的炮火中连续冲击的勇猛机智无伤亡的英雄二排(树生《勇猛机智连续冲击的二排》);他们是攻下要点高地,把尖刀刺进敌人心脏的第三连(王暖《"攻无不克"的第三连》)……从一个个同仇敌忾的解放军战士到英雄班、英雄排、英雄连以至全军,中国人民解放军以高昂的斗志彻底地打败了国民党的王牌劲旅。

这些记录东北解放战争的散文作家都深知我军指战员顽强的精神和胜利的信心来自何处,那是因为解放军战士知道自己是穷人的部队,也知道自己是为那些像白毛女一样处在穷苦境遇的亲人们而战,所以才以旺盛的革命斗志战胜了敌人。当年一位亲身经历了黑山阻击战的国民党军官,在回忆录中仍然心有余悸地表示出对解放军顽强战斗意志的困惑。他说:"廖耀湘兵团使用了所有的重炮部队,倾泻了数以万计的炮弹,先后投入了三个军五个师的兵力,发起了数十次的猛烈进攻,结果遭到惨败。黑山、大虎山仍掌握在解放军手中。思之令人生畏。"①国民党军官的不解之处,恰恰是我们共产党的初衷所在——军队是人民的军队,中国共产党是全心全意为人民服务的,这是新中国强大根基的体现。

这种信念不仅体现在解放战争中,而且贯穿于共产党发展的历史过程中。在东北解放区还有一部分作品,回忆叙述了悲壮的抗联斗争。纪云龙的《伟大民族英雄杨靖宇事略》一开篇就写道:"杨靖宇三个字,自'九一八'以来,在东北三千万人民的心中,早已成为不可磨灭的斗争的标帜。全东北人民没有不知道这位伟大的民族英雄的,他的响亮的名字,无论在他生前或死后,永远是一个战斗的号召。"抗战胜利后,以这个响亮的名字命名的"杨靖宇支队"并入了东北民主联军,继续为全国解放而战。而在菽沅的《老杨——人民口中的杨靖宇将军》中,作者通过一位老乡的眼睛,把杨靖宇如何平易近人地对老百姓讲述抗日道理的场面表现出来。让老乡们最感动的话是:"我们这个军队不怕吃苦,不怕死,只有一个信念,就是将日本鬼子赶出国境,使大家过好日子。"明白感人的话,让文中老乡的儿子当场就下了决心参加抗联,老乡自己也做了秘密交通员。革命的火种就是这样在东北人民内心中播下的。就像陈陧所由衷感叹的那样,李兆麟在小兴安岭上啖草根树皮,喝雪水与尿液,仍鼓舞部下"不灭日寇,誓不回师"。抗联英雄崇高的人格,英勇不屈的民族气节,是抗联精神最形象的写照。抗联英雄们在十四年抗战中的悲壮斗争,被镌入共和国的丰碑,抗联精神也永

---

① 中国人民政治协商会议全国委员会文史资料研究委员会《辽沈战役亲历记》编审组编:《辽沈战役亲历记:原国民党将领的回忆》,文史资料出版社1985年版,第237—238页。

远是中华民族的精神财富。

苍茫而壮烈的历史画卷,沉积着暗沉的底色。悲壮的故事后面是英烈们为新中国诞生,不惜抛头颅洒热血的碧血丹心。东北解放区文学大系散文卷中还收录了东北书店 1948 年 6 月出版的《集中营》中的部分作品。一个恐怖而罪恶的名字"茅家岭"反复出现,这是国民党特务机关关押他们所认为的共产党最顽固分子的地方集中营的代号。季音的《地狱茅家岭》《茅家岭集中营》、暮鹰的《上饶集中营罪行》、孙秉泰的《集中营在福建》等文章,都记录下国民党特务机关对共产党人无所不用的残酷手段。灌辣椒水、坐老虎凳已是惯用伎俩,火烙、摇电话、刺指甲叉、老鹰飞等一系列酷刑的折磨,目的就是得到共产党员的"自首书",但是特务们最后只能怒骂:"你们中毒太深!"散文集《集中营》以革命者的亲身经历向我们展现了那些大义凛然为真理献身的革命志士的形象,让后人真正理解了"头可断,血可流,革命意志不能丢"的气节。"永不叛党"是英烈们用鲜血和生命刻写在党章上的誓言。

从抗联英雄到集中营里坚强的共产党员,再到同仇敌忾要把国民党王牌军逐个歼灭的英勇的东北解放军将士,东北解放区文学大系散文卷以纪实性描写,把共产党和革命军人信仰与意志的原动力表达得清楚透彻,是英雄主义最生动真实的写照。

二

在东北解放战争中,中国共产党领导的人民解放军以坚韧不拔的革命意志解放了全东北,书写了军事史上辉煌的辽沈战役新篇章。这场伟大的胜利不仅胜在人民军队的旺盛的斗志和坚定的信念上,还胜在道义民心上。因为这不仅仅是一场战争胜负的较量,还是一场体现阶级伦理的更为深刻的阶级斗争。从 1946 年到 1948 年,尽管国民党军队在东北重要城市盘踞并负隅顽抗,但东北农村却发生了翻天覆地的变化。

中国共产党步步为营,建立了农村根据地,并在根据地开展土改运动。党领导农民推翻了地方统治势力,斗地主,分田地,农民欢欣鼓舞,迎来了新生活。农村根据地作为强大的后方,保障了部队供给,同时还有许多年轻的子弟为了保护胜利果实自愿参加解放军,大量的新兵入伍,改变了国共双方在东北的兵力布局。

《永北前线担架队速写》中写道,动员令传到堡子里的时候,老乡们都勇敢地站起来了,在一天工夫里就组织起来一支八百余人的担架大队。作者经过和担架队员们交谈,感受到新解放区人民的觉悟,他们士气高涨。大队长问担架队员们:"你们这次出来抬担架,怕不怕?"担架队员们回答:"不怕!""为什么不怕?""不怕,这是为了自己。"担架队员们相信民主联军存在,他们才能活着,他们说:"胜利是我们的,土地才是我们的。""赶走国民党反动派,保卫我们的土地和民主。"作者写道:"每个人的心里,都在准备如何贡献自己的力量,这力量是无形的,他将捶碎美国装备的蒋家军。"这篇散文以朴实无华的话语,把解放区老百姓心里最真实的想法表达了出来。共产党给农民分了土地,就是农民的大救星,参加担架队是为了自己,拥护解放军,保证胜利,土地才会是自己的胜利果实。

共产党的土改运动在农村蓬勃开展,党和人民建立了紧密联系。解放战争是人民翻身解放的战争,是一场不同于历史上任何一场战争的翻天覆地的阶级战争。而我们的人民解放军战士来自于人民,也爱护人民群众,即使在战争的艰苦条件中也严格遵守着

"三大纪律八项注意"，获得老百姓的赞扬。吉戈的《血肉相联——爱护老百姓的故事》讲述四平战役中解放军不顾生命安危,从地窖里救出郭老先生一家十四口的故事。老先生感动得冒着弹雨跑来帮助攻城的解放军搬子弹,嘴里不住地说:"我死了也忘不了八路恩人的。"王晓旭的《一只小鸡——民主联军六二部"立功运动"中的插曲》,以诙谐幽默的口吻叙述了一个英雄二排,如何因为一只小鸡表现出爱护群众、不拿群众一针一线的思想觉悟。文章开篇写道,四班班务会上大家兴高采烈,检查战役过程中的群众纪律,大家说二排全体都没有犯错,一定会立功得奖。可是最后一个发言的老战士李景春涨红脸面说,在三道林子买了一只老太太杀好的鸡,准备回头给钱,可部队出发了,忘了给钱。大家埋怨说鸡肉大家吃了,犯了这次纪律,连七连的好名声都叫你弄坏了。因为这个连队从来没有拿百姓当勤务员用,纪律严明从不白吃老乡一粒米。抗战时在物质非常艰苦的情况下,还给老乡送衣服、裤子等用品。作品围绕着一只小鸡展开,故事情节一波三折。全体同志在战场上杀敌立功,在战场下严守纪律,就是要争得奖旗和荣誉。而因为一只鸡,营里说,二排哪都好,本来可以立个大功,就是吃个小鸡吃坏了。团里说,要不是这只小鸡二排又中奖,还要照相。这些消息引起大家对李景春的埋怨,连里做了工作才渐渐平息。最后团首长经过慎重考虑,认为二排全体都有战功,而李景春又是误犯,能悔悟改正值得表扬,决定仍旧给二排奖励。二排的同志开完祝贺大会,扛着白面和猪肉走回去时都说这个肉不是好吃的,以后要特别注意,打仗爱民要做得更好,保证没有一个违反纪律的。二排成为旗帜,成为全团学习的目标。这篇散文生动活泼,从吃一只小鸡吃坏了到成为学习榜样,二排的故事反映了解放军严明的纪律、正派的军风。解放军所到之处对老百姓尊重、爱护,得到当地人民群众的拥戴。从抗日战争到解放战争,前方是英勇杀敌的战士,后方是热情支援的老百姓。与国民党在蒋占区对人民盘剥搜刮所犯下的罪行相比,爱护群众、胜在民心是中国共产党取得革命胜利的一个重要原因。

对解放区新生活的描绘,散文作家的笔下洋溢着喜悦。严文井在《乡间两月见闻》中还特意提到农村幸福的夜晚场景。夜晚到了,"年轻人还在宽敞的院子里谈笑;有几个调皮的小伙子先后试着骑一匹性情暴烈的牛,牛固执地躲避这个试验,环绕着系它的木桩打转,有一个人迅速地跳上牛背,随又迅速地跌下,引起一阵哄笑。不知什么时候,放马的牵马进了院子,自卫队员拿着扎枪准备出去站岗去,女人们忙着把猪同鸭子关起来,院内静下来,白鹅则依然高昂着脑袋在墙边阔步。天色逐渐变得更加暗淡,不知什么时候星星已开始闪亮,广大的原野在朦胧中显得更加无边无际。"这段描写把北方农村傍晚闲暇时的快乐轻松展现了出来。要不是自卫队员还要站岗放哨,那就是一个和平安静的农村的普通夜晚。作家严文井在文中感叹,这不是一个屯子,而是若干屯子夜晚的景象。人们对和平安乐的盼望在东北解放区大地上实现了。

除了乡村,对于那些在炮火中重新回到人民手中的城市,共产党也开始了接管和初步恢复建设的工作。对沈阳、长春、大连的工业,能保护的保护,能恢复的恢复,能生产的投入生产。在作家们笔下,新生活、新气象跃然纸上。大连大众书店于 1948 年 8 月出版的《"工农园地"选集》,就收录了城市工人拥护和融入新生活的历史片段。金人的《沈阳的欢笑》、袁玉湖的《锉股的"火车头"》、草明的《翻身工人的创作》《工人艺术里的爱和恨》、张望的《老工友

许万明》等,我们在这些描写工厂工友的散文里,看到了解放区新生活带给城市工人的希望。他们积极上工,钻研技术,加班加点,争当劳动英雄。从牡丹江到齐齐哈尔,从长春到沈阳,解放的城市中开始有了机器的轰鸣和铁锤的叮当声。

沈阳车辆厂工人在诗里表达了解放后的快乐:"解放工人乐,工厂复了工,人人有工作,大家有饭吃,从此不挨饿。"(草明《工人艺术里的爱和恨》)作家草明在《从奴隶到主人》的结尾中写道:"工人们在民主政府领导下,解脱了奴隶的命运,当了主人。"这句话鞭辟入里地揭示出历史的沧桑巨变,受压迫的工人阶级成了中国真正的主人。共和国长子东北的工厂工人,他们是新中国的建设者,展现的是最优秀阶级的先锋品质。

三

东北解放区文学大系散文卷所收录的散文作品,主要是战地散文和解放区新生活即景,短小精悍,带有新闻报道的迅速性、敏捷性和战斗性。

解放区散文创作带有新闻报道和强烈的艺术特征,这与当时许多作家记者或文艺干部的出身密切相关。作家群体中不乏刘白羽、草明、白朗、华山、西虹等一批写作风格成熟的报告文学家,他们对战争环境和百姓生活有着敏锐的观察和切身的体验。也正因如此,他们笔下的散文或因作家随军记者的身份,或因延安时期文艺思想的积淀,或因个人艺术写作风格习惯,体现出报告文学特有的纪实性与文学性相结合的特点,使东北解放区的散文创作呈现出独特风格。作家队伍的身份构成,作为一个不容忽视的因素,首先成为观察东北解放区散文创作的一个视角。

在东北解放战争中,有许多由共产党文艺干部组成的随军记者,他们从延安来到东北,亲赴前线,以大量真实的新闻报道反击了国民党的舆论污蔑,同时记录了人民军队不畏艰险、英勇战斗的英雄事迹,表现了后方人民在解放区土改过程中翻身解放、得到土地胜利果实的喜悦心情,凸显出老百姓对共产党的热爱和军民的鱼水情深。以报告文学家刘白羽先生为例,1945 年 8 月 15 日日本帝国主义投降后,为了加强共产党的宣传,在舆论上对国民党的构陷予以反击,让全国人民了解国民党意图夺取胜利果实的阴谋,组织决定调刘白羽以新华社特派记者的身份随军进入东北,报道战争形势。刘白羽的报道凸显新闻的敏捷性、迅速性,反映国共两党战场情况,既场景宏大,又细节充沛,更有许多英雄战士、英雄班、英雄连出现在他的通讯报道中。

散文作家们笔下这些真实的报道在东北解放战争中起到了强大的宣传作用。部队战士们看到自己身边战友的英雄事迹,都很受鼓舞,榜样的力量在战争中成为鼓舞人心的强大的精神力量。以刘白羽为代表的战地记者们,以亲赴战场的第一手资料,发挥出新闻报道重要的宣传作用。战争场面的恢宏,解放军排山倒海的英雄气势,都促使短小精悍的战地通讯向场面宏大、内容深刻的全方位表现形式的报告文学转变。报告文学以其真实、全面反映现实的特点而成为适用的文学手段。报告文学写真实的人、真实的事、真实的场景,加上作家本人的真情实感,因而具有了极强的感召力。东北解放区散文创作也正因为内容真实、情感真实而呈现出历久弥新的强大生命力。散文写作贵在真实,报告文学以真人真事和真情实感,为解放区的散文创作率先做出了美学范式转换的榜样。

初读东北解放区的散文作品,读者往往会因为作品中的真情实感及其所带来的身临其境般的感受,而忽略了作品本身的艺术特质。实际上,这些散文恰恰是在真实的基础上,以细节的生动丰富,而给读者留下深刻的印象。有大量的作品是在真实性的基础上显示出文学性的。

细节的生动,使东北解放区散文作品具有鲜明的文学性。散文卷中那些聚焦辽沈战役著名战斗场景的令人震撼的战地通讯,把我军战士"誓死坚守,死了也要把尸身挡着敌人"的大无畏精神写得壮烈感人。作品中出现了许多在战场上冷静果敢的董存瑞、黄继光式的英雄,他们是突破蒋军层层封锁和密集炮火的爆破手任子厚(华山《爆炸英雄任子厚》)、钢铁英雄王德新(王焰《钢铁英雄王德新》)、连续五次完成爆破任务的英雄施万金(刘德显《连续五次爆炸的英雄施万金》),这些英雄筑起了新中国的铜墙铁壁,让所谓的国民党王牌军新一军、新六军,在具有钢铁般意志的人民解放军的队伍前束手就擒。

在描写解放区新生活、新风尚方面,散文卷作品对拥军爱民片段刻画得细腻真实。有未过门的姑娘巧用心思,劝未来丈夫去参军打仗、保卫家乡的故事,把女孩聪慧进步的个性,通过写信、见面等场景表现出来,读之让人对这个识大体、明大义,送郎上战场的姑娘留下深刻印象。(白刃《送郎上战场》)有推起小车、扛起担架,跟随大部队打仗的民兵的故事,同样是解放战争中一幅生动的英雄剪影。他们在战场上除了抢救伤员、运送物资外,还可以用大扁担缴机枪,代替机枪手继续战斗。(关山等《民夫英雄剪影》)有因为部队出发未来得及给大娘一只小鸡钱而导致评先进受影响的活报剧,因为一只鸡从评不上先进到最后评上,把部队不拿群众一针一线的铁的纪律写得生动感人。(王晓旭《一只小鸡——民主联军六

二部"立功运动"中的插曲》)

这些细节生动的描写,把人民拥护共产党和人民军队的真情实感表现出来,勾勒出解放战争中英雄的军队和人民为新中国热血奋战的集体主义和爱国主义精神。

东北解放区散文作品在主题内容上有很高的价值。大量的散文表现了中国人民解放军集体主义和英雄主义精神,表现我军战士以昂扬的士气歼灭国民党军队的英勇,体现出革命军人浩气长存的革命豪情,也因此奠定了共和国散文书写的文学反映论的文学观,表现战斗英雄,书写解放军新生活、新人物、新思想,以及解放区昂扬向上的时代面貌。战场上血与火的革命浪漫豪情,催生了解放区散文黄钟大吕的豪迈风格。为了全景式再现辽沈战役的军事奇迹和解放区的新生活,出现了以刘白羽等为代表的散文作家长篇报道的书写尝试,这种书写方式成为以纪实性与真实性相结合为主要特点的长篇报告文学的成功体例。

以题材广泛、内容真实和情感深厚为主要特点的纪实性文学书写,使散文创作在战争时期凝聚了强大的精神力量。也正因如此,这些反映中国人民解放军不畏艰险、英勇战斗的长篇报告文学,在风格上激情澎湃、气势磅礴,以摧枯拉朽的气势渲染了文章的叙事氛围。战争场面宏大,主题鲜明,节奏明快,体现解放军强烈的革命乐观主义精神。英雄的军队和优秀的人民(解放了的农民和工人),天然地和优越的社会主义制度联系在一起。人民当家做主的新中国图景鼓舞激励着解放军和东北解放区的人民,一个不证自明的逻辑在这些豪迈的散文中呈现——伟大的军队和人民一定会创造出伟大的新中国。这一历史时期的散文创作,以强烈的政治宣传特性,奠定了新中国军旅散文的美学范式。以时代精神和革命乐观主义、英雄主义为基调的军旅散文，在美学范式上是思想磅礴的黄钟大吕和沉静开阔的高山流云。

东北解放区散文创作在共和国的文学史上，留下浓墨重彩的一笔。在共和国72年壮阔的历史画卷中，我们仍然可以看见那些为缔造伟大的新中国而浴血奋战的英烈们的身影。解放区散文把东北解放的历史全貌，通过真实的战斗场景和战士们的英雄壮举再现了出来，东北解放区的散文作品也因此在纪实性方面具有了军事史和共和国历史层面的资料留存价值。而散文创作也因为报告文学纪实性与文学性的结合，为共和国的军旅散文创作提供了美学范式。战火硝烟已经远去，散文书写却以文学影像记忆的方式，刻写了血与火的壮丽历史画面。东北解放区文学大系散文卷中的作品穿过历史的风云，以真实朴素的面目呈现在读者面前，史诗般的壮美激荡着现代人的心灵，使后人抚今追昔，缅怀英烈，牢记历史。东北解放区散文以文艺轻骑兵的时代使命书写战争风云，化成嘹亮的革命号角，奏响了新中国解放的凯歌。

2021年春于哈尔滨新区寓所

◇ 乙　梅

路

国家命运盛衰的踪迹,假如用线来联结时,那么,结果总不免呈一种波状吧! 只是这种波长当然是不规则的,并且,也不见得会循着什么定理的。如果按这样来看,那么,我们经过多少个波长了呢? 以我自己来说,也许还不满一个吧——依照我自己的这种计算法来算。

自从我开始需要点什么的时候,我就觉得世间总不免是一个空洞的大空间,为什么,我所要的便一点也得不到呢? 而我不想接受的,却有时要送上手来?

我开始想:我是跌落在阴沟里了。

在我翘盼它填平起来的同时,它却一天天地深了下去。

而我们所需要的东西——那精神上的营养,也一天比一天难得到手了。我发觉了,我是一天天颓废下去。我所需要的,被一点点挪走,而换上我们谁都不想要的东西。

就这样地,深下去,深下去……

直到去年春天——三十四年春天,我真吓得呆住了。我为了职务上需要点参考书,我便老远地跑到街里想去翻翻书店。但是,它给我的只是两扇竖牢的铁栅栏,结果,我只好退了回来,再去翻别一个吧。

踏着泥泞的融化冰雪的道路,艰难地跋踏着。到了别一个,两个,三个……全是同样的展给我以两扇门扉。

偶然经过一个黑色门洞,一群学生,围着一个书摊——那些无时不在感到自己空虚的孩子们。他们有许许多多的人哪,都听说:多读书是一件好事,所以他们往往要去找书读的。

这唯一的,可是炫耀在大都市的书摊,原来还是摆一些武侠评词等书。

我自己找不到书,又看着那些可爱的少年,用那些东西去做代用,只能暗暗地着急。

我们真是穷到底了吧!怎么什么也得不到手了呢?那曾经在我幼年记忆中铭刻过的热闹大街,真是车如流水马如龙,以及算盘子响成一片的大百货店,而今,都关门大吉了。

啊!我们真是越发地坠下去了。按着这样地深坠下去,我不敢想:将来我们要落在怎样的深底上呢?

结果我只好到图书馆去,其实这里我去过好几次了。这次依然是:书还没有整理好,下月能开馆。

无路可走时,还得到那个为日本人设的图书馆去吧。虽然我明知没有,可是也得去找找——说起来他们研究中国各部门的书可以说是超乎我们想象外的多,并且范围也相当的广,只是最近新添书太少了,多半都是早出版的,这原因和我们的穷,是同工异曲的。

那天在那也没有找到,结果,怅惘地走回来。

又过了一些同样日子。直到八月十五日以来，我才感到，我们渐渐地脱离了那深沟又向上走了。

街上，开始听到了活过来的呼吸声。走在书店里，有的是新出版的单行本，以及更多的杂志，大家极珍贵地去看护它们，甚至去鉴赏它们。好像说：这不过是先锋，大军在后面呢！

喂！我们但愿如此。

现在正当一年结束，一年又要开始的时候，每个人，无论为商做工，或读书人，都未免有个新的约束，新的确定。这就因为，每个人都是珍重他自己未来的一个好手。因为把未来的一年，看得那样重，才在它的降临之先，预计了许多要利用它，有意义地去利用它的方法与决心。尤其，在这样一个大转换时代下的第一个新年，或者说中国再建设的一个开端，更是需要慎重从事的。

那么，每到新年都不免要发誓般地做预算，确实也有它的必要了。

对于三十五年，当然我们的要求，决不少于预算的。前面虽说过，书店里确实已经出现了不少的书籍，但这些东西的价值，将来将怎样地展示给我们呢？

假如我们都这样担心的话，那么这就很有希望的可能了吗？恐怕事情不这样容易。这仅仅可以当作走上理想的一个出发点的因素而已。

那么，我们那些绮丽的要求，将怎样来实现呢？不消说，是得由每个人去负担的，在它不能按理想的发展起来之前，每个人都负有责任的。

现在我们满可以依着自我的意志，去做点什么了，既然我们觉得向上走是很有意思的。同时，那更多的群众，那些也同样爱好自由的人们，我们不要忘了，大家要携着手地走上去吧！大家要互相照应地走上去吧！人类总像一组一组的团体赛跑者，纵使捷足的人不免先到达了终点，然而，那也算不了这个团体的获得荣誉，仅仅能说：某团中，有某一位大匠而已。

而整个团体的胜负，每个分子都负有责任的。所以，捷足者先达到终点，倒不如设法供你后边的懦夫们怎样也加强了速度，早到一分钟，多得了一些胜利的确率。

所以，我们在不能忘了向上走是一种愉快的同时，也不能忘了，需要全体携着手向上走是一种必然之势了。

假如肯回想过去的话，那么，无论在哪一个部门，总不难发现，那些关于不携手的例证，那些小毛病，积得大了，便足可以坠我们下去的，我们已经尝够了下去的苦痛了。以后，我们是不但要防止下去的危机，同时也应该憧憬一下站在上面的幸福了。

我们不要因幸福离我们太远，就不想去问津了。

同时，也不能迁就地说：啊！我已经不是很幸福了吗？还去求什么幸福？

好在现在能这样去说话的人也许不太多吧？

现实的空虚，这是每个人都同感的。

我们不能因为现实空虚，而就绝望抛开了现实，虽然空虚，还得把它当作一座渡过我们到理想的桥梁。

我们得一面忍耐现实，一面不要忘了去改造现实。改造了现实，就是奠定未来的基础。

所以，大家要和气地、乐观地从现实走上去，到那预期的未来。

这里所说大家，当然不是指全国人都得从这条路子走上去的。仅是限于要走这条路，或是，已经在走着这条路的人们来说的。

尤其在今日需要具体去建设的国家中，所需要走上去的路正多得很！文学这条路，在那所有的路子中，不过是其中之一而已，并且和所有的路子是平行地进行着的。

无论怎样说，这总算是一些道理而已。至于真正地实现，还得期待在实践的上面。道理纵使讲得如何堂皇，若不去实地着手做，也是白费的。

选自《东北文学》，1946 年第 1 卷第 2 期

弥　补

我不敢相信，我们所希望的，真的会来得这么快，这么容易吗？

当我们得到了一个给我们带来希望的消息之后，我和菱握着手，高高地跳了起来，一个十四年来从没有过的真喜悦，降临在我们的心中。

"这回我们可抬起头来了！"

啊！我们终于得到了答复在今天。

每次，当我们在极度地忍受虐待之时，她总是要感伤地对我问：

"流玫！我们什么时候才能有抬起头来的一天呢？"

对于这样一个可怕的无以解决的问题，我能回答什么呢？

到此，经过屡次的失望，我连希望也不敢有了。啊！我知道，这种懦怯，是可耻的。但是我终于这样想了。

啊！那一切都成了过去，是的，过去得太快，也太慢了。

清澈的青天，暖和的白日和随风舞动着的红色旗帜，一切都愉快地象征着。

"相信吧！魔法已经去得远了，你已经回到了祖国的怀抱。"

有谁永远向我这样地嗫嚅着。

是的，这十几天来，一直在狂喜中跳跃着。

好像参加了一次大合唱，闭上眼睛也可以想象得出，那一张张营养不良的脸，一只只贫血的手，大家都忘却了自己的可怜，同为这最大的喜悦而欢呼、高唱。

是那魔鬼，抽去了我们的营养，吸去了我们的血，在不知觉中，他们一天天活色起来，我们一天天贫弱下去。真是狡猾的大盗，竟把我们四千万个丰盛的生命，给变成了四千万个贫血者，除了他们，更谁会有这样的残忍。

他并且改造了我们人生的原型，尤其是不幸的待教者，在他的魔法教室里，确定了一个紧要的阶段。虽然我们的精神是不曾动摇，然而，那周密的魔网，它终于造成了一个与我们原型不相一致的怪型给我们。

如今，我们争回来了自由，行动自由，思想自由，可是想要我们那完整的生的原型，但是，向谁去要？

那魔鬼，已经走上了他的末路——竖起了白旗。

啊！我们受了一个多么大的损失？谁也不会轻易把他忘净吧？但是，我们并不悲观，有破坏，才有建设，但愿我们，拿出全力，去弥补我们这绝大的损失，一切摆在眼前，或是浮雕在心里的惨伤，都是做我们上进的一个有力的鞭策。但愿我们肯埋头苦干，光明的日子是属于我们的。

选自《东北文学》，1945 年第 1 卷第 1 期

◇丁 未

大连的春天

从零下十六度寒冷的冬天起,每天到街里去,坐一路的电车,通过一样的街道。但是每天所看见的事物,却每天都在变化。

路上积雪堆水的时候,人们在扫雪敲水,开冻了以后,人们在植树,在整顿市容,在开荒!——在开荒的时候,听说人们是"寸土必争"的,与广大的空间争,与急流的时间争。

(以往的日子,有四十年了。现在有五十岁年纪的人,都记得,都诉得出:过去,他们是在空间中渡着失望的等待,在时间里,只有难受的挣扎,挨着日子,生活在不公和不平的当中。过去,是叹息的日子,是有着那么多的悲惨的。)

从苏军节,到五一、五四,这城市又有一些什么情况呢?电炬照耀着街灯明静的青泥洼桥,红旗飞扬在大厦的楼头。人们,汇成为行列的洪流,流过中山广场,歌声流到街里的到处。无数巨幅的孙中山像、列宁的像、斯大林的像、毛泽东的像、朱德的像,人们抱拥着他们。人们也用自己的手,开阔了鲁迅公园,人们挤到工专去看工业展览会。（是自己的生产，是自己的建设。）人们也挤到友好大楼去看工人艺术展览会。（是自己的文化，是自己的创作。）人们，忙着选举劳模、英模，人们也忙着为白毛女流泪，为李贵香讴歌，为闯王进京而振奋！

什么事物，都在变化。向"进步"变化。

曾在寒冷中污浊荒废了的小园，怒苗一遍青苗。算季节的气候，这里比江南要晚上一两个月，快到五月节，芍药盛开了，白的、黄的蔷薇也盛开着。比南方，这辽东海隅，可以说是"春迟"。但是，想起了南方，看看这里一切向进步的"变化"，——南方的人，正在度着最后的阴沉的无奈的冬天！——这里，人们的心，是早就迎着春天了。

可爱的春天！——早上，在中央公园的路上，有熙熙攘攘的，到小学，到幼稚园去的小朋友，他们唧唧噪噪，他们是这城市的云雀。傍晚的天津街上，那些穿列宁服，从公事房走出来的少女，她们的体格壮实，她们的步伐的姿势也是健实的。她们笑，没有轻盈的倩笑了。她们生动在这春天的光明里，她们笑——爱这可爱的春天。

选自《关东日报》，1948 年 6 月 9 日

◇丁　坚

克茂村建政工作散记

一

　　刚过腊八，西北风飕飕地在耳边啸叫，搁往年的这个时候，尤其当那天擦黑，外面刮着像猫咬耳朵似的小北风，谁还愿意离开自个的"热炕头"和"热火盆"呢！但是三年来，在共产党的领导和教育下，这些朴实的农民，他们普遍地有了政治认识和阶级觉悟，当着村上通知开大会的时候，老太太抢下儿媳妇刷的碗，小伙子急忙撂下了铡草的刀，大大小小，老老少少，很快地便挤满了村政府，在一个长筒的屋子里，正面吊着一盏大保险灯，靠北犄角也同样吊着一盏。嗑瓜子的声音，唠嗑的声音，浓重的叶子烟放散出的辣气，搅成了一团。大多数人坐定后，和每回开会一样地要拉一拉歌子，首先在靠左边坐的老爷们堆里，发出了挑战的号角：

　　"欢迎谁唱歌子？"

　　"妇女会。"

　　紧接着是双方对峙,经过了一阵沉默,从挑战这一方面又发出攻击的信号了:

　　"一,二!"一个粗壮的声音暴跳了。

　　"快! 快! 快!!"接着是一群杂乱的响应。

　　老娘们堆里一阵紊乱,在强大的攻势下,开始动摇了;但是经过一阵骚动,又转入鸦雀无声。

　　挑战的人,保持了片刻的等待,但是对方仍然是不吱声,于是焦躁地,开始总攻击了:

　　"来一个炮——!"像一支信号弹射了出去。

　　"大炮怎么响啊?"粗壮的声音止不住又叫了!

　　接着就是一阵:"嗵! 嗵! 嗵!!"

　　老娘们有点"绷"不住了! 一个妇女干部从人堆里站起来:

　　"不要喊啦! 给你们唱啦——!"尖锐的山东腔压下去,接着就是:

　　"没有共产党,就没有中国。没有……"

　　唱完了一个歌子。老爷们就发出一阵狂呼:

　　"好不好哇?"

　　"好!"

　　"妙不妙哇?"

　　"妙!"

　　"再来一个要不要哇?"

　　"要!"

　　"呱唧! 呱唧!"

　　声音落下后,随着就是暴豆似的一片掌声。

　　拉过几个歌子后,村长从人堆里闪出:

"大家静一静呗！区长给你们讲话。"

吵嚷的声音住下了，偌大的屋子里，开始寂静，只有间杂着一两声老年人制止不住的倒喉声。

区长——四十上下的年纪，红面膛，矮小结实的个子，扛大活出身，参加革命还不到三年，在革命的陶冶下，不但学会了分析问题，讲解道理，就是看报，看书，写报告都不成问题了。他一张嘴先向大家笑了笑，然后问：

"大家吃饭了没有？"

"吃啦！"

"吃饱了没有？"

"吃饱啦！"

"好！吃饱了我们好开会。"

"……"从各个角落里发出几声农民怪有的憨笑。

"今天把大家召集到这里，就是告诉大家，我们要开始搞'民主运动'啦！这个运动可不像运动会那样地赛跑，是叫大家都来响应这个号召，普遍地参加选举，选举当家办事的人。"

"民主运动又有一个小名，叫作'建政'，就是建立我们的村政府。过去咱们虽然翻了身，掌了印把子，可是还没有把当家办事的本领弄到好处，这回'建政'，就是解决这些问题，让咱自己能够很快地当家办事，过好日子……"

区长这几天来就闹不舒坦。讲话很费劲，汗珠子豆粒般大小，直从热脑盖子上往外钻，话没有说完，就交代给区上来的另一个同志了。

"方才区长把'建政'是咋一回事儿，和大家说了很多，我现在再把'公民权'向大家说一说。什么叫公民权呢？就是你有被别人选

12

举的权利,也有选举别人的权利……"

"……有人也许要怀疑,这一次的选举,是不是把以前的旧干部统统换掉,又要'搬石头''跳圈子'呢?不是。那不是成'拉完磨杀驴'了吗?旧干部工作做了一两年,不说功劳有苦劳,所以咱这次民主选举,主要的是为了把能替咱办好事的人,选到政府里,要把村子里的事情办好,所以,只要是好人,不管他以前是干部也好,不是干部也好,都可以当选的……"

说完话后,跟着就是一阵掌声。在散会后,三三两两边走边唠起来:

"这才是真正咱人民掌权的日子呢!"

"这回可得好好挑挑了,别让那些'流吉'①上台啊!"

二

第二天,把全村八个间分作十二个小组,由区上下来的干部和原来的村干,并有小学教员参加,讨论公民权问题。在讨论会上,村干进行了"交底"教育,同时提出了下面的问题,领导大家按条开始讨论:

一、什么是建政?

二、为什么今天要建政?

三、过去的政府与现在的政府有什么不同?

四、伪满有没有民主?

五、共产党来到都给大家做些什么?

头两个问题比较生硬,起初谁都不搭茬,经过村干反复的解释,

---

① 二流子。

有几个像商人模样的人,很不自然地,像有什么顾虑似的,淡淡白白地说了几句,随着又有几个人像猜谜似的补充了些。接着讨论第三个和第四个问题,这回村干很耐心地现身说法,一点一点地逗起老乡们的话把子。一提到"伪满"这些翻土拉块,在煤洞里扛煤,在国境线上修苦工,受尽日本鬼子鞭打、奴役、凌辱和压迫时,一个纯朴的农民,好像还有余怒似的,浑身颤抖着站了起来:

"我叫日本子抓劳工,用火车送到了黑河,白天黑夜,有很多人在那里给小鬼子搬炮弹,修工事,吃——吃不饱,睡——睡不足,连累带饿,就是一个铁打的汉子,也架不住这一老'折腾'啊! 死的人真老鼻子啦! 再想起家里的老婆孩子,真让你火蹿头顶啊! 我一看这样下去,也没有头了,在一个月黑头的晚上,我瞅着鬼子都睡着了,一个人偷偷地溜了出来,从里三层外三层的'刺鬼'①里爬出来。因为摸不准方向,跑了一宿,等到天亮一看,自己是在漫山漫野的荒草甸子里。走了一天也没有摸着方向,这样在荒草野甸子里走了三天三宿,饿急眼的时候,我就抓一把树叶子填到嘴里去,真是,天无绝人之路,在第三天头碰见了一个捡柴火的老头,才知道自己迷路了,这里原来是个没有边的苇塘沟啊! 和老头商量了一下,老头倒不错,把我领到他的家里,吃了一顿饱饭,走了半个多月,连讨带要,好歹算到了家。到家一看,老婆子闹急病死了,剩下一个六岁小子,也叫他姑姑领去了! '家'整个地完了,怎么样刚强的小伙子,谁还能擎住这样的折磨呢! 我像一个傻子似的,坐在炕上两眼直望'房笆',不几天的工夫,叫'巴拉'②的甲长知道,我又蹲起黑屋子了,可

---

① 铁丝网。
② 附近。

是没住上几天,小鬼子就完蛋啦!咳!想起'满洲国'真是说不完的苦啊!"他一口气说完了这一段遭遇,最后他长长地叹息一声,好像一肚子闷气一下子吐出而感到轻松似的坐下。

接着又有几个人唠到"伪满"的警察——勒索,敲诈,欺压百姓……

当讨论第五个问题时,滔滔不绝的话声马上止住了,屋子里又开始静下来,但是只有几分钟的沉默,一个小伙子沉不住地跳起来:

"怎么?大楂子干饭又焖(闷)起来啦!"逗得老娘们直哧哧地笑,接着小会又热闹起来了:

"共产党的好处还有个说完?共产党的好处太多了!"一个铁路工人开了头一炮。

"不叫共产党来,咱们还能活着?不是早变大粪①了吗?"一个农民粗声粗气地说。

"共产党领导咱们,斗倒了地主,警察,特务,咱们才能够翻身过好日子。……嗯……嗯……我就说到这。"一个卖烧鸡的也想起了共产党给他的一些好处。

接着又有几个人,拉拉杂杂地说了一些共产党的好处,最后大家好像没有啥说的了,屋犄角黑影处有几个人小声地嘀咕起来,村干忍不住吱声了:

"老乡!不要开小会,有话提出来大家讨论!"

接着就是一阵乱哄哄的:

"共产党的好处,还有能说完的?反正就是一个好哇!"

显然有些不耐烦了,但这怎能说它不是群众打心眼往外的反映

---

① 指死掉。

呢？因为农民的性格是最纯，最真挚的。最后的一个问题就讨论到这里，接着又讨论了东北局颁布的选举条例，啥样人没有公民权，大家纷纷提出了自个的见解。虽然在大会上，重过来重过去地强调了贫雇中农大团结的问题，但是少数贫雇农，对中农还有一些不正确的看法，趁着这个机会，村干又进行了一阵阶级教育，今天的会开到这里就煞住了。

三

第四天开始在各小组审查公民权，工作的干部大家决定，开头要紧一些，好让群众对公民权进一步地重视。晚上，完小的教室里，村里较大的屋子里，都点上了保险灯，吃过晚饭后，仨一群俩一伙的都到各小组去开会。在正街的一家商店里，从冰冻的玻璃窗外，影影绰绰看见里面很多黑的影子在蠕动，窗户上伸出半截炉筒子，咕嘟咕嘟地冒着黑烟，房门不住地有人开关，啪嗒啪嗒地响。这是一个间长的家，也是今晚一个小组开会的地方，进屋靠右边躺着细长的柜台，柜台上放着一盏保险灯，地中间生着洋铁炉子，围着炉子黑乎乎的坐满了一屋子人。开始审查的时候，村干简单地告诉了大家咋样的说法，先挑没有问题的，能够发言的人先说。起初大家都不摸底，尤其这一小组多半是中小商人，他们更是敏感的，疑神疑鬼，他们把审查公民权，看作是一个坦白运动，经过村干一再的解释和领导，不稳的空气渐渐缓和，一个接着一个地说了下去，说完了一个，经过一阵的议论，又都静下去，等到村干发问：

"×××，有没有公民权啊？"

于是哄的一声——"有！"

"从小就住地方，给人家吃劳金，好人哪！"

"啥也没干,老实巴交的庄稼人,谁还不知道呢!"有人在一旁补充似的说。

一个河南口音,四十开外的"母牙子"①站了起来:

"俺从小就在戏院子里卖货,后来俺又到煤厂子做煤球,有一年在山东,鬼子招劳工,俺搭火轮来到了关东城②,在牡丹江煤矿里做苦工,也吃不饱哇! 有一天俺偷着跑了出来,就来到这疙瘩。"

有人问他这都是哪一年的勾当儿,他自个也弄不清楚,再问他的时候,他眯缝着眼睛,咧着一个"母牙子"的嘴跟你笑。据知道他底细的人说,他没有正经职业,掏茅楼③,捡煤核,夏天忙的时候卖零工。又有人像逗弄他似的兜起老根子:

"老×! 你还有事情没说呢?"

"啥事儿? 你说!"满不在乎地咧咧嘴。

"你说,去年你为啥蹲笆篱子?"问的人一点也不留情地单刀直入。

"……"老"母牙子"有点装不住,但是却用笑掩饰过去。

"你倒说呀! 为啥瞒着呢?"问的人有些不耐烦了。

"啥事儿,还不是为了那个臭娘们呗!"他无法抵赖,才吞吞吐吐,没头没尾地说了这么一句。

原来"母牙子"人虽老,却有一些花样儿,去年扯破鞋,叫区政府押了一宿笆篱子又游了街,今年种了几亩地,村干教育他的时候,他直点头称是,伪满那一套坏习气,他还没有忘掉。大家七嘴八舌地哄了一阵,最后决定了他的公民权——"有!"

---

① 秃牙。
② 东北。
③ 厕所。

这是一个情形比较复杂的小组,在基本群众较多的小组里那真是又紧张而热烈啊!

审查公民权的工作,一连做了三天,最后两天晚上,和头一天的情形就大不同了。一个十八岁的姑娘,为了她的父亲给她少报了三岁,竟不顾家里的制止,亲自跑到会场来要公民权。连平时不下地的老太太也拄着拐杖,晚上很早地就来到会场。"公民权"一时成为嘴边的话把了,街头巷尾,人多的地方,差不多一见面,头一句话就是公民权,有的人开玩笑的时候也用上了公民权:

"你小子不用美,再不好好干,就剥夺你的公民权!"

"别瞎叭叭①,你有公民权吗?"

经过几天的大会套小会,教育,讨论,大家都开脑筋了,都知道公民权真的重要了。

第七天,各个小组公民权审查完了,晚上在村政府又开了一个大会,每个人都关心自个的公民权,天刚一黑,会场里人就快坐满了。会开始的时候,区长简单地说了几句话,就开始发表公民榜了,每个人都竖着耳朵听喊自个的名字,得到公民权的人,眉飞色舞,乐得了不得;被剥夺公民权的,却都低下了头,有的竟哭起来了。

公民榜发表完了,接着又区分了公民小组,各小组推选一名临时的组长,合计好明天小组开会的地点后就散会了。

四

第八天晚上,每个公民小组配合了一名村干掌握,开始提候选人;第九天晚上仍然在各公民小组,酝酿全村提出的候选人条件问

---

① 闲扯。

题;第十天晚上开始竞选。今晚村政府的会场里,又重新布置了一番,顺着棚板交叉拉了两趟红绿色的旗子,在正面墙上的中间,贴着用红纸写的"竞选大会"四个大黑字,转圈墙上,柱角子上,都贴满了花花绿绿、各式各样的标语。

会一开始,由区上来的一个干部,把今天会的意义粗枝大叶地说明了一下:

"……什么叫竞选呢?'竞'就是比赛,比一比,'选'呢就是选举。在今天的大会上希望各位老乡,都要瞪大眼睛,长住眼光,看看我们所提出的候选人,谁的条件好,谁够上我们的当家人……"

讲完话后,群众开始嗡起来,叽叽咕咕,论长道短,谁够条件,谁不够条件……

先由一、二公民小组开始,两组两组地介绍候选人,临时在会场的前面又添了一盏明晃晃的大吊灯,由各公民小组挨次轮流自报本组提出的候选人的名字,叫到的人都站到灯光底下,让大伙认识认识,由选出的公民小组报告被选的条件,旁的组给补充或提意见。

"×××,一,历史清白,二,工作积极,三,思想进步,四,革命到底。"有人像背诵条文似的说出候选人的条件。

"×××,他会打围,他打野猪,我们少糟蹋多少庄稼呀!"一个老农民站起来用手指点着说。

还有比较有趣的:

"×××,大公无私没有。"

"×××,对八路军的脑瓜子认识很好。"

惹得全场的人都笑了。

在介绍当中,有的候选人表示了态度:

"我的毛病很多,今天大家看我好,又把我提上候选人,如果明天投票选上了我,我一定好好给大家服务,选不上我,我也坚决为老乡们办事到底。"

"八路军一来我就参加工作,经过清算,砍挖,大家一直拥护我,明天选举如果能把我选上呢,那我更美啦,选不上呢,我也是要给大家服务的。"

"……"

候选人一一介绍完了后,区上来的干部又把明天选举时应当留心的事情,向群众说了一阵。

今天县委组织部长也来了,区上同志说完话后,他也凑到群众面前:

"诸位叔叔大爷,婶子大娘们!我头一次来到这里,我今天要占大家半个钟头的时间,向大家讲几个问题……"

他首先强调了人民代表责任的重大,接着讲建政和生产的联系,人民代表和政府的关系,贫雇中农团结问题。

※　　※　　※

第二天,村政府像办了一件喜事,一清早就锣鼓喧天地响起来。

选举大会的会场是在完小的礼堂里,在礼堂的转圈儿,摆了一个"回"字形的板凳阵,外圈挨排背脸坐着候选人,里圈的凳子上,在每个候选人的身后,搁着一个大花碗,碗口是用纸糊着,报纸上抠了一个小窟窿,上面贴着候选人的名字。完小的几个教室里,都生起了炉子,作为选举人的临时休息地方,在另外的一个教室里报到和领票,票是大豆经过了红色的煮染,按着公民登记簿上间的次序,一间一间地进行,点名发豆,然后到礼堂里投票,一整天学校的院子里热热闹闹的,直到日头栽西公民才投完了票。

晚上在村政府开彩,今天到的人格外多,黑压压地挤满了一屋子,连凳子的空隙处,都站满了人,大家都来看他们所选出的新的当家人。会一开始,先在群众面前分组查票,结果在七十五名的候选人当中,选上了四十五名的人民代表(男二十七名,女十八名)。当选名单发表完了后,由妇女会开始献花,因为没有找到喇叭匠,临时由学校的学生伴奏风琴和锣鼓,这时,会场里掀起了一片热潮,笑声,掌声,外加锣鼓声……只看每个人笑眯眯地咧着嘴,谁说啥话,一点也辨别不出来了! 会场的秩序整个为热情所笼罩了,献花完了后有人喊起口号:

"我们要向代表们学习!"

"人民代表是最光荣的!"

"当选代表,真美死啦!"

最后的几声竟嘶哑了!

雷似的掌声,雷似的口号,每个人的情感都溶解在这热情的巨流里了。

一阵狂欢后,四十五名的人民代表笑盈盈地站到人民面前,他们要和人民交换一下意见。

首先群众当中有人站起来:

"我希望代表们,好好领导我们生产!"

"代表们! 以后你们就要辛苦了,希望你们多多给老百姓做一些事情!"

……

接着人民代表中也有几个人表示了今后工作的态度。

农会的李主任,这一次又被选上了人民代表,在一阵掌声中,他站到了凳子上,瞅着下面攒动的黑脑瓜子,只是抿着嘴笑,说不出的欢欣,说不出的兴奋,使他一时不知说啥好了! 住了半天,嘴动了动，又笑眯眯地乐了。最后他强压抑情感的冲动：

"今天我太高兴了！在'伪满'做梦也没想到能有今天，再一想不叫共产党来，也决不会有今天啊！以后我要比以前更积极地来给老乡们服务。"

今天不仅代表们高兴，就是全村来参加大会的人也觉着痛快啊！现在大家都真正感觉到民主的好处了，他们受尽几十年，远一些说受尽几千年封建地主的压迫，今天可一下子当了权，掌了印把子，又怎能不高兴呢！

克茂村的民主运动，就在这样愉快的空气中完成了。

※　※　※

选举完了后，在克茂村接着又开了三天的人民代表大会，一些代表们，他们细心地检讨过去的缺点，周密地计划今后的工作，在这里让我们更深地认识了群众的天才，群众的创造，群众的伟大！只有无产阶级的先锋队——共产党，它才是群众的一个保姆，群众的一个导师，它是永远和老百姓血肉相连的啊！

一九四九年一月二十六日

选自《文学战线》，1949年第2卷第1期

◇ 于芜言

武汉商业的危机
——武汉通讯

萧条

漫步在武汉街头,似乎觉得没有变什么样子,而酒馆林立,倒好像比过去更繁荣了,但仔细观察,则又不然。在汉口,江汉路是萧条万分的,在内街、升平街、前花楼街一带,过去棉坊、山货字号、钱庄集中的商业区,现在土崩瓦解,但在湖北街界限路一带则喧哗熙攘,而狭窄的一条汉正街,却比重庆的任何一条大马路都热闹了。

然而这还只是表皮的看法,隐藏在那若干消费性的繁荣姿态里层的,武汉经济正面对着一个深刻的危机。全部工业在停滞着。武汉当局在夸说武汉没有工潮,但在一次省参议会上,一个参议员拆穿了这个牛皮,他说:武汉区不是没有工潮,而是根本没有工业。武汉战前有十万产业职工,截至五月中旬止,只有武昌第一纱厂正筹备局部复工,有工人二千多人,因此,至少有九万多产业职工是在失业中或者转了业。从一切方面看来,武汉日益变成了一个纯消费的城市了。还有一个例子可说明这种情况,在战前,武汉驻有许多外地的客商,他们从各地区贩运土产品(桐油、棉花、粮食、山货等)到武汉,然后从武汉采买制成品(布匹、颜料、洋货等)运回本地分散到农村中去,作为一个转运工商业大城的武汉,这是支持它真正鼎盛的基本商业活动。但胜利了九个月,这种商业活动却绝大部分都在停滞着。

总括这种印象,武汉商业可分作两个方面:一方面,是作为发"接收"财的官僚和战争中的暴发户、游资的拥有者、房产的拥有者们的畸形享受的商业,于是满街的酒馆、饭店和买卖奢侈品的大商店,然而就是如此,这些商业的命运也不是一律的。我的两个朋友,分别经营着两爿中等的饭店,一家在热闹的汉口中山路上,于是他每一个月能盈利到几百万元,另一家在比较冷落的武昌平阅路,结果,每天的营业收入不能抵偿支出。解释这种奇怪的现象,应该归结到市民层的两极的分化,消费的对象是减少了,多数的市民失去了宴乐的可能,而少数的挥金如土的分子则勇加挥霍。另一方面,作为交通转运枢纽的武汉基本商业活动则在停滞着,工业在停滞着,武汉的小市民正走在可怕的下坡路中。

商界中人说:现在的市面是畸形的,某项货略有需要,价格即陡涨,而略有货到,价格即陡跌,因此人心虚浮,正当商业多存观望之心,交易是少到不可再少了。我问一个棉布行的朋友现在的生意和日本投降以前的生意比起来如何? 他断然地道:"比都不能比!"从前下河驳布,动辄就是几百筒①,现在顶多只一二十令,河下的②大批

---

① 布单位,鄂布每筒因产地、布质不同有二十四、二十五匹、三十三匹、三十五匹等几种。
② 指各地客商。

交易完全没有了,只能做本市布店的零星生意,每次一筒、二筒,一个月做不了百来筒(从前能做两千筒)。

这种基本商业活动停滞的原因何在呢?农村的不安是主要的原因。在像武汉这样因交通便利而发展的城市,其依赖农村的程度是非常高的,今年湘鄂灾情惨重,农村凋零,加之地方基层政治腐败,政府更无恤民之心,要钱要粮,务使其仓倒灶空而后已。这样,农村对城市的消纳力自然就大减少以至于根本没有了。此外还有一个原因,即因为物价高涨,对外汇兑不利,交通困难,而使国际出口国内转口商业都趋于衰落,因而在武汉坐庄的各地客商泰半都还没有复业。例如上述棉布行业的萧条,那就包括着湘鄂陕农村消纳力的减少和棉花、桐油等出口转口商业的停滞的两种因素。

危机

但是,武汉商业直接的,当面对着的危险却还不是上述的原因,而是泛滥的高利贷与低下的购买力所构成的可怕剪刀差。

高利贷在武汉商场的魔力,是很惊人的,据说,不论大小各业商店行号很少有不赖高利贷来维持。在以前,游资活动的对象是囤积,在目前则转化为高利贷。自然在萧条的市场情况下,庞大的游资活动也不能不以相当程度的囤积行为为对象,不过这种囤积,由于购买力的减低,物价波动与市场交易的不经常,是带着浓厚的投机性的。武汉的物价,民生必需品,主要是农产品,是节节上涨,而非民生必需品,工业产品,甚至布匹百货则都呆滞甚至下跌,在这情况下面,只有依赖着因供需的不经常而发生的短期的急遽的物价波动才有可能得到囤积的利益,而这种利益是不稳固的,在这种情况下,游资活动的对象,就由囤积转化为放高利贷了。

使得高利贷有这么广大的影响的，原因约有二：（一）商业的停滞，货币—商品—货币的周转不灵活，因而增加了流通资金的需要；（二）胜利后伪币与法币的比值减少了商业的资本，而物价不断高涨，加多了资金的需要。

高利贷主要自然是通过银行和钱庄的放款，利率在月利大二分左右，拆息每日六七元。银行钱庄以外普通小商店甚至肩挑小贩的利率，甚至高到大六分，即借出一万元，每日收利息二百元，更厉害的，有利上利，或每天不但还利，而且摊本。

于是我们看到了武汉商业当前的危机：交易的清淡，子金的负担，它们一天天地干折老本，以至折光亏尽。下面的例子是可说明这种危险情况的：一、汉口民权路某匹头号。资金二万万，周转不灵，向钱庄活动额达九千万，两个月间匹头价格下跌三成（不是货多，而是无人买，忍痛跌价，以求少折子金），两个月连子金损失在内亏蚀五千万元。二、汉口小夹街某海味号营业半年。关门，亏欠三十一家银行钱庄额达一万万六千万元，有人估计还不止此数，因为其拆息仅以五元计（照此，每日得付子金八十万元，而营业额，每天有时只有十万元），和利率行市不符。

前途如何呢？商人们说：前途危险方兴未艾！物价高，资金少，高利贷对于他们是周瑜打黄盖，一个愿打，一个愿挨，这不是报纸上空言呼吁禁止所能解决得了问题的。不论是农村和城市，人民购买力都一天天削减，实际交易已一天天清淡。在这两矛盾，这一种剪刀差之下，武汉的生意人目前还不是悲剧的结束而是末路的开始哩！

但你能一口咬定放高利贷的都是"犹太"么？不能！有一个极大数目的小市民层，正赖着这高利贷来维持生活哩！在抗战前，武汉是一个标准的小市民城市。以店员说,店员是武汉人口成分中最多的一种人口,他们每月收入一般在二十元至三十元之间,可以维持一个半温饱半有闲的生活了;但现在呢?他们每月的收入普通在一万五千至二三万之间,竟有低至八千元者,以这样低微的收入,养家活口自然绝对谈不上,但他们要活。于是放"印子钱"成为他们维持悲惨的生活的重要手段,他们卖当所有得到十万二十万,每月收入利息三五万元,就用这来维持甚至一家数口的最低的生活需要。

日用必需品(饮食)是每天不可少的,经营这些货物的商人们计算其生产成本,不能不把子金负担加进去,这样,高利贷助长了物价,而高利贷所得者则用他们的所得再去填这高物价的坑,这个玩意可以叫作蛇吃蛇,高利贷吃瘪了商人,商人喂饱了物价(日用饭食必需品)。物价则又吃了这些可怜的高利贷者。

武汉的商业就是笼罩在这一片阴影之下,它的市民正在失业与高物价的威胁下逐渐走向破产或赤贫。它与农村脱了节,它受着广大农村破坏的打击,它日渐成为纯消费性的、范围日益狭小的商业,它被官僚、大买办资本的游资紧紧束缚着,它一天天地干枯,而当它一旦支持不住而山崩海倒时,它给这个商业人口占最大数量的城市的影响是不堪设想的!

只有和平、安定才能解决这一切问题,只有和平、安定才能提高人民的购买力,能使物价跌下去,然而一个和平安定的中国的实现,必须有赖于产生一个真正民主的中国!

(六月六日载上海《群众》杂志)

选自《蒋管区真相(第二集)》,东北书店 1947 年

◇于毅夫

青年们补上十四年这一课

小的时候,念古诗有"少小离家老大回,乡音未改鬓毛衰"的句子。那时还是小孩子,体会不出来什么意思,这回从关里回来,一别十五年,许多小孩子都长大成人,过去的小孩子,现在也都成小孩子的父亲和母亲了,真是"儿童相见不相识,笑问客从何处来"了!

一别十五年,使我很奇怪的是我的乡音有些改了,但更奇怪的是家乡里许多人的乡音也有些改了。有的人叙述往事,常说"三个年""五个年",有几次出席群众性的大会,演说的人,完结时不说"完了"而说是"以上"。在几个场面里,我被人尊称为某某"阁下",当这阁下两个字送进我耳鼓里时,我真有些毛骨悚然,像是被人真正放在阁下了!

有一两次我参加音乐会,看见有人在奏"轻音乐",音乐而有轻重之分,这对我也是创闻创见!有的人唱着伪满旧的歌曲,这歌子的声音一送出来,就使我感到在那里没有灵魂,没有生命,没有战斗,也可以说没有一切!

走在街上我常常看到有的人穿着"协和服"把手巾放在屁股后面，从前面看像个中国人，从后面看也像个中国人，但只有屁股后面挂条手巾却不像中国人了，究竟是怎么回事，令人有些眼花缭乱！

这许多现象，说明了东北在十四年殖民统治的过程中，文化生活上是起了很大的变化。翻开伪满的《满语国民读本》一看，真是"协和语"连篇，如亚细亚竟写成アジヤ，俄罗斯竟写成ロシヤ，有的人一直到现在还把多少元写成多少円，这都是伪满"协和语"的残余，说明殖民统治残余的文化还在活着，还没有死去，这在今天不能不说是一件遗憾的事！仔细想来，这也难怪，因为日本的魔手，掌握了东北十四年，今天一旦解放，希望不着一点痕迹，这是完全做不到的，要从历史上来看，它切断了东北历史十四年，这十四年的历史是很黯淡地被抹掉了，十四年来也的确是一个大变化，在这期间多少国家兴起了，多少国家衰落了，多少血泪的斗争、多少波浪的起伏，都被日本鬼子的魔手所遮断！我回到家乡接触到成千成百的青年，几乎都不大明了这十四年来的历史真相，有的连中国内部有多少省都不知道，连云南、贵州在哪里都不晓得。至于中国有哪些党派，共产党怎样？国民党怎样？哪些人是积极抗战的？哪些人是消极抗战的？哪些人是出卖我东北四省，出卖国家民族的？更不知道了，最坏的有些人还盲信蒋介石，认为他是正统，认为他对于抗战有功，而不知道他是阻碍抗战的头子，甚至在学校里还传播他这一套法西斯思想，有一个时期他的"中国之命运"在学校里几乎成了圣经，许多青年盲目加入三青团，当了特务还以为是满腔热血，爱国爱民，这又有法西斯毒化思想羼入东北了。除此以外若说是社会科学，新文化思想，更是见所未见，闻所未闻了。有的青年学生还不知道什么是五四运动，更不用说一二·九学生运动。有的对于国内的名著完全没有见□，以文学论，如鲁迅的《阿Q正传》、《彷徨》、《毁灭》，郭沫若著的《女神》、《三个叛逆的女性》、《甲申三百年祭》，茅盾的名著《子夜》、《腐蚀》、《霜叶红似二月花》等更是很少有人知道，好多人还只知道巴金《家》《秋》《春》三部曲。我问过一些青年，他们一致声称"满洲国"对于思想的限制太严了，实在什么新书也看不到，有的在学校里，被灌之以"回銮训民诏书讲解"，"武藤元帅和他的母亲"，"日本之风物"等等胡说八道的东西，有的被老夫子们灌之以尧舜禹汤文武周公孔子，在今春则有的更被灌之以领袖、总裁、委员长，灌得迷里迷糊，青年们处在如此的环境里，怎能怪他没有新思想？又怎能怪他现在在国语中还有多少协和语存在呢？又怎能怪他中了法西斯毒化思想呢？不过历史是不能停滞的，殖民统治残余的文化必须要肃清，法西斯毒化思想也必须要肃清，既然是日本鬼子切断了东北历史十四年，既然法西斯分子要篡改这一段历史，那我们就应该设法补足这十四年的历史！

应该让学校的教师们和青年们补足这一课，让他们认清楚这十四年的历史——其实不仅十四年，认清楚这现实的世界，认清楚这战斗而伟大的世界！

要做到这点，我想青年们今天的迫切要求，不是如何加紧去学习英文、代数、几何、物理、化学，读死书本事争分数之短长，准备到社会上去找一个饭碗，而是如何加紧去学习新文化，如何加紧学习社会科学，如何去改造自己的思想，如何进一步地去改造这遭受法西斯思想威胁的半封建的半殖民地的社会！

因此我向青年们提议要加强你们对于新文化的学习，加强对于社会科学的学习,特别是政治的学习,不要把自己圈在课堂里,圈在死书本子上。

新青年要掌握着新文化,新思想,才能创造起新中国新东北!

双十节于齐齐哈尔

选自《东北日报》,1946 年 10 月 13 日

天翻地覆的一年

——为东北解放一周年而作

东北解放一周年，我回东北也已九个月了，这一年真是天翻地覆的一年。

回想去年"八一五"苏联红军击败日寇解放东北那一天，我正在华中抗日根据地，乍一听到日本鬼子投降的消息，真是喜欢得睡不着觉，一些东北同志，都兴奋得不得了，多年来回老家的梦想，这时才算是实现了。

当我同一些东北同志头一天踏到辽东宁口岸的时候，我感觉着异样的新奇，我们在海岸上碰到了一些大车，赶大车的农民看见我们是海南的归客，也用异样的心情，乃至兄弟手足的热望，来欢迎我们，农民们倾诉十四年来苦日子的难过，倾诉他们怎样在"出荷"、出"劳工"、抓"国事犯"当奴隶的地狱中过生活，大家无心中都洒了同情之泪！

我经过一些旅途的奔波回到了我的家乡齐齐哈尔，在这里我和抗日联军英雄王明贵同志以及一些主张民主进步的人士开始了民主建设事业,在这一阶段我曾经遭过国民党反动派的狙击,我虽然逃脱了毒手,但是我的最好的工作同伴马识途同志等四人却因此不幸牺牲了!综计一年以来国民党反动派在东北做了三件大事,我们也做了三件大事。国民党做了哪三件大事呢?

第一件是假借接收政权的名义,向东北进兵,破坏了东北人民的和平生活,从山海关到陶赖昭松花江一带的土地都是带着血□的气味的,东北人民死于炮火之下和流离失所的,已经不可胜数了!

第二件是组织伪满汉奸特务土匪编成官胡子扰乱社会治安,在东北建立一党独裁的法西斯政权。以嫩江省为例,嫩江省的特务头子尚其悦也拿了他们的委任状,当起什么军长来,所到之处,拉牛拉马村舍□墟,使农村经济为之破产,而这些官胡子完全成为国民党反动派的基础,有一个时期形成一党专政的法西斯政权,这在东北某一些地区也都是有目共睹的事实。

第三件是把美国的帝国主义分子引进东北来,使东北化为反苏反共的根据地,企图以此引起世界大战,并在我解放后的东北重新推行殖民统治,这是国民党反动派在这一年中对于东北人民的“德政”。那么我们民主联军和民主政府在东北做了哪三件大事呢?

第一件是老百姓要求过太平日子,因此我们就在广大的地区内肃清汉奸特务土匪三位一体的官胡子,使社会治安得以建立。以嫩江省为例,现在在嫩江省境内二百人以上的股匪,几已绝迹,剩下的也不过一些零星残匪,因此农村土地都得耕种,而且今年可望丰收,同时为了保卫东北和平、民主,我们的民主联军是尽了他们力量的。

第二件是广大的贫苦农民要求土地,我们就竭力设法满足农民的要求,在嫩江全省百分之四十六的土地都是伪满开拓地,满拓地,这些土地都在分配给没有土地的农民,逐渐实行耕者有其田。农民确实是翻身了,我常常走到齐齐哈尔近郊的农庄去散步,也常和农民谈话,一位六十八岁的老农民,从前一垄地没有的,现在也分了七亩地,站在自己的田垄里指挥着他的儿孙们,锄草种地,一家六口的生活可以有保障了,类似这样的例子还多得很。

第三件是人民大众要求管理国家大事,不再受军阀官僚法西斯的统治,我们就发动群众,组织群众,仅仅肇东一县就组织有十万农民,在广大人民的基础上,建立了东北人民自己的政权,实行了地方民主自治,县有县参议会,省有省参议会,东北各省且有代表联席会议。工人和农民都参加了政权,在这已经开始实现新民主主义的东北而不是旧民主主义资产阶级专政的东北了。一年以来很明显的在东北有两种力量在斗争着。

一种是把东北拖向混乱内战、法西斯专政、殖民地化与世界大战的战场,使东北人民还要继续遭受炮火的蹂躏,把东北变成黑暗落后的东北。

一种是把东北引向和平民主自由的道路,使老百姓得过太平日子,实行土地改革逐渐削弱封建势力,使很多人民获得土地,实行地方自治,打破法西斯一党独裁,使东北人民得以充分享受民主自由的生活,坚决反对美国帝国主义分子侵入东北,确保东北领土主权之完整,把东北引向灿烂光明的途径,这是全东北人民的热望。

一年以来,我们是在和国民党反动派赛着跑,很显然我们是跑在前头了。我们相信和平民主与独立(全民族的)自由的优胜锦标永远是属于东北人民的。

一九四六年八月十五日

选自《东北日报》,1946 年 8 月 15 日

◇大　宇

我的建设

　　我常想到社会上太高尚的道德是没有什么用处的,那些太铺张的见解,也是失败的目标,凡细小的事,如能弄得好,和英雄所做的伟业同是一样的难得。我就在卑怯自苦中来磨炼我的智慧,所要求的是那为人所不齿的事情,我就要扶植它,一步步的能做得来,当然不是求于人的炫耀或诱引谁,它是不需求些什么的。

　　我就苦苦地从自己的生命之中找一种生活的方法,把它赤裸裸地显示出来,固然我也许要夸大来说了,太过于憧憬了,然而我要放着胆子做了。曾记得有过这样的一句话:"如行于悬崖之上,初则非常胆怯不敢举步,到后渐渐自然会放大了胆子,就走得非常自然了。"当然胆怯的是怕跌下损失了性命,及至放大了胆子,即或行于悬崖之上,就不惜一切,性命已为所不足惜了。

　　放大了胆子是应该的,磨炼自己的智慧更是紧要的,有的人多顾及那病态的自爱与虚荣,崇敬那社会上自以为高尚的道德,对于细小的事,或谈到什么牺牲,总是懈惰,懦怯,愚蠢地回避,这是何等谬误、何等悲惨的事。

因此，这种种就开始占据了我心的位置，坚忍得不能拔出，同时不知不觉地它会庞大得涨满我的胸腑之内，而不能解脱了，不能逃避了。我就被这种力量给征服了。

也好！我就扶植它，爱护它，铭记它，在它永远占据而不退，用我的智慧来支配一切，——我打定了主意。

就在一家板楼上筹划我的主意如何实行了。

在我的二十八岁这年，就该是一个建设之年了。

我孤孤地坐着，想起了许多。

我所想的起初是：和平，快乐幸福与其享受，一片江流的悠悠啊，小巷的温香啊，旷野教堂的挽歌啊，那是一天，柳枝下垂得如疲乏的手掌，一个人站在树下说："你不喝些为你准备好的热水走吗？"我骑着是匹猎马，未待我来回头，它就急驰开了，于是我怅惘无以自忍……我又想起那教堂的挽歌了，关在心扉的悲泣，一切都丢掉，一切被剪断了。

想到这，就有莫名的悲哀向我袭来，有无垠之力透进我的周身细胞，把我的生命充涨了。我就立起身来向外望，望见一个很有力气的人，藏在血色的外衣边，眼睛俯着强烈的光芒走过，我想借来他的力气用，遂大胆把他喊住："喂！你来救救我！你不能救救我吗？"他就站住了，他毫无疑义地说："我不能够去救你！"我说："你就舍给我你的力气！"他不说话了，他等待着什么，我却无法再要求什么了，我被他的仁慈征服，我洞悉了他的内心，我自愿卑小了。

终又究不住我的筹划了，我想希求找更丰运的一些什么，我就要舍开一切要远行。

正是我的二十八岁这年的冬天，度着冷冻的长途，爬过雪压的山巅,忘了苦辛,忘了痛苦,只无少息地跋涉着了。

我遇见了一个旅伴,是褴褛着流亡返乡的囚徒,那张憔悴惨白的脸,固已失掉了光芒,只在寒风里无言。但是他的心怀定猛烈的燃烧,有火一样的热情,而蕴藏着无限的威力,他伴着我,我伴着他,我们走的是同路,谁也不会欺骗,谁也不会凌辱了。虽是他被伤了,他的血流尽了,那把力气啊,那和我一样的一把力气啊。我的周身细胞更涨满了那力气了,觉得他的眼光刺我的心痛,他的眼光如火般燃烧我了,我几乎被他融化了。

和流亡的囚徒一同地到了远方,一座古城,一条江边,江水悠悠,急流的喘咽,远岸的烟霭,我不禁想起惨痛的悲泣,哀愁的病苦,渺茫在天涯,却重压在心怀了,什么也舍不开了。使我无力支持,心要崩裂了。

我安身在这古老的、闲静的、肃静的家内,原和我祖先有□乡土的联系,他们未悉我心境如何,就一劲地介绍我的祖先那亡命的饥馑的、冒险的勇敢的不幸的遭遇,流血的牺牲的一些悲壮的故事。有声色地说了,是让我对祖先的感德吗? 是贬责我的无能吗? 是求我来延续祖先的光荣吗? 我凄惨地苦笑着,其实我就忍痛得不堪了。

在孤寂无语之中,无比地空虚着了。

就该凝集了这许多,又那更多的。

把蓬勃勃的力气活显示在这里,在冷冻之窗边张望那淡灰远天,在我心原之上,展开那跋涉无息的人们,和自然搏斗的人们,那心灵涸凝了的人们,遭受了命运流刑的人们……在我眼前跳动了,我要抓住他们了,磨炼我的智慧了。

一天天地不停地来工作着,不求虚渺的夸张,也不为它铺张什么见解,只是像用一粒粒的泥沙,一滴滴的水,那心血,那眼泪。

建设我的二十八年的一座辉煌的碑铭。

但愿写成那伟大的,献出的也该是伟大的。

一九三四年十二月于吉林

选自《东北文学》,1946 年第 1 卷第 2 期

买来当驴使唤！

——记大赉西大洼区妇女代表的诉苦

一、门当户对穷亲戚

我叫丁吴氏,是西大洼区围子屯的人,我要诉苦,我的苦处唠不完,唉！想起过去的事情只想哭。我娘家姓吴,老家在开原县,爹成年扛大活,年头不济,又遭涨水,穷人家吃尽了榆树叶后,在我九岁那年逃荒到这边来。爹爹还是扛活;我在夏天就给人家薅草,秋天剥苞米,赚点钱来对付过日子。

十六岁到丁家做媳妇,穷人也找穷亲戚,丁家除兄弟两个外,还有老爷子、大伯嫂和两个侄子。我大伯给一家姓夏的扛活,他的外号叫"吓一跳",邪乎就不用提了,每年秋后拉洋草,甸子里都满了水,我大伯就在水里捞洋草,一捞就是半月,浸到身子得了病,病了三年,拉下一堆饥荒死了。

二、"买来当驴使唤！"

我当家的给姓吴的大地主扛活，是个打头的。六月间，又累又晒，在地里上吐下泻病倒了，东家却向人说："打头的死了好买寡妇，她能打柴火，能挑水种地，买来当驴使唤！"我当家的扛了几年活，饥荒也没还了，人却压伤直吐血，得了痨病。当时，就只能做半活，得半份子粮。我一家老小，怎么也过不了，才央告东家租给我两坰地，八斗死租子，我和大伯嫂给东家薅两坰地的草，换来了牛犋，这样才种上了。另外又捡柴火，卖了钱顶东家工钱，取出半份子的五石粮食。

三、当门倌挨骂不敢吱声

穷人总是受穷啊！刚好要还清饥荒，事又来了，我那老爷子死了；用六分利抬了两石粮，还卖了两口肥猪，才买了口棺材。以后当家的痨病复发，不能干重活，给东家去打更，我就当门倌。唉！当门倌受的气可老啦！管账的马凤祥叫我前院取吗啡针，又不敢不去，回来时，院里的猪跑出去了，东家便骂我："妈的×，猪出去了，你当门倌干啥，不见了你包赔！"我也不敢吱声，骂就随他骂，心里难过也不敢露出来。晚上，来叫门的时候，我出来稍晚了，就骂："门倌，你不看门，进屋干啥？"我赶忙说："刚进去暖和一下……"他又骂："暖和！丢了东西你包得起？"

四、马脊上涂油泥狗粪

唉！谁个的孩子不心疼的？我两个侄子，十二就扛活，那年在马昭福家，早晨还叫我侄子做饭，做饭完又赶拉苞米，一个不对劲，不是骂,就是打……我真是说不下去了……

后来,我领着十一岁的小侄子,在刘二鳖子家放马,先讲好了,放三十多匹,要让我侄骑着一匹马去放。那刘二鳖子真邪乎,他仗着开油坊,不愿叫骑马,就把麻油涂在马脊梁上,我侄子骑着到了草甸子,回来时就哭了,一裤子全是油泥。我说:"油就油了吧!穷人没啥法子。"第二回,我送着侄子上甸去,他骑在马上又吐又哭。天亮一看,裤子上又有狗粪又有油,才知又上他的当了。我气极了,拿着那裤子,回去就向东家的锅上一丢,他那媳妇还骂我侄子不应该骑他的马……

选自《从奴隶到英雄》,新民主出版社 1946 年初版

◇ 山　峰

老歪变了

老歪是港铁工会十八组的工友，他本名叫董乡普，因为他脖子不正，说起话来，老是把头歪着，所以大家都叫他"老歪"。

老歪今年三十九岁了，他是个犟汉子，从也不信服别人的话，他的老家在山东，家中很贫，在民国十六年，就来到大连，在西岗学织毛巾手艺，干了十年，后因和掌柜的闹意见，就跟着日本招工的到东京去干活，也干了一年，又回到大连的红房子（碧山庄）干活，直干到"八一五"。

解放后他虽也参加了工会，但他总不信任工会，以为这工会的人也都是些过去在红房子里受压迫的工人，怎能会办事，若真要办事还得"国家"派人来，才能办好事。

在五月下旬，十八组的工友都纷纷成立互助组，并组织互助合作社，叫他参加，他说："什么互助组不互助组，不过三天就得垮台，我有钱宁愿买糕饼吃，加入什么合作社干吗？"

互助组的组员又都纷纷参加业余生产，他不但不参加，还对参加的工友说："你们去种地，工会一天给你们多少粮？"

互助组的组员们都是过集体生活，积极干活，热烈参加业余生产，并且互助团结得也很好，遇到什么困难，大家帮助解决。可是老歪不是组员，大家对他也就较冷淡些，所以老歪就成了光杆司令了。

在六月一号，互助合作社仅结了一个星期的账，二百元一股的，每股就分到一百五十元的红利。其他如纳鞋底组，也挣到粮了，种地组地里也长得很茂盛，挣钱也即在眼前，实在的利益都已放在眼前来啦。老歪的脑子开始有点转变了，也想参加互助组，和入合作社股，可是互助组的负责人恐怕他不是真的转变，所以还要再看他一步。

居然在六月二十日的晚上，老歪由码头放工回来的时候，他却偷了一斤多钉子，走到卡子门，被检查的警察查出来了，就将他入码头干活的袖章留下了，老歪可真着急了。

当天晚上，老歪饭也没吃，就躺在铺上睡觉，但是翻来覆去，总也睡不着，一阵阵的心事，都涌到脑海里来了。他使劲地要合上眼，要什么也不想，但是已不由人做主，千头万绪都涌上心头来了。这时他忽然想起假使是别的工友，也发生了和他同样的事故，那么大家一定都很关心地去问候，或者想办法给他解决，唉！人家都是互助组的组员，那么我为什么不去参加呢？唉……我后悔了，当初为什么不听老程哥（指他的组长程吉源）的话？他越想越着急，好容易盼到天明，跳起来就去找他的组长程吉源。

二十一日的早晨，十八组的工友因昨天干了一天的活，怪疲劳，所以还都躺在那里睡觉呢！"老程哥，你还睡吗？"老程睁眼一看，见是老歪："老歪你今天起来得怎么这样早？""老程哥我对不起你，过去我是看不起咱们这些什么互助的团体，以为咱这些出苦力的不能办事,可是事实上每件事都办得很有成绩,并且还很公道,现在我的思想转变了,大家的事大家办,今后希望让我能做一个互助组员,并且还要参加业余生产。"

老程也就准许他参加了互助组,同时全组的人也都对他进行了教育,讲明白拿公物不对,并给设法将他的袖章要回来了。

老歪自从参加互助组后,无论对谁都很诚恳和气,也不发脾气啦,还能接受大伙的批评,钱也不赌了,自己又订出业余生产计划,每天早晨早起,到东海岸,将互助组的捕鱼组夜里捕来的鱼挑到合作社后,如摊着码头的活,就去干活,摊不着,就在合作社帮着做买卖,如还有工夫则还要纳鞋底子,现在已经变成了一个劳动榜样了。十八组的工友全体都在说:"老歪真是转变了。"

选自《"工农园地"选集》,大连大众书店 1948 年

◇凡　彬

收复前的长岭城

瓢底账

长岭县在蒋政府统治时,伪满警察都一律复员了,每个城门,都有警察站岗,出入城门的人,一律要花五元钱,碰到不顺眼的人,不多拿几百元是不行的,不然就是"歹人",带的是"私货"。

警察们买东西("中央军"也如此),随意给钱,商人若说不够本钱,他们就说是官价,如果再不卖,过几天,这个商人一定有了"八路嫌疑"因而坐"拘留"。张家糖坊,每天总去几个白吃的,吃完后,就说:"把账记在瓢底上吧!"白吃不算,还要拿着走,有时竟拿着未切开的很长的糖,当"文明棍"在大街上走。张家糖坊就被这些"瓢底账"弄黄了。

出劳工甚于"满洲国"

不论什么人家,每天要出一个劳工修炮台、挖沟。靠小买卖谋生的，只得雇人去，可是一天所赚的钱，除去捐税，还不够工钱。劳工每人一天要完成三尺宽、二尺二长四尺深的一段沟。西街冯老太太只有一个儿子，靠做小买卖谋生，每天出劳工，生活无着，她把眼睛都哭肿了。她儿子身体很弱，累病以后，"中央军"说他装病，硬逼着干，直到累得吐了血。劳工是吃过早饭去，一直干到"人定"时，才让回家，北街老齐却因为回来晚，不知道口令，被"中央"打死了。

"大姑娘换炮"

他们欺骗老百姓说："别看八路那样好，那是收买人心，若是再回来，把全城人都得杀光，把漂亮姑娘运到苏联去换大炮，漂亮的一个换一门，不漂亮的两个换一门。"

有一×姓姑娘上了当，怕换炮扎瞎了一只眼睛。八路军解放长岭，她后悔了，终日啼声，另一只好眼也哭得肿起来。

牵走"八路军的马"

蒋军借百姓的家具都是"肉包子打狗有去无回"，毁坏当柴烧，或卖掉。看到谁家的马好，便用坏马去换，百姓不同意时，过几天一定用"八路保存的马"的理由把马牵走。有姑娘的住户，是他们的消遣所，百姓们如稍表不满，那就要倒霉。蒋军中赌风盛行着，一个连长一夜输过六七万。

群众眼睛亮了

不少的人见了我们都这样谈："以前听你们说'中央'如何坏，总不相信，这回亲眼看了，才知道比你们说的还厉害，现在一想，过去你们宣传工作还不到火候。"

　　女工团同志在街头讲演时,喊:"不怕不识货,就怕货比货,看看中央和八路到底谁不错"的口号后,一个老乡紧跟着自发地喊:"到底八路真不错,出入城门不要钱……"一位五十多岁的王老头被感动得自动登台,对群众讲述他被"中央"迫害的事实。

选自《爱和恨》,东北书店 1947 年初版

◇卫　群

在长春
——蒋记特务对学生的残暴兽行

我从前曾经给民主政府做过工作,在工作期间,对民主政府的作风颇感满意;由于认识的不清,对国民党的学校抱着极大的幻想,就辞去了民主政府的工作,于四月十六日那天我自己携带几件旧衣服,就离开解放区,经过五常舒兰缸窑,踏入了蒋管区的境界。将入境就碰着两个所谓"中央军",要检查我们,说我们从匪区(解放区)来的,都是"八路探子",检查完了,不问什么理由,要把我们押起来,我害怕了。

"老乡! 有没有什么通融办法,让我们过去才好。"我用很和谐的口气向这两个"中央军"问。

"通融是可能的,不过得……"这两个小子吞吐地不肯完全说出来,我明白了他们是要勒大脖子,于是就掏出一千元钱。

"这一点儿小意思,请二位买烟吸吧!"他们接过去数了数。

"这一点儿,好做什么? 我们也不是讨饭的,把你们带到司令部去,说你们是匪探,就要你们的脑袋使。"

他威吓着,是叫我们回回手的意思,于是我又拿出五百元给他们,这才肯把我们放了。如此同样情形,走过三处,共花掉五千元,才算进了吉林城。这个遭受,恰等于冷水泼在燃着红火的炭炉里,把我对国民党的幻想,开始销蚀下去,但是仍抱着不到黄河不死心的心情,跑到长春,又去沈阳,所到的地方没有一处能使你寄托住希望,真是应了蒋管区传遍的一句话"天下乌鸦一般黑"。

后来在长春入了××大学,因为我从前是学法律的,仍然学习法律。在这个期间,蒋介石对学生实行的法西斯恐怖政策,哪一个学生若是发出了正义言论,说一句公道话,马上就被捕。可是学生是纯洁公正、热情正义的,见到内战所招来的祸殃,所以不顾蒋介石如何残暴和凶恶,仍然要吼出自己的愤怒和反抗蒋介石的罪行。

五月十九日民主联军解放长春飞机场时,反动派的贼子集团吓得慌忙失措,向市民强征劳工,掘筑战壕,弄得民不聊生。

五月二十二日三民主义青年团有个小子,会见我们学生自治会的理事说:"现在为了保卫长春,全体动员建筑城防,学生爱国应该也有一点儿贡献。"这个小子的意思是叫我们同学也去挖壕,我们自治会理事回答他说:"学生有爱国心是没有错的,您的意思是叫我们同学去挖壕是不是?挖壕筑城是帮助内战,而我们同学是反对内战的,所以我们不能去。"三青团这个小子听了这些话,无言可答,就走了。过了两天我们的理事突然不见了,失踪了,后来证实被特务以"奸匪嫌疑"给抓去了。我们同学组织了抗委会,要求释放该同学,不但不发生效力,反而变本加厉地对我们实施恐怖,我们宿舍里一到夜间两点钟的时候,就有特务横行乱飞,哪一个同学倒霉就被抓起来,无影无踪就不见了,但是,每个同学都不怕,就是刀按在脖上,我们要说的话,必须得说出来,自己的脑袋算不了什么,正义是伟大的,每个同学都有这种思想。

当民主联军南进时,反动派怕我们在后边拖他的小尾巴,强制命令我们解散抗委会。

我曾体受过民主政治的教育,又到法西斯统治下的黑暗天地,怎能受得了!所以决心脱出法西斯魔网,逃回解放区。由于这次的教训,辨明了是非,认清了道路,知道中国青年只有革命才有光明,今后我一定要为民主建设而奋斗。

选自《东北日报》,1947 年 7 月 2 日

◇子　午

从北平到秦皇岛

华北在过去八年,恰如它的地形一样,"大东亚化"的程度是介乎"满洲国"和汪记"政府"之间。战争突然终止,虽然不乏善变之士,然而仍掩不住残余的"伪味"。从北平到天津,看到不少地方还有尖帽子的"皇军"和穿黄军服的"治安军"——现在是改称为"新编九路军"了,当然是"国民革命"的"九路军"——全副戎装,刀枪齐备地,盟军和穿灰军服的国军,四位一体地"守护"着铁路。这是华北的一面,也许不久就会消除;然而另一面的"繁荣"与"新气象",却还在方兴未艾。

在北平前门,王府井,东单,西单……一切热闹的市街,"吉普卡"横冲直撞,三轮车上坐着酒醉饭饱的美军,妖魔似的女郎勾住洋丘八招摇过市,"交易所"和"咖啡馆""酒吧间"是最时髦的新兴事业! 在天津的梨栈大街,"法租界"的绿牌电车道,中街……也是如此。英文学校如雨后春笋,这些大都市的表层,我们似乎已听不到中国小民们的呻吟,的确,现在的"繁荣",是比"大东亚圈""荣"过万倍。

战争才结束的时候，物价便宜得不可想象，洋面只卖到四十元左右一斤（伪币），现在又涨到五百多了，这行市在华北是"空前"的，而且还决不会绝后，老百姓连用棒子面（苞米）制的"窝头"也吃不起了，（据说王克敏等在狱中有四个大馒头"配给"，而他们竟对着"配给品"流泪，说是"悔不当初"）。北方今年已经下了三次雪，煤在飞涨，今年的年关，据说是八年来最难渡的"关"，可是在报上是看不出这种惨况的。报上用头号字标题刊着：美军的"不幸"。因为圣诞节没有火鸡，于是几家鸭子店就利市百倍，也因此我们的闻人们和"各界"努力尽地主之谊，过阳历年筹了一笔很大的款子，在慰劳盟友。至于人民呢，好在"救济品"一到，总有办法，八年也熬过了，譬如战争未了，再忍耐一下吧。

从天津搭小轮船到塘沽，河里结满了寸许厚的冰块，沿途两岸都是接连不断的盟军美国的船舰，载重机"格格……"地响着，物资的确丰富，堆积如山，可是华北的人民连有名无实的平价粉也没有，当然这些起重机吊着的木箱和铁筒不会是空箱空筒，而这些物资正是"军需品"呢！要在夏天之前，盟邦有这些船舰载来无限军需品，人民当然是竭诚欢迎的，可是现在却是用来"接收"的，用武器"接收"，当然又免不了战争，虽然炮声离平津还有一些距离，然而谁能保得住明天的事呢？现在不是和平了吗？老百姓们所希望的是和平，面包和自由，不符合人民需要的"物资"，是不会受人民欢迎的。

小船因结冰，行驶奇慢，上午十一时离开天津"法国大桥"，到天黑才到塘沽，黑暗之中，好容易找到"脚行"，把行李搬上大船，已是饥寒交迫了（中午未进滴水）。安顿好了行装，想上岸找找饭店，顺便观光一下。

塘沽是一个小镇,码头上,直看一排大楼,进街后,电炬雪明,相当热闹,"吉普卡"比人力车多,美国兵比中国兵多,还有迷人的爵士音乐在街上悠扬着,海上静静的,颇有诗意。我想找一家中国饭馆吃饭,可是走了一段路,只有"咖啡馆"和"酒吧间"(当然也有"交易所")。虽然没有天津的"交通旅馆"那种气派,可是"中学为体,西学为用",古旧的平房也装饰着够"半美式"的资格了,好容易找到一家小饭馆,已是座满了,据说,今天是有上海船到,只有酒吧间才有这种盛况的。

吃完饭,在街上绕了一圈,已有九点多了,可是,现在的塘沽已成了"不夜镇"了,真令人感到"建国"的迅速。

第二天早晨由塘沽驶秦皇岛装煤,因为船轻人少,所以虽然风浪不起,女客们也多在呕吐不已,晚上在海面上抛锚一下,第三天早晨靠秦皇岛。

秦皇岛的美,是名不虚传的,虽然冰结得很厚,然而离岸较远的海水却未结冰,岛上码头是新筑的,整齐清洁,如堤岸一样伸出海面,远处群山隐隐然环抱着这小岛,码头上有电火车(日本式的)和火车,直通矿区,铁道的对面是小山,山上有红色的洋房,晚上才下过一场雪,把这小岛更敷得艳丽。

秦皇岛市区的面积比塘沽大得多,而且市容整齐,西式建筑物(矿务局的多数)更使这小岛显得欧化,有山有海,有柏油路有洋房,现在又有美国兵和吉普车,更是蔚为大观,置身其中,你不觉得自己是中国人在中国的土地上的!

当然秦皇岛也不例外,有无数乡下佬和穷人,秦皇岛的繁荣,过去筑在"皇军"的刀枪和人民的生命血汗上,现在是筑在美国兵、吉普车、接收机关、咖啡室和穷人的血汗上的。很多地方我们能看出一些不调和的现象。譬如，我看见一辆"吉普卡"在柏油路上打圈子，东追西逐，一位乡下老婆子，被吓唬得忘了小脚，拼命地东跑西逃，地下雪未融尽，险些儿滑了一跤，于是我们的同胞们和盟友们都笑了。

挑煤的小工，似乎像个"黑衣盗"，走近一看，多是面呈青色的，几百个工人在挑着煤，很熟悉地从火车上扒下来，装上筐，二人一筐抬到黑暗的舱里，连接不断，从早晨到晚上十时，我看他们只有用去一个小时吃完两顿"饭"。这些人们，多来自乡村，虽然他们的汗血支持了繁荣，可是与这繁荣的一切总是不调和的，不久以前，有几个美军在猎兔的时候给乡人暗杀，于是逼令村长在二十四小时内交出凶手，村长既是乡下佬，当然办不了这外交，于是，在第二十四小时零一分以后，用大炮轰平了村落，这是"应惩"，"杀百儆一"，乡下佬当然没法可想。我踏上秦皇岛就想到这些可怜的人们，看到挑煤工人，从那青菜色的、衰老的脸上看来，秦皇岛的乡下佬是和善可亲的，至少给轰平的村子上的住民，多数如此，然而我们的盟邦，却不留情地"教训"了他们，当我想象到这些熟悉的、和善的脸正是无辜者们的脸谱时，我不禁要想哭了。

煤装二天，我多半是躲在房间里的，我不忍看那些"异国情调"，也不忍看那些青菜色的脸。秦皇岛的山、海水、白雪、市街……固然是美的，然而已吸不起我玩的情绪来，有人说船要泊二天，可上北戴河去玩，我却希望早些起程。

在年底的夜里，新月纤纤地凝视着海，岸上静静的，只有很少几个工人，在闪烁的星光下，尖厉的寒风中，我们的船悄悄地离开了秦皇岛。

走过头等舱的门口，一间房门开了开来，一股强烈的吕宋雪茄味冲淡了腥味,一个高个子穿狐皮袍子的男人对着另一个穿西装的中年人说:"这次听说上海美金又涨了,我悔不多带五千,借债来买都是合算的……"

选自《蒋管区真相(第二集)》,东北书店 1947 年

◇也　竞

国民党区的灾荒与"救灾"

一、灾情拾录

严重的灾荒,在国民党统治区扩展着,本报四月十日三版文章已有报道。兹将所得材料□报如下:

饥馑

在江西,一位记者李国华,亲眼看见南昌凤凰坡一个六十多岁的老太婆刘赵氏正在煮树根吃。当他尝了一片水煮树根的滋味后说:"味淡根硬,实在难以下咽,食后味更涩苦,腹内十分难受!"可是即南昌一地就有二万左右的赤贫,以这苦涩生硬难以下咽的树根做他们延长生命的食粮!

在湖南,昔日的米仓,而今是饿殍载道的悲惨世界。一个衡山县救荒会委员,六十多岁的老头子,老泪盈眶,声音嘶哑地诉说着他家乡的灾情:衡山大堡乡全乡户口十之六七,无法举火,掘草根、咽糠糟充饥。该县第九保灾民刘金银为着饥饿难忍,悄悄地偷了邻家一箩红薯,被人发觉后,羞愧自缢。小学校教员尹让久,则将其幼子卖到茶陵某大家,换取了一些食米。湖北嘉鱼、咸宁等地更惨,居民以观音土、浮萍、草根等充饥,鄂中各县大体如此。河南则面似菜色包骨头的难民沿街流浪,逐日增多,他们伸出颤抖的手,发着丝丝的声音,沿途乞食为生,狼心狗肺的当局,还怪他们"有碍观瞻"。据记者鲁金说:"豫北救不活的人民,已达三百多万了!"

疫疠

对于被饥饿威胁着的人们,疫疠便也乘虚而入,攫夺他们垂危的生命。可怕的鼠疫从赣东蔓延开来,吞噬着贫困的人民。某一乡患者就有九十九人之多,有些患者甚至全家同归于尽。死者累累,掩埋都来不及。雩都、兴国等地发现脑膜炎;南昌、九江等地流行着空前的天花、麻疹。湖南延清、青安等地,疫病死亡者日众,所患大多为疟疾与回归热。湖南救济分署人员在巡视灾区后也说:"在衡阳、零陵等灾区,许多灾民都眼瞳发红,面黄肌瘦,脚肿或患皮肤病、疟疾等而死。"他并指出这是吃野草等所致。广州也霍乱蔓延,加以饥困煎迫,每日有数百人死亡。尸体上满布苍蝇,惨不忍睹!

田地荒芜

严重饥荒的一个直接结果,就是造成田园荒芜,生产力进一步地破坏。江西北部高安、德安、奉新、上高等地,原是富庶之区,现在数十里没有人烟,田地荒芜者达三四百万亩,耕牛抢的抢走了,杀的杀完了,去年留下的一些种子,如今也丝毫无剩,湖南沿粤汉路几百里,两侧几不见人烟鸡犬。岳阳至衡阳间的田地,两三年来未能下种,野草高与人齐。耕牛一头,较小者即需十万元,而健壮者则需二十万元以上,大部农民无力购置,就是种子、肥料亦大成问题,所以只得任其荒芜了。长沙、常德直至衡阳等地,房屋被毁殆尽,几乎十室十平,到处废墟。

二、"救济"

盗窃联总救济物资

在严重的灾荒前面,国民党当局怎样"救济"灾荒呢?迄今所谓"救济",只有联合国救济总署从外国运来的救济物资可以指望,这是徐堪在国民党二中全会的报告中所承认的。但就是连联总的"救济物资",也成为不管老百姓死活只知压榨老百姓血汗的要员们的发财机会。这个普遍现象现在已成为公开的秘密了。

湖南岳阳据说分得赈衣一大批,但各镇乡却未能依照原定配额领取。即使领得者,亦多是经过调换的破破烂烂的中国服装。在湖南东安,乡长亲朋和保长戚友都能领得较值钱的好衣服,而一般真正的难民,连破旧衣服也常常领不到。(四月十五日《新闻报》:《如何救济湘灾》)在广州,运到一批赈衣后,忽然在定期分发以前"不翼而飞"了。在河南,也有大批西装运汴的消息,听说救济分署正预备将西装分发给难民时,忽然有人建议:"给难民穿上西洋衣裳那算甚事体?不如把它改购中国衣裳再分发给难民。"这个建议固然极妙,但极不妙的是把这些衣服一"变卖"之后,就杳无音讯了。后来知道此事的难民纷赴救济分署大闹,请求发赈衣,并说:"洋衣服俺们也能穿。"(《文汇》一一七期《多难的河南》)但闹尽管闹,洋衣已换成法币,法币已安安稳稳地装在要员们的腰包里了。

救济物资中也有很多面粉，那些神通广大的人们，只要一经过他们手，雪白的洋面就变成褐黑的土面了。又如广州运到一批救济面粉，没头没脑就"失掉"了九十包。大批的救济物资被有权者拿去囤积居奇。连反动的《和平日报》也说："被救济的对象，已不是穷困饥饿的难民，而是那一批肥硕的商人，这对救济总署工作的本身，怎能不是大失败！"其实，所谓"肥硕商人"，不过就是那些有权有势的亦官亦商者或他们的代理人罢了。

三月份湖南救济分署向各灾区配发了九千余万元农贷。这批农贷一到当事者手里，就被扣留下来，或做他们放款收息的资本，或供他们贿选官职的费用。这些当事者贷起款来，月息每万圆高达二千圆，或贷谷一石，至秋收时要还两石。（《新闻报》：《如何救济湘灾》）衡阳第八区区长胡子健，为了想当选市参议员，扣赈款五十五万圆及赈衣十一大袋，作了私人贿选之用。（四月十五日《正言报》：《湘省赈灾拾闻》）

尤其值得世人注意的，就是三月二十四日俞鸿钧在国参会上代表国民党政府所作的财政报告，他公开把联总救济物资的"利用"列为"平衡收支""稳定金融"和"充裕地方财政"的一个"财源"。这是大地主、大买办反动官僚财阀们向站在死亡线上的数千百万的人民的一种最残酷、最无耻的盗劫行为。

军粮苛杂有增无已

国民党当局不仅窃盗联总的救济物资，而且还继续扩大内战军队，"收编"全部伪军，保留大批未缴械的日军，加紧榨取饥馑待毙的老百姓。

湖南衡阳大堡乡小小一地，依然留有日俘二千名，别动队五千，二十军部队二千余。天天派兵下乡,坐索军粮,以草根为食之难民无法应付。(《正言报》:《湘省赈灾拾闻》)"名正言顺"的征"购"军粮令又下来了。湖南南县一地即要分担十四万九千石,而南县田赋附加,超过正供七倍以上。试问一个纵横不满百里的县,如何负担得起?(同上)江西满目荒凉的灾区,尚须征"购"军粮,一个峡江的绅士说:"峡江几经敌人窜扰,人口只剩三万多了,可是征购军粮却分配到十万石之多,照目前的人数分配,连吃奶的婴儿包括在内,每个人平均要出三石多,而我们连自己吃也不够,哪能再征购呢!"这还是绅士说的呢,贫民们更苦了,他们多垂泪说道:"耕牛没有,种子没有,连耕地的家犋也没有了,叫老百姓怎么去活?"(四月十六日《申报》:《江西在灾厄线上》)

在饥馑惨烈的河南,据三月二十一日参政会上翟仓陆的质询,该省国民党"中央政府"原规定驻军队三十八万人,但实际驻军数达百万以上,这些从事内战的军队,"拉丁征粮,把机关枪架在老百姓门口搜粮,抢劫掠夺"。

这些嗷嗷待哺的老百姓身上,还压着额外的许多重担。一个由灾区逃出来开一家小饭店的中年妇女向国民党派到江西的"宣抚官"刘文岛诉苦说:"糊口真不容易,摊派繁多,催缴火急,我们来此一月,就摊派了三千多元。这些捐是每人每月不论大小要出三升米,另加一百元现洋,过年时,每家亦摊二百元。经常还要修路捐、清洁费……就是在这襁褓中不满周岁的男孩子,也要派工修路,否则就要出钱。像我们开饭店的,每月还要出被服十天,我一家四口,才有一床被,哪有办法拿出去呢?又得花钱,反正动一动就是钱、粮。"(《申报》:《江西在灾厄线上》)所有这一切,显然的不是救济灾民,而是在垂毙的灾民身上刮骨吸髓,加速灾民的死亡,推进灾荒的发展,把中国人民投入更扩大、更悲惨的苦难中去。

（载六月十一日《东北日报》）

选自《蒋管区真相(第二集)》,东北书店 1947 年

◇马　加

长春在恢复中

十一月一日，是长春解放后结束军事管制的头一天。从吉林开到长春的火车上显得有些拥挤，驶到兴隆山车站，就听到长春恢复的消息，长春已经有了电灯，久经黑暗的人民又重新见到了光明。

兴隆山是长春外围一个小火车站，从那里可以看到战火遗留的痕迹、战壕、铁丝网、子弹壳，最显眼的，还是从敌人缴获的大批武器、步枪、掷弹筒、子弹箱，有的已经运走了，有的堆在铁路旁边，黑得像一条条的烧火棍。"中央票子"满地飞，在人们的脚下践踏着，没有谁看它一眼，随着冷风滚向坟圈子里去。

一个穿着蓝制服的战士对我说：

"同志，你看吧！再往前走，铁道两旁都是死尸，长春老百姓饿死的可老鼻子啦！"

火车又向前开了，我扒着玻璃窗子往外看，共看见两具腐烂的尸首。在长春的近郊，炼死尸的火光可以望见，显然，那个战士半个月以前看到的情形，今天已经不同了。活着的人们正在把死者埋葬,更为死者进行复仇。

那个战士名字叫李光宇,密山人,1949年从地方参加东北民主联军,拿着一支缴获的美式步枪,红脸蛋,满脸充满了胜利的光辉,样子很谦虚。我向他说:

"你为什么穿蓝制服呢?"

"我是侦察员,同志,你看,在长春没有解放之前,我们就在这一带活动。"

火车向着长春飞快地开驶下去,道旁出现了一道一道的铁丝网,战壕,防御掩体,在防线前边有一所四层的大红楼,他所指的就是那所大红楼,原来是一座火磨,靠近六十军的防线,他们的侦察排常到那里去活动。虽然离敌人只有一百五十米,他为了人民的解放事业,曾经摸到地堡跟前缴了敌人的机关枪和六〇炮,他也曾带着文件,毫无畏惧地跑到六十军那里,那文件的效果使六十军全部起义。他曾经摸到郑洞国住的地方,广场附近的银行大楼,他的愿望终于达到了——长春解放了。他对我说的时候愉快地笑起来,这是胜利的笑,温和的笑,早先,笼罩着长春城的一股阴森气已经从他的笑的脸上消失了。火车上的人们也都换了一口气,虽然从饥饿里爬出来的老百姓还带着菜色,眼光发暗,嗓子低哑,可是他们谈论的是政府发放救济粮食,工人和职员登记复工,商店准备开市。听见长春市的电灯放光了。真的,自从共产党领导人民解放军解放了长春,那里的老百姓才真正看到了光明。

在车站的站台上,站着一位铁路工人,他有张黑脸蛋和小黑胡子,下腭发尖,宽肩膀,仗着他的体格结实,才从成千成万的死人堆里逃出来,实际上,使他活下去的还是他那铁打的意志,因为他相信人民解放军一定会解放长春的,他忍耐着,坚持着,等待着工人阶级的队伍大踏步地开进来，他愿意驾驶火车，把工人的队伍开到更远的前方去，更前方的城市去，他为他的职业而兴奋着，他对我说："在铁路上工作，是铁打的饭碗子，我看：咱们老百姓有了铁打的江山，才能保住铁打的饭碗子。"

老百姓知道我们的政策，比我知道的还要多一些。

在靠城边的大车道上，从乡下来的大车不停地往城里运着粮食，人民在恢复城市的生活。

我下了火车，跨到长春的大街上来了。我第一次来，每一条街的名字我都不知道，每一座楼房我都没有见过。但是，这个城市我好像是熟悉的，不是城市的名字，也不是城市的外貌和它内部的生活，但是，在这个城市里有我最熟悉的东西。首先看砖墙上的大标语吧！"打倒蒋介石才有和平。"带着色彩的捷报，吸引群众的政府布告，人民解放军的行列，红色的旗帜、毛主席像……一切我都不是生疏的，一切我都感觉到亲切的，我想：城里的市民和逃回的难民，对于它们也会感到亲切的。

我也看到市民和学生在拆毁地堡盘炕，修校舍，这是个受过灾难的城市正在恢复健康，学校复课、工人复工、商店开始营业，新开驶的摩电车发着蓝色的火花，载着乘客，叮当地响着，打破了城市的死寂，发出一种愉快的声音。这个城市在复活了。我乘摩电车经过无数条大街，从火车站一直到长春大学的跟前，我看见了荒凉的住宅，那住宅的天花板都被拆去烧火了。我也看见了繁华的市街——四马路上人山人海，推挤不动。市民用衣裳来换粮食，市场是为了生活的需要，而饥寒的人们需要是那么强烈。这个都市的输血管，过去像冬天的渠沟冻结住了，春天来了、太阳来了，这些生活资料如同开江的大水涌现出来，涌现出来就不会停止的。

人们说"长春的春天是长远的！"

这不是十月小阳春么！

我也看到饥渴的人们在购买文化食粮，东北书店已经开幕了，书店的经理说："每天能卖五百万元！"我不能小看这个城市求知的要求。

我看到了东影同志，他们准备给市民放映《民主东北》电影。我也看到松江文工团同志，他们准备给市民演剧，他们充满了热情和信心。把解放区的东西更多地给这饥饿的城市吧！《长春新报》也出刊了，我看到上面有署名涂修方写的《坚决遵守政策》，里面有这样的几段文字。

在九连看守的仓库里，堆满了被服，看仓库的战士就穿着露脚趾、脚后跟的鞋袜，但没有一个人去动它。一天夜晚下着雨，九连看守仓库的岗哨棉衣淋透了，冻得直发抖，也不披件雨衣或大衣，团副政委来查哨看见了，叫他们穿件大衣，他们还不肯，副政委回去后，特为写信告诉连部可以借给岗哨穿，只要用完好好保存。他们这才从仓库里暂借了两件大衣。

现在我明白了，长春城能够这样迅速地恢复，首先应该感谢他们。

选自《生活报》，1948 年 11 月 11 日

◇马寒冰

人民的军队

　　"我们是人民的军队，我们是为解放千百万华南的人民而南征，我们要严格遵守革命纪律，爱护人民、保护人民，用我们的血和肉，献给中国人民的解放事业！"这是我们在延安誓师大会的誓词，每个指战员都背得烂熟，而且都用实际的行动，来证明了每个人都是忠实执行这誓词的。那么这支队伍和人民的关系怎样呢？许多动人的事实，要用几本书的容积，才能写完它，在这散记中，我想就围绕着粮食问题来叙述这支队伍爱护人民、体贴人民的事实吧——可以这样说，如果军民关系搞不好，大部分都是由于粮食的补给出发的。

　　我们这支队伍是来自漫远的西北，走了那么多的路，总无法从延安带粮出来吃，不得不就地取粮，补给军食。但是，河南那个时候，正经过了"四荒"的洗劫，河南的人民是正处于饥饿和穷困的日子里过活，我们怎好再就地征粮来加深他们的灾祸呢？军政治部颁布了命令，规定各部必须以市价向人民购粮，不得采用征粮、借粮的办法，而且购粮必须是人民自愿的，谁违犯了这个纪律，即以军纪论罪;同时又照料了农户的种子,要依照储粮的多少,酌量购买数目和提倡吃用杂粮,保护大米和小麦的种子。红薯是河南的特产,虽说在荒年的时候,家家户户都还存得一些,因此,它就变成为我们主要的食粮,大约每四斤红薯可以折合一斤正粮,它不但香甜好吃,而且含有大量淀粉和维他命,最富有营养,其次,我们还可以吃到一些豆面。在河南整整一个月中,我们全部的食粮,就是红薯和豆面,而红薯却占了十分之七。人民看见了我们这样艰苦,他们感动得流泪,他们说:"国民党军拿了粮食不给钱,还都要大米和麦面,面磨得粗点,米碾得不细,还要打人呢,他们还能吃红薯和豆面?!"

河南的人民,遭受到了敌伪和国民党无数次的骚扰,他们一听到穿"老虎皮"(军衣)的人来了,一个村就传一个村,都相率地逃避了。他们怎知道我们是人民的军队——英勇善战的八路军呢?他们最初总以为是国民党军来了,都逃跑了。我们进了村子的时候,如果还可以发现个把老婆婆和小孩子,还可以向他们说明我们是八路军,还可以经过她们,把年青汉子从别的村子里喊了回来。但是也碰到个别的村子,连一个婆姨娃娃也找不到,哪里去找卖粮的人?队伍又必须吃饭。怎办呢?军政治部规定各部可以先向住在地的房东屋内的存粮取用,但必须好好地过秤,和按照市价留下了钱,和这样的一封信:

诸位父老兄弟姊妹:

本军作战敌后,瞬达八年,军威所至,敌伪丧胆,望风披靡,战绩卓著,中外共闻。军纪严明,买卖公平,借物必还,损坏必偿,军中信誉,遐迩皆闻。迩者奉命南征,途经贵地,军粮缺乏,不得不就地购粮,以供军食,刻临贵府,适值外出，无法洽购，为保证军食无虞，不得不设法向贵府取去红薯若干斤、豆面若干斤，每斤以市价若干元计算，共合法洋若干元，谨如数留置于柜中，尚望查收并乞见宥。即颂

公安！

由于我们如数将粮价及谢函留置在农户家中，这个故事，很快地就传遍了整个河南，它比任何交通工具都来得快捷，人民信任了我们，他们再不害怕我们、躲避我们了，他们是积极地、热烈地欢迎我们的进驻，譬如在东西赵堡时，老乡们送来了一大堆慰劳品，要求我们长期驻在那里，保护他们，解救他们！

我们的战士全部来自北方，他们是不熟悉于华中、华南的民情风俗的，当队伍快进入河南地区的时候，全军在军政治部领导下，进行了当地民情风俗的教育。举个例说吧，在北方的行军中，每到一个地方，队伍总是把门板卸下来，搭床铺使用，但是在南方，老乡们是不愿意人家卸掉"内门"的（就是卧室的门），我们就禁止使用门板搭铺，一律用稻草或麦秸搭地铺睡。南方的人都讲究卫生，不但洗面和洗脚的盆子分开，还有特别专给女人洗下身用的小澡盆（男人是不许用这种盆子的），我们告诉每个指战员，洗面的盆子不能洗脚，女人专用的盆子男人们不许使用；在住屋子的时候，也规定了仅允许住厅屋，禁止住内房（即卧室）。这一些看起来，似乎很简单，但我们却是费了相当的时间去向全体指战员解释和教育的，除此以外，那就是坚决执行三大纪律和八项注意，每天你都可以听见人们口里在唱着纪律歌。

有一个这样的故事，一个战斗班被分配住到一个富农家里，房子是既宽大又干净，战士们满以为可以舒服地休息一个整晚，但当

班长陈春和同志去向房东交涉,要求住在一个厅屋里,任凭你怎么说,房东总是不让住,陈班长把口都说干了,得到的回答,还是千百个"不行!"陈班长没法子,把全班带到了门外的牛圈里,和一头母牛住在一起,他们把地上打扫干净,用木杆子把牛拦到一边,就这样住下来了。半夜里那个富农点了灯来看他们怎样住的,当他发觉这些英雄们和牛住在一起的时候,他难过起来了,他唤醒了班长,要他们搬到厅屋里去。陈班长说:"只有几个钟头,用不着麻烦您。"他感谢了富农的好意。这位富农非常过意不去,第二天替他们做了一锅枣子稀饭,要他们喝些好走路,他们这班人不好拒绝他的好意,痛快地吃了一顿,他们倒出几个米袋的米,还给富农,把牛圈打扫干净,向房东告辞,又走上了征途。

另一个故事:在叶县林家庄,住着一对农民夫妇,他们不但是贫穷,而且连一个孩子都没有,她的丈夫病死了,她既没有一文钱去替他买棺材,也没有人帮她埋葬。恰恰那天她家里就住着我们一个排,排长把这件事告诉了全排的同志,大家都受了感动,班长李辉同志号召大家捐钱替这位不认识的朋友买棺材,他首先取出在延安时朋友们送给他当路费的一万三千元出来,大家都跟着他拿出了钱,替她买了一具棺木,帮着挖了一个墓地。这故事在此县一直到现在,已经变成为一个流传很广的民间故事了。

我们的指战员是懂得怎样英勇杀敌,保卫人民,也懂得怎样去爱护人民的,他们没有忘记自己的誓言、毛主席的临别赠言,和自己是人民的子弟兵。在这里我们应该赞扬全军的政治工作人员,他们是用了最大的力量,不辞辛苦来做这一个工作。队伍刚进村子的时候,他们要耐心地去向房东借房子和炊事用具,临走时他们又要征询人民意见,检查有没有违犯纪律的行为,当他做完了工作,队伍往往已经走出了几里地,他又必须赶队伍去。当然,战士们遵守纪律是自觉的,但是没有政治工作人员的引导和教育,我们是很难建立起这铁的群众纪律,没有办法使军民亲切地联系起来,战胜我们的敌人的!

选自《南征散记》,东北书店 1947 年初版

雪山和冰桥

　　吕梁山是和太行山、中条山并称为山西三个大山脉，就在华北来说，吕梁山也是鼎鼎大名的，特别是冬天的时候，吕梁山脉地区的寒冷，简直比太行山和中条山还冷些。我们这支远征的队伍，在初度渡过了黄河之后，就进入了吕梁山脉，那时候正是大雪纷飞，道上积雪达两尺多厚，我们就在这积雪中行进，往往刚把一只脚从雪坑里拔了起来，而另一只脚，又陷了进去，平常按照我们的行进速度，每小时可以走十二华里，但在这种积雪中，凭你多大的本领，也只能走六七华里，尤其是夜行军，最多仅能走四五华里，我们的脚被冻得发麻，已经没有触觉，好像已经不是自己的脚。抵达宿营地时，千万不要一下就放在热水里烫，一定要先把两个脚尽量按摩，让它慢慢发热，才放到温水里去洗，要不然你就会把脚弄坏了，一直到发烂。开始的几天，人们还没有这个经验，以至个别的人烂了脚，以后就完全纠正过来。

　　在平坦的道路，或者就在崎岖的山道上走，都比翻越任何一个山尖要好得多，最使我不能遗忘的，就是山西临县的鸦儿崖山，山的上下是四十里，满山都长满了刺人的小树和长可没胫的杂草，那天，正是大雪后的第二天，全山披上了一层非常美丽的雪衣，地上的积雪起码都是四尺多厚，差不多快到腰上了，路既狭小，又是个斜坡，坡的两端是深坑巨沟，雪把这条狭路给掩盖住了，你是无法去辨别哪是路，哪又是坑，因此，你就得非常仔细，让一只脚确实踏住了地，再移动你的另一只脚，要不然你不但翻一个大筋斗，还会跌死在深坑里的。

当我走上了斜坡的时候，我是一只手执着一支很结实的木棍子，非常小心地，一步步地前进，但是雪和地面之间，还有一层前些日子下的积雪，由于天气的寒冷，它已经结成了冰，这就更滑了，往往站得不稳，就会跌跤，就在上山的二十里路中，我整整跌了四五十个跤。这里我发现了一个秘密，就是不能让他跌一次跤，如果跌了第一跤，心里就着了慌，越发慌，也就跌得厉害。我害怕跌到深沟里，就用着我的两只手，尽量攀住那些刺人的小树，两只手就被刺得鲜血淋漓，再在雪里一泡，更加痛得厉害，这还总比跌到深沟里要好些。越发跌跤，好像全身力气也越发消耗得厉害，当快抵达离山峰的五十米达，我已经像死尸似的没法再往上爬了，要不是王恩茂同志把我的皮包代我背上了，和旁边两个战士同志拉着我，我简直不能相信，我可以爬到山峰上去。

雪山的道路虽然是那么难走，但却有着美丽的景色。我们开始爬登这高峰的时候，正是太阳从山的东端钻了出来，这些小树上挂满了一朵朵的雪花和一条条的冰条，这使我忆起了基督教徒们在那圣诞的前夜，总是喜欢在家里摆上人工的圣诞树，在那树上挂着几块雪白的棉花，代表了雪。这景色简直和那种人工制造的雪花和圣诞树毫无差异,当它在鲜艳的晨曦和阳光下,反射起来的时候,真是一幅非常动人的图画,任何的圣诞树和它一比,不知道相差千万倍。

当你登上了山峰,俯瞰山下的乡村,你可以看见在那不远的山脚下的茅屋,茅屋旁边已经脱得连一个叶子也看不见的柏树,门外的石碾子和几条狗在雪地里狂跑和叫嚣,以及在屋檐下晒暖的农夫。这是一幅标准的北国之冬的图画!

翻过了雪山的第三天,我们就开始越过了两条比较认为困难的封锁线,那就是汾河和同蒲路。沿着汾河和同蒲路一片宽阔的平原,从西边的山头到东边的另一个山头,足足有八九十里,就在这块平原上的河畔和沿着铁路的两旁,都是布满了敌伪军的据点,我们不能拉着一条直线走了过去,必须机动地绕过了这些据点,才能从西边的山头抵达了东边的山头。另一方面又不能过早地把队伍运动到西山上去,那是会被敌伪发觉而阻碍我们的过路。因此,我们就必须在离开西山上三十多里停滞下来,待黄昏后才可继续前进,就是到了东山上也不能一进了山就宿营,那是会被敌寇尾追和袭击的,必须进入东山后,还要继续走三十多里才能宿营,这么一来,东西两个山地要走六七十里,平原地区要走八九十里,再加上绕路,我们就得在一个夜晚走上一百七八十里,这是一个急行军,在世界上除了八路军以外,恐怕再没有一支军队能够从黄昏走到第二天拂晓,会走这么长的行程了吧。何况要偷过无数的敌人的据点,和随时有遭受敌伪的埋伏和袭击的危险,然而,我们终于胜利地通过了这两道封锁线。

许多到过山西的人,或者读过山西地理的读者,大概都知道汾河是一条泥巴河,河流是那么快速,河底又是一堆堆的烂泥巴,河的宽度约有一百五十米达,就在很冷的冬天里,也很少结过冰,几个有桥的渡河点，又都是敌人所把守着，要把这五千人的队伍，从这么宽的又是泥巴的河渡涉过去，就不说那和冰一样冷的水可以把脚冻掉了的话，万一在渡涉中遭受到敌人的袭击，损失是一定很大的，这就形成了我们东进中的一个很大的阻碍和困难，但是恰恰在我们过汾河前一天夜晚，北风大作，把这条很难结冰的汾河也冻结了，我们就在这冰上走了过去，不但免除了渡涉的冻脚，而且更能安全地通过，如果是唯心论者，也许他们会说：这是"天意"吧？！

让我再告诉你另一个景色吧，那就是我们从太岳区准备第二次南渡黄河进入河南境内的时候，一切黄河的渡口都被敌人所占领，或者是控制着，大部分的船只都停泊在敌人所占领的渡口，我们这支队伍的任务，是要尽可能地避免战斗，安全进入河南境内完成南进的计划，又不能痛痛快快地把敌人占领的渡口抢夺过来，再行渡河，只能在那些从来没有人渡过的地方偷渡过去，这就需要设法从各个地方集中船只，而且要有很多的船，才能够使用，这又是一个难题了。但是正当我们准备派人去集中船只的时候，从河边侦察回来的侦察员说，黄河在前一天，因为下了雪，又刮起大风，现在已经冻成了一座有五六尺厚和三四十米达宽的冰桥，可以用不着船只，从冰桥上走过去。

当我们的队伍前进到黄河畔上，那条被冻得非常结实的冰桥就映进我们的眼帘，真如侦察员的报告，冰桥的宽度仅仅是三四十米达，两头还是激流奔腾叫啸，老乡们告诉我们黄河在民国十一年的时候，曾经结过一次冰，十多年来，就从没有冻过，你们真是"得道多助"呀！

我仔细地，端详地看看那座由于下雪而又冻结成为崎岖不平的冰桥，我被呆住了许久，要不是同志们的催促，我真愿意在这个奇迹上多逗留一下，使我好好地欣赏这大自然景色。

选自《南征散记》，东北书店 1947 年初版

勇士们开辟的道路

　　一九四五年一月七日的夜晚，河南平原上的天黑得伸手不见掌，没有月亮，也没有星星，北风吹得刮骨似的发痛，河里的冰结得有尺把厚。我们准备着在这一个夜晚通过鲁山附近的公路。根据我们所得的情况，鲁山住着敌人一个联队，并附一个坦克连，我们越过同蒲路和黄河，他们早已知道了这支队伍一定要南下的，三天前他们在沿公路线上，加了不少的工事和岗哨，准备阻挠我们的南进。

　　王司令蹲在一堆炭火的前面，摆开了地图，和几位支队长们正在布置通过公路，他突然仰起头来向陈支队长说：

　　"今夜可能遭受到敌人的截击，一支队作后卫要特别留意，二支队前卫也应该注意找路走，要逢水搭桥和排除前进的一切障碍！"

　　午夜里，队伍开始出动了，路上的雪有五寸来厚，雪底下又是一层积冰，越发滑得难走，一个脚刚从雪里拔了出来，另一只脚又陷了下去，前卫部队就用着他们的两只脚，把那被雪和冰掩盖得分不出哪是道路哪又是田畦的大地，划开了一条路来。他们往往连人带枪滚到雪堆里去,脚冻得丧失了知觉,英勇地前进着,没有一个在这大自然的困难面前低下头的。

在游击战争中过生活的人都知道:夜行军尤其是通过封锁线时,不能使用号音联络,也无法使用旗语,最简单的通信联络就是传话,一个个地从前面跟着传下去,声音又讲得那么低和快,最初的几个人还不致发生问题,后面可就变了,有人从前面传来说"把枪衣脱下",到了后面竟变成了"把衬衣脱下",人们都莫明其妙地想着为什么要把衬衣脱下来的道理。还有一次,传来了"不要看书",天晓得,夜里黑得那么厉害,谁还有本领在战斗中去读书呢?以后弄明白了,才知道是:"不要咳嗽"。同一个传话,一个战士听作是"不要解手",那时候他正在闹肚子,这么一来,就不敢走出行列去拉屎,结果把屎拉得满裤子,到第二天才换去了那满裤裆都是屎的裤子。

三个支队过了公路,向着森林地带走着的时候,公路的右边,远远地发着白色的亮光,战士们都嚷开了:"才走不上个把钟头,天就发白了,后面还有四个支队怎么办?"人们的心里都在发急,指挥员感觉到不对头,如果天亮了,为什么从西面亮开了(部队是由北向南前进,右边就是西方),是不是前面带路的人搞鬼,把队伍带到鲁山去了,那是城里的灯光吧?!一会儿,白的亮光慢慢地向我们照射过来,隐约地看出了是灯光,还在不断地移动,三支队长张仲瀚同志喊了起来:

"不是天亮,也不是城里的灯光,是汽车上的灯,敌人已经出动了!"他急忙地派遣了通信员通知了后卫部队,也报告了王司令。他自己带着几个通信员,迅速地离开了行列,走到了公路右方一个排的警戒阵地去。白亮的光更迫近了,严正祥排长用着他的左手指在计算着:一、二、三、四……十三、十四。"十四盏,最少是七部车。"

张支队长点了点头，"不错，七部车！你们都准备好了吗？"

"准备好了。来了就打！"严排长卷起了袖子，看他那般神气真是红火得很，是的，我们这支队伍在后方整训了两年多，这么好机会，谁还不想显显身手。"支队长，你走吧，前面需要你，这里我们有了三十个人，不要说七辆，就再多一点，我们也能够应付这群鬼子！"

张支队长笑了，拍一拍严排长的肩膀："真是有种！"

嗒嗒嗒……敌人的车上开火了，铁轮带的声音也可以隐约地听到。"不是汽车，是坦克车！同志们！开始射击吧！"排长发着命令说。

"打个卵子枪，还能打到人家的铁乌龟皮？"战士杨正春咬着牙齿说。他从腰里掏出了手榴弹，去掉了保险盖，把保险线套在右食指上，像一匹狮子样似喊着："杀！"像一阵飓风奔向坦克车去，砰砰、砰砰……

"一个、二个、三个……"严排长肚子里在计算杨正春投的手榴弹，他转向身旁的机关枪手刘勇辉说："对着坦克车射击，掩护我们的英雄吧！"

九二式的重机枪，像天崩，像地陷，吼叫起来，两只铁乌龟停了下来，再爬不动了。另一只铁乌龟上的炮响开了，朝着杨正春的身上打，没有打中，他熟练地伏倒在地上，紧紧地握着手榴弹，铁轮子沙沙地向着他的身上辗上来了。

"呀！"刘勇辉惨叫起来，他的手发抖了，杨正春被铁轮子轧到轮底下去，手榴弹爆炸了，轮子被炸断了，坦克车像一具大棺材停在那公路的右侧，顽强的敌人用着坦克车上的机枪，射击我们的机枪阵地。刘勇辉清醒过来，发恨地紧握着机把，瞄准地还击，铁乌龟上的机关枪倾倒下来，停止冒烟了。刘勇辉用着他那卷了起来的袖口，抹了一抹额上的汗珠,向班长说:"又完了一只了!"黑夜里我看不见他的笑容,我心里想,他一定在笑,是的,是悲愤和愉快的交流!

队伍像潮水似的,在敌人密集的火力下通过着,有的人被子弹打中了,哇地叫起来了,立即被另外的人制止下去。每一个人的心里都想过去增援这苦斗的严排,但是他们的任务,不是在这个地区作战,而是过路呵!

张支队长派了一个通信员来告诉严排长,要他把警戒交给后面的五支队接替,要他带那排人赶上队伍。严排长摇摇头说:"不,正打得激烈,怎么能交出手呢?"五支队派了两个班来接替的时候,他告诉他们说:"你们快走,有我们在,怕什么?"他拒绝了,他不愿意使敌人利用交接的间隙得到喘息的机会,他命令着他的一排人:"坚决地打,为保护全军胜利通过,打到最后一个人,最后一根枪吧!"

天真的亮了,队伍全部进入森林地带,张支队长跑到三营去,问了营长严排归队了没有,营长摇着头说:"没有,他们将永远不会回来了,严排长就是这样的汉子!"

是的,他们将永远不会回来了,他们开路去了,用着他们的血和肉,替这支远征军开出前进的道路,也替中国人民开辟着一条宽阔的、解放的大道!

选自《南征散记》,东北书店 1947 年初版

◇ 王　正

胜利新年风景线

一九四九年——不同往年,它标志着全国的胜利,全国人民的胜利——这是胜利年。大街小巷每个角落,都充溢着胜利的气象。

鲜明火红般胜利的旗帜,悬挂在每个机关、团体、工厂、商店的各个门口,胜利地自由地飘荡着。街头上的人们□唱着歌,高兴愉快地走着,不怕严寒的二九天,更不怕大雪纷飞:勇□地和脚下的冰雪作斗争,十足地表现了胜利新年的欢畅和鼓舞。

市场上在元旦的这一天人山人海的,显得非常热闹:买鱼割肉……买菜打油的人们,大小交易一直没有闲着。市场的一家杂货店刘掌柜说:"咳! 今年买卖可比往年多,真是不同往年了,好年头可到了!"

道里民教馆的秧歌队男女青年,扭得特别活跃。一个扭秧歌的小伙子带着滑稽的面孔说:"一九四九年是胜利年,我们扭秧歌来贺年。"是的,他们在为胜利新年庆贺着,所以扭得那样活跃。人民领袖毛主席的画像在秧歌队伍的前面举得高高的,一个四中的学生指着毛主席像说："你看！毛主席高举着手，嘴在呼喊着，那是让咱们胜利地前进！打倒蒋介石去！"旁边的一个四中的同学一劲说："对啊……"

新阳区正阳河制鞋二厂全体工友们都参加了秧歌队。这支秧歌队伍拥有数百人，他们没有怎样特殊的化装，甚至有的工友一点也没有化装，就穿着工作□衣服，参加了扭，不断地喊着"打倒蒋介石，建立新中国"等等的响亮口号，一个铁工厂的工友站在门前也随着喊起这些有力量的口号——而这个有力量的口号，就会在胜利年——四九年实现了。

市政府的广播机，从二楼上不住地发出胜利歌声和胜利消息。各个街头的锣鼓声和人们□笑的声交织成一片。新阳区安国街一个皮鞋工厂的工友们在午饭后，组织了娱乐会，在这个娱乐会上，有的工友唱旧剧，说双簧，还有的自编自演□剧，工友们在新年里都非常快活，迎接着一九四九年的胜利。

道里尚志大街的鲁迅书店，也在一元复始的胜利新年的一天开幕了。门面上插着几十支红旗，青年学生们，工友店员们，三人一伙两人一起地手里都拿着购得来的新书走出书店门。一个六中的女同学买了一本毛主席的著作，又跑回去选择了一本《思想指南》，并且她说："今年是胜利年了，我要好好地学习，好将来为社会服务！"

道里道外的各个电影□子，门口总有几十人等着买票，雪一劲往身上落，人们还在守旧地等着。有个女人抱着小孩，她说："今年这年不比去年前年那样了，今年变了，全东北都解放了，应当好好庆贺庆贺！"这些人们都被一切胜利鼓舞着——加紧生产，"再努一把力"的口号在一九四九年的今年是结合着"全□□□军，打倒蒋介石——建立新中国"的口号实□地行动着。青年学生们在加紧学习中准备迎接新的胜利！接受新的任务,学习——□□□!

写于元旦翌日□□□

选自《哈尔滨午报》,1949 年 1 月 5 日

◇ 王生财

"我叫俺媳妇好一个批评！"

船渠电气厂冲电组黄廷江工友，有一天晚上回家，他媳妇问他："现在各个厂都成立突击队，你参加没有？"黄廷江说："我没参加。"他媳妇说："你这样的男人都不如我们一个妇女，现在各个厂都创模，连个突击队你都没参加。我这回在渔网工厂得了一个模范。"黄廷江工友一听，心里很不好过，到第二天清晨来厂子对阮树春工友说："我昨天晚上回家，叫媳妇好一个批评。"他又坚决地说："我要和突击队比一比。"第三天黄廷江工友把过去不能使用的坏电盒子，找了三四个来，当时就拆开，把里面的阴阳板的母、电盒子盖和能使用的材料造成二个新的电盒子。在外边买这两个电盒子，都得三四万元。第四天又找出一些过去不能用的坏电盒子，都拆开里面的隔板，都是化学制成的，共有六百多张，能够电气冲电组一年用的。这种材料很难买，以前一张都得一百多元。他又拆了一些电盒里面的阴阳板，共有三百个，能够冲电组六个月用的，这种材料现在外面的市价得三百多元一个。电气厂仕上组模范张全荣工友说："老黄真和突击队比起来啦！"

选自《"工农园地"选集》，大连大众书店 1948 年

"我叫俺媳妇好一个批评！"

◇王向立

爱和恨
——在蒋占区

我们到了德惠和农安一带的蒋占区。

蒋占区——这真是一个悲惨荒凉的世界。这是初冬,大地上堆积着没有融化的积雪,闪闪发光,凛冽的西北风吹来,人们感到刺骨的寒冷。一切都显得萧条,连狗也很少在街道上找寻它的食物了。然而,奇怪的是,在晌午时分,我们在屯子里时常可以看到小孩子们穿着破烂的单衣,在街上走来走去。询问他们的结果,原来是家里没有柴火烧,他们是在外边晒太阳,从阳光里吸取温暖,广大的人民没有棉衣穿。

一天,天已经黑了,我们部队的一个排到了一家老百姓家里,在灯光下,战士们看见,在炕的角角上,在火盆的旁边,围着八九个人,只有一个四五十岁的老头披着麻袋,其他的人都穿着单薄的破裤子,一个十六七岁的大闺女躲在最后,羞得低着头。战士们问及他们的家境,才知道他们给一家地主种地,每年只得六担粮食,一家九口,连饭都不够吃,更说不上穿了。前些日子,他们把家里仅有的一些破布,七凑八凑地,给大闺女缝件棉袄。但还没有缝好,就被哈拉海出来的中央胡子抢去了。为这件事,这家庭整整哭了几天。已经够贫苦了,为什么还要遭遇这样的灾难?"中央养胡子,八路打胡子"——在这句话的后面,是蕴藏着老百姓深深的恨和无限的爱的。蒋介石不管老百姓的死活,养活胡子来维持他反动的统治;而我们的队伍却是把老百姓的痛苦作为自己的痛苦的。曾经发生过这样一件事,在一家老百姓家里,我们的战士一到,女房东就要给我们烧水,她只穿着一件薄薄的袄子,一个战士看见了,他想:"那么冷,连穿都穿不上,还要她帮我们忙吗?"他忘记了那天走了七八十里以后的疲劳,他掉下泪来,自己烧水去了。

现在,当着一个这样家庭的面前,我们战士的阶级同情心是更加增长了。他们纵然穿得也并不厚,在夜行军的寒风中有时他们喊着:"冷!冷啊! ……"然而,和这样的人家比较起来,他们是幸福得多了,他们要把自己的幸福分给贫苦的人们。他们打开自己的背包,凑了十六件衣裳送给这穷困的人家。这人家的欢喜是难以形容的,孩子们连忙把衣服穿上,老大娘感动得哭了。

我们的战士也有悄悄地流下眼泪的。为什么呢? 一个战士说:"我在家也受过这样的罪,我知道这个味。共产党八路军来了,咱家里分了地,翻了身,光景好过了。我当了兵,可没忘记老百姓就是咱们的根本!"

那个老大爷好久没有作声。突然,他抬起头来,眼睛望着同志们,低声问道:"共产党在咱这疙瘩常驻下吧? 咱也得翻身了!"

他低下头,默默地想着。过了一会,他粗着嗓子说:"我也参加八路军吧!"

"老大爷,你的年纪太大了!"战士们注视着他,惊异地听着他的话,带着安慰的音调回答他。

"我年纪太大了?"他说,"那么,我的儿子去吧!"

"老大爷,你的儿子年纪太小了!"战士们说。他的儿子才十一二岁,正瞪着两只大眼睛望着战士们和他父亲在谈话。在他的身上,已经穿着战士们送给他的衣服了。

"我的儿太小了?"老大爷低声地,异常懊丧似的喃喃着。

在另外一个日子,我们的一个副排长李文成同志正在召集房东开座谈会,当他讲到国民党抽丁抓丁的时候,一个老大娘哭了起来:国民党曾经有过"不抽独子长子"的明文规定,然而她被抓去的正是她唯一的儿子。这只是因为她家庭的贫困,拿不出钱塞在保长的腰包里。她伤心地哭着。李文成好好地安慰她。突然,她捉住他的手,像要求似的发问道:

"你们捉住了他,不杀他吗?"

"不,我们是不杀俘虏的。"

"真不杀吗?"她重复地问着。

李文成耐心地向她解释着我们的俘虏政策。于是,她放心了。她向同志们说出了她儿子的名字,说:"你们捉住了他,一定要好好优待他。"

晚上,她把三床被子借给睡在她家里的同志们盖,问他们:

"白天和我们讲话的那位同志在哪疙瘩睡呢?"

战士们告诉了她。她走过去,看见李文成同志躺在铺了草的地上,她一句话也不说就转回来,然后又把一床被子拿过去,说:"你盖吧! 你们在外边挨冷受冻的。"

李文成说:"我们惯了,不冷,你老人家盖吧。"

这样推来推去，老大娘有点不高兴了，她把被子扔在草上就转回家去。

李文成只得把被子拾起来，送回去给她，说："老大娘，你冷，你盖吧。"她无论如何不肯要，李文成就也学她的样子，把被子扔在炕上就跑掉了。

大约半个钟头以后，李文成已经睡了，老大娘静悄悄地跑了进来，轻轻地将被子盖在他的身上。

第二天，当李文成到她家里去的时候，他看见老大娘正在烧香，在神位跟前叩头，虔诚地祷告：

"好老天爷，打仗的时候，要长眼啊！不要打着这些好人呀！"

人民就是这样祝福八路军的。我们到达的这一带地方，曾经建立过民主的政权。后来蒋军以及他们收编的胡子（老百姓称它为"降队"）一到，就把广大的人民的民主幸福打得烟消云散。人民是能够辨别这两种军队之间的区别的。我见了一个四十来岁的老大爷，他告诉我，他的两个儿子被抽去了，现在家里还有三四个小孩，光景十分困难，而国民党反动派不光要他们出捐出税，就连过年过节，还要指定每户人家"送礼"的。"我没有钱。"他说，"如果有钱给保长，我的两个儿子都可以不去当兵。"他停了一会，接着说："有钱人的儿子谁去当兵呢？"

我还没有回答他，他继续下去了："当我的儿子和屯子里的几个穷小子去当兵的时候，我就悄悄地告诉他们，'富家的子弟没有一个去当兵的，当兵的都是穷人的子弟。八路军是穷人的队伍，是为穷人翻身的。你们要是派去和八路军打仗，就朝天打，放空枪，要是八路军近了，你们就拖枪跑，投降八路军！'我的儿子是懂事的，他们会投降你们的。"

这老大爷愈说愈愤慨，声音愈大了。他的女人提醒他："声音那么大，外边有人听见……"

"怕什么！"他挥了一下手，打断她的话："听见就听见；反正我不想在这疙瘩住了，我要搬到江北①去！"

在另一个屯子，这是中央胡子的一个据点，当我们部队迫近的时候，他们逃跑了。我们一进屯子，有几个人就热情地围绕着我们。

"你们回来了。"他们说。

"我们回来了！"

大家都明白这句话带着无限的深意。

"你们为什么现在才来呢？等你们许久了！"于是他们诉起苦来！中央胡子强迫他们修炮楼，修了三天，饭也不管一顿；做累了，稍微憩一憩，就挨棒子打；村长强迫各家"借"被子和衣服给"降队"，可是"降队"把好一点的拿去卖了，孬一点的衣服自己穿着，被子作骑马的垫子……

晚上，有人走进我的房子，低声地说："这疙瘩有粮食，'降队'存下的。"

他们知道，八路军一到，会给人民带来一些什么。

"你带我们去吧！"

他不作声地就带着我们去了。在仓库里面，很多粮食已经霉了，一股发了酵的味道扑进我们的鼻孔里。那个老百姓骂道："丧良心的东西！霉烂了不吃，还到处要粮食！"

"这是老百姓的粮食，要还给老百姓！"我们的一个同志说："明天叫穷人来吧！——分粮食！"

---

① 指松花江北。

第二天,这个屯子显得特别的热闹,周围的穷苦人家都拿着布袋和麻袋来了。笑哈哈的,像有什么喜事。在这一带,老百姓的这种欢笑,是已经消失了许久了!

在蒋占区,爱和恨交织着。在人民的心中,希望蒋介石和他的反动派的死亡以及期望着我们早日解救他们的苦难是同等迫切的。

"你们不要走!"他们说,"你们在,咱们穷人有吃有穿的了!"

选自《爱和恨》,东北书店 1947 年初版

班长王玉

王玉——全营的同志们都知道他。一个中等身材的人，一副平板的脸，淡薄的眉毛下面闪着一双细小的眼睛。当眼睛转动的时候，可以看出来他是相当灵敏的。他喜欢打仗，手榴弹投得很准确，尤其是欢喜拼刺刀。他的"威名"就是从"拼刺刀"得来的。

这一天，他和同志们埋伏在作新村一带的山峦上。前一个晚上，他们曾经佯攻龙皇庙村。这村庄位置在斜斜的山坡上面，居高临下，对着这儿附近的一大块平地，敌人占有了它，控制着这一带的运输交通线。近来，敌人正加紧地在这里修筑公路。自然，就是公路没有完成的现在，敌人的汽车还是经常地来往着的，但因为道路的崎岖不平，到底是一个大不方便。——这晚上十一点钟便打起来了，月亮真好，照耀得非常明亮，很远地就可以看见战士们以疾速的步伐移动在稀疏的树木的阴影里。枪声一响，外面筑了围墙、架了铁丝网的村庄便慌乱起来，两门平射炮不断地怒吼着，夹着机关枪密集的射击，一直打到快要天明。

差不多每次都是这样子的：当每一个据点被攻击时，邻近据点的敌人总要出来帮忙；而八路军也总预先埋伏好，伏击这些增援部队。这一次没有例外。队伍部署好的时候，太阳出来了，不过这一天的阳光没有往日一般的赤热，刮着风，浓重的沙尘被风卷起，战士们连睁开眼睛也感到困难。他们焦虑地在等待敌人的来临，有时也说说笑话。

"班长，你的刺刀准备好了没有？"一个新兵半认真半开玩笑地问王玉。

"你看！"他把刺刀举起来，光亮亮的。

王玉很珍贵自己的刺刀。凭着它，他建立了自己的荣誉。在几次大的战斗中间，他的刺刀都曾给敌人一些滋味。举两个例来说吧：在去年九月二十日从广灵到灵丘大道上的邵家庄战斗里——这战斗消灭了敌人二百余名，敌北支派遣军独立第二混成旅旅团长常岗宽恰也在此役被击毙。——好几个敌人围着他，刺刀互相穿刺着，躲避着，他终于刺死了两个敌人，缴获了一挺重机关枪、两支步枪。在今年五月九日至十五日的繁峙上下细腰涧战斗里——这战斗消灭了敌人一千二百余名——这是大雪天，河沟里的积雪有二尺多深，他放下背包，从山上冲下去，拼刺刀，杀死了一个敌人，缴获了两支步枪。在他的心目中，只要一拼刺刀，敌人不是死亡便是逃跑，没有别的出路。

这山沟约有一百多米达宽，道路靠着一边山脚蜿蜒着，在这边的山脚下，紧贴着一条较为低矮的河道；不过河水早已干涸了，只堆积着一些沙砾石块。八路军的一个连就埋伏在这河沟里面。汽车从灵丘方面走过来，如果不走到近处，是不能发现他们的。大道上，西坡村里——这本来就是一个贫苦的小村庄，自从敌人占领了灵丘之后，经常在这交通线上来来去去，奸淫烧杀，这使得村里的居民不得不逃往别处，撇下了这荒凉的破房子——布置了一个连，防止在战斗时敌人把它占领。山岗上，部署着一个营。战士们头上都戴上青草编成的帽子，掩蔽着，看去就和山地一个颜色。

风刮得很厉害，尘土飞扬着，隔一丈多远就辨别不清对面的景色。峰峦上稀疏的树木发出凄凉的呼号。草儿抖索着，随风摇摆。战士们很不耐烦地在风沙里等待着……汽车慢慢地靠近来了。这是从灵丘来的八辆，载了二百多个鬼子兵，他们倒很聪明，快接近西坡村的时候，便下车搜索。

山上的机关枪响起来了，手榴弹抛在车厢里啪啪地爆炸，山岗上河道里的战士们勇敢地冲了出来……

"班长，你太突出了！"一个弟兄对王玉说。

"怕什么呀！"他回答。但立刻他又想到这次他率领的都是新战士，没有很多的战斗经验，便回转头来，说道：

"把你们的手榴弹都给我！"

同志们都给了他。他一个个地抛掷着，很镇定，很准确，手榴弹都在敌人的跟前一个个地开了花。

在充满了枪声的空气里面，冲锋的号音嘶叫了起来。王玉领着全班冲下去。风猛烈地刮着，黄沙弥漫了大地，战士们从来没有学习过这种战术，可是，在这战斗中，他们却有了新的创造——当尘土飞扬起来的时候，距离很近也看不到的，他们便迅速地冲过去，而当风势快要停息，沙土的雾幕行将揭开的时候，他们便卧倒在地上，利用地形地物掩蔽自己，射击敌人。

这二百多敌人在机关枪和手榴弹的打击之下，死亡了许多，战斗快要解决；忽然，敌人从灵丘又开来了十二辆汽车，增来四百多敌人。于是,战斗又重新展开了。

增援的敌人带来了大炮和迫击炮,毫无规律地轰击着。机关枪密集的扫射,使王玉这一班人感受到很大的威胁,子弹从他们的旁边掠过,他们简直不能抬起头来。王玉着急了,他是不能让敌人在他的面前逞威风的,便匍匐着,慢慢地朝着敌人的方向爬行。爬着,爬着,当狂风把沙土卷到半天空旋转的时候,他突然站起来,把早已捏在手里抽去了引线的手榴弹掷过去。

"轰!"——炸弹爆炸处,机关枪停止射击了。

这战斗是一九三九年十月十六日打的,从上午十点钟直打到下午五点钟。敌人不断地增援,除第一次十二辆汽车外,第二次又开来了五辆,第三次七辆,第四次五辆,还来了一门坦克,一个炮兵小队,先后人数一共上二千人。在这战斗中,敌人死伤了五百多人,八路军死伤了一百四十多人。王玉没有阵亡,没有挂彩,还是好好的。连长见了他,拍了拍他的肩膀,说:

"你今天打得好呀。"

"没有拼刺刀,手榴弹也太少了!"他问答道。

一九三九年十一月

选自《人民的军队》,光华书店 1948 年

插进敌人的心腹

城子街突围的敌人在恒道沟一带被我军堵击着,大部分狼狈地窜回去了。但他的先头部队(退却时就是后卫部队)却被我主力压缩在铜匠沟——一个小岭下面的几户破落人家的小屯子。敌人企图从这里往东北大道窜回城子街。三班长郑凤山发觉他们的企图,就带着全班和一个机枪组迅速从南面插下去,向房子东边迂回,打进敌人的心腹,堵住敌人的后路。

激烈的战斗从此开始了。

三班在机枪掩护下,占领了两间房子,向着第三间房子前进的时候,敌人的六〇炮和轻重机枪密集地向他们打来,张惠清和金侧禹挂彩了,全班很快地退回房子去。"咱们守在这里,不让敌人突围!"郑凤山鼓励着大家,然后,转过脸去问彩号:"你们怎样了? ——不要紧,担架马上上来了。"张惠清很镇静地回答他:"打吧! 你们不要顾虑我!"他还用手巾把金侧禹的伤口包好,安慰他说:"到后方就好了。"金侧禹勉强地睁开了眼睛,低声地说:"我好了,一定回来,把反动派多打死几个!"说完,他默默地躺在雪地上。

二十多个敌人向他们冲锋。金曾折高声警告大家:"来了! 敌人来了!"郑凤山马上鼓动全班:"同志们! 准备手榴弹——打!"战士们的手榴弹扔了过去,机枪组长史庆龙利用房子外边的烟囱过道作掩护,沉着地扫射,前头的敌人倒了几个,后面的慌张退回去了。

但金曾折和徐凤祥又挂了彩。徐凤祥的伤势很重,一句话也不能说。郑凤山爬过去把他拖下来安置好。他问金曾折:"你还行吗?"金曾折回答说:"还能打,就是不能跑了。""你好好地打。"郑凤山说罢,又大声鼓舞战士们:"大家不要害怕,第二梯队快上来了。我们坚决打!""打!"同志们用洪亮的声音回答着。金曾折说:"你放心,班长,我死也要守住这个地方!"

郑凤山考虑了一下:敌人有六七十,自己的十四个人中有四个已经负了伤,王文华和机枪组的孙福又去向一二班联络去了。我们发动反冲锋很困难,而敌人组织冲锋则必然会再来的。怎么办呢?而且自己班里还有好几个新战士呀!

"无论如何不能让敌人跑了!"他下了决心,就很好地从三方面布置兵力和火力。他叫副班长王怀玉带着王芝田守在房子的南面,叫新战士范合和李文焕及机枪组的胡兆林到房子里面去挖枪眼,他自己带着金曾折和机枪组守在房子的北边——那儿,正对着第三间房子和小山岭中间的一条小道,是敌人冲锋时必经的道路。

张惠清跟着范合他们爬进了房子。这时他已经不能打枪了,但还能用嘴指挥新战士挖枪眼。还没有等他们挖好,十多个敌人就发起第二次冲锋。他们趴在炕上,撕掉窗户上的纸,把枪伸出去射击敌人。在外边,郑凤山鼓舞着战士们:"我们为人民服务,好好地打呀!"战士们的手榴弹在敌人中间开了花。

敌人退了。郑凤山说："我们要准备打退敌人十次冲锋呀！"

敌人和我们对抗着。负了伤的金曾折很好地利用地形,沉着地打枪,他的枪打得敌人抬不起头来。

在房子里面,战士们继续挖着枪眼。土冻得像石头一样的硬。同志们累得满身是汗,房东在旁边着急得了不得,走过去夺下范合的铁锹,说："我给你们挖吧！"

战士们深深被感动了。他们互相勉励着："咱们好好地打,才能对得起老百姓呀！"

敌人第三次冲锋又来了。这一次有四十多人,分成两路,大部分从原来的道路出击,少数人从山岭上下来。金曾折说："来了！"他射击着正面的敌人。郑凤山说："同志们,打呀！"他们的火力和手榴弹一齐向敌人打去,眼看着敌人退了,猛不防从山岭上下来的几个敌人已快到跟前,郑凤山举枪一瞄,"砰！"的一声,敌人应声而倒,后面的也缩回去了。

坚持了一个多钟头之后,我们的部队快到来了。手炮弹暴烈地响着,落在院子里敌人的窝窝里,敌人惊惶得四处奔窜。郑凤山把手一挥,就冲上前去,王怀玉带着王芝田也跟着上去了,负了伤的金曾折也挣扎着跑上去。他们很好地利用地形,向敌人喊话："缴枪吧！我们优待俘虏。你们放下武器,我们就把你们看成朋友了。"

有两个敌人向王怀玉这边走来。王怀玉安慰了他们,让他们一个回去,叫其余的人缴枪,缴枪就不杀了。那个俘虏回去后,就带着七个人走了过来。

这时候,外边的同志们从另外一个方向打进来了。三班的同志很快地冲上去,缴枪,捉俘虏。

战斗结束了。三班缴获了冲锋枪五支,美造步枪十五支,俘虏二十三名……

在战斗后的第二天,全营召开庆功大会,团长向全体同志们宣布:师奖励勇敢插进敌人心脏的五连三班为"战斗模范班",金曾折和张惠清为师的战斗模范,班长郑凤山被总部和师部奖励为战斗英雄。当他给英模们挂奖章的时候,掌声像骤雨般地响了起来。

一九四七年三月

选自《为人民立功》,东北书店 1948 年初版

"等了你们很久了"

二连又回到腊腰子，和当地的父老弟兄姊妹们重新见面了。

去年一月间二连曾到过这块地方，群众第一次看见民主联军，把什么都藏起来，甚至连天真的小孩子也因受了父母的吩咐而和队伍疏远了。在八班住的那家房东，吃的是最粗的高粱米，这伪装出来的贫苦相和这家房子的建筑，以及屋里面陈设的家具，一点也不调和。战士们一看，心里明白了。但他们仍然和平常一样地，见了老百姓就表示十分亲热。

一天，连长胡光同志到了八班住的房子的后院，他在寻找一个大一些的操场。突然，一声骡子的叫唤使他惊奇起来："这一家不是没有牲口的吗？"他一面想一面走向声音的来处，发现在这后院的一个角落里，老百姓临时堆起一垛秫秸，在那后面，藏着几匹牲口。他笑了笑，无言地返回去了。

第二天，部队在那里出操。这可把房东老大娘急坏了。她频频地跑进跑出，她那忧虑的神情显然是为了那几匹牲口。连长走上前

100

去,问道:"老大娘,你这里放着牲口吗?"他这句话简直使她无以作答。胡光同志继续说:"我知道了,老大娘! 你把牲口放出来吧,你的东西我们是不要的。"他尽量用话语来安慰那老人家的心。

老大娘怀着不安的心情把牲口放了出来。这使八班的战士们非常高兴,他们除了每天给房东挑水、扫院子以外,又帮着铡草了。

开始,房东是怀疑的:天下哪里有帮老百姓干活的队伍? 队伍不把我的牲口牵走吗? ——然而,事实是最好的证明人,日子久了,房东也逐渐减轻怀疑,对民主联军的认识也有些转变了。

"你们要大车用吗? 我们有大车。"一天,老大娘对战士们说,"我们把大车拆开了;你们要用,我们可以把它装起来。"战士们回答她:大车我们是用不着的。

连里有同志病了,战士们自己用磨推黄米面,老大娘一看见,心里不安了,她走过去,说:"还要你们自己推吗? 我们有牲口!"接着,她说:"你们不要推了! 你们要吃大米、白面,我们都有,你们吃就是了。"

此后八班和房东便亲如家人了。二连和整个屯子的老百姓也亲如家人了。指导员高鹏同志有时还给老百姓上课,教他们懂得斗争的道理;教小孩们唱歌——孩子们一见着他,就围绕在他的周围了。

一天,有十多个胡子来到这屯子,战士们把他们打跑了;在另一个日子,听说胡子要劫洗离那儿五里的侯家岗,战士们天不亮就出发了,直到黑夜才回来,一天没有吃饭,一个晚上,听说胡子要来抢劫,战士们在严寒的夜里放出流动哨……

老百姓都感动了,把二连看作是自己的子弟兵,更不愿意这支队伍离开了。

然而,我们为了争取和平,在去年六月间,部队被迫和这里群众分别了。

※　※　※

六个月过去了,腊腰子老百姓不光没有忘记他们,而且一天天祈祷着:"八路军什么时候回来呢?"

一月十三日,部队要收回这块地方。二连的战士们纷纷议论着:"让我们打吧! 这一带,哪里有一个坟堆,哪里有一座房子,我们都知道! 我们对地形熟悉呀。"他们谈论着每个房东的好处,互相争论着自己的房东比谁家的都好。

上级满足了他们的要求。他们出发了。枪一打响,战士们就勇敢地往前冲。冲到离这屯子不远的一座房子的时候,马玉田进去搜索。他看见老百姓因为害怕枪弹,都趴在地下了。"不要怕,老乡……"他的话还未说完,老百姓就认得他,马上跳了起来:"呵! 是你来了! 你们来了!"他们说:"等了你们很久了!"

战斗继续了一个钟头,二连消灭了敌人一个连。部队进了屯子。指导员高鹏同志到了八班住的家里。小孩子们一看见他,立刻把他抱住,像是见了久别了的亲人。房东给他端火盆,让他烤火,给他烧开水喝。老大娘向他诉说国民党军队在她家里住的情形——敌人一个班要住得舒舒畅畅的,把他们挤得没地方睡,只好睡在地上。每天吃饭,向他们要大米和白面,把他们存下的都吃光了。有一次,一个当兵的把骡子的脚打跛了,老大娘的四小子去和他讲理,却挨了几个耳光,把他打哭了。"你们这次来,可没有上次好过了!"老大娘说,"大米白面给他们吃光了,小鸡给他们杀光了! 小猪也给他们杀了,一个钱也没给!"

老大娘的三儿子气愤地说:"我赶着大车从吉林到长春去做买卖,有一次碰到他们,他们硬说我'通八路',把我的四袋白面扣起来才放我走！难道给了他们白面就不通八路,不给就通八路吗?"

在别的房子,房东们同样地向战士们诉说国民党军队给予他们的灾害。"你们在我们这里吃饭吧!""在这里住吧!"老百姓热情地挽留着。

选自《血肉相联》,东北书店 1947 年初版

断肠思家路远遥

在王家车铺（德惠西南）消灭国民党×××军直属队的战斗中，我们拾了一本日记。日记的封面写着"万开生"三个字，据俘虏兵的供称，这是辎××连的副连长。这日记的主人是已经战死在战场了呢？抑或三生有幸，被我解放过来了呢？记者则不得而知了。他好像是一个易于触景生情的人，看吧，在这日记的头一页（十二月十日）就记载着：

雪。操课暂停。闲着无事，在马路上徘徊，偶成诗句一首，请钧座斧正之：

"白雪片片飞满天，壮士（？）思家夜不眠，
青山绿柳何去处，尽忠（？）流浪有谁怜。"

在十二日的日记中，他"偶成"一首：

　　"十月将满雪飘飘，断肠思家路远遥，

　　实（借？）问归宿何处有，干戈遍野马啸啸。"

　　他似乎是很爱写诗的，虽说他的诗写得并不高明，他还能借此来发泄他的情感。在全部的日记中，充分地表达了他思家、厌战，以及在国民党军队中人情的冷酷。当然，他还写得很暧昧，如果他有写日记的自由，他的日记不必交上级检查的话，他也许会写得明白些，详细些。许多天他在日记上都只写着："照常操作"，"无事可记"，"我有朋友邀约，打了八圈麻将"等等，甚至有几天索性一个字也不写。这固然足以说明他在工作上和生活上的松懈与无聊，另一方面，他实在有难言之隐的。他在今年一月二日的日记中写着：

　　今晨七点钟起床，每个弟兄的口头里都说出这样的话：我今年在外边度过几个年度了。他……你……我呢……？

　　这位"思家夜不眠"，"断肠思家路远遥"的"流浪"人，在这"去旧迎新"的新年佳节，一定会"每逢佳节倍思亲"，感触万分，更容易引起他的伤感的了；然而，他却写了许许多多的"……"。因为，除了这，他还敢于说什么呢？他不是一个傻瓜，他知道有人会"斧正"他的。这被他尊称为"钧座"的人（从图章的字辨出，他的名字叫苏树模），也许不明白人这种苦衷，于是在他的日记上面批着："太简略了。"或许记日记只是一种"例行公事"，所以叫他"未记载之日，应补记之。今后希按日记载。"

　　如果说，在平时，这日记的主人还只感到个人的孤单，时常"断肠思家""夜不眠"，那么在他有病的日子，他是深深感觉人情的冷酷了。什么友爱、温暖，在国民党军队中，他是永远也尝不到的，看看他的日记吧：

一月二十八日："人病在床上，什么都完了，记什么日记？又有什么可以供我这病人来记载的呢？哈！哈！算了吧！"

二十九日："病不但不好一点，而且又加了一层吐痰，全身都痛了。精神更不用说，唉！流浪的人儿，举目无亲，确实是难受，难过！"

三十一日："有病的人，确实是伤脑筋，尤其是流浪无亲的异乡人，没有一个爱你的、有情的人来安慰的话，确是难想得开怀的。唉！"

不知怎的，这日记本写到这里就结束了，是像他在三十日所写的那样，"有病，没有什么可记"呢，或有其他原因，记者就不知道了。总之，他并没有如他的"钧座"们批示的，"按日记载"那样做去。不过他却把这日记本在三月底带到了王家车铺，而且送到我们手里了。就让它在这里保存着吧！不管他写得怎样暧昧，总还对国民党军队下级军官的心情有某些说明的。

一九四七年四月

选自《人民的军队》，光华书店 1948 年

二连在大谢家屯

和我的儿子回家一样!

我一到四班,同志们就告诉我,曹凤臣是个好房东。他们说,他过去并不卖豆腐,但队伍一到,他就做豆腐卖了,可是他并不是为的赚钱。

我见着曹凤臣了。他是一个和善的年青人。和他随便谈了几句之后,我就问他卖豆腐一天能赚多少钱。他对我说出了下面这些数目字——柴火一百五十元,卤水二百元,豆子六升二百六十元,共五百六十元;做豆腐一百二十块,每块五元,共卖六百元。

"你为什么做豆腐卖呢?"我问。

"还不是为了你们吗?"他微微地笑了,"这里队伍多,买菜不好买啊!"于是接着他对我讲,他过去是一点土地也没有的,去年他分了六垧地,六担多豆子,现在光景是差不离了。"我的兄弟也参加八路军了!"

四班住在他家里是够幸福的。有时,战士们刚脱下衣服,泡在水里要洗,哨音一响,队伍集合演习战术去了;等他们回来,衣服已经洗得干干净净的晾在外边。有时,战士们想把洗了的衣服快点弄干,就把"冻了"的衣服叠好放在曹凤臣做豆腐的炕头上(因为热一点)。等衣服干了以后,战士们发现连破了的地方也补好了。

于连合病了,他一连病了几天,在一个晚上,房东老大娘照顾他,半夜还去请医生给他看病,她给他煮大米稀饭喝。于连合的心很感不安,他想:"已经够麻烦她老人家了,还要吃她的吗?"他谢绝了。这使她很不高兴,她说:"我好心好意地做给你喝,你偏偏不喝……"

在房东座谈会上,连长把这事情说了出来,并且解释说,因为公家有病号饭,所以于连合才不吃她的。老大娘的心中虽然宽畅了一些,但她不满意,她说:

"我的儿子也参了军,他在外边和你们不是一样吗?有病不是要人家照顾吗?你们队伍住在我家里,就和我的儿子回家一样。"

是的,四班的同志们住在她家里,就像住在自己家里一样,每天扫院子,铡草喂牲口……

"好好地注意身体呀!"

在连部住的房子,老大爷谢廷贵请同志们吃饭已经有好几次了。在这旧历年关前夜,来了那么多人,他是非常高兴的,他说:"这多热闹呀,我领着你们这些年青人,过个快乐年!"又说:"在外边过年,就要快快乐乐地过,我的儿子在外边,不也是快快乐乐的吗?"他告诉同志们,他的儿子是在地方工作团。

房东请同志们吃饭,不光是推辞不得,而且连少吃一点也很困难：老大爷陪着连长他们，他的儿子陪着几个卫生员和通讯员。少吃一点他们就不高兴。有一次，到快吃饭的时候，卫生员韩泰昌走开了，房东还是把饺子留下了给他，带着很不高兴的口气说道："平时你对我也不错呀，为什么不吃我的东西呢？我又不是光请连长指导员，如这样，就算我不对；我是全请你们，你不吃就不对了。"然后他半开玩笑似的说："以后我请你吃，你再不吃，我就不让你住在我家里了！"

老大娘看见同志们的衣服破了，她是很着急的。通讯员张玉庆的棉袄破得露出棉花，她说："你这孩子，出去不冷吗？快脱下来，我给你补上。没有布吗？我给你！"晚上她又督促他，像慈祥的母亲对待自己的儿子似的，说："肉都露出来了，快脱下来给我补吧。"

她是知道怎样爱护军队的，她对张玉庆说："你出去的时候，人家看见你的衣服破了，问你是住在哪一家的，你说住在我的家，人家不笑话我吗？"

一天，指导员的大衣拆洗了，老大娘到她的侄子家把她的侄媳叫来，两个人给指导员缝大衣。她们急急忙忙地，但很细活地缝着。她们从黄昏一直缝到晚上十一点多钟。这之间，老大爷好几次对她们说："快点呀，人家队伍不知道什么时候就会集合出发的，缝不好怎办？"

房东时常对同志们说：

"你们为了咱们穷人在外边爬冰踏雪地去打仗，要好好地注意身体呀！"

"他好了，我才放心！"

手炮班要移房子了。战士们向谢成章全家告别。

一听到这件事，小孩子们就把同志们的脚抱住了，他们大声地喊："你们不能走！不能走！……"

老大娘问道："你们为什么搬走呢？"

同志们回答她，说这是上级的命令。

"上级的命令？"她转过头来，带着命令似的口气对她的儿子说："到连部去，问问指导员，为什么要他们搬走？他们住在我们这里不是很好吗？"

她的儿子去了，又回来了。连部让手炮班继续在这里住下了。老大娘才高兴。

手炮班和谢成章全家简直像一家人，彼此都不愿离开了。

队伍刚来的时候，老大爷正在院子里铡草。手炮班的同志一看见，马上把铡刀夺了过来，帮他把草铡得细细的。老大爷和老大娘都说："你们走了一天，累了，歇歇吧。"

第二天晚上是旧历除夕，同志们都睡着了，房东突然把他们叫醒来，叫他们出去接财神。同志们并不相信什么神，不过为了尊重老百姓的风俗习惯，也就出去了。回来以后，房东请他们吃饺子。觉得不好推辞，他们也就吃了。

回到西屋，同志们刚坐下，小孩子们就进来拜年了。同志们的心中感到有点抱愧似的，大家你一句我一句地议论着："怎样报答房东呢？""我们给房东拜年去吧。"过了一会，班长张立言说："还要给小孩子压岁钱呢。"同志们都同意，很快地拿出钱来，一共有八百块钱。朱德元说："我们好多人不懂得东北人的风俗习惯，恐怕犯了老乡的忌讳，我们选两个人去吧。"大家觉得他的话对，就选朱义金和吴殿生当代表去了。

这一个晚上，同志们和房东都感到异常的亲热。

吴殿生病了,老大娘大半个晚上没有睡觉,陪着他,给他用烧酒擦身(那些酒是房东准备过年过节用的),拿了四五床被子给他盖着发汗。第二天,同志们还没有起床,她就给吴殿生烧好开水了。公家还没有做好病号饭,她就给他预备了饭了。有一次,她煮了面疙瘩,吴殿生因为不想吃东西,就没有吃,但老大娘一会又把大米稀饭送来了,说:"面疙瘩不好吃,吃稀饭吧。"把吴殿生简直感动得不知说些什么才好。她对别的同志表示了她的关怀,她说:"你们队伍说不定哪天就要出发的,他好了,我才放心呀!"

吴殿生的病好了,他对徐锦如说:"我怎样来报答这老大娘呢?"

徐锦如回答他说:"我们怎样报答呢? 你想想,如果我们不是革命军人,她会对我们这样好吗? 我们好好地干呀!"

"你们救了我一家人!"

九班刚进史精林的家里,就被一种贫苦的感觉所笼罩着:一个五十多岁的老大娘和十来个小孩子,都穿得破破烂烂的,挤在炕上的火盆边,冷得发抖;两个年青人一看见队伍,虽然只穿着薄薄的衣裳,马上出去抱柴火进来烧开水了。

"你们饿了,吃点干粮吧。"老大娘说,指着柜上放着的豆包。

战士们知道,还有一天,就过旧历年了,这些豆包是老百姓准备来过年吃的。老大娘这种好意,战士们是被感动了。孙万有想:"天气这样冷,他们没穿的,就送她一件衣裳吧。"他把一件衣服脱了下来,送给了老大娘,老大娘说了很多客气话,很感谢地接受了。

老大娘的大儿子在去年八月间去世了,现在只靠他的兄弟和二儿子两个人养活这十三个人的大家庭,虽然去年分得了十垧地,但光景是很困难的,年关以前,史精林还挑着盆子到附近去卖,过年以后的这几天,是不能做什么生意了。

当着这贫苦人家的面前,战士们的阶级同情心是激烈地增长起来。他们自己是穿得并不厚的,在前些日子的行军作战中,连里还有些同志冻坏了,但比起这家人,他们还是丰富得多。班长李春山想:"送点东西给这房东吧。"晚上开班务会,他动员大家说:"这家老百姓很穷,我们同志如果有衣服,就送给她衣服;如果有钱,就送点钱给她吧。"

他的话正是战士们所希望的。大家立刻这样做了:李春山拿出一件新的袍子,张栋一件衣服,庞官文一件毛衣,陈绍柏一双鞋子、一床被面和一百块钱,李桂德一条手巾和一百块钱,侯占山一条毛巾,韩光云和丛凤每人一百块钱。八班副刘佩文这时刚巧到他们班上,知道房东家庭的困难,也就拿出了一件衣裳。

我在这里不叙述房东的欢喜了。他们的欢喜是完全可以想象得到的……过了几天,上级为了调整住地,叫九班移房子,老大娘知道了,她问同志们,带着恳求似的音调说:"你们不移不成吗?"同志们耐心地给她解释,说这是上级的命令,不能不服从的。老大娘是无可奈何地放弃她挽留的愿望了。临走的时候,她对同志们说:"我忘不了你们,你们救了我一家人呀!"

选自《血肉相联》,东北书店1947年初版

反共军生活相

　　每天,警戒的部队差不多都送来好几个穿黄色衣服的士兵,这是从边区周围反共军的碉堡内逃跑过来的。他们被收容在一列窑洞里。我去参观他们的住处,他们虽还有点拘束,脱离不了国民党军队那种烦琐的礼节,但在自由的空气里呼吸了几天,已经敢说敢笑,尽量倾吐他们过去的生活了。

吃不饱,饿不死

　　据说:国民党的军队,一天每人发二斤零五钱的麦子。但这是新秤,一斤等于十三两五钱,实得二十七两五钱。推起面来,只有二十二两。一天吃两顿饭。在碉堡驻防的兵士,是每班领面回去自己做着吃;在后方训练的,以连为单位在一起吃。从前蒸的小馒头,大家抢着吃,因为馒头不够;后来不抢了,不是馒头增加,而是没有可抢的:每人发一个大馒头,一个十一两面。饱不饱由你。有人说一两句抱怨的话,长官就会给他一两个耳光,和蔼一点的也会教训他一

顿:"你吃不饱,我把你亏了?""全国军队都是这样。人家能吃饱,你一个人吃不饱?"是的,反正饿不死。

菜钱一个人每月二十八块。平均一天九毛。就算不克扣,这一点钱又能买什么?当然官长是要克扣的。因此,大多数的情形是吃光馒头或摘野菜吃。有菜时,油也只有一点点,还是买来夜间点灯用的。吃肉吗?过年过节可以尝一尝,总共全年还不到六七顿。

冻得受不了

杂牌队伍(不是蒋介石的嫡系部队)里的一个上等兵,名叫董××的,他说:"没有被子盖,冻得受不了。"他们这个班六个人,只有三张军毯。"天气热还好,天冷就是没有法子。"冬天,连长穿得厚厚的,还有老百姓给他送木炭,他却时常跑到各班去,禁止别人烧柴火取暖。他有他的道理:"烤暖了,一出去就会受凉的。"他叫人家翻翻杠子,跳跳木马,运动运动。但士兵到底是血肉造成的,夜间冻得睡不着,在碉堡里就偷偷起来点起了火。如果冻病了,该自己倒霉,要吃点好的,除非自己身上有钱。医生不常来,连长概不过问。

学不到一个字

在军队里混了几年,学不到一个字,这是很平常的事。逃兵里面没有一个会写他自己的名字的,除非他在没有当兵之前就已经学会;有的人本来识很多字的,当了几年兵之后,也就忘记了。从来不发纸张和笔,更没有人来教认字。在后方受训,一天出两三次操:立正稍息,稍息立正,操得人昏头昏脑。有时也上政治课,讲"三民主义",但和尚念经,老是那一套,"一民"也没有做出来给当兵的看。当兵的不知道自己为什么当兵,说是抗日,连鬼子的影子都没有见过一个,倒开到边区的周围,在碉堡里成天睡懒觉,闲着无聊。"军人以服从命令为天职","军人不干涉政治",谁也不敢问这究竟是什么道理,满肚子都是疑团。当了几年兵,弄得自己糊里糊涂。

打军棍

打人和骂人,更是长官的家常便饭。刑罚有好多种:罚跪,打手板,打棒子,打鞭子等等都是。中士班长唐××说出他被打的一段经历:他准备逃跑,被发觉了,全连集合点名的时候,他被拉到大家的面前。他趴在地上,一个人按着他的头,一个人按着他的脚,连长拿起棍子打。一下,两下……他自己也数不清,反正总有四五十,把大腿打成紫黑色。就是铁打的好汉,在这时候也很难不叫喊几声。"他没有把我打出血来,只要打下去在肉皮上一拉就出血的,"唐××说,"出血还好些,死血在里面更不容易好。"大概是连长打累了,他叫了一声:"把他搀回去!"于是有两个人把他搀回营房。"他对我还客气啦,我是个班长,要是士兵,那一定打得背上流血,昏倒过去,喷水,醒了再打。包你打几个死!"可是,军棍没有吓倒他,大腿好了他还是跑掉。

吃空名额

"当兵苦,当官富。连长顿顿吃肉,两三天一只鸡。他的薪水一百多块,菜金和士兵一样,哪来的那么阔气? 都是贪污来的。贪污的方法很多,最普通的是吃空名额。兵士逃跑了,他过几天才向上级报告,这样多下来的粮食菜金就是他的。有时干脆不报,连衣服及其他一切通通吞下。"二等兵刘××讲了这一个有趣的故事:一次,师参谋长集合队伍点名了,连队人数不足,连长害怕被查出来,连忙拉了六个老百姓去充数。老百姓穿上军衣站在队伍里。点名的时候,还有几个名字没有人应,连长说:"病了!"点名完毕,参谋长在队伍面前走过,细细地察看一番。他大概是看着一个不像是当兵的,就问他:"你知道团长叫什么名字?"他答不出。"营长叫什么名字?"他答不出。"你叫什么名字?"他还是答不出。老百姓是慌张到连连长告诉他的那个名字都忘记了;那名字在军服的胸章上写着的。因此,参谋长大大地训了连长一顿。还命令营长:"到他的连上去看看……病人太多!"过后,营长到他那一连去检查,连长说的八个病人其实只有三个。"以后再不要吃空名额了!"营长警告了连长就走掉。不过连长倒并不怎样着慌,他知道营长不会告诉参谋长,而参谋长在训话之后也就会忘记了的。

一九四三年九月

选自《人民的军队》,光华书店 1948 年

关于八路军的一个传说

　　阁上是距离太原城一百二十里的一个小小的村庄。它处在群山的中间，是如此的偏僻，使人们从市镇到此地，总要翻过一座高一二十里的山峦。抗战之前差不多没有到过什么队伍，现在因为敌人占领了主要的交通要道，八路军出没于羊肠小径中，这一带对八路军也就很熟悉了。

　　一天，我们来到阁上村。是这样一支大部队，老百姓都尽可能地把房子腾给我们住了。整天行军之后，肚子特别饿，但吃饭的哨子很久还没有吹。真有点等得不耐烦了。忽然，哨子响了，我们拿起饭碗——却不是吃饭。值日排长叫各班派人去领米，自己做饭吃。原来这个村子虽有几十家人家，但每家有的都是小锅，能够煮几十个人的饭的大锅只有两三个而已。

　　全班的人动手了：有的洗米，有的切菜……立刻，我们发现这地方柴和炭的缺乏。每家人家只有很少的煤炭。老乡们说：都是从很远的地方拖来的。如果我们这样大的部队要烧，那一定会把煤烧个净光。老百姓怎办呢？

这里没有可充燃料的野草，没有……。山都是秃头的，很难看。但在一所古老的破庙旁边，长着一棵松树——这村落的唯一的树。我们想把它砍来当柴烧，但立刻就想到，在这缺烧的地方，连老百姓都不去触动它，一定是有原因的了。于是我们就到远远的地方割草去。

割罢回来，一个老汉帮我们做饭，风箱拉得呼呼地响，柴火在燃烧。饭的香味扑进鼻孔来，使我们饿了的肚子更难堪了。突然，一个同志问那老汉：

"这里柴火那么缺乏，为什么你们不砍柴烧呢？"

这立刻引起我们的注意。是的，为什么不呢？——为什么大家刚才没有想到这个问题呢？

"我们怕……"

"怕什么？"

"怕神。"他很自然地回答道，"这树是神的。"

我们想：老百姓迷信到这程度！那同志忍不住，接着便说：

"怕什么！ 如果我们……"

"你们是八路军……"

我们愕然起来："八路军怎么样？"

"八路军也是神——神不敢欺侮你们。"

这更引起我们的兴趣了，于是要求他作详细的叙述。这时，饭已经快熟，他把风箱停下来，却又不坐起来，依然在火炉跟前蹲着。停了一会，他慢慢地开始了：

"很久了，这里没有到过兵，打过仗。"他说，"只是在三四年前，抗日战争发生了，太原东边和北边都打起来。人们都说鬼子快要来

118

了,鬼子会烧房子,杀人,强奸女人的,大家都收拾东西准备躲到山沟里去。但,鬼子没有来,来的倒是咱们中国的军队,咱们欢迎他们。可是,抢呀! 打呀! 有时还杀人呀! ……一点也不好。后来,愈来愈多了,像排山倒海一样,是从北面退下来的,前线打了败仗。老百姓着慌了,天地好像翻了过来了,大家心里希望着神出来救救世界。"

"这时候,一支队伍从西边过来。穿的衣服没有别的部队好,枪支也不多。都是南方口音,和咱们说话大家听不懂。但这没有什么关系,不打人,不骂人,借了东西还给老百姓,还说好话。纪律好。咱们知道这是八路军。他们是往东边和北边去的,去打鬼子的。咱们欢送他们。"

"他们到了前方,打仗怎样打法,咱们那时不知道。不过前面是比较稳定了,弟兄们退下来的少得多。老百姓心里安定下来。……忽然听到八路军打了一个大胜仗——什么胜仗,我可记不清——打死鬼子一千好几百,人们都欢喜得了不得。这时候就有一些老人讲,这是神的队伍,八路军是神,神派遣他们来打鬼子的。"

那老汉沉默了。他并不抬头看我们,也不注意我们是否在听他的叙述。他还是在火炉跟前蹲着不动。我们以为故事就在这里结束,可是他立刻接下去:

"以前,许多人家还替你们摆供呢。你们的队伍在这里通过之后,他们就向着神位跪拜,诚心诚意地祈求你们的安全和老百姓的安全。祈求你们的胜利,快点把鬼子赶出去。最近两年来,别的队伍都看不见,光是你们的常在这里打游击,部队来往的多,老百姓就习惯了,也不摆供了。但大家心里都知道,这是神的队伍,八路军是神。"

他停止了。我们也不说话。还有什么话可说呢？时间渐渐地流过去。大家都被他的话所感动，沉醉在这故事的深意里。突然，他站了起来，高声喊道：

"同志们，吃饭吧。饭已经煮熟很久了。"

我们这才像在睡梦里被惊醒一样，记起那饿了的肚子。

一九四一年九月

<div style="text-align:right">选自《人民的军队》，光华书店 1948 年</div>

郭俊英和新战士

　　班长郭俊英要调到别的班去了,这带给全班一种依依不舍的感觉,特别是新战士们,更显得有点难过。他们想着半年前刚入伍的时候,他们不会擦枪,班长教他们擦;不会打背包,班长教他们打;总是那么耐心的,从不曾说过一句难听的话,使过一个难看的眼色。以后开始行军,在途中,战士们经历了辛苦,班长经历了更多的辛苦。每天到了宿营地,班长就和大家一起去挑水,借锅做饭,借草摊铺,不断操心。晚上,战士们没有睡觉,班长是不会睡觉的。炕小了,睡不下全班的人,班长就睡在地下,上面垫些干草。在路上,班长给体弱的同志背枪背米袋子。新战士赵春和不会忘记这一天:他是扛机枪的,体力也很壮,可是,在通过平汉铁路那个最疲倦的晚上,人们都很快地跑着步,班长却从他的肩上把枪夺过来,一口气地扛着往前跑,怕他累着了。

　　唐孟春在路上曾病过几天。不用说,在这些日子,全班的同志们都会替他背东西的。他特别感激班长对他的关心。每天到了宿营地,班长叫他睡热炕,把草铺得厚厚的,不让他睡潮湿的地方。在路上休息时,时常问他饥不饥,渴不渴。"你喝点水吧?"班长问他。还没有得到问答,就已经派人或亲自去替他烧水了;尽可能替他准备些饼子,给他在路上吃,因为他在出发前吃得太少了。而在平时,他这个大个子却吃得顶多,行军到粮食困难的地区,曾有几天每人分着粮食来吃,班长就把自己的送给他一些。每当想起了这些事情,唐孟春便发出感谢的微笑。

在一个晚上,部队刚吃罢晚饭睡觉了,张玉善去放哨。走了一天路,疲倦得很,天气又很冷,刮着飕飕的寒风。他走到烧火做饭的地方,想烤一烤火,暖一暖身体。可是,一蹲在火的旁边,他竟不知不觉地打起了瞌睡……"你怎样? 如果发生什么意外的事情……"他吃了一惊,瞪开眼睛一看,班长瘦瘦的身影生气地站在他的面前。郭俊英的说话是异乎寻常的大声,和他讲了几句话之后就走开了。这使他非常懊恼:他从来没有这样失职的,他觉得班长从来没有这样生气过。但第二天,郭俊英和蔼地和他谈话:"我昨天大声地说了你,"他抱歉似的说,"你以后应该多多注意呵!"

部队来到边区。在开荒的日子,赵春和记得有这么一回事:有一天,他们这个班单独地在一个山头挖,离开其他的人们远一点,伙夫把开水送来了,他就高声地喊:"送来就喝,不送来不喝。"班长批评了他,说他这样不好。一会儿,班长又低声地给他解释,怕他难过。"这是我的不对。"赵春和说。在他的心中,正如在全班其他同志的心中一样,班长是好的,讲道理的,最能团结人的。

那么,现在,当班长要调到别的班上去的时候,怪不得人们都有点依依不舍。老战士还没有什么,他们知道调动是常有的事情,只是新战士,虽然也懂得这个道理,内心的感情却依然明显地表露了出来。他们替班长拿着东西,把他送到了一排⋯⋯

　　新战士们回到班上了。那天吃晚饭的时候,他们吃不下去,赵春和和唐孟春竟悄悄地掉泪了⋯⋯

一九四四年九月

选自《人民的军队》,光华书店 1948 年

孩子们

黑山岭西部的战事吃紧着。我们赶着路。和我同行的八路军同志们要赶往这战场参加战斗。

和娘子关龙泉关一样,黑山关是一个"进可以取河北,退可以保山西"的战略据点。可是,这一次,敌人于占领五台城和柏兰镇之后,继续向这方面进迫,这以西临东的战略,使得这一带险隘的地形不能好好地被我军利用。但,军区司令员给与这战线的指挥员的命令是:尽可能地牵制与打击敌人。

我们赶着路。一天傍晚,到了黑山关。要接触到河北的边界,还得翻过高二十里的陡峭的黑山岭,破旧的万里长城,而在这路程中,是没有人家的。我们商议着,决定在这晚上寄宿在黑山关。

这里只有三四十家简陋的房舍。村口上,几个儿童拿着木制的大刀在放哨。

"敬礼!"孩子们看见了我们,便鞠了一下躬,问道:"路条呢?"检查了护照,他们又说了一声:"敬礼!"当我们通过的时候。

"敬礼,小同志们。"

踏上了村庄。在一所很清洁的院子前面,站着一位女人。她的旁边一个十二三岁的孩童在唱歌。一个八路军的同志走上前去,问那妇人:

"同志,你们可以腾出一个房子给我们住一宿吗? 我们是八路军,到前面打日本鬼子的。"

"唔,唔……"她喃喃的,在考虑着。

"可以,可以。"不等她说完,她身旁的孩子叫起来了。然后,把脸转过去,向着她:"妈妈,应该的,应该的。——他们是抗日军,辛苦了!"

妈妈没有反对。他便跑进屋子里去。从一个房子里面,他把被褥搬出来,搬到另外一个房子里去。之后,便帮助我们把马鞍上的东西拿到第一个房子里面来。"你们辛苦了,歇歇吧。"他说。

他低声唱着歌,溜到外面去了。

这小孩子真是天真可爱,他的态度是那么活泼,那么自然,好像是已经习惯于帮助抗战的军人做任何微小的事情似的。我们一边在整理被盖,洗脸,一边在赞叹儿童的爱国的纯真的情感。这种情感的使我感动,这已经不是第一次,在我的脑海里,早已刻画了一幅生动的图画——

这图画的背景是在晋东南长治县的一个村落里。这村落,和黑山关一样的,有着儿童团在站岗。一天,一个正在放哨的孩子的叔父要离开这村子,到别的地方去。

"叔叔,路条呢?"孩子问。

"没有路条。"不理他,叔父往前走去。

"不行,不行……"他拦阻着,"叔叔路条!"

"什么！难道你还会说我是汉奸吗？"他板起面孔了。

"不行，不行！这是规矩，叔叔！"

"什么规矩！"他推开侄子的阻拦，咆哮起来："……我打你！"

"你敢打我？"孩子瞪起眼睛，愤怒地说："你打我，我就……"

"啪，啪！"他的激怒了的脸上接连地挨了两下沉重的耳光，更加涨红了。他忘记了在他前面的是他平时所敬爱的叔父，双手紧紧地拉着对方的衣裳，高声地喊着："同志们，快来！——拿绳子来，拿绳子来！"

刹那间，从村庄里的每一个角落，走出来了一些年青的孩子，集合在村口上，在叔父和侄子的周围。服从着那放哨的指使，他们把那大人捆起来，送到村公所去。

在村长的面前，小孩子提出了他的控告："他是我的叔父。他要到别的地方去，他没有路条，我不让他通过，他摆老资格，他打我。"他做着手势，把当时的情景描写出来。

叔父低下头去，给村长责备了一番，承认了自己的错误，回家去了。孩子们得到崇高的赞许和荣誉……

……我追忆着。我想，祖国的孩子们，在抗战的烽火中，被锻炼着！他们的纯真的爱国的情感启示着未来的中国的无限光明和美丽！

我和八路军的同志们继续攀谈着华北各地的儿童抗战的故事，天色很快便模糊起来了。

正是这个时候，那孩子回来了。他的背上背着一大捆柴火，像是跑回来的，他流着汗，喘着气。圆圆的脸涨得通红了。

"砍柴去了。"他一踏上门槛，便说。

"干什么用的？"一个同伴随意地问道。

126

"送给你们用的!"他得意地说,"我知道,你们是八路军。——向村公所买柴是要花钱的。"

八路军的同志倒有点不好意思了,"谢谢你!"有人回答着。

他好像没有听见我的话,坐在地上,坐在炉灶跟前,替我们烧水煮饭。他轻轻地唱着歌——抗日救亡的歌曲。

这歌曲,第二天,他也唱的,在薄明的晨曦中,当我们辞别黑山关,儿童团列队送行的时候。我们往前去了,翻过陡峭的黑山岭,破旧的万里长城,走向西部的战场上。在狭窄的道路奔驰着,我的脑际仍不时缭绕着那小孩子的身影和他的低低的动人的歌声⋯⋯

一九三九年四月

选自《人民的军队》,光华书店 1948 年

和白求恩大夫的会晤

纪念这位国际友人，他为了中华民族的解放事业而奉献了他的生命。

我离开了耿镇。据我所知道的军事计划，我军并不打算在耿镇给敌人以大的歼灭；这样的歼灭战是留给以后敌人更加困难我军更加有利的条件下才进行的。这时候（一九三八年九月）正是敌人围攻晋冀察边区的开始，他们还未疲惫，还有足够的力量再进占边区一些土地，我们反围剿的战略还处在"诱敌深入"的阶段上。我知道在这方面不会有大的战斗，便决意到军区司令部，再转到别的战线上去。

在途中，我看见许多伤兵，他们躺在担架上，老百姓抬着。我很惊异民众们的从容的态度。很久以前，我还没有踏进边区，便听见了许多关于边区民众参战的动人的故事。有人曾经告诉过我这样的一个事实：在平山县，军队在前面作战，后面自卫军准备好了担架队，他们从黄昏一直等到第二天天明，没有一个伤兵，便回家去了，以为在前面没有发生战斗，谁知在他们走后不到一个钟头，伤兵便陆续运来。这事情后来给自卫军晓得了，每个人都悲哀地低声饮泣，怨恨自己的没有忍耐。——但我没有看见过这样的民众，和他们的伟大的潜在的力量。这一天，我见着了。纵然他们不知道我军的军事布置，但隆隆的炮声已经足够说明敌人的距离不会很远，然而他们还是一点也不慌忙地把伤兵抬到医院去。

在医院门口，我看见了白求恩大夫，这位加拿大共产党派遣到中国来帮助抗战的异国朋友。他正指手画脚地指挥着人们搬运医院的比较贵重的东西。周围有许多伤兵，有的刚从战场上下来，有的经过了治疗躺在担架上，要被老百姓抬到离火线远一点的安全的地方去。他们都很困难地睁开热情的眼睛注视着这"伤员的救星"——到后来我才知道八路军战士们是这样崇高地称呼他——他见了我，我们紧紧地握手。我们很了解在敌人的大炮的轰响下面和一个同志握手的特殊亲切的意义。

"还没有搬完吗？"我一边操着一点也不流利的英语问他，一边跨过门阶走进屋里。

"贵重的都搬走了，只剩下这些。"他指着他随身携带的一些药品和轻便的外科手术用具。

他问及我前方作战的情形。我告诉了他我所知道的一切，并且说：如果没有遭遇什么抵抗的话，敌人在几个钟头之内便可以到达这里的。

他没有说话。我问他："现在还不打算离开吧？"

"不，"他简单地回答道，"这还不是时候。"

他开始替伤兵们上药治疗。我看得出来，他对于边区的军队和政府，正如边区的军队和政府对于他一样，有着完全的信赖。边区把军医院的组织、计划，全部委托于他，而他也相信八路军有不可摧毁的力量，战斗的时候，他时常亲临前线工作，从不曾离开火线八里之外。这一次，他也毫不怀疑：如果需要他离开，军区司令员会打电话给他的。

关于他的历史，我不很清楚。我以前曾和他见过几次面，但他很少提到这些。他是一个不欢喜说及自己的成功的人。我只是从旁人的口中知道他是世界闻名的外科专家，皇家医院外科学士会的会员，肺部治疗的外科手术上有了新的造就，能把整个的一叶肺取出来救治。当他初踏上边区的时候，他喜欢曲着手肘，握着拳头，向人们表示敬意：这是西班牙人民战线式的敬礼。他在共和的西班牙军队里服务了一年多，他把西班牙人民对抗日战争的同情连同他们的敬礼一起带到中国来。

我看着他，也看着伤兵们。在他们的脸上浮现着一种复杂的表情。他们习惯于战斗，从清晰的隆隆的大炮声中已经辨别出敌人和我们的距离，然而，这外国大夫的镇静如常的态度却使他们惊异。

"敌人离我们很近吗？"一个躺在担架上的伤兵这样问。

"前面我们的军队多得很呢。"我回答他。我很懂得他的心情。敌人一来他是跑不掉的，除非有充分的时间让人家把他抬走。

"同志，你们伤很重吗？"

"很重……"他脸部痉挛着，很辛苦地说，"不要紧，不要紧，白大夫在……"

我笑了起来。但我应当承认，一直到后来我在各战场上奔走的时候，我才了解这句断断续续的话的更深刻的意义。他在战士们的心中有着广泛的威信，这威信不是凭空建立起来的。负伤经过他割治的人不知凡几，大都很快地重又踏上了战场，甚至有一次，如我后来所知道的，为了救治一个伤员，他抽出自己的二百西西的血液为他注射，战士们熟识他正如高级的负责同志熟识他一样。

听见了笑声，他抬起头来，问："什么？"

我告诉了他。他高声地笑了，说道："战士们情愿战死在沙场，却死也不当俘虏兵的。"

他开始把伤兵们的英勇描写出来。他们只要伤势较为痊愈可以走路，便要求回到部队里去；这事情曾经好几次激怒了他。"许多伤员，"他说，"躺在医院病床上，偶然听到了前方战斗胜利的消息，唇边便挂着快乐的微笑，有的简直高兴得跳起来。"

他沉默了。我看见他正在小心地替一个伤兵上药。他以无比的速度进行他的工作。在他的周围，放射着人们期待救治的眼光。炮声仍然清晰地响着。空气是紧张的、严肃的。我感觉到我的停留是多余的了，便和他辞别，并预期在战场上相见。

"同志，祝你有很好的报道。"他说，紧紧地握着我的手，"再见，在战场上。"

我们分别了……以后，我在各战场奔走着，他也在各战场上工作着。但我们没有相遇。我只知道，耿镇在我离开两三天后才失守，当敌人的铁蹄踏过医院的时候，那里的东西已经完全搬走了，伤兵没有一个留下的。他是最后离开医院的一批人中的一个。

一九三九年十二月追忆

选自《人民的军队》，光华书店 1948 年

槐树庄

当部队刚到达槐树庄一带的时候,这是一片荒凉的地方。这镇子附近的道路,一天没有几个行人。树木丛生着,野猪野羊时常出没其间。还在两年之前,土匪在这里出没无常,即使带着武器,如果是两三个人,也还不一定可以安全地通过。村落是稀少的,而每个村落也只有三五户人家。

槐树庄曾经有过它的繁荣时代。在清道光咸丰年间,这镇子"每天出一担银子"。据说,这里有一百多个杂货铺,四五个油坊,三十多个盐店,三个当铺……"三天一集,十天一会",生意很是兴隆。以后,因种种变故,这地方就变成荒废之区了。

然而这里的土壤却是肥沃的。部队选择了它作为农场,"坚决执行朱总司令的屯田政策!""建设槐树庄!""向南泥湾看齐!"战士们对此有着坚强的信心。但面对着这荒僻的山沟,建设可不是容易的事情。为了耕种的不违农时,部队应在开荒之前就建筑起兵营,以便集中起来进行生产。

一天晚上，部队的首长骑着马从司令部走向槐树庄。夜是寒冷的，在凛冽的北风的呼啸中，这九十里的路程是显得有点长了，他的强壮的身体也不禁抖颤起来。队伍明天就要开向槐树庄一带集结了，他得早点到来筹划各连的住处。

这过去曾遭了毁灭的村镇，至今还保留着它繁华的时代的一些遗迹。窑洞还有许多，都是破旧了的，被烟熏得黑黑的，里面长着许多不知名的草。多年没有人在这里住了，部队刚到时，它就作了宿营地。有的班，在老百姓的同意之下，住在他们的牛圈、羊圈内。这还算是好的呢，有的简直就在临时搭成的草棚里宿营。夜间，透过这无边的黑暗，出现了火光，这就是露营的同志们为了抵御寒冷而烧着的大堆柴火。他们围在火的旁边，热烘烘的，谈着，笑着。这时候，大地里只有他们的声音。而在白天，这本来寂静的山沟就充满了各种劳作的音响。多年生长着的蒿草被割断了，捆得好好的，战士们背着，走回家去；木料也砍伐了许多。兵营正在建筑着。二月里，普通人们身上还穿着皮大衣，家里烤着炭火，战士们却在露天的空气中连棉衣也脱掉，他们的身体因了自己的劳动而温暖起来。一个战士在日记上这样写着："做工时满面的汗，像雨点一般地滴着，越挖越有劲，一时说来一时笑，觉得欢乐无穷。"他们是用劳动来战胜一切困难的。有的手上起了水泡和血泡。有的连队最初除了吃饭之外，不知疲倦似的，从日出一直劳作到日落，这后来被上级纠正了，要他们严格地遵守每天早饭后晚饭前的工作时间，并注意休息。

现在，新的兵营是呈现在人民的眼前了。再没有一个破落的窑洞，都是新挖的或修补好了的，有的连队从槐树庄的废墟中拾起了很多砖块，修饰窑面；有的连队在他们的房子上面盖上了瓦。营房都很整齐和清洁。

"十天之内,新盖房子五十二间,修补破窑二十六间,新挖窑洞二十六间,共一百零四间。"——光这数目字就足以说明全体战士们一般的劳动热情了。还有更好的,像第七连,在同一期间,他们自己盖了十三间房子,挖了三个窑洞,还帮助司令部盖房子和挖窑洞各三间,帮助群众挖窑洞一个。在营房附近,还修了一个小小的体育场,这里面有单双杠、木马、跳高、跳远……各种设备,它被称誉为兵营建设中的模范连。

"这部队的突击精神是最好的,我还没有下令突击和发动他们组织竞赛呢。"部队的首长说,"不然,他们会在夜里静悄悄地起来,工作几个钟头之后才回去再睡觉的。"

槐树庄已开始改变着它的面貌,它再不像过去一样的荒凉。现在,营房建筑之后,开荒的战斗任务正在进行着,睡眠了多年的土地翻转了身来。到秋天收成的时候,这一带将会散发着成熟了的庄稼的香味,和战士们愉快的笑声……

一九四三年三月

选自《人民的军队》,光华书店 1948 年

134

救　　护

　　我叫李秀灿,是七连的卫生员。……那天,在蛟河,营长召集全营的卫生员讲话,说:"你们知道什么叫作'为人民服务'吗？战士们为人民服务,就是勇敢地打仗;你们为人民服务,就是好好地救护伤兵。现在战士们都已经拿出牺牲的决心,你们一定要完成任务,不能丢掉彩号!"我们几个卫生员一起回答:"一定完成任务!"我自己在心里许下了一个愿:我也是一个战士,我的勇敢不能落在同志们的后面。

　　队伍已经快运动到新站车站,接近敌人的封锁线了。快到阵地的时候,天已经发亮,敌人发觉了我们,猛烈地向我们射击,我们连理也没理他,一枪也不打,拼命往前跑,前面有两个人挂彩了,我赶快上去,给他们上药。有一个上了药就赶紧跟队伍去了。马清山被打伤了头,晕了过去,敌人好像看准了我们似的,连枪带炮打过来,我想:"这里换药不成呀!"他不能走,我就架着他的胳膊往前面的一个小坑走去,我说:"到那边换吧。"他的个子大,但我架着他并不觉得累。我给他上了药，请文书带着担架抬他下去。我自己去赶队伍。

队伍已经过河了。河水有深有浅，我顾不上选择道路，只顾往前奔。水深到胸部，我浑身都打湿了。我用手把药品高高地举起来，我想："千万不能把药品弄湿了！"到了桥底，我才赶上连长。我们冒着敌人的火力前进，忽然一颗炮弹打来，不左不右，正落在我们队伍中间，好几个同志挂彩了。我给他们一个个上药，先上挂重彩的。恰巧这时，文书吴龙吉同志带着担架回来了，我真高兴！我还是请他把重彩号抬走，我对轻伤号说："同志，敌人正在反冲锋，前面打得激烈，你们上去和敌人拼呵！"战士们都是好种，轻伤是不会下火线的，都勇敢地往前去了。

我看见前面又有两个彩号，我跑上去问他们是哪个营的，他们说："一营的。"我不管他们是哪个营的，反正都是革命的好同志，我赶快给他们上药，鼓励他们赶上队伍。

打到下午一两点钟，敌人已经有点支持不住，可是×××国民党反动派的飞机来了，在天上嗡嗡地乱转着，用降落伞丢下弹药给底下的敌人。敌人有了接济，就顽强起来。他们拼命放炮，炮弹落在我们的阵地上。又有好几个挂彩。文书也负伤了。我赶快给他们上药，一个接一个地。天气很冷，可是我热得出汗。我忽然发觉我带来的绷带已经用完，我很着急，我用剪子把我的衣服剪下来，给彩号裹伤。文书和轻彩号往前面打敌人去了，我带着担架把重彩号抬下去。

我赶上队伍。……天黑了，冲锋号不断地吹着，我们沿着河往车站攻打。我看见八班长和几个同志挂彩了。我跑到八班长前面去，看看他的伤口：子弹从前面进，后面出，穿过他的肚子……我知道他

的伤重极了。他本来是闭着眼睛低声地哼着的,这时突然睁开——他的眼睛多亮呵!——热情地问我:

"你知道我是什么人吗?"

我觉得奇怪,我不知道他这句话是什么意思,我赶快回答他:"你是八班长,韩玉西同志。"

他说:"是,我是韩玉西。我是一个共产党员。我死了,我是为人民服务死去的,我是为革命死去的。我没有救了!不要管我,你去救别人吧。"

直到今天,他的话里面每一个字,我都记得清清楚楚。我不能忘记当时悲壮的情景。不过,那时候,我还是安慰他,我说:"八班长,不要紧,过几天你就会好的。"我给他包上了救急包。

不知怎的,我才上了三个人的药,夹上夹板,枪声就冷落下来。我到前面一看,我们的队伍已经撤走,敌人突围出来了。这时候我真着急呀!我想:队伍哪里去了呢?丢下我们吗?想着想着,队伍就来了,我们又反冲锋了!宋海灵来招呼我,我说:"彩号都在这儿。"我叫他看管着,我去找担架。我找到了十多个老百姓,四块门板,我领着他们到彩号这里来。他们把彩号抬走了。临走时,我对老百姓说:"你们慢慢抬,我们的彩号很重呵!"我又对彩号说:"你们不要着急,到后方好好休息吧。"

一直打到第二天七八点钟,我们完全歼灭了新站的敌人。

一九四六年十一月

选自《为人民立功》,东北书店 1948 年初版

粮食争夺战

　　一连下了几天雨之后，天就晴朗起来。青绿色的庄稼，显得特别可爱，每家人家都忙着上地除草或收割去了。人们已经习惯于战争：日本人来了，他们跑到山沟里去躲避；日本人走了，他们回到这被毁过的家，怀了痛楚与仇恨的心情，依旧过着田园生活。这是七月，正待收割的麦子迎风波动，青翠的谷子和高粱预示着今年丰稔的收成。

　　晋西北去年经历了大的灾荒。四年的战争这地方曾献给国家以很大的人力物力和财力，而敌人的到来又使这地方遭受到很大的烧杀破坏。农村的生产力是减弱了。但敌人对于粮食却一点也不放松，每到一处，总把食粮拖走或者烧掉。而前两年晋西北又是旱灾，收成不好，这使情况更严重起来。去年许多老百姓和军队饿着肚子，吃的也大都是黑豆——在平常的日子里，这是要来喂牲口的——今年，我看见甚至在军医院还有些休养的士兵吃着它。

　　民主政治在去年刚建立起来，"春耕运动"今年要大大地开展。

政府提出了这个号召，军政民都一致动员起来了。我曾经到过宁武县。那里对于春耕工作从去年十二月就开始着手准备。春耕的时候，每个政府和民众团体的工作人员每天起码劳动二小时，参加生产。据后来的统计，政府干部加上军队，共耕地四千九百三十二亩，县长王全茂先生在达子营村亲自替老百姓送粪。"休息一会吧，县长！"老百姓说。"不，"他简单地回答，"让我来！"他干得和别人一样的自然和起劲。农村里具有生产力的男子都耕地去了。有一个村子叫新屯堡的，今年的耕地比去年多一千五百亩，在静乐县，有七户人家，消灭了荒地一千五百六十亩。大圣堂村开荒地二十亩。——这些数目字都不能算很小。各阶层的人对这新的政权开始给予信赖，相信能够给他们以合理的负担和比较安适的日子。此外，农村副业也在发展中。这是静乐县三区和四区的统计：去年羊一七二一〇头，今年增加了二九九五头；猪一九五只，增加四二〇只；鸡二六五三只，增加六一二五只。——在和平的日子里，这些数目字真是微不足道，而在战争的环境中，所有家畜遇见敌人就被吃完了，要民众多多地饲养，是曾经费去政府工作人员的无限口舌的。一个老百姓叫赵金中的，他一家开荒四十亩，他拿着他的镢头，说："我的铁牛，不吃草料。"这也不是笑话。三月间静乐县周家窑三元村受敌人袭击一次，被毁坏农具五十六副，抢去粮食二百二十七石。在宁武县，从二月十六日起至四月底止，敌人出来破坏春耕的次数共十七次，拖去驴子十一头，耕牛一百二十三头……没有牲畜而靠着自己强大的劳动力扩大生产的人正多着呢。

这是七月，谷子高粱长得非常青翠，黄金色的麦子迎风摇曳，是夏收的时候了！政府和军队提出来"武装保卫麦收！"敌人也同样在敌占区组织所谓"武装保卫割麦队"。我看了汾阳伪中心县的"告民

众书"，说："民众百分之八十以上的麦子均须储存于据点内，夏麦收割日期，均须皇军指定，届时派人调查数目，准备储存，违者重惩。"在割麦过程中，敌人派人监督，收打之后，便强迫送入据点内。他们禁止民众把粮食供给我们的武装部队。对于我们根据地，却采取"毁灭"的"扫荡"。在这麦收的时候，我刚巧住在静乐县一个小小的村庄中。这一带是给敌人三千多人分五路进攻了。敌人的机枪向着田里射击，高粱秆索索作响。敌机飞过去了，转过来，又是一阵扫射。离我只有四五尺远的一个同志翻了一个身。我想："糟了！"过后他得意地告诉我：他身旁的三根高粱被打断了。

现在，当我写这通讯的时候，这"扫荡"还没有结束。我不能得到这一次我们损失的统计材料。但我到过这些村庄，这是被敌人占领过而为我军克服了的。我知道还是有些麦子给敌人抢走了，有些给敌人的牲口吃了。还有山药蛋和南瓜，也给敌人从地上拔出吃了许多。

在晋西北，特别是在根据地的山地内，谷子高粱种得比麦子多得多。庄稼长得那么青翠，预示着今年的丰收。我想，到秋收的时候，正如敌人为了破坏我们春耕和夏收一样，一定也来一次"秋季扫荡"吧？这已经成了敌后战争的规律似的。那时，我们的政府和军队又会提出："武装保卫秋收！"

一九四一年八月

选自《人民的军队》，光华书店 1948 年

旅长在火线上

旅长从晋察冀军区开会回来了。

他的身体还是和以前一样的魁伟、强壮,眼睛闪着光辉;只是脸部消瘦了一些,好像因为疲劳过度,显出很憔悴的样子;胡子很长,——每当战斗激烈和持久的时候,他总是这样子的。

他立刻召集了一个营级以上的干部会议。

"同志们,"他带着沉重的低音开始说话,"敌人这次扫荡军区,首先就想消灭我活跃在沙河、繁峙、五台、代县一带的七团。敌人在柳下重治旅团长率领之下,分五路(一路二千多人由五台经豆村,一路二千五百人由五台经石咀,一路一千多人由繁峙经塞里,一路一千五百多人由沙河经茶铺,一路一千六百人由大营经神堂堡)采取分进合击的战术,企图围剿并歼灭七团于台怀镇附近。七团和敌人激战了几天之后,在一个晚上,翻过一个陡峭的高山(这条路是敌人连做梦也不会想到的),已经转移到包围线外敌人的后侧去。"

"敌人扑了一个空,只好分道回去。"他冷笑了一声,继续说道,

"在龙泉关大寨口一带的敌人本来是想截断七团的退路的,他们倒很聪明,回大营去,恐怕被伏击,便从石咀五台这一路抽调了五百人来,增加上去。"

"同志们!敌人围剿七团的计划是败了,可是我们军区反围剿的任务还没有完成。我们那么让敌人轻易地回去吗?不!我们要消灭回大营去的这二千二百多敌人!"

"敌人经过几天的行军和战斗,已经很疲劳,损失很大了,我们有充分的把握得到胜利。敌人在这山沟里是逃不掉的!"他兴奋地用手指着那悬挂在墙壁上的地图,声音激昂起来:"这一回我们要多多活捉几个日本鬼子!"

他的眼光扫射着周围的人们,他们用愉快的微笑回答他。

※　　※　　※

战斗进行着。……敌人凭着优越的武器,以大炮开路,冲破了八路军在青羊口的阵地,这使得旅长企图迫使敌人走上下细腰涧这险隘的河沟的计划不能不予以变更,而改在由中砚台迄大营一带的沿线伏击。

这一夜旅长布置了一个营从上下细腰涧的山道迂回到敌人的背后,给以猛烈的杀伤,强迫敌人快些投入埋伏线。

整天不歇的炮轰,随着暮色的来临,也仿佛疲倦了,渐渐稀疏下去。大地松了一口气,恢复了它的宁静。五月的山西高原,五台山脉一带,夜间还飘着雪花,给这战场罩上了一层银白色。

隔离战线不远的一个山岗的后面,在一所狭小的屋子里,旅长很不耐烦似的,时常在房间里踱着步,烟卷不停地抽着,他在等待夜间的枪响——敌人的屁股遭受一营的攻击。

时间一秒一分地过去,过得特别迟缓,而大地也愈来愈寂静了。

"恐怕有什么变化了吧?"他思量着。立刻,脱去了日本皮鞋,换上了八路军战士们欢喜穿的草鞋,他跑出去。

"报告!"

他刚走到门边,通讯员便气喘喘地跑了进来,递给他一件文件。这文件写着:一营已被敌人发现目标,敌人知道那方面我军力薄弱,正面只留下少数部队牵制,主力向那山沟逃跑。

"让我自己去看。"他一边说,一边跨过了门槛。

风,呼呼地刮着,雪花在天空飞舞。旅长的帽子歪了。他使劲地吸着烟,抵御这拂晓前的寒冷。他拿着木棍,很敏捷地在积雪上走着。

他走到战场上来了。地上纷乱地遗留着敌人的马蹄和脚步痕迹。他沿着山沟,小心地观察,最后下了决心:

"追上去!"

他坐在石块上,拿起笔来,写命令,同时,给七团写指示信,叫他们配合作战。混着粉雪的尖风,吹向他的脸庞,他的手也变得僵硬了。

"给自卫队立刻带去! 告诉他们,这是要紧的!"他这样吩咐他的通讯员。他站了起来。在他的前面,队伍纷纷地开往前去。在朦胧的晨曦中,他看见这虽然是饿着肚子却仍然那么奋勇的战士们的雄姿,他们毫无抱怨地正迈步前进,一种伟大的感情突然占有了他的心灵,他高声喊道:

"同志们!"

队伍立刻停止了下来。

"你们几天没有吃饭了?"

"两天了!"洪亮的一致回答。

"你们几天没有睡觉了？"

"两天了！"

"昨天走了好多路？"

"四十里！"

"同志们！"一种洋溢着深挚的感情的低音在空中激动起来："两天没有吃饭也要得，两天没有睡觉也要得，你们一定要追敌人！再走一百里，坚决地追！消灭敌人，在山沟里！"他举起木棍，指示着前方，然后转过脸来，问道：

"听见了没有？"

"听见了！"这充满了力量的回答响彻了山谷。

队伍继续往前开拔了。旅长默默地站着，他的魁伟的躯干在寒风的吹袭中屹然不动，一夜无眠却仍然闪耀着光辉的眼睛紧紧地追随着战士们的背影。

※　　※　　※

下午三时。

队伍以急行军的速度，在上下细腰涧附近赶上了敌人。前卫已经和敌人的后卫发生了接触。旅长爬上山去，观察地形，规定作战计划之后，便召集了一个营级以上的干部会议，指定各营攻击的目标："同志们，我们一定要占领这些山头。占领了它们，我们就能够居高临下，在这山沟里，歼灭敌人！"

穿着草鞋的战士们很迅速地攀登雪山。随着这一天晨光的降临，雪很快就停止了，风也停歇下来，但天气还是非常昏暗而且寒冷。炮声枪声在空中呼啸，咆哮。旅长拿着木棍，跟战士们一起，向上爬着，口中不时说出一些鼓舞的话激励同志们。

"旅长！报告！"一个通讯员递给他一件文件，说道："这是自卫队带来的。"

这是七团的报告。这报告写着："今天上午十一时,我团在雪山梁与敌人川濑辎重队及其掩护部队三百多人激战。敌人全部覆灭。我团活捉四个俘虏,缴获迫击炮一门,重机关枪二挺,步枪七十九支,洋马(日本马)七十五匹……"

一种胜利的微笑浮现在他的脸上。他大声呼喊起来："同志们!大家努力呀! 七团在前面已经打了一个胜仗了,跟他们缴枪比赛呀!"

他喊着,木棍在空中挥动起来。弟兄们一边跑着,一边作战,射击在山岗上的敌人。一片白色的雪山,移动着穿了草绿色军衣的战士们的影子。子弹穿过寒冷的空气,呼呼地叫,大炮不断地轰着,泥土翻转身来,在这白茫茫的大地上出现了一块一块黑色的疙瘩。

上下细腰涧相隔不过五里路,每个村庄只有二三十户人家。村落的旁边蜿蜒着一条小小的河沟,融解了的雪水在这里面徐徐地流着。两边矗立着的绵连的峰峦,在积雪的掩盖下面,稀疏地露出了树木的新生的嫩叶。他们在炮声的震动之下,惊惶地降落到地上来。山上高地的争夺战正剧烈地展开……

八路军终于占领了主要的山地。……旅长站在山顶上,闪着光耀的眼睛俯瞰着下面的战斗。他双手叉在腰上,胡子也好像因为心中的激动而轻微地颤动起来。炮弹的碎片,机关枪弹不断地在他的头上掠过。身旁的一个医生中弹倒地了。

"低一些! 旅长!"他的勤务员提醒他,"小心炮弹!"

他两手放下来,放在膝盖上,身体微微向前弯着。可是,不久,他又挺直了起来。

"低一些,旅长!"

天色慢慢地阴暗了下来,战场显得很模糊了。战斗仍激烈地继续着。"喊日语口号!唱日本歌!"他下了命令。

于是,枪声暂时停歇了,在四围的山岗上,荡漾着一种忧郁而带着希望的歌声:

> 我们一块儿斗争吧!
>
> 为了真正的和平与自由。
>
> 要看家属们的笑脸,
>
> 打倒日本军阀呀!

敌人显然是苦恼了,更加频繁地放炮,回答这歌声。

在大炮的轰击之下,歌声停止了,冲锋号的号音突然悲壮地在夜间的黑暗中缭绕。战士们往山沟里冲下去。敌人的炮声机关枪声笼罩了整个大地。在这里面,轻微的炸弹的爆裂声隐约地可以听到。

战斗愈来愈激烈,总攻击号的号音不断地透过其他的音浪在空气里尖锐地呼叫。战士们的"杀!"声迫近了上下细腰涧村。时间一分钟一分钟地过去,敌人更多地倒在地上。炮声机关枪声渐渐寂静了。终于,战士们掷下去的手榴弹的声响占了绝对的优势。

在河沟里,堆积着敌人的不完全的身体,马的尸首,炮弹壳,子弹壳,充作干粮的烧焦了的山药蛋……

染了血色的河水徐徐地流着。

※　　※　　※

漆黑的夜。银白色的雪山。熊熊的火光。

在火的旁边,胜利品陈设着。周围,战士们和上下细腰涧村的老百姓围成了一个圈子,在欢呼,在跳跃,在唱歌,在哈哈大笑。

旅长从火堆旁边站了起来,走到缴来的大炮、迫击炮和机关枪的前面,检查了一番,然后,他又坐在地上,微笑地看着这些快乐的人们。

他拿起笔来,凭着火光,在纸上写着。他在向上级做报告:"细腰涧战斗,共计七昼夜,我旅阵亡指战员七十六名,负伤二百六十八名,歼灭敌人一千二百余名,俘虏十名,缴获九二式大炮三门(内二门不全),迫击炮三门(内二门不全),小炮二门,重机关枪二挺,轻机关枪三挺,短枪三支,步枪一百二十支……"

他的手不停地挥动着。这火光,在寒冷的空气包围中间,一忽儿光亮地闪动着,高腾起来,一忽儿抖索着,向黑暗里躲藏。人们的心却是那么热的,歌唱着,舞蹈着,在欢呼,在笑。

一切都消失在这愉快的欢笑的波浪里;一切都消失在这熊熊的火焰的跳舞里。

一九三九年十月

选自《人民的军队》,光华书店 1948 年

猛追夺武器

恒道沟战斗,部队把城子街突围的敌人打了回去,完成了堵击的任务,跟着就撵。

七连的陈孝珍带着六班追击敌人,他自己和张有志跑在最前头。他个子高高大大,跑起来谁也撵不上他。他撵敌人可有办法:他追上去,左手握着枪,追到敌人,右手就捏着敌人的肩膀,把他扭转身来,左手就去夺敌人的枪,高声吆喝着:"缴枪!缴枪不杀!"他开始缴获的一挺重机枪,一挺轻机枪,一支美式步枪就是这样夺过来的。

他缴到了枪,捉住了俘虏,就交给紧跟着他的张有志。他又上前去撵了。张有志在路旁等一会儿,六班的同志们赶了上来,他就把俘虏和武器交给了他们。他追赶班长去了。

这一次,陈孝珍觉得老是这样一支一支地夺过来,不过瘾,而且顶费劲,他想了个法子:他从侧后快步地甩到十来个敌人的前面,然后站着,把枪一挺,发出洪钟似的声音:"缴枪!不缴枪就全枪毙你们!"

敌人跪下了。因为有些敌人是空着手跑的,他这次缴了一门六〇炮,一挺重机枪,一支冲锋枪。他把这些交给了张有志。

他继续地追着。敌人逃回城子街了。在他前面的几个敌人进到城子街外围的地堡里,有个在外边打着冲锋枪,他向他们打枪——枪坏了。他一连投了三个手榴弹,都在地堡枪眼跟前爆炸了。他打出最后的一个,落在地堡的进口处。赶着烟雾弥漫的时候,他退了下来,向排长赵吉祥换了一支步枪。

后来排长赵吉祥指挥六班九班把那个碉堡夺下来。

这次战斗中,在七连要算陈孝珍的缴获最多,这不是容易的收获,而是从猛追中夺来的。最后夺敌人的地堡,他投的手榴弹给敌人精神上的威胁很大。总部因为他的功绩,奖励他为战斗英雄,赠给他一个光荣的战斗英雄奖章。

一九四七年三月

选自《为人民立功》,东北书店 1948 年初版

民伕担架队

　　在攻占沐石河的战斗中,紧跟着最前线,有零零散散的,几个人在一起的,穿着黑色衣裳的人们在奔跑着。山岗上铺满了的白雪,衬托着他们的身影,显得特别触目鲜明。他们是民伕担架队,在枪林弹雨之下,抢救我们的伤员。敌人是容易发现他们作为射击的目标的,当子弹射向他们的时候,王学泮鼓励别人前进,他说:"子弹打得吱——吱地响,那就打得很高,大家不要怕;如果是嗖——嗖一阵风声,就打近了,大家小心点!"他过去是个穷小子,曾经被迫着去当过兵,后来在家种庄稼,过着苦难的日子。民主联军一到,民主政府建立了起来,贫苦的农人有了组织,他家得了很多土地,他深深感到民主联军是为人民服务的军队,他告诉我:"农工会号召我们帮助八路军打仗,到前方抬担架,我就自动报名来了。"这一次,五常县的民伕,确是自动来的多。

　　民伕们在火线上活跃着。二十多个人抬着六副担架,走到半坡上,敌人的机枪打了过来,他们本能地放下担架,趴在地上。蒲秀生马上发觉这并不是安全的地方，敌人的子弹很容易打着他们，他大声地喊："快走！快走啊！"他们冒着敌人的枪弹把伤员抬过岭去。有一次，在另外一个岭上，敌人的子弹正啸啸飞过，担架是不好上去的，蒲秀生和安占元搀着伤员快步地跑了过去。小个子的柳玉生架着一个伤员走着，在他的身上还背着那彩号的枪。樊升、于海彬、杜连成、马清山、杨俊生和张连才六个人为了抢救我们的彩号，甚至紧接着我们的战士，跑到离敌人不过三十米达的地方。

民伕们有很好的组织。那些活跃在战场的第一线的，是年青力壮的小伙子们，稍微靠近一点，是年纪比较大一点的。他们关心彩号，忘记了自己的寒冷和疲劳，这是严寒的三九天，凛冽的风吹得人们冻入骨髓，偶一不小心，就会冻坏的了。民伕们有了准备，他们在出发的时候，就随身带来被子，平时自己盖，一打仗，就用来照顾伤员。一个伤员的脚冷，萧友把自己的皮袄脱下来，包着他的脚。为着躲飞机，民伕们带着他们抬的担架在野地上隐蔽了一个多钟头，在路上突然停止下来，大家都感觉到冷，王殿臣还是把自己的大衣脱下来给伤员盖上。"你不冷吗？"伤员问他。他说："同志，我不冷，就是冷点也不要紧。这样冷的天，你们打仗负了伤，这都是为着咱们穷人翻身，过好日子，我冷点也不能叫你冷着。"也许正是这样一个原因，薄世芳把他的被子送给了彩号。当我问及他的时候，他简单地回答："他冷呵！"后来部队送还一床被子给他，他说："是我送给他的呵！"他是一个不善于说话的人，他不能说出恰当的话来表达他的感情，我知道他是一个刚翻了身的农民，一床被子对于他是很宝贵的，可是他甘心情愿地送给了我们的战士。他说的那两句话是够耐人寻味的。

民伕们在路上小心地抬着伤员，每逢过沟，或者上下坡，他们更加谨慎,不能让伤号遭遇到更多的痛苦。当飞机在空中盘旋的时候,他们总想法把伤员隐蔽起来。刘老头等几个人走到一处,周围没有屯子,他们把担架抬到大树底下。他们自己却躺在地上,脸面朝天,然后把身一翻,身上穿的衣服沾上了白雪,飞机是不容易发现他们的。每到一个休息的地方,他们给彩号烧开水喝,烤包脚布。杨俊升、王殿云等给彩号端尿盆。有一个伤员要喝大米粥,李作平慢慢地喂他。刘老头安慰伤员说:"你们好好在后方养着,很快就会养好的。"他们问寒问暖,如同父兄对待他们的子弟一样。孟庆生、孙连科、赵功等十多个人抬着担架,走了二十多里路,不要人换他们,这是什么原因?六十来岁的王文海说:"换来换去,弄得伤员颠得不舒服。"五十多岁的李德富是抬得连肩膀也肿了,他和年青人一样,是不要人换的。

这就是解放区的民伕担架队。他们大多是翻了身的农民,他们在前线上,不惜自己的生命去抢救伤员,他们在英勇地和敌人搏斗。

选自《血肉相联》,东北书店 1947 年初版

你们为什么不回来？

——记蒋占区民众的谈话

紧随着部队之后，记者进入沐石河。前面枪声未绝。街道上，除掉我们的队伍，再没有其他行人了。虽然如此，给我们的印象仍然是这儿的民众对我们并不生疏：铺子还开着大门做买卖；老百姓即使小孩和老大娘们也并不畏惧地从窗户往外望着我们；有人从屋子里跑出来告诉我们："这里面有他们两个伤兵。"晚上我和房东老大娘拉呱，我问："你怕吗？"她说："我们就怕打仗。"我问："你怕我们队伍吗？"她回答说："我知道你们。你们是今年五月才走的。"（她说的是旧历）接着，她高兴地笑了："你们的队伍一到，有一个同志就来看我，他以前住在我们这疙瘩，他说看看房东老大娘来啦！"我知道，我们的战士和群众有密切的联系，他们是特别注意房东工作的。

我们活动的这一带，确是去年六月间我们才退出的。民众认识我们。我们走了以后，蒋介石的军队一来，民众就活遭殃了。抽丁已经到了第四期,穷苦人家的年青小伙子已差不多全被抓去。国民党在乡村开始组织农务会,有十坰地以上的人才有资格参加。关于农务会的任务,我在邪邑把沟问过一个农务会的书记,他说:"调查谁家种什么粮食,收获多少。"这不过是加紧剥削农民的一种机构罢了。捐税重重,名目繁多,老百姓对这些是弄不清楚的,他们光拿出钱来就是了。有一种叫"兴学祝寿费",在哪里兴学,给谁祝寿,他们全不懂,他们光知道从出生的小孩,到一百岁的老人,如果他不死的话,每人都得出十块钱,老百姓很恰当地称呼这叫作"人头税"。从十二岁以上起,每人都要有一个"国民身份证",身份证是十块钱一个,加上照一张相片,又得花二十三块钱。这是伪满压迫人民的老花样,如今国民党是继承下来了。

在这种情况之下,民众很自然地怀念着民主联军。当我们部队刚渡过松花江的时候,其塔木区黑鱼洞乡张庄子屯一个老乡,向我们送来了一封"感激同情书",盼望我们解救他们的痛苦,祝我们多打胜仗。在信的最后说:"只有毛主席和朱德将军,才是人民的救星。我们跟着民主联军才有好日子过。"在过去,群众对"中央"有着正统的观念,抱着幻想,对我们不够相信;这不过几个月的工夫,蒋介石"教育"了他们,他们知道选择了。

曾经受民主联军惩办过的伪满时代的汉奸恶霸,国民党军队来后,仍让他们高居在人民的头上,以便于他们自己反动的统治。在方家窝棚,我们一来,群众就要求我们分配大地主赵钧的粮食,他在伪满时当过屯长,压榨老百姓,群众恨之入骨,民主联军去年没有从这儿撤退以前,曾分配了他的土地给贫苦的农民。农民种上了,辛苦地耕作着。当"中央军"到来以后,又把他提起来当屯长,他收回他的土地,对于农民种下的种子和辛勤的劳作,他是一点也不给代价的。他说："八路军来的时候，你们再要粮吧。"他算得对。我们如今回来了，农民分到了他们应有的粮食。"救命军来了，"群众快乐地说着，"自己的东西又回到自己家里。"

在宝山屯，我们听了群众的要求，分配了地主王德敏的粮食。他在伪满时是个屯长，现在在国民党军队里当官了。他的罪恶是难以详述的。这里就拿一件小小的事情来说吧。在缺粮的日子，当地的群众向他买粮，就算你饿死，他也是不卖的；可是，每隔三天，他的几辆大车就装着粮食送到吉林或长春去，这只是因为那儿粮食的价值比本地高得多。为着个人的赚钱，他是不管穷苦人家的死活的！

我们把他的粮食分给穷苦的农民，农民真是说不出的高兴："这几个月不愁没吃的了！""冬天有命了！"在分粮的时候，我问一个十一二岁的小女孩："你怕当兵的吗？"在旁边站着她的母亲，马上回答了："我们就怕'中央军'和降队①。"我问那小孩子："你怕我们吗？"她说："我不怕你们。"我问："为什么呢？"她低声地，很自然地回答说："你们向着我们。"

我感到异常的满足。"你们向着我们！"——从切身事件的体验中，就连一个天真的小孩子也能够说出这样的话来了。

人们在兴奋地领着粮食。我在人群中穿来穿去。我感染了他们的愉快。我问一个老头子："如果地主回来向你要粮食，你怎办呢？"他愤怒地回答："我吃下去了，你能给我拔出来吗？"一个年青人说："岭前岭后，大家都来领了，他问哪一家要？问大伙要？"他伸着拳头，高声地喊："大家干啊！"当天快黑的时候，来领粮食的人稀少了，

---

① 胡子改编的队伍。

我和一个五十多岁的人谈话,他对我说:"我'恨'你们八路军——你们走了为什么不回来?"

人民是期待着我们的!等待着吧,蒋占区的民众们,我们是要回来的!总有一天——时间不会太长了——我们是要回来的!

一九四七年一月

选自《爱和恨》,东北书店 1947 年初版

农　家

　　一连几个晚上没有好好地睡觉过。天下着雨,道路很泥泞,可是我们给敌人追逐着,搜索着,每天总要转移两三个地方。这一带离太原城约一百里左右,已经非常靠近敌占区了,我们这二三十个没有主力部队掩护的人们,便这样和敌人捉迷藏似的转来转去。

　　一天我们到了明家洼村。出乎我们意料之外,老乡们很殷勤地替我们腾房子,扫炕,把院子打扫得干干净净。是的,我说是出乎意外的。因为前几天我们所经过的村庄,是破落得多,肮脏得多。民众对自己的屋子是漠不关心——至少表面上看来是如此。敌人不容许他们对自己的房舍有所爱护。那时,毁灭一切的"无人区"这名词还没有在中国的文字上出现,但杀光抢光烧光的"三光政策"却早已在我根据地内实行了,只是这一带是游击区,敌我都时常出没其间,敌人还需要它来作自己的宿营地。然而,老百姓并不因此而获得安宁。在一个朦胧的早晨,水头村被包围了,所有年轻的女人都被奸污,男人被拉走了许多,还杀死了几个。从此,所有附近村落的人们都不敢在村子里过夜了,他们白天还会在家中停留片刻,夜间却一定跑到山沟里露天或者挖一个小窑洞睡觉。那是他们的第二个家。第一个家中的一切差不多都收藏了起来,贵重一点的就随身带着走。关于房子的肮脏,破落,谁又有心情去注意呢?

明家洼和这些村子比较起来,真是幸福得多。它已经比较靠近我们的根据地。敌人不常出来,老乡们也可以不到山地里去露天睡觉。他们能够更多地关心自己的家,爱护自己的同志。

根据侦察员的报告,敌人没有尾随着我们的后面。如有可能,我们便会在这里多休息一下,好来恢复这几天不断转移地行军的疲劳。事情后来恰如我们的期望。我们平静地过了一天舒适的日子。太阳出来了,天是晴朗的,人们的心也是晴朗的。这家的老百姓实在太好,他们一切都来帮忙,不让我们动手,这和我们所想的正相反,我们希望能够尽量避免对他们的麻烦;麻烦只能减少,却不能一点也没有,有几个病人的稀饭要在他家里煮着吃的。这是酷热的七月,而在这高高的山地中,有时却不免感到寒冷,特别是夜间,薄薄的毡子更觉不能御寒。有几个同志是受凉了。

"不要拿小米来煮了,同志。"老乡说,"吃我们的稀饭吧。"

有病的同志们固执着不肯。"这不像一家人。"他很生气地说。后来终于讲好了条件:老乡收下了小米,病人就吃他们的饭了。

这是一带出产小米的区域,莜面在这里差不多和白面一样的值钱,就在抗战之前,有钱人家请客也时常吃莜面的。不知从哪里来的本领,管理员那天下午竟找来了很多的莜面,足够我们明朝吃个饱。因为做莜面比较麻烦,二三十人一伙儿吃会花费很多时间,而战争的环境却连吃饭也不容许人们很从容的,于是便把莜面分给每一组自己设法做了。我们这一家的老乡当然乐意帮忙。

我们这一组有一个病人，大家都想买只鸡炖给他吃。我们身上还有点钱，而且老乡也答允把鸡卖给我们。这对于他应该说是一种给予。这并不是一个有钱的人家，看样子还相当贫苦的，他只有五只鸡，却慨然地允诺把一只卖掉。如果我们不是从东面的村庄走过的，那一定不会知道，这会使他受到损失，说卖其实也差不多等于白送了。这里靠近太原，一切日常用品都从那里来的，而在太原买卖只能用伪钞，拿着中国钞票却没有很多用处；相反地，有时却添加了自己生命的危险：日本人来了，见到哪家存有中国票子就把人杀个精光。在这种情形之下，民众又为爱国心所驱使，大多数人不愿使用伪钞，于是这一带就恢复了古远时代的一个最落后的商业形式——"以物易物"又在新的条件下产生了。我们最初忘记了这事情，后来想起了，一个同志才坚决地要老乡接受了他的一件衣服。

第二天，天还没有亮，我就被一种轻微的响声所惊醒。战争使我对周围事物有特别的敏感。我起来看看是否有什么意外。没有，一切都是沉寂的。只是院子的大门开了，隔壁老乡的屋子的灯光还亮着，还听到一两句唧唧的说话声。我觉得奇怪，却安心了，我回去又好好地睡了一觉。

醒来时东方已经发白。同志们都起来了。老乡已经替我们挑好了水。这就是昨晚响声发生的原因。这里离打水的地方有两三里路，而且要下一个坡，他知道白天我们会亲自动手的，就在黑夜里静悄悄地替我们干了。同志们还说：他现在上山去了，他说等一会就回来跟我们造饭，做莜面中最精致的一种吃法，那就是把莜面薄薄地卷起来蒸熟来吃的。

八点钟的光景，他回来了。这是七月，雨后的日子正是农忙的时候。家家户户都忙着除草，人们都上山去了，家里只留下一两个老人或者妇女。每一天,这老乡天刚亮就出去劳作,直到太阳到了正中才回来吃饭的,今天是回来得特别早。这会有碍于他的庄稼吧。带着抱歉的心情,我们向他道着谢意。"不,这不像一家人,"他打断我们的话,"你们是和鬼子拼命的,辛苦了!"停了一会,他继续说:"你们来了,我们应该好好地招呼;你们走了,就不知什么时候再来了。"

他的话并没有说错。一个多钟头之后,来了情报,敌人又跟踪而至。我们立刻转移了。出发的时候,这老乡还送我们:

"转回来时再到我家里住呵!"

以后我们就没有经过这个村子,再没有见着这老乡了。只是在我的心里,却时常记起他——一个朴质的中国农民。

一九四二年七月

选自《人民的军队》,光华书店 1948 年

女房东

队伍出发了,指导员宋树仁同志留在后面检查群众纪律。他到了一班住的家里,女房东在哭着。他想:"出乱子了!"仔细询问,才知道原来是这么一回事:

一班刚到他们家的时候,房东是不乐意的。这也不能怪她们:房东是年青的小两口,还有一个小孩子,男人白天要上山干活,她家只有两间房子,让外间给队伍住了,女人家进出都不方便。可是又不能让队伍住在露天地,就只好把外屋腾了出来。

班长孙明起知道房东不了解我们部队,就马上召集班务会,讨论房东工作,全班一致规定:一,不上她家里借东西,如果要借碗筷或别的什么,到外面去找。不接近女房东,以免发生误会或怀疑,有什么事等掌柜的回来再说。二,不准在屋里吵吵闹闹。三,帮助房东劈柴、挑水。

战士们完全按照自己的决议做了:非常尊重女房东,不增加她一点麻烦,时常帮她劈柴,水缸挑得满满的。

一个下雨天,院子里肮脏得很难走,战士们冒雨到河滩挑沙子回来,把院子打扫干净,铺上了沙。

女房东高兴了。以前,她是连话也不敢跟队伍说的,什么东西也不拿出来给队伍用。这时,话也敢说,东西也都拿出来了,不把战士们看作外人,叫大伙要什么就随便用。

"人熟了,就像是一家人了!"她说。

副班长夏西才的鞋子破了,他对同志们说:"这鞋子要补一补才成。"这句话不知怎的给女房东听见,她走过来说:"我给你补吧,只要不嫌补不好。"以后,战士们的衣服破了,她就抢着拿去补。

队伍出发那天,孙明起对房东说:"咱们要走了!麻烦你,老乡!"房东都有点依依不舍的样子。那女人说:"你们住在这里,多好!别的队伍一来……"在她的内心里,对那反人民的军队怀着深深的战栗。

孙明起给她解释:"我们前进了,后面来的也是八路军。现在,上头有命令,我们不能不离开了。"

看着挽留不住,她说:"以后你们再过这里,别忘了到我们家里坐坐啊!"

队伍出发了,那男人走到同志们的跟前说:"以前光听说过八路军,可没见过,不知道是怎样的队伍,现在可见着了!"想起头几天的事,他抱愧地说:"你们可不要见怪啊!"

他们带着依恋的眼光,望着队伍前进。

一九四六年十一月

选自《为人民立功》,东北书店 1948 年初版

三只金牙

一九三八年三月三十一日的响堂铺战斗,是八路军一二九师的一个杰作。

从山西黎城,穿过东阳关,一条堆积了碎沙石屑的大道,弯弯曲曲地直伸到河南涉县。大道两旁,石壁高高耸起,太行山脉在这里现出了它的雄姿,构成周围绵连不断的山岳地带。

响堂铺原是靠近大道的一个相当繁盛的市镇,住有一百八十多户人家,只因了敌人的铁蹄几度经过这里之后,房屋被毁了一大半,男女被杀戮奸淫了一百多,景象变得凄凉而惨淡了:烧焦了的木头,破碎的砖瓦,民众的哭丧脸。人们的心里种下了复仇的种子。复仇——是一种快乐。

……终于,一天,三月三十一日,人们愁苦的脸上浮现了满足的微笑。

三十日的深夜,人们都睡觉了,响堂铺像死一般的沉静。一二九师的健儿们在两旁的峰峦上出现了。三月底的山西高原,夜深还是

刺骨的寒冷,战士们沉默着,一个跟着一个走。大亮之前,从响堂铺到神头河一带的高地上,队伍已经部署好了:七连在前头,十一连打屁股,特务连拦腰截击。

早就侦察好了的:敌人为了完成九路围攻晋东南的计划,这两天要在这崎岖的山道上,用载重汽车运大批军用品到战线上去。战士们的使命就在于袭击敌人的辎重。

一夜过去了。微明的东方的天空吐出了彩色的朝霞。因寒冷而卷缩了的弟兄们的身躯挺直了起来,迎着阳光,感到无限温暖。

特务连五班班长袁开忠的眼凝视着前方。他在等待着敌人汽车的到来。

大地苏醒了。春天新生的花草闪着露珠,随着晨风,一阵阵清新的香气扑向人面。大道上,稀疏的行人赶着牲口来来往往。

时间一秒一秒地过去,袁开忠的眼睛更固执了,他注视着。终于,在他目力所及的大道的尽头处,尘土沸腾飞扬起来。敌人的汽车到了! 先是两辆小座车,坐着几个鬼子,到了神头河,停下来拿望远镜照了一下,看见山岗草木都和往日一样,便泰然地往前驶去了。跟着,来了一百一十多辆,又跟着,后面还有七十多辆。总共一百八十多辆汽车呀! 在狭窄的山沟里排列起来,足足有五里多长!

看见汽车向着自己接近过来,他高兴了。他转过脸去,弟兄们和他一样地现出愉快的神情。风也像快乐了似的,吹着树叶在低声歌唱。

汽车临近跟前,像示威一般撒下了一把尘埃,又渐渐地向前方驶去。为什么不打呢?袁开忠犹疑起来。他回头望望连长:他板着脸,眼睛放出光芒,在注视这蜿蜒的大道。他曾经下过这样的命令:

没有他的口令,任何人不许放枪!

后面七十多辆汽车跟着安心地前进了。坐在上面的"皇军"不堪劳顿地在打瞌睡。连长分明记得上级的吩咐:放过前面的汽车,让它进到七连的地区去,本连的任务是在突然地袭击这后面的行列,予以彻底歼灭。等到敌人全部进入了埋伏线,枪声响了——这是战斗的信号!战士们把手榴弹掏出来,个个地往大道上抛下去。机关枪呼叫着。风声里夹着枪声。

气喘喘地向前奔驰的汽车突然停了下来。从昏迷中惊醒过来的"皇军"慌乱地跑下车去,凭着岩石、车厢的掩护,作毫无希望的抵抗。于是,战斗开始了!炸弹开花了!整个山谷震撼着,大炮弹的爆炸声召来了轰然的回声。

在这充满了炮声枪声的空气里面,雄壮的号音响起来了,这是冲锋号。上了刺刀,人们就往山沟奔下去。袁开忠率领全班,敏捷地跑着,跳着,掷出手榴弹。对于冲锋,他是异常勇敢的,矮小的身材,更帮助了他的灵活。他参加了革命多年,经过了有名的二万五千里的长征,惯打埋伏战;然而,像今天一样,敌人的汽车是这么多地陷进了罗网,这还是第一遭。他的狂喜浸透到血液里面,使他瘦削的脸涨红了,他忘记了炮弹是会穿过人身陷人于死亡之境的。

山沟里,大道上,炮声,枪声,手榴弹的爆炸声,车厢的爆裂声,战士们的喊杀声,"皇军"苦痛的哀号声……混合在一起。这声音时而高扬,时而低抑,循环不已,而最后渐渐地沉寂了,只剩下零落的枪声在尖锐地嘶叫,和战士们相互的亲切的呼唤。

战斗开始:上午八时。

战斗结束:正午十二时。

整整四个钟头的战斗,敌人完全失败了。车厢旁,岩石间,凌乱地躺着"皇军"破碎的肢体,鲜血染红了三月里新生的花草。

战场开始打扫了。袁开忠奉令率领全班战士去搬运胜利品。他愉快地接受了这新的任务。他的脑际隐约地浮现着这样的愿望:在下一次的战斗里,他握着的已不是这旧式的步枪,而是全新的日本三八式了。他和弟兄们提起轻快的步伐,跨过土堆,便到了汽车的跟前。

许多车厢爆裂了,许多东西炸坏了,然而,就光是这完好地剩下来的也使他们感到难于搬个全完。一箱一箱的弹药,一支一支的步枪,一罐一罐的牛肉罐头和饼干,以及其他的军用品,都凄凉地摆出它们没有主人看管的可怜相。袁开忠指挥着战士们把贵重的先行搬走,然后,转过山坳,他独个儿到前面清查去了。

狼藉的战场仍不时发出一两声枪响,透过这弥漫着火药味的空气。这是没有阵亡的敌人隐藏于某一角落,希图保存性命,而最后发觉了自己一定会被搜索出来时所发的哀鸣。对于这哀鸣,战士们照例是以胜利的消灭作为回答。袁开忠早已习惯于这些,他镇静地从一个车厢到另一车厢,在那些珍贵的胜利品上面,划上了鲜明的标志,这是方便于后面来的人搬运的。

他走着,清查着。在头上,中午的闪闪的太阳,浮在点缀着云团的天空里。风带着热的气息吹过来,轻拂着他瘦削的流汗的脸。

"砰!……"在近处,连接地响了几声。他猛然回过头去,在离他一丈来远的地方,一个穿着军官服装的敌人,正掩蔽在一块岩石的后面,手枪向他瞄准射击。来不及掏手榴弹或上刺刀,他握着枪把便往前扑去;和这同时,"皇军"的手中,已紧捏着他的指挥刀了。

挥动着的指挥刀,迎着三月的阳光,放射出刺目的光芒。在这光芒的闪动里面,人和"兽"正你死我活地在搏斗。

凭着灵敏,袁开忠终于击落了敌人的指挥刀,而他自己的步枪也跌落了。他们互相环抱着厮打。敌人的强蛮的身躯,宽而有力的肩头,粗壮的双手,和袁开忠打起来,就像一个大人在殴打一个小孩子。袁开忠渐渐感到吃不消而被压倒在地上了。

他挣扎着,他要翻转身来,然而,他的四肢已经没有气力了。他的身体受着沉重的拳击。

就这样完了么?他不甘愿的……在苦痛和绝望中,一种生存的本能突然掠过他的脑际,就像被包围的军队作最后的还击一样,他以全身的力量,突如其来的动作,用牙齿去咬敌人的脸颊。这一来压在他身上的野兽哀号了,鲜血从他面部点点地滴下来。

袁开忠还是紧咬着不放!

趁着敌人痛苦呻吟的时候,他敏捷地翻身用拳头向着敌人撞击。然后,用了迅速的手法,把手榴弹掏出来,对准"皇军"的头颅一敲。敌人晕过去了。他随手拾起掉落在身旁的发亮的指挥刀,在那戴着军官符号的胸膛上连接地插了几下。一种复仇的快乐完全占有了他,他站起来笑了!

这时候,集合的号音在空中振荡着。在山沟的那边,冒着漫天的烟火。他知道,同志们开始焚烧这一长列汽车了。汽油自然是现成的,敌人在汽车上面准备了许许多多。他急忙拖着疲倦的身躯,跑回队里去,带着他的胜利品:两张毡子,两件大衣,一支手枪,一把指挥刀,和从死尸身上搜出来的照片。

看见他气喘喘地奔跑回来,带着这被鲜血染红了的脸,同志们都惊异地笑了,热烈欢迎他。在他们亲切的慰问中,他才知道自己在咬敌人的脸颊时掉了三个门牙……后来,上级为了爱护他,给他镶了三只金牙,这是他拿大无畏的勇敢精神换来的纪念品呵!

一九三八年十二月

选自《人民的军队》,光华书店 1948 年

生产乐

镢头坏了

连队里,大家都在挑战呀,竞赛呀,把开荒闹得热火朝天。五班长王升堂可恰巧在这时候把镢头挖坏了。他心里发急——连队没有从营部领下多余的镢头。怎么办呢?

王升堂打定好主意:开荒时间千万误不得!

收工回来,吃罢晚饭,他向连长请假:修理镢头去。

槐树庄川是一道荒凉的山沟,去年被部队开辟出来的,好几里路才有几家人家。要找一个铁匠,王升堂得走三十多里路。他走着,月光穿过树木的枯枝照着他,在他的身旁投下一个长长的影子。夜间的山川显得特别冷静,有时从村落里传来几声狗吠声。他加快了脚步……

夜深了。当他到达铁匠家里的时候,铁匠正舒适地在睡觉。他急急地拍门,好容易才把他叫醒来。

"明天来吧。"铁匠说。

"做做好吧！"王升堂在门外叫道，"你要多少钱我给你多少钱，你替我修理……"

铁匠简单地回答他："多少钱都不做。"

经过他的再三解释，铁匠为部队生产热忱所感动，终于答应修理了。

走出了充满煤炭气味的铁匠的门口，王升堂深深地呼吸了一口新鲜的空气。他高兴地扛着镢头往回跑。夜更静了，更冷了。为了使身体温暖些和不误明天开荒的时间，他小步地在路上跑着。

当他回到部队的时候，天已经亮了，同志们正在吃饭。他吃饱了饭，又和同志们一起去开荒……

在月光下

晚饭后，通讯员李义贵懊丧得很，他在懊恼他自己。今天他单独挖地，只挖了六分，而全班集体挖的呢，却每人平均七分。"为什么会这样不争气呢？"他想。

天黑了，都睡觉了。同志们辛苦了一天，睡得美着呢。但李义贵翻来覆去的睡不着。一个念头涌现在他的心里。他睁开眼睛——月亮正照着窗子。月色很明朗，把一切都照耀得清清楚楚，在李义贵看来，就好像白天似的。

李义贵再也忍耐不住，他爬起来，穿好衣服，扛着镢头往外跑。一阵寒风吹过来，他微微地抖了一下。他走到白天开荒的地方，立刻抢起镢头往地里挖，他那么使劲，一点也不感觉到寒冷和疲劳。梢子、草根，在他镢头的挥动下很快地翻了身。唯一在他脑子里想着的，就是——少挖了地，对不起同志。

挖了一分多地,他停歇下来,满足地笑了笑,扛着镢头往回转了。走进营房,他悄悄地上了炕。"今天我也挖了七分地了!"他想着,心里非常高兴。一会儿,他就睡觉了。

我要上榆树

"开荒简报"贴在营房院子里的一棵大榆树上。每天开荒归来,战士们就围着榆树看"简报"。在这上面,登载着每天开荒一亩以上的同志们的名字。"×××今天上榆树了!"人们叫喊着,把"上榆树"作为开荒中最光荣的事情。

青年班的贾和善,特别羡慕"上榆树"的人。他知道多开荒就是对革命多贡献,但他年纪小,气力不大,这几天努力挖着,总想"上榆树",但没有达到目的。一天黄昏时,大家端着饭碗又在榆树跟前嚷开了,他咬紧牙关,坚决地说:"明天一定要上榆树!"

第二天他单独地,手不停地挖着。时光一秒钟、一分钟、一点钟地流过去,贾和善觉得日子太短。太阳落在西边了,连长吹哨子集合队伍回去,他回过头看看挖的那块地,大约地估量了一下:不够一亩!"挖不到一亩不休息!"他下定决心。他向连长说,他等一会儿才回去。

连长爱护他的身体,好好地安慰了他,叫他一齐回去。他没有法子,只好跟着大家走。在路上走着的时候,在吃晚饭的时候,他心里非常不舒服:"又上不了榆树了! ……可是……"

可是——吃过晚饭之后,天色已经昏暗起来。他向班长请准了假,扛着镢头出去了。

在月光之下,他一镢一镢地挖着。白天那种沉重的泥土味消失了,他感到凉快……

"该够一亩地了吧?"他不停地挖了很久,回头看着那块挖了的地,快活地说着,就转回营房去了。

可是,天亮的时候,人们去量地,他那块地还不够一亩,只有九分九厘。

他惊讶得有点失望了。

不过,贾和善的名字是大大地登在"开荒简报"上了。

"贾和善上了榆树了!"同志们羡慕地说着。

新战士和连长

部队分得很散,连长张清盛时常从这个排走到那个排,去了解同志们开荒的数目和质量,给养及其他。一天傍晚,他到二排来了。

晚饭之后,在月亮照耀下的院子里,他和战士们围在一起谈话,谈得那么亲切,愉快,大家都哈哈地笑起来。有几个新战士,特别感到兴奋,看到八路军里官兵之间、新老战士之间团结得就像一个人一样,这很容易使他们快活忘形的。马义清想着:"八路军的连长真是可亲可爱,但……"他像开玩笑似的:"连长,我们明天比个赛吧。"

大家笑起来。跟着,好几个新战士也向连长说:"明天我们比个赛吧。"

"对,明天就比,看看谁比过谁!"连长微笑地回答了他们。

第二天,各人分开来挖,马义清离连长不远,他有时转过头去瞧瞧连长,心里很奇怪:"为什么连长的镢头落得那么快,一点也不累呢?""下午总不行了吧?"想着,他就加油地挖了。

吃中饭的时候,大家说说笑笑的,谁也说自己不会输,只是连长不大讲话。

又开工了——连长的镢头抡得更快,马义清的镢头抡得更快,大家的镢头都抢得更快。

在不知不觉间,时光很快地流过去,夜色开始降落下来,朦胧地笼罩着大地。收工的时间到了! 比赛结束了。量地的结果——连长一亩,马义清九分八厘,其他几个新战士都是八九分。

马义清对自己生气,"个子大大的,粗粗壮壮的,比不过连长? 他是连长呀!"他已经尽了力,还比输了,他对自己发气,吹哨子吃晚饭的时候,他还气得不愿吃。

同志们安慰他,说不要紧,只要尽力挖就对了。

"八路军的官长和弟兄们一样的能受苦。"

新战士们说着。

一双鞋子

陈保山有点怕他的班长。当他和陈善礼他们三个新战士刚分配到十一班的时候,班长郝正业对他们是很好的,发动老战士送东西给他们,光是班长一个人就拿出四条手巾,四块肥皂。以后在开荒中,陈善礼没有单衣穿,班长给了他一件。为了改善全班的生活,他买了二斤辣子,二斗豆子:五升做豆豉,一斗五升换豆腐吃。又买了二斤草烟给同志们吸。从来也不骂人。但他性格沉默,不爱多说话——这,陈保山不知道,以为他不愿和自己讲话,瞧不起自己,一定是对自己不满意,就有点怕他。

在开荒过程中,他的鞋子破了。他没有告诉班长。他也想提出,但是他不敢。

可是,郝正业却看见了。他倒了解陈保山:他是一个新战士,没有过惯八路军的生活,不知道八路军的官兵一致,团结友爱。然而他自己也没有多余的鞋子可以送给他。他就去和排长郭西成同志

说了。

排长也恰巧没有多余的鞋子。这使他们很为难,战士的困难必须解决,但自己没有这个东西。他们商量着,想着法子。"那么,我们凑点料子给他做一双吧。"郝正业说。

排长说:"我有鞋面布和一条旧裤子,你呢?"

"我有鞋里布,还有陈保山有一件烂衬衣。"

料子够了,但是——

没有麻和线,更重要的,没有时间!

那是在生产紧张的期间。前几天,天下着雨和雪,耽误了他们挖地的时间。雨后的日子正是他们加油突击的时候:为了完成模范班开荒三百亩的计划,他们甚至在晚上还静悄悄地起来,在月光照耀下开地。这时候,一个人要顶几个人使用呢。

指导员宋泽廷同志到三排来了。他们把陈保山没有鞋子穿的事情告诉了他。

"把料子给我,我想办法。"指导员说。

郝正业把布料收集起来。当陈保山拿出他的烂衬衣的时候,他也没有多说话,只带着一种奇异的眼光望着班长。

三天之后,指导员带着一双新鞋子又到了三排。郝正业立刻把它拿去给了陈保山。

一天晚上,班里开班务会,陈保山把心里的话说出来了:"班长不大讲话,我觉得他瞧不起我……不是这样呀!鞋子,我没有提意见,班长看到就给我解决了。都是我的旧脑筋在作怪……"

去掉陈保山的怀疑和不安,全班人更加团结和愉快,亲密得就像一家人一样。"部队就是我们的家!"郝正业时常这样说的。

174

慰问

教导员陈永祥同志,政治处书记张明同志和一个医生走到惠燕琴跟前来了。——他正埋头在挖地。他的脸色很黄,分明是身体不舒服的样子。他举手向首长们敬礼。

昨天全班大突击,惠燕琴开了二亩五分地。可是,到快收工的时候,他身体支持不住了——他才十八岁呀!

大家坐在地上。教导员带着安慰的声调说:"惠燕琴,你休息几天吧。"

"你是应该休息的。"医生接着说。他说这句话已经不是第一次:还在开荒刚开始时,他检查了惠燕琴的身体,就对他这样说过。

"我没有病,我好好的。"惠燕琴回答。他说这句话也不是第一次。

"你还是休息,"教导员说,"搞坏了身体就不能完成任务了。"对于惠燕琴,只能用"完成任务"这样的话来叫他对自己的身体多加保重。几年来,他时常都是为了工作而不顾及自己的疲劳的,今年党接受了他的要求,在党代表大会上批准他入党,他感到光荣,就更加积极地响应党的号召,为党工作。

"一点小病不要紧,我慢慢挖就对了。"他还是拒绝着。

"团的首长叫我代表他们来慰问你。"书记张明同志手里拿着首长送给惠燕琴的二斤猪肉,口袋里还放着一千块钱。他带着庄严的口气说:"团首长命令你,叫你休息!"

"团首长命令你休息呀!"教导员重复这句话,"命令"两个字说得特别重。他也给惠燕琴带来了七斤白面。

惠燕琴服从了。他和教导员他们一起回到连上去。

教导员他们在连部坐了一会,很快就要回去了。惠燕琴把他们送出了门口。他转到自己的房子里,默默地沉思。他心里一方面感觉无限的愉快,另方面对组织感到衷心的感激。

四英雄会见

当吴志敏和安乱年一到政治部的时候,他们就问:"惠燕琴来了吗?"

明天关中分区开五四青年节纪念大会,奖励模范青年。他们想:惠燕琴一定会来的。

吴志敏对惠燕琴很关怀。一月间,旅开劳动英雄大会的时候,他们会了面,还互相提出开地二十五亩的竞赛。真是英雄识英雄,从此二人都留下了一个深刻的印象。以后在报上,吴志敏时常读到关于惠燕琴的消息,特别对于他的带病开荒,他曾经写了一封信慰问惠燕琴。在这封信上,表示了他们间深厚的友谊。

但惠燕琴还没有来得及看到他的信,五四青年节纪念大会就召开了。他想:惠燕琴的病一定好了,会来参加这次大会的。

※　　※　　※

中午过后,赵忠印来到政治部。他和吴志敏、安乱年握了手。他们很自然地谈到各人的生产,都超过二十五亩熟地的计划了。一别数月,赵忠印当了副班长,一边领导(班里没有班长),一边挖地,自己竟完成了任务,这使吴志敏和安乱年感到非常高兴。

天快黑的时候,惠燕琴赶来了。大家热情地围绕着他,问长问短。他从槐树庄到马栏,这二百二十里的路程,两天就走到。

"你瘦了!"吴志敏很关心他。

惠燕琴回答说:"你倒胖了呢。"

惠燕琴的生产带给他们莫大的兴奋。他开荒三十五亩三分,他领导下的青年队,平均每人也开荒三十一亩八分。——他们对部队完成今年的生产计划充满了信心。

谈话一直到夜深,要睡觉了。惠燕琴只带来一条薄毯子,他们怕他受凉,都把自己的棉袄给他盖上。

※　※　※

四个青年走到马栏街上,惠燕琴要到书店里去买大众字典。他出发的时候,营首长给了他三千元作路费,他把这些钱节省下来,买了一支笔杆、两个钢笔尖和四本字典,他打算回去分给每个青年小队一本。

回到政治部,大家都谈起学习来:惠燕琴领导下的青年队每人每天要认一个字,他自己认三个;赵忠印每天教全班每人认两三个字;吴志敏时常看《部队劳动英雄》这本小册子;安乱年文化程度较低,只是听别人读报,他特别欢喜军事,在开荒期间,他白天有空就投弹和瞄准,晚上还瞄柴火。

"回去之后,我也要加油学习文化。"他说。

于是他们就订出了个人的学习计划,天天认字、读报……

※　※　※

政治部特请一个同志给他们每人画一个像,送给他们作纪念。可是,这几个像却引起了他们中间的一些不同的意见。

首先是吴志敏要把惠燕琴的像拿走,他说:"惠燕琴厉害得很,连上的同志都说不知他究竟是个什么样子,我拿回去给他们看看,好让连里多产生几个惠燕琴。"

惠燕琴不大愿意。安乱年却不管三七二十一,"先下手为强",把他的像放在挂包里了。

177

赵忠印要了吴志敏的像。他同样地说:"连里很多人要见见这个'小劳动英雄'。"

这样,你要我的,我要他的,大家都争着要别人的画像留作纪念。

五四青年节纪念大会开毕了,惠燕琴因为有点事要第二天才能走,他为吴志敏他们送行,送了很远才回来。当他们离别的时候,紧紧地握手,相约互相通信,眼睛里含着无限的依恋。

英雄爱英雄——四个模范青年在非常友爱的空气中会见又分开了。

一九四三年三至五月

选自《人民的军队》,光华书店1948年

贴紧敌人侦察

太阳落山的时候,王守法和两个同志来到五棵树。

街上没有一个行人,他们找了好几家人家,见到的都是一些老娘们。只有一个老头子,他四五十岁,脚有点跛,要不他也不会留在这里,也会跟着青年人们跑到安全地方去的。

"老大爷,不要害怕,我们是八路军,到朱家屯子去,给我们带带路吧。"

老头听说是八路军,很快地接受了这个要求,便慢慢地跛着脚,顺着向东南伸展的一条小道,一步一歪地领着他们走去。

"我们翻过岭去吧。"王守法说。

他是一个胆大心细的侦察员。如果蒋匪军已经在前面占领一些村庄,他们由小道走去,就很难通过。而他们的任务,却是侦察敌人来到朱家屯没有,然后再到黄树沟一带,调查敌人究竟有多少,晚上是不是在移动。

他们在这不是路的路上走着。接近朱家屯了。远远看去,有几家人家还亮着灯光。他们静悄悄地向前走去。快到一家有灯的房子的时候，王守法对他们三个人说："我到前面去敲门，你们在后面等着。如果是敌人，我就开枪打，敌人一乱，我转身往回跑，你们打手榴弹掩护我，我们沿柳丛子向原路走去。——不用怕，敌人不知道我们来了多少人，我们一打枪打手榴弹，他们就会着慌的。"

王守法蹑手蹑脚地走到房子前面去。通过玻璃窗，他看见里面是老百姓，他放心了，敲了敲门。

"不要怕，我是八路军。"

老百姓青白色的脸上渐渐恢复过来。

"你们这里没有住'中央'军吗？"

"没有。"

"'中央'军没有来吗？"

"来过，白天来过。"老百姓低声地说，"他们没有住下，往前去了。现在屯子里没有'中央'军，前面也没听说有。"

明白了。他和同志们应该到黄树沟一带去了。

从朱家屯沿公路往东再转西北行，走十多里，就可以到达黄树沟。慎重的王守法还是不主张从这条路走去。这条路，白天过了敌人，如果他们有一部分在前面的屯子住下，那就不容易继续往前探索了。

月光明亮地照着，人的影子远远就可以被看见。王守法提议说："我们还是沿岭底走吧。"

在这山岭和公路相距不到两里路的中间，低矮柳树丛生着。这是适宜于隐蔽的地方。隔着树枝可以观察公路上的情况，公路上的人却看不清他们的行动。他们在长了草的地上走着，没有声响，有时碰着树枝，也似乎风吹树叶的声音。

180

快接近黄树沟,这一带的柳丛子突然没有了,前面是空旷的一片。王守法说:"小心一点,敌人——"

敌人发觉了,信号枪把满天照耀得通红,机步枪的子弹声划破了夜的静寂。

王守法他们三个弯着腰迅速地向西北方向走去。跛了脚的老人走不动,爬在地下,匍匐前进。走到一个有坑的地方,他们就隐蔽起来。

待了一会,听不到什么动静,一切又恢复到原来的沉默。——但他们的任务没有完成呀,"我们往东走吧!"王守法鼓励着说。

这儿有一条比平地高出一点的小道,一直通到黄树沟的北面。他们弯着腰,轻轻地走去,走到一个小坑里,他们停止了。

这儿,在月光底下,可以把情况看得比较清楚:黄树沟的灯光完全熄灭了。在北面紧接着一个小小的屯子,那儿有几家人家亮着灯光,但不知住敌人没有。

这是危险的情况,王守法心里是明白的。他对同志们说:"你们和这位老大爷在这里等着吧,我到前面去。如果打死了,那就是为人民牺牲,你们回去报告上级;如果打不死,你们到后面去,"他指着北方,"靠近大树的高粱地里面,过半个钟头,打两枪我会找上你们。"

"你小心点!"同志们说。

"小心呵!"老人说。

他一个人,蹑手蹑脚地,走到一家有灯光的房子前面去。通过玻璃窗看见里面是个老头子。他轻轻地敲了门。

"这里住有'中央'军吗?"那老人在抖颤着。他接着说:"老大爷别怕,我们是八路军。"

"呵！你们。他们人都跑光了——没有，没有'中央'军……他们都住在黄树沟。"

他安慰了这位受惊的老人，然后，问了他许多问题：敌人有多少？带着什么武器？晚上没有移动吗？他调查清楚了，"谢谢老大爷，我回去了。"他告了辞。

"你们的队伍快点回来啊！"当他走出去后，老人追了出来。

在回来的道上，当他们分路的时候，他们深深感谢这位跛脚老人。

一九四六年十月

选自《为人民立功》，东北书店 1948 年初版

王连长在卜罗岭守备战中

为了鼓励战士们的战斗情绪,在战斗的前夜,连的干部曾发动和九连挑战,经过酝酿,战士们的情绪是高的。

在战斗的那一天,上级规定任务,八连无论如何要守住这个山头,不准退下去! 连长王凤山说:"放心! 丢不了。"

当时王凤山同志这样布置:一排在山的最高处,坚决不准退;二排在一排的左侧(西面),如果要退的话,只能退到一排那里;三排在一排的前面半山腰上,它首当敌人的冲锋,如果守不住,就退到二排那里,准备在敌人追击三排的时候,一二排就向敌人反击! 各排都配备了两挺机枪。在山脚下七八十米的地方,有一个屯子,连长调了四个人去,观察敌人。干部的配备是:副政指卞志标同志在一排,政指潘龙景同志在二排,连长王凤山同志在三排。

在八连还没有和敌人接触之前,敌人首先向离他们东边一里多路的九连进攻,经过几个钟头的激烈战斗后,九连转移了阵地。

这时,八连三排新战士们有点恐慌了:"连长! 九连转移阵地了,我们怎么办呢?"

连长说:"九连转移阵地是为了吸引敌人上来,更好地反击他!你们忘了吗?昨天晚上我们给九连写了挑战书,我们要和九连比赛呀!"一提起挑战书,战士们的精神提高了。

敌人的炮火转向八连,两排炮弹落在三排和一排阵地前面,新战士们怕炮弹,又有点恐慌了,连长说:"怕什么,炮弹能伤人吗?敌人两排炮弹打伤了几个?"这时,部队一个也没有伤亡的。

敌人一个连向屯子前进,后面乌黑黑的,看不清有多少敌人,我们四个哨兵向敌人扔了几个炸弹就跑了回来。

敌人在一阵炮火猛烈轰击之后,准备向三排阵地前进。王凤山同志看清楚敌人正在运动,他从一二排各调了一挺机枪来,他知道战斗就要开始了,他说:"同志们,从今天起,我们要改变八连的战斗作风,大家都说我们八连是弱的,今天我们要改变,坚决打下去,大家同生死共患难,死也不退!同志们,我能下决心,你们不能吗?"

战士们说:"连长不退,我们坚决不退!"

敌人一个连猛扑过来,我们四挺机枪正对着他们,三十多个倒下去了。

敌人恼羞成怒,退下去,用炮狠狠地轰着,阵地的周围都变成炮弹坑了。连长为着鼓励士气便派通讯员和潘龙景卞志标二同志联系,告诉他们三排打得很好,叫他们发动一二排和三排比赛。

连长又把一二排和三排比赛的消息告诉三排的同志,鼓励他们。

敌人增加了一个连。这一次是向二排和三排中间进攻。战士们说:"冲上来了!"他们想向敌人开枪。那时敌人正在运动,还离得远远的。连长说:"大家听我的口令,没有我的口令,不准开枪!"当敌人走到离我们一百五十米达左右的地方,他喊:"一,二,放!"配合着一二排的火力,敌人又倒下二三十个。

王凤山在交通壕里,一面斜着身子,吸着旱烟,很悠闲似的在观察敌人,一面说:"你们看,敌人冲上来没有?"战士说:"没有!退下去了。"他说:"退下去了?还要上来呢!"

敌人的炮火死命地轰击着,一个战士倒下去了,给泥土盖了他一身,战士们说:"打着了!"王凤山说:"我看一看!"他爬着过去。这个战士没有负伤,只是给泥土埋了,挣扎起来,口和鼻子都流着血,连长安慰了他,给他擦干净,叫他沿着交通壕走,到一排休息去。

敌人又进攻了,这一次是从原来九连的山头上冲下来的,王凤山把两挺机枪监视着正面的敌人,把两挺机枪对着冲下来的敌人,叫战士们集中射击,敌人倒下十多个,不能继续前进,但也不能后退,只得顺着沟逃到那个屯子里面。

敌人的尸首这时已经满布在我们阵地前面,王凤山同志为了更加提高战士们的情绪,他派通讯员到一二排,叫他们各派一个人来,看看敌人的伤亡情形。他们看了,回去报告,兴奋了一二排的同志;同时,他们的到来,也增加了三排同志的骄傲,使他们下决心打下去!

敌人的炮火更加猛烈了,各排都有挂彩的,然而这已不足引起战士们的恐惧。王凤山吸着旱烟,镇静地观察敌人,他的镇静增加了战士们的镇静。

时候很久了,敌人只用炮轰着,没有前进。王凤山同志说:"同志们,大家要认识清楚,敌人的伤亡很大,他们现在用炮威胁我们,我们不要怕,敌人的炮能伤亡我们几个?!"每一次当敌人的机枪打记号的时候,他就说:"你们听,敌人的炮来了!"战士们也说:"炮来了!"他们已经习惯敌人的炮火轰击了!

敌人集中了大概有一个营的兵力,有的战士说:"敌人集中攻呢!"连长说:"你们说,集中攻死人多,还是分散攻死人多呢?"战士们说:"集中死人多!"他说:"那么,敌人敢集中吗?!"

敌人是真的不敢了,每次冲锋,他们都遇到很大的伤亡,我们却动也未动!而且,不是当他们走到我们的机枪有效射击的地方,我们连一枪也不发的。他们集中那么多人,只为了抢救他们的彩号,拖回他们的尸首,他们两步一个三步一个地分散前进,王凤山同志发觉他们的意图,就叫战士们的枪口向着尸体。那时,因为连续战斗了几个钟头,我们的子弹已经不多了,为了迎接更大的战斗,他下命令:"大家准备!我叫谁打,谁就打!不叫打,就不要打!"当敌人走近的时候,他说:"四班长!打!"王保清同志是个有名的机枪射手,很多敌人又躺下去了。

这个战斗从上午九时一直打到下午六点钟。有六七个钟头的时间,情况是非常紧张的。敌人的迫击炮一共打了八九百发,三次冲锋也是相当厉害的,但是我们却动也不动!这除了兵力配备适当以外,连长在战斗中的镇定及巧妙的及时的鼓动工作起了相当大的作用。新战士们没有什么战斗经验,他们胆小,我们要在战斗中经常鼓动他们,打破他们的恐惧心理,这是一件很重要的事情。

一九四六年十月

选自《为人民立功》,东北书店 1948 年初版

为人民立功

在零下三四十度的严寒的冬天,记者随着东二部队从白旗屯踏过冻结了的松花江,往西南行,向蒋占区前进。这是一段艰苦的进军,然而我们的战士却不怕寒冷和疲劳,踏着愉快的步伐,不分昼夜地前进,时而唱着愉快的歌声,在他们的内心里燃烧着无比的热情。他们的唯一愿望是战斗中英勇杀敌,为人民建立功劳,赶快翻过"山顶",争取人民解放战争胜利的早日到来。我读了战士李永森写的一篇鼓词:

> 打胜仗,翻山顶;钱廷业,真高兴。磨磨拳,擦擦掌,对大家,下决心:要揍反动派狗××,不打胜仗不甘心。钱表一齐都拿出,交给上级来保存。他说战役不结束,这些东西我不动;假如我牺牲了,作为党费交了公。

这种现象其实是普遍的。所有的连队,从干部到战士,在具体的战斗任务还没有接到以前，很多的人，就把自己的钱、表等东西交了出来，说："如果我牺牲，就把我的钱送给彩号。"光是二五部队一营，战士们交公保存的数目有六万六千多块钱。如果知道这都是战士们的残废金以及每月一百块钱的津贴费所积蓄下来的，就明白这是个不小的数目。战斗英雄周立生和潘云胜，在去年师的群英会上获得了奖章，他们把它交给了上级，说："就是我牺牲了，我决不让这光荣的奖章落在敌人的手里。"他们为了人民，忘了自己。

这儿是五班写的一封请求书："如果我们连担任攻坚任务，我们请求全班先去突击；爆炸时我们先去爆炸；如果打增援，我们到最前面去。我们不怕牺牲流血，我们完不成任务，剩下一个人也不回来。我们在这次战役中，都要为人民立一功。"这种要求上级给予战斗中最艰巨的任务的，从班排到连营都是如此。各班排都订了关于打胜仗的竞赛条件。每个人都抱着杀敌的决心。傅宝森有病，上级叫他到后方休养，他说："我喜欢打仗，决不到后方。"从蒋军中解放过来的战士，他们过去曾经受过国民党欺骗教育的，一旦觉悟过来，他们就会坚决地倒转枪口，对着那欺骗过他、压迫过他的人。张斌的话是说得最明白的："这次战役里，我要还他几枪；喊口号，多救几个被他们欺骗的士兵。"新站战斗解放过来的七十一军八十八师的王××，在班务会上提出："如果送炸药，我去！"他所要求的是一个比较危险的任务。

我到了二五部队二营。我知道在战士们中间，正进行着"怕打不上"的教育。别的部队打胜仗的消息不断传来，他们却没有响过枪，急得沉不住气。他们不怕牺牲，不怕寒冷，不怕疲劳，光怕打不上。教他们耐心等待，很好地学习战术，这使干部们费了很多喉舌。在临近战斗那一天，部队整整走了一天，在四连，那晚上，很多战士忘记了疲劳，他们到连部去，表示他们的战斗决心，他们"报名立功"，要在战斗中多杀伤敌人，多缴枪，多捉俘虏……这"报名立功"直到夜深才告结束。在另外一个准备战斗的晚上，在五连，连长冒着大雪去看地形，他回来已经到了午夜，很多战士还未睡觉，他们问连长："现在该出发了吧？"

在战斗中战士们的勇敢是无可比拟的。这种事情说也说不完全。我在这里只举出沐石河战斗中几个简单的例子。机枪班的射手郭景春，当班长尹登福向敌人射击的时候，他对同志们说："你们分散隐蔽点！"而他自己呢，却很好利用地形，观察敌人，告诉班长射击的目标；及至追击敌人，机枪需要转移阵地，他扛着机枪往头里跑，一点也没有顾虑到自己的安全。战士唐德礼左臂上长了三个疮，平时感觉很痛，在战斗之前，指导员曾经叫他不要上火线，他说："我不下去休息。"在战斗时每次冲锋，他都跑到最前面。战斗结束以后，别人问他，他说："一打起来，我的疮口就不知道痛了！"班长王永春在冲锋时挂了彩，副班长叫他下去，他顽强地说："我不要紧！"仍继续往前跑，直到他不能支持的时候。七班的情况更使人感动，战士贾存仁负了伤，救护组的同志去抬他，他说："你们不要管我，快去救班长吧！"在这生死攸关的时刻，他第一个想到的是他亲爱的班长。而当救护组的同志跑到七班长董才玉跟前，他同样说："不要管我，你们去抬别人吧！我会爬下去。"他们为了更多地杀伤敌人，救护自己的同志，忘记了自己的痛苦和生命。

"为人民立功！"——这个号召，这个誓言，鼓舞着我们的战士在冰天雪地中，克服一切困难，向前挺进！

一九四七年一月

选自《为人民立功》，东北书店 1948 年初版

一堆衣服和一缕线

一天,徐树珍正在和房东拉呱,一个十二三岁的小女孩子跑了进来。

这是寒冷的十一月天,她上身穿着一件薄薄的单衣,下身围着一块麻袋片,冻得浑身发抖。房东对徐树珍说:"这孩子家里顶困难,衣服都没穿的,你们有破衣服,便宜点卖给她们几件吧。"徐树珍回答说:"我们队伍不准卖东西。如果有,我们可以送给她。"说罢就跑回班里去,告诉了班长,问道:"我可以送给她一件衣服吗?"他参军不过两个多月,还不很懂八路军的规矩呢。

班长伏彩举同意了。徐树珍就脱下一件便衣给小孩拿去。跟着房东走进来,把小孩子家里的情形向全班同志说了一遍。这是一家贫苦的人家,掌柜的一个多月前死去了,留下给他女人的是六个儿女:最小的还在怀里,有两个才三四岁,还有两个女儿给人家碾米,最大的儿子是个跛子,靠拾柴过日子,家里没吃没穿。每当大儿子拾柴拾到他父亲坟地附近的时候,他就哭着跑回来,全家也就不禁悲痛得哭不成声了……

一会儿，那小孩返回来，手里拿着一缕白线。进门就说："妈妈说，同志们在外边很困难，衣服破了，没针没线的，妈妈说把这缕线送给你们补衣服。"她把线塞到徐树珍手里，徐树珍不肯要；她给别的同志，大家都谢绝了她。同志们知道这家人家很贫困，在这贫苦的情景之下，那老人家还这么关心八路军，同志们被感动了。一种强烈的阶级同情心突然抓住大家的心头。朱德元说："我的上衣也给了她吧。"接着很多同志都拿出自己的衣服来。他们告诉小孩说："把这些衣服都给你妈妈拿去吧。"孩子笑得闭不拢嘴，带着惊讶的神情飞跑了回去。

徐锦如的衣服拿得慢一点，小孩已经走了，他就和朱德元亲自送去给老人家。一进门，他们就给一种另外的事情惊住了——小孩子的母亲在哭，两个不懂事的小孩光着屁股，围着火盆呆坐着。"老大娘！"他们关怀地问，"有什么事情难过吗？"老大娘连忙揩干眼泪说："你们送了那么多衣服给我，天气又冷，你们冻着怎办呢？送给你们线，你们又不肯要……"

"我们还有衣服穿呢。"他们安慰她。

"要不是你们送给衣服，孩子们今冬会冻死的。"老大娘说出了她衷心的感谢。

朱德元和徐锦如向她讲解八路军帮助穷人翻身的道理，然后问道："你们家里分到了地，分到了粮了吗？"

老大娘说："这里刚开始分地。粮是分了，已经规定数目，要等打下来才有吃的。"

"分下的粮食冬天够吃吗？"

"不大离。"她高兴地说着，"如果不分，今冬就会饿死了！"

大家都笑了。这种笑，是从每个人的心底里发出来的，是人民的军队和劳动人民真正牢牢地结合起来以后才会有的。

一九四六年十二月

选自《为人民立功》，东北书店 1948 年初版

拥政爱民月散记

冒雪送柴

天空阴晦,飘着雪花,我们愉快地走向树林。明天是旧历新年了,我们没有什么东西送给老百姓的,就让我们凭着自己的劳动力砍点柴送给他们吧。

我们把柴送到老百姓家里,还替他们打扫卫生,他们欢喜地拿准备过年吃的肉包子麻花等东西出来招待我们。特别对抗属,我们送的最多。群众都说:"八路军好极了,把抗属优待□了!"一个抗属说:"军队对我太好了,下雪天还给我送柴打扫院子,我女人家不能给军队什么帮助,以后你们有破衣服、鞋子袜子都送来,我多给你们帮助。"当我们离开她家的时候,她怀着感谢的心情把我们送出了门口。

这一天,直属队给老百姓送柴一万零五百斤。

救火

一天晚上，马栏街上突然被火光照得通红。——失火！两间房子被燃烧着，火光直向上冲。通讯连的战士们赶着去营救：有的挑水，有的救火，有的搬东西……半个钟头之后，火熄灭了，四邻的群众包围着连长，感激地说："如果你们不来救火，我们的房子也遭殃了！"

可是，被烧的房子已经残破不堪。

这对于房子的主人真是一个大灾难。王天福是去年才从河南逃荒来的难民，他来时只带了二百元的布匹，经过了约莫一年的光景，他如今已在街上修起房子摆小摊。还有卢芳保，也是河南人，是一个焊匠，也和王天福一样逐渐地过着好日子。——可是，这一次完了，一年来辛苦经营盖起的房子烧掉了！

通讯连送了几百斤草，几十根椽子给他们，帮助他们把房子重建起来。一天，我去看他们的新房子，他们对八路军实在找不着适当的话来表达他们的感谢，只是这种感情洋溢在他们的态度和音调里。

"连长指导员还经常来看我们，问我们有什么困难，说部队可以帮助解决……"卢芳保说。

王天福打断他："过年时还送肉给我们呢。"

"只有边区的队伍才会这样爱护百姓，……在河南……"他们又议论着两个不同的世界和两支不同的军队了。

打窑洞

山东难民王成彪，一家六口，去年十一月间来到边区。他们感到住在别人家里不方便,就打起窑洞来。他的老婆和三个小女孩不能做什么强劳动,只有他和他的儿子一面替人家做泥工木工,一面抽空打窑。这样,窑洞就打得太慢了。他请人挖,难民们也乐意帮忙,不要工钱,但一顿饭就吃了他五升苞谷,他再也请不起。

王成彪的处境给司令部机要科的同志们知道了。赖科长去找着他,告诉他军队要去帮助他。最初他有点害怕,说:"你们不要报酬,但是……"赖科长安慰他,说不吃他的饭,他才放心了。

挖了一天,窑洞已略具规模。王成彪买了一包纸烟招待同志们,可是同志们一根也不肯吸。他生了气,说:"如果你们连烟也不吸,那就不要挖了,回去吧!明天不要来了。"

第二天窑洞完全打好。王成彪在挖窑时,和同志们谈山东的情形和他来边区的原因:他家在山东曹州府,"山东也有八路军,和你们一样地爱护老百姓。八路军来了,狗不咬,娃娃也不哭,真奇怪;山东有鬼子,他们来了,老百姓都上山,什么东西都带走;山东也有国民党军队,他们来了,娃叫,鸡飞狗上天……"

"边区军队闹生产,开荒地;山东国民党军队也闹生产,开荒地。但他们和你们不同,他们强迫老百姓挖,没有工钱,还要吃自己的粮食。我也被派去了,带了七八个锅饼去,吃完了想回家,但不成,一定要挖十天才能走,没有饭吃就向人家借钱,一天吃一顿饭……我受不了这个苦,摊派又重,我从山东八路军那儿知道有个陕甘宁边区,就全家逃到边区来。"

他叹了一口气,停了一会,继续说道:"八路军到处一样地爱护老百姓。"

过了几天,机要科的同志背了一千多斤柴火送给他。

医生下乡看病

马栏区有了传染病——肠胃性流行性感冒。卫生部派出医生分头下乡替老百姓看病。医生王锡朋和护士高汝山到三乡和四乡。他们晚上到了石底子村。那时候，乡人正在开会检查对拥军的思想，听见医生来，欢喜得了不得。医生和护士走了一天，肚子饿了，但群众要求他们立刻去看一个病妇人，她病得不能忍耐，呻吟在炕上。医生给她打了一针吗啡，她才比较安静下来。那晚上，医生除了看病，还趁着乡下人开会的机会给他们讲解这种病的预防和治疗。

病人出乎意外地多，医生带的药分明不够，群众便立刻选出两个青年的小伙子带着医生的条子趁黑走十里到卫生部去取药。原先规定三天回到卫生部的，结果因为更多跑几个村子去看病人，医生和看护六天才回去。

乡政府派人领着他们从这个村子走到那个村子。群众看见他们来真是高兴。"请也请不来的，现在看病看到门上来了！"群众感激地说着。

六天之内，他们看了一百二十多个病人，送给他们医药，替他们打针，不取一个钱。

选自《人民的军队》，光华书店 1948 年

优待俘虏

在攻占沐石河以后，我们部队请几个老百姓架着大车，把敌人遗留下的两个彩号送到九台——国民党军队的驻地。可是，刚刚走到离镇子不远的地方，老百姓就把那两个伤兵丢在路上，架着大车回来。我们之所以发觉这事情，是因为那伤兵后来辛苦地一步一步地从路上爬回来了。

记者在这里叙述这件事情，只是想说明，蒋占区的民众是如何地憎恨国民党军队，就连伤员他们也不怜悯的。那么，想一想吧！那些人曾经拿着枪朝向我们战士的胸膛，敌我两方曾你死我活地搏斗过，但一旦当敌人当了俘虏，我们的战士是怎样对待他们的呢？

也许有人想象这会是非常残酷的。这样想就错了。在沐石河战斗快结束的时候，有些敌人躲在房子里还未缴枪，战士李绍吉向他们喊话："投降吧！缴枪不杀！"敌人带着怀疑的音调问："你们不杀吗？"他回答说："我是从新一军俘虏过来的，我现在很好。你们还不是被迫着才来当兵的吗？"

李绍吉这几句话部分地说明了为什么我军对俘虏采取宽大、教育和争取的政策。他本身的例子也说明了我们这种政策是获得了成果的。敌人的士兵是无知的、愚昧的,有的甚至带着盲目的骄傲;但在我们耐心的教育之下,他们会觉悟过来,相信真理,为人民服务,在我们队伍中成为一个很好的战士的。

正因为这个理由,我们的战士对俘虏不是打骂、杀害,而是关心他们,安慰他们。在沐石河战斗快结束的时候,有十多个敌人脱掉大衣,企图逃跑。可是,没跑多远,就被我们的战士追上了。他们缴了枪。战士们问他们:"你们不冷吗?"他们默默的不说话。我们的战士明白他们的内心是恐惧的,说:"这样冷的天气,赶快把丢下的大衣拾起来穿上吧。"在一个小树丛里,李焕文搜出了一个敌人,他光着脚,冻得连站也站不住。李焕文问他:"你的鞋呢?"他说:"丢了。""怎样丢了?"回答是可笑的:"穿着棉鞋走不动。"李焕文对这放下了武器的人发生了怜悯心,他把自己背包里的一双鞋子送了给他,说:"你不要怕,只要你和我们站在一起,我们把你当亲兄弟一样看待。穿上吧,天这样冷,会冻坏脚的。"

在战斗以前,我曾到过一些连队中去,我看了战士们"报名立功"所订的个人计划,其中都有"遵守战场纪律"这一条。作战以后,我再回到这些连队去,我知道他们是真的做到了。敌人在沐石河丢下了很多东西,我们的战士去清查胜利品,王宗敏从一件大衣口袋里搜出了三十元,蔡福生搜出了八十元,他们都把钱交给了上级。孙明山、金凤学的大衣破了,他们想从胜利品中换一件,但还是先经过连排干部的允许后才换了。在战斗快解决的时候,二班长鲍福成冲到了三个敌人跟前。敌人着了慌。一个慌忙地从自己的口袋里掏出一把东西来,说:"给你,这些都给你! 饶了我的命!"他拿出来的是手表和白洋。鲍福成对他说:"我们民主联军的战士不爱财。你们放下了武器,我们决不为难你们。你的东西好好收起来吧! 别说是表、钱,就是金子我们也不要。"

敌人投降了,站了队。我们的战士去检查他们身上的子弹。副班长刘中合说:"同志们! 大家记住:不要发洋财,不要搜俘虏的腰包!"战士们是会自己监督自己的。机枪三连一个战士从俘虏身上搜出了一千多块钱,他对他说:"你放心,你的东西我们是不要的!"他把钱放回他的口袋里。王海青在搜查之后,对别人说:"搜查他们时,我是一针一线都没动呀! 连一根皮带我也没拿,恐怕违犯了纪律,犯了战场纪律可不光荣呀!"战士们对纪律的遵守是自觉的。

我见了俘虏们。我发觉他们并不过于恐慌。当我们的战士叫他们穿上大衣的时候,我听见他们互相之间曾说过这句话:"你看人家多客气!"我不能作过早的推测,估计他们的将来。不过,从回答我的问话中,我从他们的口里已经听到这些话了:

"我是被抓来当兵的!"有人说。

"在'中央军'里当兵真亏心!"有人这样说。

"我就在你们这边干吧!"有人简直提出要求了。

我想着,我们的部队确曾挽救了许许多多被国民党欺骗了的士兵,他们终会觉悟过来,为真理而奋斗,如同我在上面曾经提过的李绍吉同志一样的。

一九四七年一月

选自《为人民立功》,东北书店 1948 年初版

雨中锄草记

这几天天气非常闷热，晚上天空布满了黑云，像要下雨的样子，我心里想："明天可不要下雨呵！"虽说，庄稼已经被太阳晒得有点发黄，但为了一点小小的打算，我还希望过几天才下一场淋漓的大雨。

我们一百多人背着行李，肩上扛着锄头到黑马湾农场去了。

黑马湾并不是我们"自己的"农场。它是"广昌"部的。国民党军进攻的炮声，扰乱了农场部队的日常农作，他们放下了锄头，扛着枪赶到前线去，为保卫党中央，保卫边区，保卫人民，保卫自己的庄稼而战！

几个月之前我曾到过黑马湾。那时部队刚刚进入这地方。是多么荒凉的地方呵！窑洞是破落的，周围是荒芜的土地，不知多少年代没有人在这里住了！战士们凭着自己伟大的劳动力把它改造过来：流过汗，流过血，手破了，腰酸了，换来了这清洁和美好的营房，青翠的良田。当微风吹拂的时候，庄稼摇曳着，像绿波一样。谁不喜爱呢？想着即将到来的更为良好的丰衣足食的生活，人们是把希望寄托在这农作物上面了。

我们到这里锄草,农场的主人替我们准备了白面、青菜和猪肉。刚从前线归来的同志对我们讲:出发到第一线的战士们是怎样地惦记着这些庄稼呵!他们在紧张的战斗准备中还时常问:"庄稼怎样了?"有人说:"千万不敢把庄稼荒了!"有人悲愤地骂着:"反动分子不发经费给我们;我们生产,还要进攻我们,和我们捣蛋!"

天好像故意和我们作弄,到农场的次日,天就阴暗起来;下午,飘着小小的雨点。我们锄着草,大家说说笑笑,忘掉心里的不愉快的事情。是的,有使我们不愉快的东西:草长得很深了,谷子早该锄第二道,在很多地方草已经盖过了糜子。"几乎荒了!"同志们叹息着,自自然然地诅咒着这进攻边区的国党民军队。

第二天天刚亮我们便起床。阴晦的天气笼罩着大地,黑云在空中集结着。地已经很湿了。"走!"有人叫着,于是大家上地锄草去。和昨天一样,吃过中饭,雨慢慢地落下来,接着,突然地下大了。风吹着,云在天空奔驰,庄稼沙沙作响,同志们停止了自己的谈笑,更加紧地动着锄头。没有一个人说要回去的话。大家心里明白:无耻之徒在高叫"取消中国共产党",然而共产党比任何时候都团结得更坚强,首先就是我们自己更觉悟地把整个的身心献给党。边区前线的炮声响了,吸引着农场的部队走上火线——可是,放心吧,勇敢地往前去吧,保卫边区的战士们!我们已经到这里"帮助"锄草了!下雨天锄草不很好,但不是比不锄好一点吗?

同志们——大部分是直属队的干部,锄起草来,真是一股儿劲。风雨交加中,人们沉默着,只听到风吹庄稼和锄头锄草的声音。地湿透了,泥泞得很,土沾在鞋底上,滑着;衣服全湿了。我们忘记了这些。锄头锄着,手拔着草和过稠的苗,大家的脑子似乎停止了活动,两手机械地敏捷地动作着。"冲呀！冲呀！加油呀！"有人忽然高喊起来。回答他的也是这几句单纯的话语。又静默下来了。同志们更努力地锄着。

天快黑了,风停下来,透过这昏暗的天色,我们看见在远处的山坡上,一队行列扛着锄头在走动着。——这是农场部队一部分留守的同志。他们和我们一样,在雨中锄草,现在返回营房休息呢。

我们也回去了。身上的衣服已经完全湿透。有的人穿上了他们带来的干衣裳,有的人披上了自己的或别人的破棉袄。所有湿衣服都在火的跟前冒着蒸气。伙夫同志们端来了面条和肉菜,人们高高兴兴地吃着,大家都浸在愉快的欢笑声里。

一九四三年八月

选自《人民的军队》,光华书店 1948 年

在长途行军中

在出发之前，部队曾号召同志们在长途行军中，争取当"模范战友"，互相关心，互相帮助，就像最亲爱的人一样。现在，经过这一千多里的行程，到达了目的地之后，"模范战友"们获得了奖励，他们确曾发扬了高度的阶级友爱。

原谅

在过封锁线的那天晚上，张文彩病了。开始出发时还没有什么，走了二三十里路就气喘，头昏，浑身没劲。找牲口和担架很不容易，他说："我实在走不动了！"王秀山替他把枪和包袱背上，鼓励他："慢慢走吧！这是接敌区，丢在这儿，有生命的危险。"

过卫河的一天，正是阴历十五，月亮圆圆挂在天空。满地是雪，反映着月光正如同白昼。在那广阔的平原上，人的行列整齐地向前进。

突然，人们一个紧接着一个地往前跑，听见了"腾——腾——

腾——"的音响。声音越来越大了。队伍在渡过卫河——在那黄色的急流里,横着几条船,上面铺着木板,从河的这边到那边,人们迅速通过。木板震动的声音远远地传到二三里路之外。张文彩跑着,心里发慌,头上出汗,两脚酸软,他说:"再跑我就不能支持了。"班长说:"得跟着队伍走呵。"王秀山把他的米袋子接过去,说:"这里在两条封锁线中间,掉队会发生危险,坚持着走吧,走不远就可以休息了。"

前面发生了枪声、手榴弹的爆炸声,是前头警戒部队和据点上的敌人作小的接触。这声音倒把张文彩镇定下来,"走吧!"他说。

可是他身体究竟不能支持,他时常想停止下来。"走不远就可以休息了!""坚持下去吧!"——王秀山时常这样鼓励他,在他的心中燃起了希望。终于他拖着那疲乏不堪的步子,通过了这长一百八十里的封锁面。

然而在他的内心却埋怨王秀山,他想:出发时两个人就说要当"模范战友"的,为什么老是"走不远就可以休息了"的这样欺骗我!这还够得上"模范战友"吗?他好几天不痛快,不愿讲话。可是王秀山仍然很关心他,对他充满着同志的友爱。这使他很不安。过了不久,他明白了:王秀山这样对他是怀着好意的。他对王秀山说:"前几天我不高兴,是我的不对。——没有你的鼓励,也许我到不了根据地。"

王秀山没有说话,微笑地看着他。

不知疲倦的人

崔有富同志,人们叫他"模范"。这个称呼不知是谁首先叫起来的,可是,一叫出来,人们就觉得非常适合于他。他是一个不知疲倦的人,每天在他的肩上,总少不过二三个米袋子,一两支步枪的。

行军最艰苦的那一天，赵砖头记得最清楚。那是在接敌区，部队要在那个晚上翻过一座大山，以便第二天白天休息，傍晚出发，夜行军通过同蒲路。他那天病着，肚子痛，已经两三天没有吃饭了，走起路来很费劲，崔有富替他背着包袱和米袋子，在他前面走着，时常回过头来督促他。

白天下了一场大雪，厚厚地铺着地面，看来就像是一个银色世界。部队肃静地行进着，寒风吹得人们难以张口。越过了山峰，开始下山的时候，人们叫嚷起来了。山很陡，道路狭窄，堆满了沙石，凝固了的积雪在人们脚底下逐渐地融化起来，时常使人滑得摔跤。前面的队伍因为这缘故就放慢了脚步，后面的简直要站一会才走一两步。在山顶上，无情的风扑向人面，许多人都冻得发抖。小小的赵砖头哭了，他抵抗不了寒风的袭击。崔有富时常和他说话，安慰他，鼓励他，在他的心中撒下了温暖。

当他们下山的时候，他们自己也不敢放开脚步，每个人都尝到跌跤的滋味。"慢慢走，跟着我！"崔有富回头招呼赵砖头，"呵，小心，别跌跤。"他注意着那年轻的同志。可是，他忘记了他自己，他已经摔了十多次了。每一次当他摔倒的时候，赵砖头的心就特别觉得过意不去，向他要回包袱和米袋子，可是被崔有富拒绝了……

直到今天，赵砖头仍时常说："我忘不了过雪山的情景呵！"那座山——赵砖头和许多战士们叫雪山的——名字叫绵山韩信岭，是一座高二十多里的陡峭的山。

一九四四年九月

选自《人民的军队》，光华书店1948年

战士的母亲

二五部队二连三排今年没有一个逃亡的。团开群英会的时候，奖励他们为"巩固部队的模范排"。陈志宽同志是三排的副排长。

在挺进东北的长行军中，他那时当二班长，每天在他的身上从没有断过两支枪，两个米袋子或者两个被包。他帮助那些体弱的同志。甚至有一次，他病了，两天没有吃饭，他一句话也不说，还是扛着两支枪，跟随着队伍前进。每一天到了宿营地，战士们疲劳得不得了，都躺在炕上睡觉，他总是自己做饭、烧水，弄好了，叫醒同志们洗脚，吃饭。有些同志累得连脚也不愿洗，饭也不想吃了，他打了水，盛了饭给他们。如果哪一顿的菜不够，他就光吃饭，不吃什么菜；有一顿面条做少了，他光喝汤，不吃面。战士们问他，他说他很饱；排长问他，他说："让战士们吃饱了，他们行军才不会掉队。"晚上睡觉，炕小了，容不下全班人，他就睡在地上，让战士睡炕。他担心战士们生病。他对病号特别关心，许为禄病了，行军快到庄子休息的时候，他跑到前头找开水，打回去给他吃药（队伍人多，怕去晚了没有水）。一天晚上，他带班，该轮到庄志岭换哨了，他去叫他，可是，他一想：庄志岭的脚上打了泡，白天走路非常辛苦，应该让他多休息，他就交了班，替他站了一班哨。

从四平撤退下来，那是一段艰苦的行军：部队多，屯子少，时常是一个连一个排住在一家人家。那时上级没有发下茶缸子，吃饭时借不到那么多碗，他就让战士先吃饱了，自己才吃，有时还没吃到几口，队伍又吹号集合了，他也就跟着队伍一起出发。

在平时，他也是什么都先照顾战士。战士们没有什么，只要他有，他就给他们。上级发下手巾、鞋子或别的什么，如果不够每人一份，他就先给战士。有一次发来了一些皮鞋，有人说："这皮鞋多好呵，恐怕以后不会有这样的皮鞋发了。"但不够每人一双，他也就不要。战士有病，他每天两遍三遍地问候，有时还亲自去叫卫生员来。冉少权病了，他把自己菜里的豆腐挑出来给他吃，说："我是不吃豆腐的。"开饭的时候，他经常去打饭打菜。晚上带班，他总给睡着了的战士们盖好被子，怕他们冷着。

在战时，他关心彩号，冒着危险去救他们。北镇突围那天，敌人离他们只有二百多米达，机枪向着他们扫射，冯家胜跑不动，说："我不去了，死就死在这里。"陈志宽对他说："把枪、被包给我，你快跑！"他掩护着。上山的时候，路很滑，雪在融化着，冯家胜跑不快，他架着他走，后面的机枪紧紧地追击着他们；晚上，他和副班长许为顺踏着雪，上山去把机枪组挂了彩的孙光有背回来。孙光有个子大，他们两个上山下山背着他，简直累坏了。兴隆岭战斗中，他们前进，占领了敌人的阵地，可是，整个战局变化得很快，上级又叫他们撤下来，他和庄志岭打掩护，最后，队伍撤走了，他叫庄志岭先退，他留在后面。他时常都是"退却在后"的。新站战斗（这战斗连俘虏带消灭

敌人差不多两千）的时候，连副挂了彩，他背着他走了五六十米达，到了桥底，看见那里有个战士负伤的，他踏过冰凉的河水，把连副背了过去，又回来把那战士背了过去。

在团开群英会的时候，关于他，八班副于占武站起来说："我脾气不好，时常爱说几句不好听的话，排副老是耐心地和我讲，叫我好言好语地教育战士。我学习刺杀很笨，他经常教我，从来不发脾气。我很受感动。"其实，这样一些话，全排的战士们都会从心里说出来的。不光是对六班副，他对任何同志都不发脾气，对任何同志的教育都是耐心的。

他教育战士们要团结友爱，努力学习。新战士何少有和机枪组长王忠现的关系搞不好，他找王忠现谈，说："你是个老同志，应该好好地帮助新同志，提高他们的技术，不要不耐心。如果不这样，在战时有什么损失，还不是大家吃亏？"又对何少有说："你要好好学习，多和组长商量，组长有时说你几句，还不是为的帮助你？你学习好了，在战场上就可以少受损失。"从此，何少有的学习是努力的。有一次，乔福庆说了几句调皮话，副班长刘文德严厉地责备他，两个人你一句我一句的就吵起来。陈志宽对刘文德说："他不对，你应该耐心地教育他；教育不好，可以向上级汇报。现在吵起来，你看对全班有多大的影响？"又和乔富庆谈话，说："你有意见，可以向上级提，不要当面反抗副班长。你想一想，如果你当了副班长，战士当面反抗你，你怎么办呢？"晚上开班务会，两个人都各自承认了自己的错误，全班又回复到和睦亲切的状态中。

他拿他自己过去不正确的思想作例子来教育新同志们。他说："我过去当新兵的时候，我是不爱学习的，老同志告诉我，说革命军人要学好本领，现在可以打好仗，将来当正副班长不困难。我回答他们：'我当了正副班长，革命早就成功了！'现在我觉得这句话说错了。现在我时常觉得自己能力不够，工作发生困难，你们更应当努力学习了。不要自己瞧不起自己，觉得自己没有前途，学好本事，前途就大了。"

"战士的母亲"——在连队里，有人这样称呼他。他关心战士，教育战士，也真像慈祥的母亲关心她的儿子，教育她的儿子一样。

一九四六年十月

选自《为人民立功》，东北书店 1948 年初版

战士学习日记

让战士们说出自己的话吧,他们会很好地表达他们自己的。

他们的语句是朴素的,因为他们的生活是朴素的。

这儿是他们的一些日记的摘录。自从部队文化运动开展以来,很多人都学习着写日记。大多数人还不会写,有的却写得很不错了。

"文化运动年"举行"开学典礼"之后,樊贵明写着:"今天开始学习文化……上午把脑颈(子)都(弄得)糊里糊涂,大家都感觉这样。锻炼一个时期就差不多了;头一天有点不好搞。"

战士黎治花:"开始文化教育。有人说,今天把头搞轰(昏)了。我想,这不是一下就学到了,而是要慢慢地来学。"杜生贵:"下了课的时候,大家都念着,有很大的精神,没有一个疲倦的样子。"

在文化课中,算术对于他们也许是最感困难的。樊贵明这样叙述着:"我对于算术是一点都不懂的,心里闷得很,猛一算可算不出来。"第二天,他又写:"今天上的算术,数目加多了,我一点也搞不清楚。算到前头就忘了后头。心闷得很。……呀,我对算术真是'没事'①。"

李阳虎也说:"算术一下就写下一黑板,把人的脑袋都弄横(昏)了。"

但他们是努力地在克服这困难;他们知道学习的意义。

赵廷璋:"今天上三堂课:一堂是国文,一堂是算术,一堂是自然。……我们是很日(热)闹的,念的念,写的写。……我说,这学习为了自己。"

李长枝:"识的字太少了,文化程度深(高)的人他想个什么就写个什么,他随便编一句话就可以写下去。"以后又写着:"教育干事讲,说我们同志努力去学习,到各(明)年这个时候,我们同志们都懂得一些道理。"

杜生贵:"我们大家同志过去当老百姓就没念过书,一字也不识,同时现在有这好机会都能识字,将来不久我们大家都能负更大的责任。"

于是就产生出像杨明发这样的人,他病了,"浑身发冷,头痛,这样的病底(抵)抗了三四天,才把我放下不能动,……我们的学习是一个好时期。"

蔡滋凤要出公差去了,"吃过早饭派我买菜去。我心里一想,那这今天的政治课一定是赶不上参加了。那我就很快地到北边那沟里去买了两块钱的韭菜,算是完成了任务。我想今天一定不让文化课跑过去。刚一回来的时候,值星班长吹着哨子,我的心中高兴极了,那这一天的课再没有放弃一堂了。"

---

① 意即不行。

部队不像学校,放哨,买菜,驮水等等公差勤务战士们都得做。这些事情时常使他们不能上课,他们是多么懊恼呵! 魏德是表现得很明显的:"吃过早饭派我去驮水。完成了任务。可我今天心中好像没有吃饭的样子。为什么呢? 因为今天所上的课程,都被跑过去了,三堂连一堂都没有赶得上。"

文化运动的浪潮把许多人都卷进去了,像上面说的那些人们便是很好的例子。从下面的日记中却展开了一幅这样的图画:有些人还不愿学习,而积极分子怎样地在和他们作斗争。

"我们的时间,是不能抓住的,"宣传员张科汉写道,"虽然有些同志是努力,但有些人,什么时间总是那个样子,比如我们最近上课,有的人在耍着! 有的同志虽然在那个地方听着,不过是应付而已。"

郑福明:"有人说我的学习比其他同志快得多,我就把我的学习方法告诉他们。还有旁人说我自己夸自己的,这种人我就敢说他们不对,因为我们要互相间来研究讨论才好的。但是这些人来破坏搅乱我们学习。"

过了几天,他写着:"今天我看见两个同志到厨房烧洋芋吃。所有的洋芋都是大家的,他们抽空儿去私人烧的吃是不好的现象。他们怕学习,在那里一面玩耍,一面烧的吃,就躲避了学习时间。我一督促的话,他(们)道理很多的,'你怎么说的? 我冻得很,去烤火!'这就是他(们)的企图掩盖!"

政治课测验了。蔡滋凤记述着当时的情景:"有许多的人他只问这个题目怎样答,那个题目怎样答。问的人没有办法。指导员说:这全靠自己的硬功夫! 在测验那个时候,我总没有给他们说。"

看看他们是怎样把握原则的:"今天在讨论会中我和秦友安同

志发表意见,发生冲突,是对课的冲突！对人没有一点冲突！会(汇)报时已经提到上面,有上级解决。"

这样的人并不缺乏强烈的对敌人憎恨的感情。一个小鬼叫姚正义的,他曾经进过部队艺术学校,在日记中他写着:"《通讯报告选集》,都是外国的,日苏战争,德法战争,西班牙战争,苏德战争,很多我都看见过了。有些我看不懂,我就没有。我感觉到,希特勒那个家伙简直说不出他那种凶恶的样子来。"

现在,他们对写作开始发生兴趣了,像张科汉:"分队长向我要了几次日记,我说我没有作日记,我写一些很小的东西,练习我的写作,可以不作日记,行不行？又等了两天,分队长说你不作日记可以,每天要写一个东西,那就把我难着了。几天内写一个不好的还可以,每天要写一个,我可没有那么大的本钱。"

战士张占魁是这样描写三连五班长的:"帮助战士,关心战士,团结战士。……高高的个子,红红的脸,很爱笑。"

宣传员黄锋,一个长征过来的四川小鬼,写着:"今天清早,太阳还没有出来的时候,天空还散着很大的雾,连那个土坡都看不清楚。忽然听到哨子响,模模糊糊却不知在什么地方,等了一会儿,同志们都在叫,唱歌了。"

他写了一篇文章,叫作《学习××同志的精神》——教员出的题目——那是很有趣的:"哎呀！头都昏了,我想了半天还是想不着谁是我所要写的对象。你说吧！向上级学习吧,自己没有那么大的本领。向战士们学习吧,背不动枪,也不会放枪。向伙夫学习吧,又不会做饭。向马夫学习吧,牵不住马。向勤务员学习吧,担不动水。……哎呀,这应当向谁学习呢？噢,对了,就向'正确'学习吧！"

夏帆民曾在外边念过几年书,在部队中学习得更进步了。他写着:"青的山,绿的水,树也发枝叶,百草齐长青,满山遍野的秀色,人逢春时愈欢喜。……可恨在今年的春天,天不下雨,人人心焦实难堪。活苗枯黄实难看。只望下一场大雨呵,度过这抗战之中的荒年。"

刘仁在他描写了农村的情况和农民艰苦地流着血汗之后,这样结束了他的文章:"我们革命的武装,我们知道农村中的这样的生活,应该我们来解放。"

写这些日记和文章(都在一个本子里)的人大部分都是从前没有读过书的农民,如今有了这样的成绩,不禁使人欢喜和吃惊:

"这是他们最近的进步吗?"

"是的。"一个教育干事回答着。

一九四二年六月

选自《人民的军队》,光华书店 1948 年

◇王　　坚

大连在欢笑中

"九三"胜利节前一天的晚上，人们眺望着满天流动的浮云，担心似的说："明天不能下雨吧？千万可不要下！"当日上午曾间断地降过几次细雨。我在一个工厂曾听到工友们下决心地说过——就是下小刀子我们也要去！

胜利节是日寇签订投降书的日子，全中国的老百姓，特别是关东地区的人民，受了日寇十四年来的压榨勒索，为了庆祝自己的好日子，更是欢腾鼓舞。"就是下小刀子也要去"这句话是够说明他们的热烈情绪。

天还不亮，我在朦胧中已远远地听到了阵阵的锣鼓声。

"啊！这时候就有起来的了，真早！"我自言自语地说。

锣鼓声由小而大，从远而近，渐渐地街道上已发出了嘈杂声……

天亮了，太阳从东山上露出了胖胖的笑脸，红红的，似乎它也知道今天是一个欢乐的日子。这时将将七点多钟。各条大马路口已开始吞进了人的洪流；虽然是来自不同的地区，不同的单位，但他们却是同一的目标，走向一个目的地——斯大林广场开露天庆祝大会。

人越拥越多，壮大，齐整，人民力量的行列愈接愈长，中山广场、大连火车站、朱德广场……这些地区的行列集合点，已像排山倒海的巨浪似的填满了人群，各种乐器的伴奏声随同观众的说笑声，织成一个兴奋欢乐的交响曲，直透云霄。老娘们抱着领着没有睡够的孩子，往人丛中钻，孩子们瞪大了眼睛惊奇地射进每条队伍中去。

队伍里有红的绿的、大的小的、高的矮的各种各样的旗标，革命领袖的巨像，妇孺都认识，一个十岁上下的孩子放高了嗓子告诉他妈妈："这就是斯大林大元帅！"平常不大乐意看热闹的老太婆也咧开了嘴，向各处张望着。

"妈！这个是什么？那个又是什么？"孩子指手画脚问着妈妈。

"哎呀！他大娘！俺二小子忘带晌饭，临走的时候我还叮嘱了他一顿，还是忙得忘带了。我特为来等他，把这个饭盒给他，这些人，到哪去找呢？"一个五十多岁的老大娘，盯视着一排一排的队伍，木立着。

一支一支的队伍，一伙一伙的观众由各集合场各路口向斯大林广场前进，步伐整齐，衣服崭新，越显得雄壮、伟大。

斯大林广场上，十点钟已经到有十二万人大集会在这里等着开会了。各色的旗子飘满了上空，斯大林广场为旗波人海笼罩了。

红缨枪的长长行列，表现出翻身农民们的组织力量。都市里的人们，觉得这支队伍最突出、最显眼。

今天检阅了关东人民的力量，证明了关东的人民是一天一天地在进步,觉悟程度一天一天在提高,力量在一天一天地壮大。

选自《关东日报》,1948 年 9 月 11 日

◇王林英

过去辛苦学手艺　今天愉快教别人

铁路工厂运搬厂工人孙殿升，在过去他总觉得他自己五尺来高的小伙子光干抬扛搬运的活是没有什么前途。他很想学手艺，但在日人统治下是干想捞不着的。在运搬活不太忙的时候，他便在忙里偷闲，跑到修械厂编吊车的铁绳子的赵朋友那里去偷学编绳子手艺，每次总是被日本人连骂带打地赶跑了回来。

后来，在正午吃完了饭便把他的朋友叫到房子里教他，用草绳子代替，从也没拿铁绳子试验过一次。

现在工厂铁绳子很缺少，甚至买不着，尤其是运搬厂工作离了铁绳子吊车就不能干，所以他就想起把过去所学习的试试看来打绳子，结果，结成的很好使。因此便把工厂附近扔掉的碎铁绳都捡来，结成七米长的绳子十七根，按价可省九万多元。现在他仍在继续地干，并且他还肯教给卞清营、王云财等工友，使他们也能干这工作。

选自《"工农园地"选集》，大连大众书店 1948 年

◇王　和

新生命

——寄给哈尔滨朋友信简之一

□音：

我们的参观团到今天已经离开哈尔滨有二十多天了，这些日子我也没有寄一封信给你，觉得非常对不起你。我们离开哈尔滨的时候，你再三地叮嘱我，叫我随时随地地寄信写给你外县老百姓的生活情况，总是因为我们整日忙得不可开交，所以把给你写信的时间都花掉了。

今天我们刚从宾县教兵场上参观了农民自卫队检阅回来，本来我们准备去参观这里军医大学的解剖教室，但是因为外面淅淅沥沥地落下雨来，所以把这件事放到明天，我也正好用这个时间，写一封信给你，把我们走了二十几天的见闻告诉你一些，你说你关心各地的老百姓，所以我今天就把我走过的各地老百姓发动起来的情况忠实地写给你。

就由今日宾县的老百姓说起吧：

今日是松江省人民代表大会的第六日,出席的代表有:呼兰、阿城、巴彦、肇东、肇源等县的,早晨我们吃过早饭便去大会的会场,参观选举省委的情况。到中午休息的时间,我们正立在院子里和呼兰一位代表——萧红的父亲这白发的老人谈着呼兰各地的农村情形,外面便锣鼓喧天地打断了这精神旺盛的老人谈话。

"怎么一回事呀!"我们都禁不住向四围的一些人探问。

"今日是宾县人民自己组成的军队大检阅!"一个人把这事情告诉了我们。我们也不顾再听那老人的谈话了,便都不约而同地向外面教兵场上跑来。我们走出会场扎着松枝牌楼的大门,便看见那广大的教兵场的西面已经搭起了一座很高的席棚了。在那席棚上面横扎着一块大红布,上面写着斗大的白字"宾县人民自卫队大检阅"。台子上只放着一张桌子,还没有人。这时在席棚南面曲角处已经浩浩荡荡地六个人一列背着枪向场子的中央走来,他们前面是五六只大鼓,用人抬着,几个人高高兴兴地寥寥地打着。大鼓的后面是六七个人吹着大喇叭,还有几只大钹和几面铜锣,吹吹打打的一听叫人挺高兴的。在这吹鼓手的前面,便是两个人打着两面大红旗。那个旗上面写着××村××区人民自卫队。这一个区队有两百几十人过去了。这队尾的后面,便是另一个区的队伍。他们也都是吹吹打打的,扛着两面大红旗,那旗的样子都是老百姓自己想出来,有的是长方形有的是三角形,有的在旗子上镶着白布牙子或粉红色的飘带。

十几个区的队伍,都浩浩荡荡地走进场子里来了。最后是几十个马队。那马也是老百姓自己家的,大的、小的、红的、白的、青的,那些服装不一致的老百姓,骑在马上,肩上背着枪,把胸脯挺得高高的,那样子都像一个打了胜仗凯旋归来的英雄。不只是骑在马上的几十个，就是在地上走的那几千人，每个人都精神饱满，步伐堂堂的，兴奋得了不得的。他们仿佛并没有想到他们这些队伍中的伙伴服装是不一致的，枪支是不一致的，在他们想，这正是老百姓无上的光荣。他们身上穿的，有的是满了补丁的棉裤、棉袄，脚下穿着皂脸鞋，有的穿着大乌拉、胶皮水袜子，有的穿着旧军服，头上顶着三皮脸的棉帽子、破毡帽、军帽。总而言之，他们身上除了左臂上的白布蓝字的袖标是一样的外，别的地方恐怕都不同了。他们肩上的枪支有七九式、三八式、套筒子、大盖、水连珠、马盖，都是不齐的，甚至有二三十人肩上背着自造的土枪（就是洋炮），还有空着手儿，腰上只挂了几个手榴弹的，他们还有三五个人抬一个的大土炮，还有掷弹筒，还有几架轻机枪。我们看了这许多武装起来的老百姓，都禁不住叫了起来："这真是老百姓的子弟兵！这真是百分之百的百姓的队伍！"有几个人说："这些队伍才能认真地保卫自己的乡土呢！如果在九一八事变东北的老百姓都组织成这样子，鬼子无论如何是进不来的呢！"那队伍的行列走到我们近前，我们便鼓着掌欢迎他们，立在我们一起的军医大学的同学便向他们呼口号：

"我们老百姓的队伍万岁！"

"我们东北的老百姓都翻起身来组织起来！"

"万岁……万岁！"

许多参观的人也都喊起来了。人民代表大会的代表也举起手高呼起来。那些个在这临时卖麻花烧饼的小贩，也丢开麻花箱子不顾，跑进人群来呼喊。在那个时候，那些人们都高兴得不知怎样好了。

还应当向你告诉的，这大队伍里有一个因为剿匪在脖子上负了伤的战士。他自己举着区村人民送给他的一面锦旗，那旗上面写着

"光荣的伤痕"。这位负伤的战士胸前还佩戴着一朵大纸花儿，意气轩昂地在队伍中行进。我们参观团的迟先生，特意给他摄了一张照片，将来回到哈尔滨你也会看见的。

现在我还是接着写这检阅式典礼开始吧：一开头就是鸣炮奏乐升旗，有什么炮呢，只是一位战士把匣子枪向着天空打了三下，这几千个老百姓的子弟兵便立正站着，两只眼睛欣快地望着教兵场中央的旗杆。乐音起来了，铜鼓配着军号，牛皮大鼓配着大喇叭，军号奏着进行曲，大喇叭吹着新娘子上轿前的擢妆曲。那一面大国旗便在这军民乐器合奏声中慢慢地升了起来，升到那高高的旗杆顶上，随风摇摆不已。在那白云下面是弯曲不断的高山，那时我们心里就感到无限的自由和幸福。

接着便是分列式。检阅台上立着军区的司令员和宾县的县主席和政治委员，一区一队，步伐雄壮地从检阅台前走过去。他们走过检阅台前，都用眼睛盯着台上的几个人致礼，脚步故意放得缓慢，像是舍不得离开检阅台似的。分列式完了以后，便是他们的首长向他们讲话。在讲话的时候，那些卖食物的小贩和看热闹的老百姓也都挤在民兵的一边，踮起脚尖，伸长了脖子，望着那讲话的首长。那几个首长向那些战士说明了人民武装的重要，人民组织的重要，接着也说了些兵队中的男儿的气节问题。

讲完话便是休息，许多小贩都被战士们围拢起来买吃的吸的。我便借着这个机会接近了一位正坐地上吃大饼的民兵，和他攀谈起来，下面便是我和他的对话（当时我并没有用笔记，只凭脑袋记下来的一些比较重要的谈话）：

我："老乡，你几时入伍的？"

他："兵队就是咱们自家的，啥叫入伍不入伍，枪在农工联合会放着,咱们屯子里人谁闲着谁就干,反正给咱自己看土地,保卫咱们自己老婆孩子!"

我:"农工联合会是干啥的?"

他:"农工联合会是咱们老百姓的组织,有什么事咱们都到会集合,有什么事大伙儿都到会里去理论理论!大伙儿到一块来作主张!我们当自卫队员,闲着时也干活!打柴、种地都得干。我们自个儿成立的,谁也不欺负谁!"

他咬一口大饼,怪可笑地把两只眼睛看着我。

我:"你们哪儿来的枪呢?"

他:"枪都是我们屯子里粮户的,我们农工联合会一成立便起他们的枪,他们把枪都藏起来,我们本来都知道谁家有多少枪的,便都给他们起出来大家伙拿着打胡匪去,打住了胡匪便也可以下他的枪,这么一来便有了枪了。"

我:"你们起他们的枪,大粮户不恨你们吗?"

他:"他恨啥?咱穷小子出命,他们有钱人出枪,咱们打胡匪也保卫他们,他们还不合算吗?他们有枪放在他们家里保卫他们自己,怎能像大伙来的力量大。今天咱们老百姓自己个儿也会理想理想了!咱们减租减息,自己个儿翻个身,还怕他们恨不恨吗?现在又换天下了,不是伪满洲国那情景了!咱们农会跟恶霸也敢斗斗。咱们上级的县长都向着咱们老百姓,你没有看见他也穿老百姓的棉袄棉裤吗?"

他那样子真直诚得可爱又可亲,一面说着一面嚼着大饼,那饼屑拌着吐沫挂在嘴角上。我又问他。

我:"你们怎么成立农工联合会呢?"

他:"先前我们也不知道成立,后来别的屯子都成立起来了,那些屯子里的人都组织到县里来和配给所算账，我们看着挺好，便也联络些小户自己成立，又找人见县长，叫他帮我们成立，后来便从县里来一位帮助我们成立起来了。先前那些坏屯长说我们是穷棒子会，我们也不管他，我们选会长选老实人不选坏蛋的，一下子我们会成立妥了，跟配给所一算账，一起枪，我们就胆子大了，便翻身了。"

他吃完了那块大饼，便把放在他怀里那支三八式大枪背到身上立起来，我也立起来了。

"老乡，你们区离这儿多远？"我问他。

"三十多里地。"他一面答着一面去找他们的伙伴去了。下一次我准备写给你农民们问配给店算账的情形，叫你多看些翻过身来的一批"新生命"再谈。祝你

快乐！

你的友朋王和在宾县

一九四六年五月

选自《东北日报》，1946 年 6 月 1 日

◇ 王晓旭

一只小鸡
——民主联军六二部"立功运动"中的插曲

一、"怎么处罚,我怎么领!"

过了春节,四班开班务会,检讨其塔木战役中的群众纪律,全班都高兴地说:"这次打仗下来,咱二排就没一个犯纪律的。"

一组长李景春,坐在炕角里闷不作声,心里在"扑通""扑通"地跳,寻思着:"说呢? 不说呢? 不说吧,对不起良心;说吧,免不了受到同志们的埋怨……"

全班人的发言都差不多了,他终于鼓起了勇气,涨红脸面向班长道:"今天开坦白会,班长,我实在不好说,我心里很难过……"

"说吧! 有什么难过的? 只管大胆地说吧!"班长一面鼓励他发言,一面感到有点突然:李景春同志平时各方面都不错,战斗勇气特别高,今天出了什么事情呢? 全班也同样莫明其妙。

"……那天在三道林子,老百姓有三只杀好的鸡子,老太太要卖,我就拿回来一只'剁巴剁巴'烹上啦。寻思走的时候,再给钱也不晚。哪知第二天出发很紧急,我忘啦!"李景春的脸更红了,头更低了下去。

一霎时,开会前的欢笑声,每个同志愉快的表情,都消失得无影无踪了。大家发出了埋怨的声音:"你瞅瞅,鸡肉大家都吃啦,都以为你给钱啦,早知道这样,谁不能拿出个鸡钱!"

"你看,你看,我们觉得全排挺好的,谁知道你犯了一次纪律!连七连的名誉都叫你弄坏啦!"

会后,李景春向班长说:"你到连部给指导员说,怎么处罚,我怎么领。"

二、从没有拿老百姓当勤务员用

开过班务会,四班长马上向排长胡顺清汇报了这件事。胡顺清顿时好像浇了一瓢冷水,他浸沉在无边的回忆中:

还是在去年十一月,第一次出动西满,二排就向全团挑了战。一直到现在,挑战书每隔三五天便向全排读一次。现在不管战士和干部,你随便问一个:"我们向全团挑战的条件是哪几个? 有哪几个同我们应了战?"他就会像背书一样地回答你。

这次出动,机枪二班战士李绍臣和六班战士汪恩久,两个人都病倒了,三四天没吃饭。但为了减少群众负担,他们还都不坐车。五班战士杨庆和,身体有点病,脚步也有点儿不自主起来。学习组长赵乃山伸手将他的枪拿来扛上,可是他自己的身体也很软弱,渐渐地也支持不下了,他紧走几步,赶到排长跟前:"排长,要不叫我们二排落后,请你背上这支枪吧!"在这互助解决困难的精神下,他们坚守着群众纪律。

在焦家岭战斗中，二排住在上坎屯一个牌长家，屋里放着两袋大米，牌长说是给他们预备的。副排长不放心，报告了连部，指导员考虑了一下，决定还是不吃。结果还是让牌长到别家给他们借来高粱米。

一次，在焦家岭西北角，一个地窖里藏着二十多个老乡，三四天没吃到一粒米，还有所谓"天下第一军"的一个新兵和一个副排长，被四班搜索出来了，两个家伙放下了武器。老乡一个个抱着膀，耸着肩，颤抖着走出来，几个小孩饿得直哭。这时五班刚好煮熟两锅大米饭（新一军丢下的米），马上便叫老乡先吃，老乡感激得不得了。

部队从三道林子开拔，队伍集合起来快走了，这时副排长忽然发现了铺草还没有送，他马上命令："四个副班长留下送铺草！"他领着他们把铺草送完，清洁打扫好，才去追赶队伍，这时敌人已经离他们很近了。同时，总计西满、东满两次出动，全排在物质生活非常艰苦的条件下，共送给贫寒的蒋占区老百姓裤子八条、鞋子十一双、手巾六条、衬衣六件、便衣两件、便帽一顶、袜子八双、夹衣一件、套头一个。

排长胡顺清整日充满了争取优胜的信心和把握，积极苦干地工作着，这次"李景春吃小鸡没给钱"像霹雳似的使他非常难过，"就是他一个人哪！唉！唉！"

三、"就是吃了个小鸡吃坏啦！"

同志们从营部开"立功会"回来说："指导员说的，二排哪里都好，本来可立个大功，就是吃了个小鸡吃坏啦！"

第二天，全团开立功大典，立功同志回来，又带来了消息："团首长说,要不是这只小鸡,二排有重奖,还要照相……"

这消息更加引起了全排甚至全连对李景春的埋怨,六班汪恩久伤心地说:"我有病,三天没吃饭,一想到同全团挑战,都不敢掉队。这下子坏喽,我心里真难过死了!"毛国臣也愤愤地说:"我毛国臣过去好犯纪律,这次都不敢犯,一只小鸡竟把全排拖了大半个腿!"

"二排要是这次得了旗子多好哇!驻军打起来,行军扛起来,多光荣!这下子旗子、猪肉都叫你吃去了。"

明里说,暗里讲,李景春再也不敢出门,倒在炕上睡了两天。一天晚上,他悄悄地跑到连部,向指导员说:"你关我十天也好,半月也好,我可不能受这样罪啦!"

连里排里,不止一次地制止乱讲,同时对李景春进行安慰和解释。一场风波,才渐渐地平息下去。

四、全团酝酿着大竞赛

团首长经过细密的考虑,认为二排这次各方面的表现都好,全排同志都有立功、守纪律、求进步的决心,而李景春的错误也是误犯的,不是故意,而且他现在已经知道悔悟,能够自动坦白,并下决心今后改正,这都是值得表扬的。因此,决定仍旧给以奖励。

一个落雪的上午,我带着团首长给二排全体同志的祝贺信及四十多斤白面和猪肉,代表团首长去祝贺和慰问。晚上在夜色苍茫中,举行了全连的祝贺大会。

二排的同志扛着白面和猪肉,高兴地走回家,大家都说:"这个肉不是好吃的,以后要特别注意!打仗、爱民,要做得更好,保证没有一个犯纪律的。"

现在二排已成为一杆鲜明的旗子,全团挑战的目标都集中在二排身上,正在酝酿着大竞赛!

选自《东北日报》,1947 年 3 月 6 日

◇ 王健础

模范指导员孙永章

前　言

　　王健础同志写的这本《模范的指导员孙永章同志》，是我们指导员的一本很好的读物，希望我军所有的指导员、同时也是各级的政治工作人员，都能够很仔细地来读一读，并从其中得到有益的经验。

　　孙永章同志的确是一个指导员的模范（现在他已是营的副教导员了），他有许多特点，主要的表现在他个人的品质和对工作的态度上，同时他的教育工作、改造落后分子的工作以及支部工作，也代表着我们一种正确的作风和方向，并从而创造出许多生动活泼的、具体深入的办法，把各种工作都做得很好，把部队也团结得很好。这些就是孙永章同志能够成为指导员的模范的地方，这也就是值得我们学习和效法的地方。

　　不重视他人的经验、不愿意学习他人的经验，这自然是不好的；但即使是学习他人的经验时，也往往有这两种情形：一种是只学习他人经验中为自己所喜爱的某一点，特别是形式上和工作方法上比较突出的某一点，而忽视学习其真正的内容。比方，当《孙永章的动员鼓动工作》在《自卫报》上发表之后，其中"向英雄旗宣誓"这一种工作方法，很快地就为许多部队所接受了（自然这并不是说学得不对）；但其他许多好的方法，特别是"找典型、根据不同的对象来动员"等等，接受得就很不够。这是什么原因呢？这大半是由于我们有些同志，只喜欢在工作的方法上寻找一些新的花样，更多地注意从形式上去寻找鼓动工作的方法，而缺乏耐心地进行经常而艰苦的宣传教育工作（比如具体的暴露思想，耐心的组织思想上的争论，从而达到打通思想之目的等等）的缘故。这也是政治工作上一种简单化和形式主义的表现，是不好的。另一种情形是，虽然把他人的经验也照样地学习了，照样地进行了，但仅仅是学习，仅仅是翻版，只知停留在现成经验的基础上，而不会从自己的工作中使现成的经验更加丰富起来、发展起来，使之推向前进。比方，拿诉苦运动这个教育工作上的基本路线来说吧，许多部队也照样地进行了，有的部队还认为这已经是老一套，没有什么新奇的了；可是三纵队的二十团，在接受了诉苦运动这个经验之后，他们却并没有满足于现成的经验，而在工作中加以研究发展，把它向前推进，结果达到了把诉苦运动与复仇立功运动结合起来，与拥干爱兵运动结合起来，与帮助农民进行土地改革运动结合起来，与练兵和战斗结合起来，很自然地发展为一整套有系统的、互相联系的、一步一步深入的政治工作，这是一个好的例子，这是我们政治工作上的创造性的表现。

因此，我们不仅要反对那种自满自足、不重视他人经验的"老大"倾向，同时也要纠正只学习他人的形式而忽视其内容的形式主义倾向，以及只知停留在现成经验基础上，而不从工作中细心研究、力求发展的缺乏创造性的现象。

最后,本书的作者王健础同志,他在深入部队、研究部队的精神和作风上,也是值得我们所有下部队进行采访的同志学习的。

东北民主联军总政宣传部

一九四七年十一月一日

一、介绍模范指导员孙永章同志

孙永昌同志是三九部三连的指导员(三下江南后,已提升为副教导员),当他初到三连的时候,三连的情况是很不好的,部队情绪很不稳。但是孙永章同志没有灰心,他埋头到工作里去了,经过了一年的时间,现在,这个连队已经变成了一个朝气勃勃的英雄连队了。

党的威信提高了! 差不多全连每个人都在决心进步了,非党员的口号是"往党员的路上走!"许多同志在向英雄旗宣誓的大会上,兴奋地要求"为党牺牲! 要求牺牲后和王家有同志一样追认入党!"战斗的勇气空前提高! 为人民立功真正成为运动,在孟家城子战斗和三下江南的战役中,他连出现了三十二个人民功臣。

十五个落后分子转变了,最落后的冯德臣也在战场上立了大功。说怪话的现象几乎没有了,他连干部战士普遍地说:"谁要做坏事,在三连吃不开! 要做好事,大家都会表扬!"

你听了这些以后,一定很惊奇地说:"工作做得不错,这个孙指导员真不简单,经验一定不少!"其实,孙永章同志是一九四三年七月入伍的,一九四四年一月转党,后来受了几次训,一九四五年五月到连里当文化干事,十月才当了副指导员,十一月就当了指导员。他当指导员才一年多的时间,所以他的经验并不比别人多。要说他脑筋特别聪明吧，也不对，那么道理在哪里呢？打一个比方来说吧——

一个人的脑子好比一块田地，聪明人的脑子好比一块好地，迟钝一点人的脑子好比一块孬一点的地。我再来问你："这两块地哪块地打的粮食多呢？"你一定很顺口地答道："当然是好田地打的粮食多了！"我说："也不一定！最重要的还是看种地人下的劲多少来定！譬如说吧，有一个二混子种了一块好地，因为终天把精神用到吃喝嫖赌上去了，良田荒了，田里长满了青草，一粒粮食也打不下；有一个劳动英雄种了一块孬地，下力下得大，上粪上得多，天天把野草锄光。天旱了他就浇水，地里有虫他就捉虫，你想想看，到了秋天他的收获能少吗？"

这个例子就是说："一个人的工作好坏，不在脑筋好坏，而是看你把脑筋用到哪里去了！看你是否把一些不正确的思想克服了！"

道理就在这里！孙永章同志是不折不扣地把脑子都用到工作上来了！他连里的战士徐海峰说："俺连指导员这个人真没有比，太好了！他要给你讲个课，谈个话，早晚把你讲得透透彻彻才为止，他从来没有糊里糊涂就完结了的事，你要不明白，他把唾沫星子都说干了，也不烦。行军叫鞋子挤破了脚，一扭一扭地刚跟上了队，又怕大家心里有疑问，站到队前讲起来了。他脑子里就光想怎么教育人啊！怎么做工作啊！对他自己有利益的事没有想过，我在这连里待了一年多了，连见他出去买个瓜子吃都没有！在敦化养病时候，上级给他慰问的钱、鸡子，他自己不吃也不花，都给大家吃了花了！"

孙永章同志好比是劳动英雄，把力气完全用在种地上来了，他的地里没有青草了！收成好了！

现在全连每个人的个性、思想、特点，他都清清楚楚地了解了。

他说:"只要了解了情况,我的心就放下了。平时深入了,了解了每个人的特性,再进行教育,不管是他出了什么问题,你就很容易处理了。比方给一个人谈了话我就好好地想,想想他有什么思想,他有什么问题,想出来了,我就把问题提到支委会上或是干部会上研究,大家研究出了办法,我就布置大家动手去做。"

这就是孙永章同志的工作态度和工作方法,如果把它归纳成条文就是——1.把脑筋钻到工作里去。2.不断地和战士谈话,了解每人的思想问题。3.大家想办法。4.大家动手做。

可是在一个连里做工作,不只是指导员一个人,还有好些问题呢,譬如工作没做好,受到上级的批评了,他就好好地研究原因,更加油埋头工作,情绪绝不受到影响。如果同级发生了不同的意见,他说:"咱们得本着军政不分家、正副不夺权的精神,工作搞好了就成!"譬如他要开会,连长要上课;他要开这会,连长要开那会,他就让步了,另改时间再做。可是碰到了原则问题,他可一定要坚持。有一次八月十五扭秧歌,团要抽两个党的小组长受训,连长怕秧歌扭不好,不让抽,他一定要抽;连长耍脾气不干了,不干了他还要抽。他说:"党的工作重要还是扭秧歌重要?"有一次提拔干部,连长要提拔一个与自己感情好的同志,他坚持反对了。有一次副指导员骂了战士,他一定坚持要他去向战士道歉,他说:"什么是原则问题?妨碍了工作就是原则问题。这就是原则问题!一定要道歉!"连长有时有些小孩脾气,碰到不高兴的事,就睡大觉不干了,又好发脾气,可是他始终同他是团结的。连长有一天对政委说:"我真佩服俺指导员那个脾气,他对我让步太多了!"对下级呢?他非常耐心,他没有给任何人红过脸,瞪过眼,总是和和气气的。他连里的文书是个比较调皮的同志,有一次指导员批评他时,他故意讽刺地说:"啊!

我又忘了,我还得尊重你呢!"这是很难叫人下台的场面吧! 可是他只是很严肃地批评了文书一下,并没有动气。他认为动气就是把人表面制服了,也不能转变人的思想。如果自己常常为了一些小事情动了感情,占去了一些脑子,使考虑工作的时间少了,就像地里生了荒草一样,打粮食就会少! 所以小的问题要让步,大的工作才能做好!

下面就分别地来谈谈他的各种工作吧。

二、孙永章的教育方法

看见什么教什么;听见什么讲什么;

战士们想到什么座谈什么;做了什么讨论什么。

由于他终日把脑子钻到工作里去,了解到战士们最肯相信的就是他们自己亲眼看见的事情,亲耳听到的故事,自己亲身的经历,亲身的体验。因此他在运动战环境中,抓紧各种机会,趁热打铁,及时进行简短有力的教育。譬如第二次下江南,他们配合二〇部迅速解决了敌保安团,一群群的俘虏笑嘻嘻地从他们连队前面走过,特别使人注意的是两个俘虏又说又笑地扛着两门迫击炮过来了。因为作战时没听到炮声,所以大家都很奇怪,文书和管理排长故意打趣地问:"你们的两门炮怎么没听见响?"俘虏笑着答道:"俺又不是不知道你们优待俘虏,俺还打干啥,那不是故意找麻烦?"文书说:"你们当官的不管吗?"俘虏说:"俺当官的只有一个人,他跑了,我们就在那里等着缴枪。"

这件事情给大家影响很大,孙指导员就乘机在路上给大家讲了一下,并让各班讨论:"敌人为什么不打炮?"讨论得很热闹,大家一致反映说:"真得好好优待俘虏,俘虏政策比原子炸弹还厉害呢!"这叫"看见什么教什么"。

第三次下江南，我们的部队到了九台，民运工作组长贝殿新在一家客栈里宣传的时候，听到这样一个故事——前几天，客栈里住了新一军××师×××团一个特务连，有两个南方人常常在房里叽叽咕咕，一个说："家里来了一封信，现在又抓起壮丁来了，把我的哥哥逼死了！家里的生活也没法过！"另一个说："我的家在八路区，哥哥早就参加了八路军。我亲眼看见八路军打了八年游击战，功劳实在不小，可是日本一打败，蒋介石看见八路军占了地方红了眼，就打起内战来了。把我的家占了，把我抓来当兵，弄得我兄弟俩在战场上见面，这还打个什么劲！"老乡头一天还看见他们两个活蹦乱跳的，第二天一说要出发打仗，就哼哼唧唧装起病来了。他俩跑到连长那里挂号没准，回来对着电灯自言自语："但凡有一条路我就跑了。唉！打吧！缴了枪就有回家的日子了！"过了不几天，这两个蒋军果然就在城子街放下了武器。

孙指导员听贝殿新汇报了这个故事，觉得很好，马上就给大家上课，大家都说："怪不得指导员说蒋军厌战，一点也不假！从前以为光是东北人可以争取，这样一看南方人也是可以争取的。"这叫"听见什么讲什么"。

三月十一日，连续行军一天一夜，第二天早上又行军，连饭也没有吃。个别战士很不高兴地说："上级真狠心！"但是八点钟就碰上了敌人，打了胜仗，在追击中捉了四十多个俘虏，缴了两挺重机，四挺美式轻机。战士们心里又高兴了，有的就说："总司令这个神机妙算真厉害，他怎么就算准了敌人一定走这里，叫我们来截他呢？我看真比诸葛亮算得还准呢！"这时候孙指导员感觉大家体验到运动战的好处了，部队刚休息下来，他就趁热打铁让大家座谈："这次打仗你心里有什么想法?"

贝殿新说:"过了江连扑了两个空,我心里想这真××,我们走一步,他也走一步,还能撵上敌人? 没寻思三调两调就把敌人调到我们的包围圈里来了。不走路还能打胜仗吗?!"

左胜才说:"别怕累别怕饿,一想吃饭就抓不住俘虏了。"

冯德臣说:"我们累,敌人更累,我们一咬牙坚持,就捉住俘虏了。我们要一松劲呢,敌人就跑了。"

董林说:"我就是愿意打仗,往前走一步腿就轻快了,往后走一步腿就沉了。原来往后走也是要消灭敌人,以后往后走我的腿也就轻快了,反正是消灭敌人嘛!"

冯德臣又说:"上次到长春也没撵上敌人,一往后撤敌人就跟着来了,来一个回马枪就逮住他了。"

徐海峰说:"对啦! 这就像钓鱼似的,这是总司令的钓鱼战术。"

××说:"当八路军就得长两只铁脚,走不起路就革不起命!"

朱祥说:"要是吃得饱饱的,该捉五个俘虏就能捉十个,该立个小功就能立个大功。你想想看,一个饿狗逮兔子还能赶上吗? 平常可别把干粮乱吃了!"

……

差不多同志们都发言了,孙指导员又根据大家的发言总结了一下。这一课收效很大,这就是"战士们想到什么座谈什么"。因为战士们都有了共同的体验,大家一交换意见,认识就提高了一步。

还有一条就是"做了什么讨论什么"。他们三连的俘虏政策搞得很好,政治攻势收了很大效果,大家都说:"政策真重要!"孙指导员又计划让大家讨论一下这个问题。

这种根据看、听、想、做趁热打铁进行教育的方法,很值得大家学习。但要靠指导员经常深入战士，及时发现问题，抓紧时间进行。因为打运动战，环境变化很快，如果一拖延，什么工作都溜过去了。

介绍孙永章同志打通优待俘虏思想的一例

孙永章同志说："平时上课开会讨论，教育人的思想变换还慢一些，最快的还是在下面三个五个地座谈和个别谈话，这样来接触人的思想，使人的思想变换快！"的确，上课开会好比是斫树干，能把大家的一般思想打通；分别教育和个别谈话就好比是挖树根，只有把树根挖出了，才不会发芽了！只有个别教育做好了，才会使每个同志都不发生问题了。

三下江南以前，因为有些连队在其塔木战役严重地违犯了俘虏政策，所以政治部要求首先进行俘虏政策的教育。

现在就看一看孙永章同志怎样做这个教育吧。

一件工作来了，孙永章同志就左寻思右寻思睡不着觉了！他说："我总得翻来覆去想办法把大家的思想弄通，叫大家以后别再犯才成！上课全靠着实际例子，我就想了，不犯俘虏政策有什么好处？犯了有什么坏处？有些什么例子？先想本连的，再想别连的，再想报纸上的，想出来马上掏出来小本画上个记号，省得忘了。"

在进行教育以前，指导员先在干部里动员了，又在党内动员了，说明了最近的教育中心是俘虏政策，所以无论党内党外、连点名讲话，大家的精神都集中到这点上。

杀不杀

这第一课是这样讲的，指导员说：讲课是讲课，但是我讲的课不一定就对，对不对是要大家讨论的。

先讲讲俘虏该不该杀，就拿咱连打的兴隆沟战斗来说吧！我们一个连把敌人围到一个房子里了，敌人乱喊着"缴枪缴枪"，我们还打。我喊"别打了，别打了"，你们还打。敌人又喊着："你们要枪啊还是要命啊?!"你们还是一个劲往里打手榴弹。后来敌人抱着一捆枪跑出来放下，刚一回头，"叭！"一枪又把人家打倒了！后来怎么样了，这些俘虏又叫敌人抢回去了，这些俘虏回去把这些事一说，以后再打仗，敌人宁死也不缴枪了。同志们，我们得多伤亡多少人啊！兴隆沟本来是个胜仗，这样一来，政治上却打了败仗！我们常说，俘虏政策就是一颗炸弹，优待俘虏就是把这颗炸弹在敌人队伍里炸，叫敌人缴枪；一杀俘虏呢，这颗炸弹就要炸到我们头上了，敌人死不缴枪，就增加我们的伤亡。

其塔木战斗，××打了俘虏兵一个耳光子，俘虏兵把手榴弹一拉，炸伤了我们好几个同志，这不是自己找的伤亡吗?!同志们对死不缴枪的敌人表现勇敢，是英雄；对缴枪的、死的、伤的这么凶，这算什么英雄呢?

接着他又讲了在金山堡战斗中，我们把敌人的俘虏和伤兵送回去，敌人怎么感动，以及在关里和汉奸队打仗，因为汉奸了解我们优待俘虏的政策，怎么一打就缴了枪的事实，以后就开始讨论。

起初，有许多同志不服气，董林说："他打死我们一些同志，我抓住他非吃他的心不成！"

四班长说："你看四平撤退时候他撵我们的那个劲，抓住他是非杀不解恨！"

有的说："不见伤兵还好，一见同志负了伤，气都顶到头皮！"

这时候，有许多同志也说了些一般的优待俘虏的道理，但是主张杀的人始终不服气。三排长发言了，他是山东胶县解放来的，他说:"当然是恨了,谁也都恨,可是我们想想八路军是怎样打胜仗的呢？就拿我来说吧,那时候如果一枪把我打死了,现在我还能革命当排长？咱八路军里多少干部是俘虏来的呀！所以我们不能光看眼前那一点,不能光凭一时那口气！再说,他那些当兵的,他懂得啥？即有自愿干的,也是为了给老婆孩子找饭吃；多数是抓的、有的是逼的,还不都是些穷人吗？就拿你董林来说吧,你干了革命队伍还常犯个纪律呢！要是你也叫他抓去当了国民党,说不定比他们还厉害呢！你说是不是？"

董林想了想说:"是呢！就是太气人了！"

主张杀的人都改变了,忽然一个同志说:"抓住东北人不杀,抓住南方人就非杀不可,他打得坚决！"如是又争论起来了。有的说:"对啦！抓住他机枪手和六〇炮手可得杀！"有的说:"抓住当官的可得杀！"辩论的结果,大家都说:"南方人也是拔出来呀！他也是穷人出身的呀！他打得坚决是不了解我们优待俘虏呀！越杀他不打得越坚决了吗？小炮手也是当官的硬逼的,他不打人家就'突突'他呀！他要是俘虏过来,好好教育教育他转了脑筋,他又有军事技术,那不更好吗？咱团里好几个六〇炮手不是俘虏来的吗？"

忽然又一个同志说:"抓住南方人不杀,可是抓住美国人可得杀呀！"有的说:"那更不能杀,优待他好叫他回去宣传嘛！"有的说:"咱不能杀,得交给上级处理,这是个大事！"

这一堂课就这样结束了。

活的怎么办？伤的怎么办？死的怎么办？

这一课是指导员出了题目,让各班分开讨论的,我们就来听一听七班的讨论会吧。

他们正讨论着说:活的刚来心里害怕,先给他怎么宣传,他饿了给他弄饭吃,渴了给他弄水喝,他的什么东西不要拿。伤的,咱把他抬到热炕头上,叫卫生员给他上药,和我们的伤员一样看待,再找老百姓把他送回去。死的呢,千万别剥他的衣服,老百姓要剥也别叫他剥,把他埋起来,照着他的符号给他写上个牌子:"名字,×省××县人,被蒋介石拔来打内战而死"! 这样国民党来了,老百姓再一说,比我们宣传品还好! 说到这里,坐到北炕上的房东于大爷不耐烦了,他说:"那些东西,您怎么抓住还不杀他呢?"如是这个会就和老百姓一起开了。张殿臣说:"国民党的兵都是叫老蒋拔出来的,不是愿意的,也都是一些穷人,咱要是好好教育他,抓他一个营咱就扩大一个营;要是杀他呢? 他知道缴枪也是死,不缴枪也是死,那他不给你死拼吗?!"

"啊! 八路军真不是个简单的八路军!"于大爷也明白了。他接连不断地点着头。

违犯俘虏政策常在什么时候?

只一般地从理论上打通思想,还是比较容易的事情,可是一碰到各种具体情况,就不容易掌握政策了,如是孙指导员又到各班里去闲谈(因为闲谈比上课更容易接触真实思想)。他说:"大家凭良心说,犯俘虏政策多半在什么时候?"经过许多人的回答,研究出这样四种情况:

1. 我们的伤亡大了,打红眼了,容易杀俘虏;

2. 自己感情最好的同志被打死了,要替他报仇,容易杀俘虏;

3. 自己被国民党打伤过,伤口痛了,容易报复;

4. 别人看不见的时候,为了发洋财,也容易杀俘虏。

指导员又研究了这四种情况,最重要的是报复思想,其次是洋财观念。

两个答案

指导员首先跑到五班去问周文,因为周文是一个认识比较模糊的同志。指导员就躺到周文旁边说:

"周文,你在八路军里怪痛快,你说干'中央军'的是些什么人?"

"那什么人没有,大资产阶级、大肚子什么没有!"

"当兵的呢? 大少爷有几个? 种地的有几个? 扛大活的有几个?"

周文想了一下说:"哼! 富少爷是不太多,还是庄稼人多。"

"那不都是些基本群众吗!"指导员说,"你说那些人叫我们抓了来教育教育他能转变吧?"

"他那些脑筋光是升官发财,我看是很难变化!"

指导员想,违犯俘房政策,多从报仇思想出发,我就出个情况试试吧。他又问:

"我打个比方吧! 你这个五班,打仗都伤亡了,光剩下你一个人了,你冲上去捉住了敌人怎么办?"

"杀!"周文干脆地回答。

"再有这么个情况,譬如你叫国民党逮住了,他又打你,又灌凉水,又划□头,我们又冲上去把你救出来,你怎么办?"

"怎么办? 那我得一个一个收拾他了!"

指导员当时没有解释,他又到一排去问周开东了。周开东是一个认识比较清楚的同志,指导员又问了一个同样的问题:

"周开东,你说'中央军'里都是些什么人?"

"抓来的壮丁,还不都是些穷人,有钱的花了钱不抓了。"

"抓了来再教育他能转变吧?"

"那怎么不能转变,他们吃透了国民党那个厉害,转变过来更坚决。他们都是些基本群众。"

"他也是基本群众,咱也是基本群众,还打个什么劲!"

"不打他拿着枪,他代表反动派,替国民党办事,他不放下枪是非打不成!"

"要是你一个班叫国民党打死了,你一个人叫国民党逮住了,他也有打你的,也有砍你的,也有灌你辣子水的,我们再冲上去,把你救出来,你怎么办?"

"那怎么办,他又没受过教育,有当官的管着他,他不打也不成!你就是杀了他,也报不了什么仇,我们同志死了也不能再活了,以后再打仗他更坚决了;要是好好地教育他呢,他不又成了我们的力量了吗!"

指导员测验了这两个答案,第二天又开辩论会了。

周文把自己的意见讲了一遍,周开东也把自己的意见说了一遍,指导员说:"一个问题,两个不同的答法,现在大家来评论评论吧!"

这时候辩论得最热烈了,发言的一个紧接一个——

"那可得报仇! 一个一个使刺刀捅死他!"

"你捅死他,我们的牺牲同志也不能活了,叫敌人知道了,以后打仗死不缴枪,不更增加我们的伤亡吗?!"

姚排长说:"凭良心说,到那个时候火气顶着头皮可是得杀! 我也知道在这个会上说漂亮话,说不杀是正确!"

"你说杀,得讲出个道理来!"

"我也没有什么道理,不过到了那个火头上可得报复一下。"

徐××同志是打四平解放来的,他说:"一个人被俘虏来的时候,这是一辈子的生死大事,只要不杀,对他态度好,他一辈子也忘不了呀! 还是不杀对! 那时候我要知道八路军这样,不打就过来了!"

张殿臣说:"国民党的兵是好死不如赖活着,他又是一些穷苦老百姓出身,人心都是肉长的,那时候你对他好,他一辈子也忘不了!他觉得我是已经要死的人了,八路军又把我救活了,国民党把我弄到火坑里,八路军又把我救出来,他明白过来,再打仗比咱还坚决!"

指导员说:"敌人打得坚决都是不了解我们的政策,加上有当官的逼着,他能不打吗? 只要他放下武器,就是我们的阶级弟兄,只要送到后方把脑子一转,他又有些军事技术,不和我们一样吗? 你就是杀了他,我们同志也活不了。要是不杀呢,他觉得打死我们这么多人我们都没杀他,即使是铁石心肠也会变软的。三排长不是俘虏来的吗? 副连长不是俘虏来的吗? 徐××不也转变成模范同志了吗? 同志们,不管什么情况,只要放下武器的俘虏都不能杀。有些俘虏缴了枪,身上还带着手榴弹,看看你对他好,他就缴了,要是对他不好,还会出乱子。"

小董说:"从前我还准备杀几个呢,这才知道杀了不但算不了英雄,而且还对革命有害处呢!"

许多同志都口服心服了,三排长说:"我也赞成你们了!"

张殿臣说:"八路军就是这个政策厉害!"

钢笔和手表要不要?

这个会开了以后,一般杀俘虏的思想没有了。指导员又召集了小组长搜集有些什么反映,有的说:"上回四平撤退,国民党把我的东西撺丢了,这次打仗非剥他的衣服不可!"有的说:"别的东西不拿! 钢笔和手表可得拿!"

指导员研究了一下,到第二天的讨论会中提出:"钢笔、手表和金镏子拿不拿呢?"

大家一致地回答——"不要!"

指导员说:"不要是大家都说不要,可是说了话到了战场上就不能不实现,要是说了话不算数,那就是国民党的作风,是最不好的。关于要不要的问题上级也没有规定,主要的是大家讨论讨论——"

小王说:"那可得要,我什么也要!"接着王春庆十几个人也说要了,何荣说:"好容易弄的怎么不要呢?"

一排副梁作喜说:"咱们将心比心,人家的东西咱要了也不能富,不要也不能穷,咱又不是胡子,拿了人家的东西自家心里不舒服。打四平的时候,我捉了一个俘虏,不知道他哪里来的那么多钱,我就不多不少拿了四百块,弄得人家红脸吐噜的,我心里好不是个滋味。后来我想再还人家,又找不到他了。"

李唤庭说:"要是打仗拿了人家的东西,不管是放回去,不管是再编到部队里去,他骂你一辈子;要是你不要他的东西,他回去,磕头的、烧香的,再一打仗他就缴枪了!"

指导员说:"先前咱连里徐维君,打四平拿了徐××的毛衣、皮带,后来徐××到咱连里来了,我在医院里碰到徐维君,他说:'指导员,咱连那个黄脸大个子,我拿了他的东西,这真难为得慌! 我这怎么有脸见他,真巧又弄到一个连里来了!'"大家听了都笑了。

徐××站起来说:"刚被俘虏的时候,那时死活还不一定,当然你问他要什么,他得给你什么;要是那时候把我放了,我心里也就不高兴。所以咱们还是不拿好,把眼光放大了看事情。"

这时候指导员又问那十几个同志:"主张要东西的同志,你也得说出个理由来!"十几个同志把头低下来,说:"俺不要了就是了!"

指导员又问:"你想要,是个什么心理?"

"光想要东西了,把什么事情都忘了!"

指导员说:"我们常说要照顾革命利益,什么是革命利益?俘虏政策做好了,政治影响传达出去了,一打他就缴枪了,这就是革命利益。光想发点洋财呢,这就是个人利益,个人讨了一点便宜,但他回去打得坚决了,抵抗顽强了,咱伤亡大了,你个人的利益也没有了。所以个人利益还是要服从革命利益才对。"

这次教育成功的原因

经过这次教育以后,全连战士都把不杀俘虏、不搜腰包的优待俘虏政策,写到自己的誓词上,而且在孟家城子战斗中,创造出政治喊话、争取一营敌军放下武器的范例。

孙永章同志这次的俘虏政策教育,是真正成功的,其原因是他创造了生动活泼的教育方法——

1.他用大家亲眼看到的事实,或旁的连队发生过的例子,拿来教育大家,这样就使大家一听都很受感动,也很容易接受。

2.他敢于让大家大胆地暴露思想——争论,让各种不同的意见都发表出来,经过争论之后,做到真正打通了大家的思想。

3.他不以在课堂上进行教育为满足,他采用漫谈、谈心、讨论等方式,来研究群众的心理,发现群众的思想,因此,他便能使这个教育做得真正彻底。

4.他真正在教育工作上采用了群众路线,联系了群众的思想,

246

发动了群众的争论，用群众的说服力来教育了大家。

像孙永章同志的教育工作，是真正从实际出发，联系群众，生动活泼，而没有教条主义味道的。

三、孙永章的动员鼓动工作

三连有一个聪明的战士张殿臣，他说："看一件事情，不会看的看热闹，会看的看门道，我算瞅出指导员的门道来了。从前他给我们上课、开会，讨论了许多地主怎样剥削人。一开始我心里想：你讲这些个干什么？这个还能打仗？！没寻思到，他讲来讲去，弄得我这个火气越来提得越高。啊！怪不得八路军打仗勇敢，原来是心口窝里那个火一突一突的，就是死了也甘心。打仗以前再一动员，朝着大旗一宣誓，鼓的那个劲，真是什么也挡不住！"

（一）向英雄旗宣誓

三连是四平保卫战的光荣连之一，英勇壮烈的二十六号反击战的故事，是每一个战士所熟悉，所认为光荣的，所以他们更尊敬那面代表着本连光荣的"四平连"连旗。

在三下江南战役以前，孙永章同志为了让大家保持发扬四平连的光荣，表示自己战斗的决心，他便先在支部里和干部中动员，发动大家在英雄旗下面宣誓，在战场上立功，会议开得非常庄严热烈。

英雄旗挂起来了，孙永章号召大家抱定为党为人民立功的决心。不怕一切困难，不怕牺牲，永远保持"四平连"的光荣！

连长董平田激动地说："我们这面旗，是多少勇敢同志的鲜血换来的，我们坚决要替烈士们报仇！到战场上，要是我牺牲了，希望三个排长，马上替我掌握部队，继续完成任务！"说话的时候，他含着眼泪,声音却是刚强的。

无数只战士的拳头同时举起来了,几十个战士争着跑到大旗下首先发言,七班长李嘉才说:"同志们! 我们在任何情况下不能丢了四平连的脸啊!"战士杨占波说:"我是不怕牺牲的! 我决心要和刘嘉胜比赛! 前面就是刀山我也要冲上去,刘嘉胜三人拿一个地堡,我一人包打一个地堡!"何荣咬着牙说:"我的兄弟何才在老爷岭叫新一军打死了! 我一定替他报仇!"张殿臣跑到旗子前面一面跳着一面骂着说:"不把蒋介石打倒,不把新一军消灭,我就不是我父母的好儿子!"张庆恩说:"二十六号反击战也有我一份,我没孬种过! 直到战场上我要有一点孬种相,谁看见就用枪打死我!"小卫生员张清林,平时羞答答不爱讲话,那天他却放开嗓子说:"负伤同志要是掉了一个手指头,不论在什么样的火力底下,我拿不□来就不是我娘养的! 任何同志负了伤,三分钟我上不去你杀我的脑袋! 但是我对党有个要求,万一我牺牲了我要求和王家有一样追认我是党员,要是不牺牲我要求……"说到这他红了红脸,没好意思说出口,他又改口说:"要求党多加强对我的教育!"陈德才说:"战场上就是为人民立功的时候,我要立功入党!"大家争先恐后,不等第一个人话说完,第二个人的话就接上了。最后文化干事蓝云飞领导大家宣读了由各班讨论归纳起来的誓词。会上有许多同志都愤激地淌了眼泪,那种仇恨和激昂的情绪,把教导员范建文同志也感动得流出泪来!

孙永章同志看到大家的决心都定下了,就号召大家订具体的立功计划,当天黑夜,许多识字的同志没有停笔,帮助大家写计划,同志们都睡不着觉。计划都是战士根据自己的情况从内心里订出来的,非常具体,所以每个人把自己的计划都记得清清楚楚的,随时注意去完成,譬如董平山平时工作很好,但常说怪话,他就订了这样的计划："到战场上几天不睡觉不吃饭,也不说怪话,别人说怪话我还解释;打仗不怕死;抓住俘虏不杀不翻腰包,还给他饼吃;行军怎么快怎么累也不掉队,还帮助别人背东西;住房子炕头让给别人,自己睡在地下。"

(二)大家研究大家做

孙永章同志看到《自卫报》上介绍一〇部群众性的鼓动工作,觉得真值得学习,他心里想:"工作就是靠大家想办法,大家动手、动嘴,可是大家也要靠着干部领导和党员推动。"所以在三下江南以前,他召集排长班长和党内小组长开了一个解释鼓动工作研究会,会上大家提出很多办法,孙永章把它归纳成四条,叫作大家都动手做。

第一条是随时传达情况,随时按级动员,口号是:"不打哑巴仗,不走哑巴路。"这一条有什么好处呢?因为大家最恼火的是闷着头走路,一闷,心里就容易乱估计,发生混乱思想,讲怪话;要是把情况讲清楚了,走路心里就痛快了。还有按级动员,班排连小组长要回去动员别人,自己心里就得好好想一想,无形中对干部自己也进行了动员工作。各班分开动员,班长又可以根据本班的情况,动员就更具体有力了。这条办法已经被多次经验证明有效了。所以在行动中不管怎么累,上级一传达了情况,只要不至于暴露秘密,他马上就召集班排干部布置动员。

第二条是一个班长提出来的,他说:"上级讲的话,班长要动员保证;战士自己说的话,自己订的计划,班长要督促他实行,根据上级的要求和战士的计划,班长随时说解释鼓动话。但干部多帮助战士,鼓动才有劲。口号是:心应口,口应心,说到哪里做到哪里!"譬如：有一个战士因为累了饿了，就说："你看这一天没吃饭，这不是要了当兵的命了吗？"班长马上提醒他说："你不是订了三天不吃饭也要完成任务的计划吗？这才一天……"战士一想就笑着不说话了。班长刘蓝山帮助、爱护战士是有名的，连小卫生员累了都说："去找老刘替我背药包去。"刘蓝山腰上长个大瘤子，打仗还跑在最头里，徐万林跟不上了，他一面帮他背上枪，架着他走，一面说："徐万林！你订了立功计划，打仗走不动了你怎么立功呢？你看看我还架着你，我也立不了功了！"一句话把徐万林的精神鼓起来了，接过枪来一气就撺上去了。

第三是找出各种典型例子，根据不同的对象来动员。譬如行军吧，孙永章同志就找出两个同志当典型来动员。他找了身体弱的黄春库叫到队前，向大家说："同志们！你们身体弱的看看黄春库。他瘦得一阵风就刮倒了，可是他掉了队没有？"大家说："没有！好样的！"他说："那你们壮实小伙子再掉了队可丢死人啦！"因此大家走起路来都不掉队了。他又找出生病的七班副赵砚田说："你们有病的看看赵砚田，人家发烧发热，三天来都没吃什么饭，从九台回来，百多里不掉队还不说，还背着三个背包，你们有点小病，别人帮着拿枪还跟不上走吗？！"几个有病的同志一想："是呀！人家是个人，咱也是个人，咱就不能坚持吗？"也就咬咬牙跟上了。

关于战斗动员，孙永章同志利用休息时间开了许多小型会。他找出要求入党的同志单独来开会，他说："党对你们的要求，第一个是打仗勇敢，在群众中有威信……"又找对打仗害怕的战士开会说："你们从前打仗没立过功劳，上级不了解你；是龙是虎，还是绵羊老鼠，就看在战场上这一次了！"他还找了平时工作不大好的，打仗却勇敢的动员说："这次咱连立功也靠你们，挑战也靠你们，排里有孬种也靠你们带上去。英雄牌子就靠英雄挂了!"大家都说:"有孬种我拉也得拉上去!"董林说:"谁掉队我踩他脚后跟,谁不上去我使枪把子捣他上去!"说得大家都笑了。指导员说:"可不能那样! 不论对哪个同志态度都要好。"

四班副张殿臣又瞧出指导员的门道来了,他说:"俺指导员是什么病给什么药吃,这样一个小会,那样一个小会,三说两说什么人的劲都叫他给提起来了,我也这样试试看!"

张殿臣回到班里,找到新战士李树志说:"这次行军你很好,连里要给你立功还没立上,这次打仗你得出一把力呀!"李树志同志说:"副班长你放心,你打到天边我也跟你到天边!"他又找到了老同志王义成说:"你也是个四平保卫战的老战士了,打仗就靠着你们带头,行军你在前面我在后头。"王义成说:"不成问题。"

五班长也学会了这个办法,行军最累的那一天,他找了本班最弱的王福山谈话,王福山下决心不掉队,他就给全班同志说:"从前是有名的好掉队,今天下决心不掉队了,别人再掉队真成笑话了!"结果全班没有一个掉队的。

第四条是看见什么动员什么。孙永章同志又提出了口号:"心是功劳簿,眼是钢笔尖,到战场上看见立功的同志马上记下来!"这天孟家城子战斗中,他就在战场上和连长商量,当场给邹怀清、候兴才、冯德臣三个人记了功,提高了大家的战斗情绪。九班长也抓住了这一条,在追击中,他看见了五班缴了机枪,捉了俘虏,马上叫全班停下说:"同志们! 咱们跟五班比赛! 平时光吹我是董林! 我是孙德祥,又胖又壮,这下子丢了人了,对不住对着英雄旗说的话了!"孙德祥马上说:"战斗快结束了,怎么也得缴两颗枪!"他们又继续前进,孙德祥到敌人火力掩护的地方去取回一颗枪,董林一个人跑到

别人不敢去的地方观察了情况,完成了任务。

四、孙永章同志的支部工作

三连的支部是一个模范支部,连队的各种工作,都是从党内、党外、上级、下级互相配合、集中力量进行的。这里不全部介绍,只讲他们支部工作中的两个问题。

(一)大家为什么都要求入党?

在向英雄旗宣誓大会上,许多同志激动地流着眼泪要求入党。战士于振海常常跟在指导员后面说:"指导员!你看我到底成不成?我一定坚决革命呀!"小卫生员张清林也时常对指导员说:"指导员!怎么还不给我填表?我到底还有哪些地方不够呢?"就连一些比较落后的同志也都决心立功入党了。这是什么道理呢?孙永章同志在连里进行了多次阶级的教育。譬如请战士王学舟讲"满洲国"时代穷人的苦处;请关里来的老同志讲解放区的群众翻身以后的生活;他自己经常看到报纸上登的各国共产党的情形,也马上讲给大家听。这样讲来讲去,就使大家感觉到共产党的力量是强大的,参加共产党是光荣的。给大家印象最深刻的,还是他常讲的一个故事:

六团三连有一个排长,各方面工作都很不错,就是政治觉悟不高,不愿意入党,所以参军四五年了还不是党员。有一次连里派他去带新兵,当新兵队长。在老解放区,新兵里面有百分之七十是党员,那天走到坪上,新兵里面的党员要开小组会了,小组长去找他说:"队长,俺们开小组会了,你去不去参加?"排长红了红脸说:"不去了。"

"还是去吧！俺们头一回在一块开会。""不去了！"新兵问他："你为什么一定不肯去呢？"排长只得说明："我不是党员。"新兵觉得很奇怪，又紧跟着问了一句："你干了几年兵了？"排长心里想：谁也知道参加革命时间越长越光荣，但是如果说了真话，新兵一定会觉得我太落后，参加革命五年了还没入党，所以他就撒谎说："我参加了才一年啊！"这时他的耳朵发烧，脸也发红，可是新兵又紧接着说："一年也差不离了，还没参加党，啊呀！队长，你八成是个落后吧！"这一句话比一把火还厉害，把他的脸烧得热辣辣的，直觉得脸没处放，没处搁。这个排长回到连里以后，找到了指导员，头一句话就说他一定要入党。他说："指导员，我想过来了，不管干什么也不如参加党光荣了！我干八路军干了几年，只要参加了共产党，就是穿着个破棉袄回家，大人小孩也都说我光荣了！指导员！无论如何我得参加共产党！"

孙永章同志把这故事在非党战士座谈会上讲了以后，大家听了都和那个排长一样，争着要求参加党。

大家都积极要求入党，但是孙永章同志并不随便吸收党员，他把要求入党的同志召集起来开座谈会，启发每个同志检讨自己的缺点。他说："你为什么还不能入党呢？因为你还有缺点，要入党首先就要求你改正缺点。"于是要求入党的同志，都订出自己进步计划，兢兢业业地努力干工作了。这时候孙永章同志再分配支委、小组长、党员去个别谈话教育。

例如刘凤吾过去是个落后分子，听了指导员讲的故事以后坚决要求入党，但是孙指导员对他说："你现在进步很大，就是在大家中间的影响还不好。"于是刘凤吾就积极地去工作。拥爱月选他为民运组长，他带头工作，可带劲啦！大家对他的印象转变了。孙指导员和他谈了两次话,告诉他在班里应该怎样推动工作。排长也和他谈了几次,指出他的缺点,并给他讲解党内的情形和工作,然后才吸收他入党。由于这样慎重地发展党员,刘凤吾入党以后,始终是全连的积极分子。

(二)党员应该怎样汇报?

连里发展了一些新党员,大多数不汇报,小组长都很发愁。他们不汇报到底是个什么原因呢?怎样才能使他们汇报呢?孙永章同志想来想去,就决定召集新党员开个座谈会。

会上他说:"今天大家座谈一下,为什么不汇报?心里怎么想的?说一说,党员对党可不能有藏着的话呀!大胆说!"

大家一谈,谈出了好多原因来:

"当兵一天两个饱,自己的事干好了就成了,管别人干什么?所以平时就不注意看问题。"

"怕得罪人,爱面子,觉得背后说人不好。"

"我和他感情好,我就不愿意汇报他,有点私人感情。"

"怕汇报了,上级点名时批评他,处罚他,得罪了他,以后和我有仇了。"

"认为汇报是拍上级的马屁。"

"怕别人讲自己的缺点,不敢汇报别人。"

"不知道汇报是干什么用的!"

"小问题、一星半点的,不值得汇报;大问题又看不出来,没有什么可讲的。"

孙指导员根据大家的意见想了一下,认为一个原因是党员的自由主义态度,另一个原因是党员怕在群众中被孤立。于是他又联想到自己当战士时的情形来了：那时候自己是个党员，一去汇报，全班同志都冷言冷语地说："进步的又走了，打电话去了！"弄得自己非常难堪。党员本来是应当团结群众的嘛！但是一汇报却把自己孤立起来了。怎么办呢？他去和指导员商量说："指导员，我给你汇报的事，你不要马上就在队前批评，弄得我在班里孤立起来。最好是把我汇报的好例子在队前多表扬一下。"指导员接受了他的意见，经常把他汇报的别人的好处在队前表扬，这样一来全班人都来找他了，有什么话都找他说，他真正变成团结群众的核心了。

孙指导员把自己亲身经过的事给大家讲了一下，并说："大家尽管放心，我决不能叫党员在班里孤立起来。汇报不是拍马屁，主要是为了把全连的工作做好；也不是专门去找别人的岔子，同志们有什么思想，有什么问题，汇报到支部里好帮助他解决嘛！"他又根据大家的思想，把自由主义的危害讲了一下。最后他又让刘凤吾当场向小组长汇报，做个样子给大家看一看。支部提出一个口号："做了工作不汇报，就和打了胜仗不宣传一样。"孙指导员又召集各个小组长把应该怎样汇报的问题专门讲了讲，大家研究了一下，小组长李焕亭高兴地说："这可有了办法了！"

五、孙永章怎样改造了落后分子冯德臣

冯德臣在三排实在待不下去了，全排人他跟谁都不对眼。连里开了一个支委会，决定把他调到二排去，因为二排是个模范排，排长朱光友是支部委员，可以教育他。

冯德臣一到了二排四班，正碰上四班开会订拥爱计划，又是挑水的，又是宣传的……都订完了，班长叫他订，他摇了摇头。班长又问他，他说："订不订都一样嘛！不订高兴了我也一样挑！订了不高

兴一样不挑!"第二天班长要他扛子弹箱子。他说:"不会扛!""你为什么不扛?"他又说:"我就不扛嘛。""你怎么啦?!""我就这个样嘛!"

冯德臣在二排没待上三天,二排都说:"完了完了,全排人的脸都叫你一个人丢了!"这个看见他摇摇头,那个看见他噘噘嘴。排长朱光友天天跑到连部里要求不要他了。

指导员就召集二排的党员开会,讨论怎样来教育冯德臣。大家异口同声说:"那还能教育过来?没有门!"朱光友说:"指导员你要能教育过他来,叫我怎么着我怎么着!"有一个同志说:"要教育过他来我不吃饭了!"指导员说:"不吃饭也得教育过他来。他是个党员嘛,大家都有责任!"

李焕亭和王家密说:"照俺说就不要他!"

指导员说:"不要也得教育过他来,这是党的任务!我就不信有教育不过来的人!"

如是大家就想出各种各样的办法来教育冯德臣了。

大家都用和和气气的态度来和冯德臣谈话了。可是,"哼!你别来开我的味了!"他想。"别出我的洋相了!"他说。他把头一扭眼瞅天,不理你。

大家又用严厉的态度批评冯德臣。可是,"你硬我比你还硬!"他想。"你批评吧,我就是这个样嘛!"他说。全排人开会批评他,大家好心好意说了老半天。他却说:"我没有什么!我没有意见,我就是这个样嘛。"

打靶那天他又给班长吵了架,连长生了气,说:"押起来!我就不信我整不过你冯德臣来!"

指导员说:"别押别押,我去跟他谈谈!"

二排全体党员来要求斗争他。指导员一想，斗争是只能教育大家的，对他自己起不到很大作用。他说："不能斗不能斗，我跟他谈谈！"

指导员正有病，便带着病去找冯德臣谈话了。支撑着跟他谈了半天，最后问他："你到底有什么意见？"

"没有。指导员！我没有什么！"他说。指导员心里纳着闷走了，老远里回头一瞅，瞅见冯德臣一个人到飞机场里掉眼泪。第二天又谈，又没有意见。第三天又没有意见。第五天，指导员又去找冯德臣谈话了："冯德臣！你到底有什么意见？"他说："没有！""没有，你怎么一个人哭呢？哭就有个理由，你到底是怎么回事？弄得人人反对，说你落后呢。到底干部有什么事对你不好？同志们有什么对你不好？有意见提出来才对！为人一辈子人家都得个英雄模范，难道一辈子就落后到底了？你想想看，你还是个党员。"

他说："没有什么！指导员，我没有什么！真没有什么！"

"冯德臣你别这样，我也不要求你太高，别人天天出操上课，你不去遛大街成不成？"

"我的腿跑溜了嘛！那怎么办。"

"人家都挑水宣传，我也不要求你做，你不跟老乡胡说八道不成吗？"

"咱就不会说好的嘛，怎么办？"

指导员说："你今天谈出来成不？""没有嘛！谈什么！"

"你回去好好想想，咱明天再谈。"指导员说着走了。

这一次又没谈出来。啊呀，真是泥塑的人也叫他气炸肺了，可是指导员一点也不动气，他心里这样想："我就不相信会有教育不过来的人。一次不成，两次，三次……每次谈不过来，就是自己的工作还没做到。工作做不好，先怨自己，'钢□磨绣针，功到自然成'，教育人得好好找原因、找特点、想办法，不能着急，得按他的特性，一步一步地来。比方要栽一棵苗子吧！不能心急了硬拔它一下，当时看着好像提高了，过不两天就死了。必须上粪、浇水、捉虫、打权，慢慢地来，做工作别死板，'百人百性百脾气，一家门口一个天'，这个办法不成再另用个办法，想想明天怎么谈吧！"

第六天指导员又去找他谈了："冯德臣，怎么样了？"

"怎么样啊？还是那个样啊！"他说。

"冯德臣，你好好地想想，你凭良心，我病得浑身打颤，天天来找你谈话，我是为的啥？你大胆地说出来吧，不管什么事，指导员保证给你解决！"

"是怎么回事？你就老是说□心里有事呢……我没有什么！"

"你哭，你就有冤枉事，咱们革命同志都是亲兄弟，你谈出来吧！"

冯德臣直瞪着眼睛呆了好半天，心里想，指导员病得那样，天天来教育我，人家为的什么，石头刻的也该叫他感动得掉眼泪了。就吞吞吐吐地说："别的我没有什么，刚把我调到四班去，就叫我扛机枪、扛子弹箱子。连长和我一块打仗，在兴隆沟，我肩膀上负了伤，他又不是没看见，那天他却要押起我来！班里又叫我订爱民计划挑水，我这个肩膀还能挑水吗？我不挑又不好意思说，别人都斗我，排长另眼看我，连长另眼看我，全班都另眼待我，叫我干个啥劲！"冯德臣说到这里，眼泪汪汪的了。

"冯德臣，这都是你自己扭的事，你早说出来不好了吗？你怎么不说呢？不过，还得想想，班长的命令该不该服从？你要不跟班长吵，连长会不会发脾气？人家都订爱民计划，你不订，又不说明道理,对不对?"冯德臣低头不说话,指导员又说:"再给你另调班吧,对你的名誉不好,还是在四班开个会吧。你把你的错误好好地给大家谈一谈。冯德臣,你要成为一个好同志就看这一次了,开会我也参加,你先想一想。"冯德臣答应了,表示愿意在会上检讨。

指导员像一下子从闷葫芦里钻出来一样高兴,他回到连部后,正躺在炕上想晚上的会怎么开好,猛地病来得更厉害了,冷一阵,身上颤成一团;热一阵,热得火烧火燎。这个会不参加吧,四班同志说不定会跟冯德臣更加对立起来;参加吧,坐都坐不起来。时间快到了,冯德臣来说:"指导员,这个会你得参加!"指导员心里想,不管怎样也得参加,这正到了冯德臣进步的"节骨眼"上。指导员就咬了咬牙,扶着墙根到四班去了。

"今天晚上这个会,是帮助冯德臣进步的会,大家的意见要用好态度给他提,今天的冯德臣不是从前的冯德臣了,他下决心进步了,我实在不能坐着了,我躺在炕上听吧。"指导员就晕晕沉沉地倒在炕上了。

大家都拿奇怪的眼光望着冯德臣,因为冯德臣今天真的变成另一个人了,他在诚恳地反省了:"同志们,这些日子我的错误很多,订爱民计划我也不订,子弹箱子我也不扛,又和班长吵架。看看人家康庆禄,这么大年纪,三四十岁了还好好学习,我自己也不学习,天天逛街赶集,天天想家,想得自己找便衣想逃跑,想得自己跑到飞机场里偷偷掉眼泪……现在我想开了,人家指导员病得那个样子,天天还给我谈话,这么来帮助我,我还能不进步吗? 大家看着,我下决心了!"大伙一看冯德臣真心进步了,一肚子闷气一下子都消了,都诚心诚意地提了一些意见。就要指导员总结了,指导员趴在炕上说:"冯德臣转变了,从明天开始冯德臣就要重打锣鼓另开戏了。在

259

今后唱戏当中,大家要好好地看着。唱了好戏呢,大家就要学着一点;他要唱了孬戏呢,大家也不要一拍屁股走了,要好好地帮助他。什么叫作好戏呢? 就是服从命令,团结,宣传,不逛大街,这就是唱了好戏;什么是孬戏呢? 就是不听班长命令,逛大街,不听课,想家,这就是孬戏。可是你们大家呢? 也不要说刺激话:什么这还是个党员啦,什么是这么个玩意啦,看见他摇头啦,他说话你们不答理啦,都是不对的! 冯德臣落后有他落后的原因。冯德臣这场戏没唱好,你们也学上了一点,他好比唱了场老子戏,词句又不好,调子又难听。你们虽然没唱他那样的词句,可是也学会了他那个调子!"指导员又给全班一个人一个人地指出了缺点。散了会,全班人都出来扶着送指导员,冯德臣一直送到连部里,说:"指导员,你坐下吧! 你这么样帮助我,不用说是在连里开会,就是师里开会我也去坦白坦白! 指导员,我有多少力气使多少力气,我下决心了,你看着啦!"

过了两天,指导员的病实在支持不住,就到医院里去了。

冯德臣呢? 真正好像变另一个人。夏天去打靶,自己赤着脚走去走回,把鞋子给新同志穿,脚上扎出血来心里还是怪高兴。指导员病好了,一回来,冯德臣马上来谈话,排里有什么问题,班里有什么问题,自己怎么样,这个怎么样,那个怎么样,汇报了许多问题。

冯德臣真变了! 真进步了!

可是正进步着呢,又出了一件事情——

营部里有一个十七岁的小通讯员名叫张三,天天来找冯德臣说:"二哥! 我不想在这干啦,我得回吉林啦! 咱们一块走吧!"冯德臣心里一想,我这好容易进了一步,怎么能开小差呢?"那还成!"他说,"吉林还有国民党,咱两个年青的叫国民党逮住了还了得!"

可是小张三不死心,今天不成明天来,三说两说把冯德臣的心说动了。

正碰上那天编班点名，连长叫别人的名字，"有"字喊得都怪响亮，唯独喊到冯德臣时，他的"有"字喊得很轻，连长不禁一股火气冒到头顶："冯德臣！不用你调皮，我就许你这一次！"这一棒又把冯德臣打得抬不起头来了！冯德臣心里想："我这好容易进步了，就又给我这么个难看，这怎么叫我在三连里待下去？唉！"点完名，恰巧小张三又来找他了，他两个约伙着外号"县长"的李文海到街上买葡萄吃，冯德臣就露出一句话来："县长！咱一块回家吧！"李文海就有一搭没一搭地答应了。

开小差的日期就决定在明天。

这天冯德臣的心里真难受。跑吧？难舍难离，不知怎的比刚要离家还难离，心里好像有一条绳拴到指导员手里了！不走吧？小张三一口一个二哥叫着，也算不清来有几趟。走呢，还是不走呢？

李文海呢！心里也犯为难了，明明冯德臣是要跑，报告吧？对不起冯德臣。不讲吧？他又记起前天指导员给他谈的话来："你是个保卫四平的老战士！党是很信任你的！""党信任我，我还能对党不坦白吗？"李文海这么一想，就去找指导员，可是没有找到。就半明半暗地对连长说："冯德臣心里不大好……他想办法了，他露了露话。"

天已经半夜。指导员睡得蒙蒙眬眬的。连长从外面回来说："指导员！冯德臣要跑！"

指导员模模糊糊地听到这句话，一骨碌从被窝里爬起来，穿上衣服，就跑到四班里去把冯德臣叫起来：

"冯德臣！你到底是怎么回事？"

"哼！我到底是怎么回事？！"

"你怎么又想开小差?"

"哪里的话! 我嘴里说过开小差,心里可是不能走! 那是张三来找我合计了那么个事!"

"你为什么又想走?"

"唉! 咱在这连里还是待不了! 连长为了那么点事就给我个难看! 我思想上正斗争着呢! 走呢? 离不开,还是个党员! 干呢? 又弄得脸上无光,没有味!"

"冯德臣! 你干革命工作又不是给连长干的,你是为党干的! 就算他批评错了,他也是脾气不好,不是故意跟你为难。"

"唉! 看见连长怪害怕的! 他不给我留一条路进步,叫我干个啥劲? 可是我又想过来了! 指导员你生着病给我谈了那么多话,我再跑,我还不赶打你个嘴巴子呢! 这次张三要跑,我没汇报,就是个很大的错误了! 你放心吧! 指导员! 我保险以后出不了问题!"

第二天一查问,小张三真的跑了! 从那以后,冯德臣就变成一条心了,有多少劲干多少劲的工作。他说:"人心里一高兴,该累也不累了,该没劲也有劲了。"

孟家城子战斗,冯德臣战场上立了大功!

那天是一天一夜没停脚,饿着肚子追八十八师,冯德臣一看漫坡里东一簇西一簇,散着八十八师的溃兵,虽然他又饿又累脚下没有劲,还是下定决心咬着牙追。他跑着跑着,眼前一阵黑云彩,一骨碌栽倒了,栽倒再爬起来,心里想着:"趁着敌人哗啦了,就得有多大力气使多大力气! 这时候不抓俘虏什么时候抓! 这时候再不立大功什么时候立功!"眼前迷迷瞪瞪的,咬着牙追呀!

他看见一个扛重机枪的敌人也跑得够劲了,啡啡地和老牛一样喘气。一个拿冲锋枪的回头对那个敌人说:"你不快跑我枪毙你!"

还有一个提着步枪的也落到后头了！可是你喊破了嗓子他也不缴枪。冯德臣就一枪打在那家伙的胳膊上，枪掉在地上了！枪托子上沾满了血，还是跑。冯德臣又朝那个扛重机的喊："你再不缴枪，我打死你啦！"那家伙抱着个机枪就一头钻在地下！哆里哆嗦地回过头来说："老乡！我缴枪！我刚才早就有心缴枪了！当官的要枪毙！"

冯德臣从敌人队伍里截下了俘虏，缴了重机和步枪。冯德臣在战场上立了功！

连里又给冯德臣到师里请奖！冯德臣心里想：这一下子立上了大功，更不能叫人家再说了！现在得有八分力气干十分力气的活了！

这回冯德臣是真真进步了！在三〇部庆功大会上，大家拍起巴掌欢迎他讲话！

东北书店 1947 年初版

◇王斐茹

在东村最后一天

天亮了，我们都悄悄地起来，这时候主人也起来料理早饭，六十七岁的老大娘开心地对我们说："昨夜开心到两点多才睡，今天起来这么早做什么？"我们回说："今天□□秧歌队要离开东村了。""□！可是真的吗？我们不好和上级请求再住几天吗？"她那惋惜留恋的情引起我们的惜别。只几天的相聚，使我们彼此的感情亲近起来了。老大娘亲热地拍着我们的肩膀说："明天再□□能替我扫地，□荣，陪我说话？"当时真找不到适当的话来安慰她，后来□忧□地说："以后有机会一定再来，在明年灯节，我们的秧歌队还给您老来拜年呢！"大家一面点着头，一面吃早饭。饭后，整顿好行李便向房主人辞行，他们都恋恋不舍地送出大门外，并且诚挚地嘱咐我们："星期放假日去玩。"

我们出发了，在村边早有农会、妇女会、儿童团、村民都整齐地排列在那里，老老少少摇摆着手，向我们道别。便又热烈地高喊着："庆祝农民翻身胜利万岁！"在共□的口号声中分别了。

想起秧歌队未下乡以前我们都抱着吃苦的念头去农村，但事实却出乎我们的想象，今日的农村生活是和以前不同了，农民翻了身，他们得到了土地，起早、贪黑、吃苦、耐劳……但是他们的生活更是一天天地改善了。

农村群众像父母般地疼爱我们，事事为我们打算得那么周到，同时我们更深深地了解到□工□说□不了□□。他们真挚地说："我们演出的就是他们自己工作的事，我们说的话也就是他们内心要说的话。"

选自《牡丹江日报》，1947 年 3 月 3 日

◇王　焰

钢铁英雄王德新

在团的评功会上被介绍的第一名功臣就是王德新。参加会的二十个干部,听过张教导员简短的叙述后,顷刻肃静起来,大家似乎都替这位英勇牺牲的功臣表示无限的惋惜。"这个同志记特等大功是没有问题了啊!"汪团长开始打破了会场的沉默。"十连六班永久叫做王德新班也是应当的,前天吴政委有这个意见。"一位同志传达了首长的这一建议。"他认为在十连的点名簿上以后都要把王德新放在第一名,作为纪念!""是的,这位同志该被永久纪念的!"大家同意这个意见。张指导员提议还可以追认他为共产党员。王德新是关内的老同志,苏北沭阳人。他不论在哪方面表现得都不错,他在十连六班当班长,王德新虽不是共产党员,但对革命对人民怀着无限忠诚。前年部队从苏北到东北,在路上王德新的脚生了很重的疮不能走路,当时只好把他和另外一个同志一块留在山东休养。后来疮好了,便一个人离开山东,经过河北、热河到了关外的义县,找上了队伍。从他到关外的那天起,就参加了义县保卫战、大洼歼灭战、神仙洞保卫战、三下江南，一直到这次解放昌图，他没有说一句孬话。这次上级把第一梯队突破城墙的任务交给十连以后，六班战士金友德就问他，"班长，你这回有没决心？""什么决心？""牺牲的决心！""你看我把新衣服都穿上了，如果你没决心，把新衣服给我穿！""你别吹牛，决心不会比你差就是！"总攻就要开始了，昌图一丈多高的土城在夜色朦胧中出现在十连勇士的面前，王德新向排长要求着："从这里打进去，给我主要任务吧！"在突击地点我军掩护的炮火刚开始时，十连的同志们便冲过开阔地，跳进城外大沟，钻过铁丝网，踏过鹿寨，接着又钻过第二道铁丝网，爬上沟沿。在这里，到处响了地雷，敌人向外投着手榴弹，轻重机枪疯狂地向外射击着，但是三排一排和二排终于都扑到了城下。这时，王德新的左臂上已经负伤了，也许腿上背上还有炸伤，但是他依然不顾一切，只是爬上城墙。他接着前边的几个同志登在排长的肩膀，在城头上出现了，忽然又一颗子弹打进他的左臂，他仍没有倒下，急忙跳下城墙。冲进了敌人的交通沟，在沟里他追上了副班长郑保银和另外两个战士。郑保银问他："怎么样，班长？"他说："负伤了，不要紧！"说着又挤到前边去了。他和他们进入一座院子，这是在昌图城里最初收复的院子，在这里他们汇合了二班的几个同志肃清了敌人，打退了敌人的反冲锋。"愿意留下的留下，不愿留下的跟我来！"二排长号召大家继续向纵深发展。王德新知道负伤的并不只是他自己，于是又说："我这一条命不要了！"六班副解下了自己的手巾，替他绑着手上的伤口。"用点力绑紧！"王德新和大家一块跨进一座院子，摸进黑洞的房子，挨家搜索着，最后他们到了大街，有三座地堡在顽抗着，王德新端着冲锋枪，趴在地堡对过的砖墙上射击，但对面飞来一颗子弹，穿过砖墙，打中他的腹部，王德新再不能支持下去了，腿一软就跌下来。战士孔现生过来急忙问:"班长,怎么样了?"他又说:"不要紧,还能干,牺牲就算啦!"指导员把他抱到墙角上。五分钟之后他昏了过去,卫生员立刻给他注射了一针强心针,神志有些清醒的样子。"班长,班长,怎么样啊?""你们干吧,我看这几个地堡里的敌人也跑不掉啦!"说完,他就永远离开同志们了。

选自《东北日报》,1947 年 6 月 18 日

衷心的慰问
——黑嫩省慰问团活跃在前线

慰问团来了！战士们在高地上挖着工事，不住地直起腰来眺望。

南满的夏天，毕竟比北满热得多。慰问团的代表们额角上挂着汗珠，在阳光里从这村跑到那村，从团里跑到营里，从营里又跑到连里，一直到了班上，看到每个战士，和每个战士谈着话，他们好像才完全胜利而愉快了。

北安的农民代表，受到几个参军战士亲切的招待。大家坐在炕沿上，静听着他叙述后方代耕组、优待粮以及大生产的情形，战士们的脸上不时现出微笑。

慰问团的男女同学们，也和新解放的战士互相谈论着一切。

对过屋里的老乡们，莫明其妙地站在门边和窗下望着他们。

"这都是家里人来看你们的吗？"一位老太太向一个战士偷偷地问。

"是呀，他们都是才从家里来看我们的！"

天快黑了,敌人飞机结束了它这一天最后一次的捣乱,又失望地向南飞去了。

慰问团赶回到师部,各连代表扛着清一色的美式轻重武器,也赶到了师部,等待着开欢迎晚会,并接受慰问团的献旗。

会场被安排在一个林木丛生沟里草坪上,用盆盛着豆油的灯光,照着深绿的树叶翻翻发亮。团坐在四围的战士,吸着慰问团带来的纸烟,静静地等待着。

忽然沟沿上传来了锣鼓声,慰问团的秧歌队来了。常胜的英雄们兴奋地昂着头,展览着的美式六〇炮、火箭筒和轻重机枪,也兴奋地昂着头。顿时掌声与口号声响成了一片。

二十来分钟的大秧歌,跳得演员们满头大汗,他们简直太兴奋了。在豆油灯光下和草坪上跳秧歌,也许他们是第一次吧?在战斗姿态下开晚会,也是第一次吧?他们对于这个会场的布置,一定感到新鲜而满意。

两个短小的秧歌剧,精悍而富有趣味,一个是《李长胜捉俘虏》,另一个是《哑巴劳军》。

"一个又聋又哑的人为啥还劳军呢?他怎么知道八路军好呢?"剧中人在发问。

"他嘴不能说,耳朵不能听,可是他还有两只眼睛能看嘛!"剧中人道破了这个秘密。

还是千真万确的,只要是能看到八路军的人,愿意正视真理的人,谁不说八路军好呢?!记者在新解放区里,会亲眼看到过许多这样的事情:在梨树一带的泉眼沟,某部九班在夜里宿营在老乡家里。这家老乡有两个姑娘和一个年轻儿媳,可是到了第二天,姑娘和媳妇却悄然而去。战士曹洪生看到之后,也没有吭声,照令带领全班

270

打扫院子、担水,替老乡喂牲口。到了下晚,老太太主动地来找战士们了:"你们不是和去年的八路一样吗?"曹洪生看出老太太愿意讲话了,才开始解释起来。这位老太太好像恍然大悟,原来"中央军"说"八路拿大姑娘到苏联换大炮"是骗人啊!摸黑把姑娘媳妇都叫回家来,亲热地替战士又烧水去又补衣服。

这不就是一个很好的说明吗?任凭"中央军"如何煞有介事地每天造谣,老百姓只要一看,不就完全明白了吗?!

秧歌结束,慰问团的同学们把红花挂上了功臣的胸前。两面鲜红的锦旗,从两位女同学的手里,恭恭敬敬地递到师长和政委的手里,他们让大家看着旗上的字:"东北老百姓的心",是啊!慰问团的确带来了黑嫩省五百万人民遥念的心啊!从李副部长的讲话里,大家知道了后方还有成千成万的人,怀着一颗渴望的心,想来看看他们自己的战士呢!

各界代表向大家讲着后方的情形,特别是北安三区农会主任有方先生的讲话,多么亲切啊!正像刚才慰问歌中唱的一样:"敬祝同志们,一心一意在前方打敌人,后方事情的照管有我们!"

齐齐哈尔铁路工人代表特等功臣王学增先生,也在这个会上和战场上的功臣见面了。为着东北人民的解放,他们分别在前线和后方,进行着战斗与工作的革命竞赛,他们,推动着整个自卫战争加速度地向胜利迈进。

选自《西满日报》,1947 年 7 月 12 日

◇ 王　暖

"攻无不克"的第三连

光辉的旗帜

"×××"部三连在三保临江战斗中,攻下战斗要点"八九六"高地。某指挥员曾对这个战斗下评语说:"'八九六'高地是全线阵地的要点,攻下这一阵地,就像一把尖刀刺进敌人的心脏。"实际上确实三连仅以半小时的动作,便攻下这个险要的阵地,并追垮敌××师,配合了各线反击,取得了三保临江的巨大胜利。三联立了集体功,荣获了"攻无不克"的光辉旗帜。

在这次战斗中,指挥这个战斗,善于战场政治鼓动的战斗模范指导员刘纪太同志;带一个班勇猛动作,以两个手榴弹打下敌机枪而记特功的沈×水同志;带一个组迂回到敌侧后,最先冲上山头,一排手榴弹解决敌人一个班而记特功的刘乃其同志;一个手榴弹、两发子弹打倒三敌而立功的李×顺同志;集体记功的六班里的左××、彭金岢、尚介潮三同志;火网中救下连长,继续以机枪猛杀敌人

272

而记功的潘喜太同志。这许多的功臣们,都成了三连的骨干干部,因而使三连保持着"攻无不克"的战斗作风。

无边仇恨,血的誓言

三连是"×××"部诉苦的典型,阶级仇恨心激荡着战士们的心,苦水和眼泪灌溉着"攻无不克"的旗帜。

看完了《白毛女》《血泪仇》,听了柳河翻身农民的报告,同志们都流了眼泪。在《谁养活谁》的歌声中,诉苦大会开始了。在"吐出苦水认清敌人"一幅巨型标语前,陈维国第一个站起来说:"过去有苦说不出,有冤无处申,一肚冤屈;在今天我要对大家说,我的苦太多了!"一句话没说完,他的眼泪已滚滚流下。他讲着过去受地主的压迫剥削:"嫂子被地主霸占,哥哥被地主杀害,卖妹妹顶租粮。"全场泣不成声。

接着刘才然哭着讲起他父亲被地主要账逼死,妈妈活活饿死,他孤身流浪做铁工,受尽了折磨。惊天的口号响起了:"坚决为陈维国、刘才然的父亲兄弟复仇!"

从典型诉苦会转到各班排诉苦。"穷人的苦多得很!""诉苦挖根!"戴忠良从全班最落后一跃变成了最积极的第一名;姜苏明、萧庆兰也从过去的怪话篓子变成新人。全连的积极分子从二十七名增加到三十六名。

在"坦白一条心运动"中,一个个血淋淋的指头,在复仇立功计划上盖了印。黄树录、韩丰明、徐蒴广、赵树鸣、马占林等同志在进步大会上高喊:"要为自己的苦报仇,要求加入共产党,永远跟着共产党走,要和穷人的老对头蒋介石干到底!"

"攻无不克"的旗帜再放光辉

秋季攻势开始,攻打郐家店南山的战斗前,现任指导员任善言同志又把这面大旗高举在全连的眼前。只问了一句话:"同志们!这是什么?"光芒刺入大家的眼睛,掌声阵阵地响起了。

攻占"八九六"高地仅仅是半小时,郐家店东南山"一八九"高地的敌人就垮下去了。从西丰刚到郐家店之敌动摇了。他们又完成了破灭这一线敌人的战役重点的攻坚任务。

战后某部通令给三连记了功。庆功会上接过了"攻无不克",上面又添一行新字"又建奇功"的红旗。薛兴俭记了特功,荣获"树棠式功臣"的光荣称号。他曾是排的诉苦典型。小时候父亲给人家扛活,累病了卖掉房产,住在大爷家,被当狗看待,又孤身来东北下煤洞。战前他下决心坚决为穷人报仇,战场多杀敌人。战斗中他果然带一个班冲上去,在机枪班长的掩护下,第一名冲上山顶。碉堡里三个敌人刚想逃命,就随着三声爆音跌倒了。他接着又奔第二个碉堡,仅有的两梭子美式子弹打进了炮眼,一个敌人又在他的手榴弹下送了命。他的胸部负伤了,血渗透了衣服,但他却仍坚持到无力动弹的时候。

诉苦典型刘才然战前咬着牙说:"多杀掉一个敌人多报一分仇恨,我不说空话战场上看!"战斗中他勇猛地站着打机枪,烟火弥漫了碉堡,打光了子弹,他又掏出手榴弹冲上去,直到头部负伤血流满脸他还说:"我死不了就要给母亲报仇!"战后他立了功。

宁洪昆、尚介潮、张桂林也都立了功,转变的戴忠良战前给连部写信:"我认清了敌人,请给我最艰巨任务!"战斗中,他一个人从山顶冲向敌群,英勇地流了最后一滴血。

强烈的阶级复仇思想使三连成为钢铁般的连队。

"争取再夺一面奖旗"

冬季攻势开始了,全连各排都制成一面决心旗,上写:"贯彻阶级复仇心,大量歼灭蒋匪军!"连长在大家面前宣读后,大家说:"我们要坚决响应党委号召,誓死完成任务,保持'攻无不克'的光荣。在新战斗中要再夺一面奖旗来!"薛兴俭代表全连,向营党委要求:"有艰巨任务给我们,不然就把'攻无不克'的旗帜还给上级。给我们任务,我们就保证把旗帜插在艰巨任务的最高峰!"

铁一般的决心,火一般的热情,连新战士也都有决心,高举这"攻无不克"的旗帜。这旗帜在冬季攻势的战场上,飘荡着光辉,照耀着三连前进!

选自《攻无不克》,东北书店 1948 年 9 月初版

◇韦长明

跋涉·忍耐·微光①

某个废墟的地带,宛如太古的洪荒。

某个饥馑的岁月,熬干了大地的血液。

我们这群渴望着新鲜生命的汉子,拉着酸楚的两脚,拽着没有力气了的身子,越过了一条条滚澜的江河,越过了多少处险峻的山岭。我们依旧走向无限的江河,无限的山岭……

而且,狼豺的觊觎,蛇蝎的恐怖,还有,还有空旷无人的墓地,埋满了无名的旅人的尸骸,也有的是一柱柱洁白的碑石,上面刻记着些模糊的带有血腥的字迹……

而且,惑人的指标又那么多,到处标记着什么"遵循此路"之类的诱惑的广告。在那里,我们所崇仰的大人先生们正摆弄着"孤芳自赏"的杰作而沾沾自喜。

我们呢?我们却什么也没有,我们连奢望也没有,连空幻的梦也

----

① 本文发表时署名徐衣雪。

没有,我们只想怎样克服现实,怎样忍受苦难。

终于,终于我们走上了孤峰的绝顶。我们知道:不是希望,便是灭亡。

我们抖搂掉浑身的尘土,瞪起了眼睛。就有太阳出来的时候第一条的光线,那么强烈地晃耀于我们的视野之中……

选自《东北文学》,1946 年第 1 卷第 5 期

散文卷①

跋涉·忍耐·微光

光芒是来自太阳①

一

我要问你,我要问我所要问你的。

为什么呢?这么长的时日,这么长的时日,你的日子过去,我的日子也过去了。七个月,从昨年的冒着一天寒风的冬天,到今年池塘荡摇着扁舟的五月,你说,度过这一片寂寞的日子,可还要温习着幸福的记忆挨下去么?

我知道,我也许不该这样轻率我的发问。

可是,相信你不会忘却这么一个人的,这就是使我向你诘问的最大的缘起。容或时日过得太久了,时日过得太久了,我的思怀虽然与日俱永,我却不愿用它来约束你的情感的代价。这,一如你曾剖示给我的你的始终一贯的态度,便是你仅愿施与我以永恒的情

① 本文发表时署名万年青。

278

爱,而不要我的酬价。现在,我也仍愿借你的话再回答给你。

你可要说我冒渎了我们之间的某种情感之存在么？你不会这样无庸,我知道。你将会引这为对你自尊心所加与的创伤,我也知道。

我却要问你,我要问你呵！

二

夜半。从枕上,从我的昏昏的沉睡里,我醒来了。

因为,听着有谁低低地唤着我的名字,一句又一句的,亲昵地叩击着我的听觉,叩击着我的心,使我不能继续我的沉睡,使我从黯夜无人的子夜里醒转来了。

我醒来了。

第一个充斥于我的瞬息展开的眼界的,是苍白的月光,打窗帘的罅隙穿过,梦一样地爬上了我的脸。我虽然在枕上看不见我自己,我底脸上却流有苍白月光如溪水,如我苍白的脸呵！

此夜,此时。我不厌烦琐地这样想,我的思维在醒来后竟变得这样纤细。我想:辽阔的世界呵！此夜,此时,你都在做些什么呢？也许还没有就寝,也许今夜江涛又把你骚扰了,也许……总之,你曾拿一次偶然的值遇,就说世界也太狭隘了这话,我始终是不能首肯的。世界并不狭隘呵！有好多人,他们欲求一面都不可得,还怪我在讴歌世界的辽阔么？

虽然,偶然的机缘会交给谁以偶然的值遇,那毕竟是不可期冀的荒唐梦呵！期待它,如同期待一株未放的昙花似的,怎么能够是幸福的预想呢？

我想,我想不尽我的思维里泛滥着的都是些什么。此夜,此时,望苍白的月光吧！

279

三

从一册名著的注释上,我读到了盖尼采梨的诗句:

> 这又如光芒是来自太阳
>
> 没有太阳处便没有光芒

它完全征服了我的几天来的意欲自我生发的生命的参悟,这样求心的坚决的诗人的诺言,该说它是包容些什么呢?那么滚热地插入了我的心,使我由此看到了它的殷红,听清楚了心波的鼓动,嗅到了花木的芳香,知道了运行着这宇宙的天神的加福……

我也觉到我们的情感的洁明了。像花木之要在阳光与霖露里活起来一样,我也正需要在你的生命的滋润里繁茂起我自己。这绝不是勉强的,这可以说是神的旨意,告诉我以生命的必然的归趋。

我不能忘记,在万千的歌唱里我记住了一句:

> 你的梦
>
> 就是
>
> 我的梦

如今,这诗句同样地有力地攫取了我的爱好。吟它,我的情怀就恍如为它而开朗,我的梦就仿佛为它而忧郁,我的生命的天日也就为它而做再次的重现……

我吟它,为了向我自己慰藉,为了难于忘记你呵!

四

我要问你,容或你始终没有信息,我也要问你。

你的日子过去,我的日子也过去了。剩下的,是一片时日的空白,叫人怎么挨得过去?虽然,你的话是对的,一个人如果不是白痴,则他总是有反省的。但我要问你,我要问你呵!

选自《东北文学》,1946 年第 1 卷第 3 期

失落之歌①

无论怎么说，我将是有所失落什么，在我的走过来的昨日的生命之路上了。我确信我的思索是准确的，不只是单单地出于一时的疑窦，一时的情热，或是一时的迷惑的。

无论是任何一个时间里，在海上，在陆上，在大黑龙江的航船上，在去国的旅途上，使我的心情压抑不住不安与焦烦的，那就是总不断地侵袭着我的将是有什么失落了的神经的敏感，它整个地骚扰了我的宁静。

我知道，倘如人真个有其各自的预感的话，则我的预感将是与我赍来以最大的不幸的缘由吧！可是，我又没有来由拒绝它，拒绝这不幸的预感于我的体外。反而，我这么亲昵地接受了它，接受了我的未来的命运的告知。

记得，从前某个时期在我的日记册上我写记过：愈是将离去的

① 本文发表时署名柯炬。

就愈眷念它。如今，这话也依然可以这么说：愈是将失落的就愈增添了我的热爱吧！

其实，获得如不失于生命上的一桩喜悦，则失落又以什么理由屏之于喜悦之外呢？失落这语汇即或是说明着如何的缺陷与不满，倘如必须失落的也不妨就失落掉吧！这正如病者的疮瘤的失落不正会完复给他一张依旧的美丽的脸，失落了沮丧的人会重新奔向他生命的康庄么？

我曾想：年来我的获得太多了。这些，这些，获得了的新的感情，新的生活，新的思维，即或失落它的某部分也无惭于大量的获得吧！

获得之群中，有珍珠，有矾土，有锁住了春天的僵枝，有暗夜里的无色的星光……。倘如失落也有它的选择的话，将择取什么使我必须失落于昨日之途呢？选择一块石青色的矾土么？还是锁住了春天的僵枝呢？我怕，我会失却了无色的星光，没有了无色的星光，我的生命的罅洞将更怎样开始吞没我的这渺小的愿望呢？

珍惜一个渺小的人的渺小的愿望吧！与其选择了他的生命里的微光，就毋宁选择了他的生命，选择了他自己。因为不堪于失落的东西是不该失落了的，那样只有抹杀了一个人的愿望，一个人的向人生执拗着的信心，一个人的快乐和悲愁的感情。

我没有一刻不在转回我的头，向我的过去了的生命的路上睇视。当然这也正足以说明了我的心境，我无时不在想，将在那路上搜寻到什么我曾失落了的，或是即将失落了的东西。如是，一块矾土也就委弃了吧！如是，无色的星光呢？我不敢想，我不敢想。

人说把眼睛瞅向前方的是表示希望，那么，我这无时不睇视过去的路的呢？过去是尘沙，过去的是记忆里的尘沙，惟于我却掷不开这些尘沙了，我总觉得那些屑琐的尘沙里也有我的失落了的璀璨的王国，而是必须有的，在过去，在现在，或是在未来。

某时，我也特别清晰地发觉了我已经是一匹懦弱的虫豸了。既不想再去攫取新的企冀，复徒恋恋于必不可永得的失落，我难以说出我的这纤细的思维是导源于什么而来的，我但相信我的情感不会是罪恶，那么，我的思维总该不是有罪的吧！有人会知道，有人会知道，我怎样为了忠实于我自己，忠实于我的投交给另一个人的友情，而致辗转于大量的忧烦和痛苦的池沼里，那个时候，我没有一点反悔，即便一点懊恼也是没有过的。

落日如果不应该再珍惜过往的豪华来慨叹必然的黄昏的命运，一个将挽别向昨日的人又以什么权力来作迟暮的哀歌呢？看黄昏到来的时候，一天云霞也失却了颜色，一个人的企望到这里已再没有了归复的途径，沧海和莽原都已向明日的锦幕跌落，明日的深壑会鲸吞了多少晚来的风雨呵！

失落的心情愈载我丢向寞落了。开始对人生疑惧的同时，也开始对人生畏怖。这畏怖倒不是恐有什么突然的发生掠夺了自我的生命，那样毋宁说是过于优遇了一个人生吧！而是怕生命之终结到来之前，会沦陷我的生命于诱惑，淫佚，或是邪僻。当我一步一步逐渐发觉我的脚步已离开我自己的该走的前路的时光，我虽不能遽然断言我的忧虑是有着它的理由的，但我可以这样说：人生的炼狱已将是一步一步被我踏破了。我怎样把我的肉身投于试炼的洪炉，我又怎样从洪炉之外再接受了我的肉身，这就是我的人生修业，我的未来的人生的课题吧！

我不能失落我的不当失落的，正因为我太吝惜我的可怜的感情，我不能为了失去它而失落了我的日进一步的信心与勇气。至于明日呢，明日，我不敢申诸我的内在的心灵了。这必须是左右于明日的命运的响宴的，谁能说出明日的预言呢？

可是，清楚的我的预感又在袭击着我了。我将会是失落了什么，在昨日的生命的路上。我有什么失落在那里了呢？自己也答不出，仅仅是觉得在宁静的心原上有什么稀疏地向下流落了。那么轻轻地，轻轻地，有一个时候会落在走过来的路上了。

但愿：那不是暗夜里的无色的星光呵！

选自《东北文学》,1946 年第 1 卷第 3 期

岁暮长春[①]

我和你在暗起来的街路上逡巡。

黄昏从我们的背后走来了。我和你，载着逐渐长起来的自己的影子，背着黄昏走向广场去的路，前方扬着都市的烟尘，都市的烟尘里凸露着耸高的楼房。

这街路上仿佛就只有我和你。

也许还有另外的车马和行人，我们既无从看见，我们也不想看见。走在黄昏里，把眼睛也放得稳稳的，什么也看不清了，看不清了。就只看见我的影子，你的影子，搅长在黯起来的街路上。

谁也不愿说话，静静的，温习着自己的温暖吧！怕说话会伤了这样甘静的情绪，还是这样嗫着口走无尽的街路吧！

我和你一如重逢了的久违的知友，我的欢慰那么多，我的记忆也那么多如潮水，累我数也数不清了。看着你的黑色的外衣，黑色

---

① 本文发表时署名柯炬。

的外衣紧裹着你的身躯,犹说明着你可还那么年轻,青春的气息犹自你的矫健的身躯的每个部分放散,虽然,你说你的生命日迟暮一日了。

你的生命果真是日迟暮一日了么?我知道,你是不会衰落的常春藤,青春正爬满了如山的藤架。

你看一看我,你无来由地躲开了我的注视。你不会知道我会想些什么,你可别说我爱耽于我的沉默呵!

看黄昏从身后追过了,长长的影子乃为黄昏所吞噬,街灯的影子也是暗淡的。一天云彩都成了尘泥,我们以怎样的信念,继续下去这不尽的夜行呢?假如,把我们可以譬喻作被放逐于幸福之窄门外的羔羊,则我和你,也曾想过有一处粗糙而又鄙陋的归宿,来迎我们这傍晚的生客么?

显然,不只是今夜,我们的思索完全是架空的,是灵魂的诉语呵! 我知道:在这一点我会和你一致而不相谬。我想:在某种限度内,该解脱开现实的时候,就不要躺在现实里发昏吧! 就不怕,现实会虐待你么?

夜来了。看着你无语,我也无语,谁都依旧无语。踏在青沥的街路上,你的发丝上荡漾着薄明的白色的月光,洗在你的脸上,我的脸上。你的眼睛里乃有异样的光辉,那么亮晶晶地望我,我无缘由地想起了家园的日子,想起了泛滥着的江水呵!

你的纯黑色的外衣上也有冷雾缀上霜花了。夜寒不要侵袭你软弱的身躯么? 这坎坷的夜路,也许已惹你厌腻了。尤其是这么来回地踯躅于这条街路上,你感觉到这夜行有如人生一样重复、平凡和咒诅么?

迟迟地,我伴着你的脚步,看路旁的敞开着的窗子燃起明亮的灯火了。粗哑的男人的歌声也由窗口抛了出来,今夜将是一个可纪念的冬宵吧!即便,夜寒这么重,霜霰也这么浓。

不过,不会有人想到:在窗外今夜有人犹恋于寒宵的夜步吧!暖暖的温室的窗板上,印记着肥大的水仙的叶子,水仙的花苞也许已长得那么硕大而待放了。你或者在想起你的温室的家?使你就默默无一语向我了么?

这被放逐于幸福之窄门外的羔羊呵!今夜,我和你冒一天寒风,走在暗夜的街路上,走在这里。我们仿佛都不乞求什么恩惠,我们只在虐待我们的肉体,添充我们的记忆,追求痛苦的享乐而已。

夜步的心境,可爱的记忆,使我再难于拂掉的呵!

选自《东北文学》,1946 年第 1 卷第 3 期

◇长　工

胜利与喜悦

在全东北解放群众欢迎胜利春节中;在解放军连克连捷胜利鼓舞热潮里,占领天津的消息,又迅速传遍了哈市。

看哪! 那红色胜利的旗帜,飘满了每个街,每个角落……鲜明地在大喜悦里招展,像潮水般的人群涌在大喜悦里,个个都抱着喜悦的心情,办买年货,欢庆这伟大的胜利!

一个老乡买了一张毛主席的大像,在张开说:"这都是毛主席给我们的欢喜呀! 过年的时候,我非挂在屋子中间,恭敬恭敬你不价!"

是的,这无边的喜悦和胜利的春节,是毛主席伟大领导的结果,也是人民解放军在斗争中赐予,广大的人民在自由胜利的乐园里,哪能不恭敬毛主席呢?

天津的胜利,将更迫切地接了全中国的解放,将更快地促使蒋家匪帮走进坟墓!

"攻无不克,战无不胜",这是形容常胜军的词句,也是说明一个军队力量的伟大！

我们人民解放军，经过二十七八年的锻炼，迄今已变成无比强大；在进行解放战争中，显示了"攻无不克，战无不胜"的伟大力量。如四平、徐州的收复，就说明了解放军"攻"的力量。如北宁路及最近天津的占领，就证实了我解放军"战"的力量，今后将有更大的"攻""战"伟大力量的证实！

这是显明例子，也是事实很好的证明。

我人民解放军，咋就有这样的力量，没有问题的：因为他代表了广大人民的利益，在群众拥护与争取自由民主之下，成了一个铁的队伍，成了一个反独裁、专制的胜利军！

"攻无不克，战无不胜"正是我人民解放军的伟大力量的表现！

今后，我解放军将在"攻无不克，战无不胜"的胜利进军下，将有更大的胜利来临！

选自《哈尔滨午报》，1949 年 1 月 20 日

◇ 方　韧

热情照顾伤员

吉北反蚕食胜利的捷音传来了,靠近前线的×××站也显出一股紧张的劲来啦! 车水马龙的街道,只要看到头上冒热气的民伕抬着向北去的伤员,街上的马车和行人就自动地停下来,让他们过去再走。有的行人还嚷着:"让开! 让开! 别碰了伤员同志!"从这里便可看出为人民流血的光荣与受人尊敬来了。

"车站医院在北边"的木牌子,沿着道东的电线杆上钉着,这是指示担架队前进的路标。遇到十字街口,右边墙上都写着"伤兵同志北上"的白色字,深怕担架队迷路。夜晚由向导员和车马干事在城门口等着,担架一到,就领着上兵站去。

兵站设置得很科学,每隔三四十里地一站,招待又特别周到,使伤员们不在露天下休息,冻不着,也饿不着。招待最好的,要算×××和××屯这两个站,兵站人员到屯子外面放哨瞭望,当担架离他百十米远就迎了上去,把伤员接到兵站上。一到站上就涌上一帮胸佩红绸布条子的妇女和小孩,把伤号分别领回家去了,进屋子上炕,小孩子给生好火,又端水来洗脸,倒茶给喝。有时一杯开水没喝完,大嫂子就端上了热腾腾的饭菜。重伤的彩号由大嫂子喂饭喂菜,小孩子就将火盆移近伤员身旁,用小手轻轻地抚摸着浸血的纱布,问着:"叔叔痛吗?"有些同志被感动了,问为什么对民主联军这样好,大嫂同小孩异口同声地说:"不是你们,得不到地,上不了学呀! 水帮鱼,鱼帮水,才能消灭国民党反动派!"

那些分得了土地的农民,像靠城的××屯、××屯、××屯这一带民伕,都是早上八点钟吃饭,听"笛溜子"集合。只要屯子上笛溜子一响,那些年轻小伙子马上就咋呼起来:"集合啦! 集合啦! 天不早啦! 自己的事情嘛! 还挨啥啦!"到了集合场,也像军队一样,查点人数后,就由中队长带着出发。××屯老郑家的三儿子再过几天就要娶媳妇了,听说抬担架,他连婚也不结就要参加。中队长不让参加,他却咬定要去。

伤员上了往后方开的火车,车厢里的火炉烧得红红的,车上垫着厚厚的草,躺在上面又热又软,民伕们还把伤员的脚移到炉边,端水给伤员喝,一路上细心照护。我曾经同伤员同志们在救护车上唠嗑,他们都说:"这次后勤工作可没比的啦,最前方吧,有保暖式的滑雪车,拉到绷带所,换好药,就上担架往后抬,在上面被盖塞得紧紧的。一路上我没受罪,只要我的伤一好,马上回前方去好好地为人民立功,来报答人民对我们的热爱!"

选自《血肉相联》,东北书店 1947 年初版

◇方　青

长春慰劳团前线归来畅谈英雄事迹

带着长春市八十万民众的炽热心情去前线慰劳民主联军的长春市各界劳军团，一行一百二十余人，经过一星期的奔驰，于十七日早安返长春。记者特前往走访并向全体团员致以亲切的慰问！

当劳军团团长车向忱先生下车后，记者首先接迎于私邸。车先生虽仆仆风尘，已经三夜没有睡觉，但精神奕奕，胜利的信念增加了他极度的兴奋，而忘记了奔波的疲劳。虽在洗脸、吃茶的时候，仍然兴奋地讲述前线的见闻。以下简述车先生所说的话：

和平的四平

四平经过了几番的争夺，兼之一月来的炮火轰击，在我们未去之先，想早已毁平了。但既到之后，全非所料，四平除被反动派的炮火轰倒几处民房之外，一切仍如平时的和平状态，街上的人很多，商家也开着门，特别是摆摊子做小生意的很多，市面治安维持得很好，电灯在夜晚仍旧发出耀眼的光辉，电话也照常维持它的机能。人们

293

仍然充满着胜利信心地安定地生活着。在一个月的保卫战当中,虽经顽军无数次地倾其全力举行猛攻,但四平阵地,屹然无动。人民的眼睛是雪亮的,他们看见了民主联军不可抗拒的力量,同时他们也用全力支援民主联军,民主联军不是孤军作战,他后面有广大的人民,有丰厚的供应,无穷的力量在增长着。

与战壕共存亡

最可钦佩的是民主联军意志的坚强,他们已在激烈的战斗中锻炼出来了。当我们拿着慰劳品和慰问信从交通壕走到最前线的战壕时,看到他们精神非常兴奋,关心地问着:长春来不来敌人的飞机? 人民受害没有? 真不愧是人民的队伍! 谈到了前线战争时,他们都有个共同的誓言:"与战壕共存亡!"他们都相信:保卫着战壕,就会保卫着人民的和平,宁肯死在战壕,作为自己的坟墓,决不稍退一步。我们听了这些话,没有一个不受感动的,同来的有一位教员兴奋地说:"我也想打他几枪,解解气!"他把一个战士的枪接过来,和另外一个战士,肩靠着肩,瞄准了侵犯东北和平民主的敌人,"砰!砰! 砰!"一连打了三枪——这正是一幅真实生动的军民合作的画图。

胜读十年书

无论什么事情,不亲身经历过,印象总不大亲切。看到报章所载,四平"固若金汤",但总不如看过以后就越发有了信心。我们看到了董连静(一个排长)四枪打中了四个敌人,守住了阵地;也看到另有一个土生土长十八岁的年青战士——忘记了名字——十枪打倒了九个敌人,敌兵一排因此都垮下去了。我也看到顽军两个团,进攻我们一营人的阵地，打枪打炮都不理他，来到跟前，手榴弹一甩，刺刀一亮，敌人马上缴枪，解决战斗，连死带伤三四百。昨天又看到敌人增援来一个师，发动猛攻，结果白送了五六百条性命——我们所看到的，仅仅是千万中的几个，这样的例子太多了。这些具体事实，经过亲眼看到之后，方能体验得更真实。短短几天的过程，真是胜读十年书。深信四平确为"金城汤池"，是任何反动武力所不可侵犯的，如果硬要进攻，只有加速其死亡。

战场佳话

前线双方距离很近，只有几十米达，彼此说话都能听得见。我们的战士常常喊话："中国人不打中国人！缴枪过来呀！优待放下武器的弟兄！"先前我们一喊，他就打枪，后来知道我们真正优待俘虏，三个五个地喊一声："别打枪，过来啦。"说着就往这边跑，我们的战士们拍着巴掌欢迎他们。

顽军由于后方交通断绝，粮食供给特别困难，有一次听见他们说："他妈的，什么也没有，整天吃黄豆，拉黄豆。"我们就接着喊："投到我们这边来吧！吃炖大肉呀！"说完话真的有两个倒背着美国步枪逃跑过来，战士们马上领他俩去吃猪肉大米饭。

我们的战士在战壕里很快活，不打仗的时候，就开检讨会、看报、看书、唱歌；有时还唱留声机，敌人那边也能听得见。每逢这边一唱，他们就说："人家还唱话匣子哩，唱得好！"唱到好的地方，他们也常叫"好！"本来嘛，都是中国同胞，谁愿意打内战呢？他们要不是因为那黑了心反共反人民的反动派，大家不是都和亲弟兄一样吗？

古人说"攻心为上"，因为正义真理是在我们这方面，我们指战员用喊话、唱歌来教育顽军士兵，不叫他们再为少数人服务而背叛

良心打自己弟兄……车先生谈话至此以后,随谈其因目睹前线情形
有感于衷而作之打油诗一首,文曰:

四平平原向难守,
坚抗顽军三十宵。
美式炮火弹如雨,
寸土未让确神妙。
长春人民齐拥军,
各界感动来慰劳。

一九四六年五月十七日于长春

选自《东北日报》,1946 年 5 月 19 日

故土重温

郭长发在胳膊底下夹着早上砍好的四根木桩子,跟着分地的人群跑了两天,但是还没有决定他分哪一块地。据农会主任的意见,在他家附近,给他分两坰好地;但是他愿意——宁肯跑出一里多地去,分到那原来就是他自家的一坰八亩地。

"主任!少落二亩地,我也是甘心乐意,那是我老人的坟茔地呀!"

果然,农会主任没有辜负他底苦心,把那一坰八亩地原封归还了他。郭长发很熟悉地找到了地界,在四个角上用力钉上了地桩,看着那歪歪斜斜的"郭长发"三个大字,心里的一块石头才算落在地下。

他赶紧走到地里去,看着母亲的坟,发了一会呆。一转脸,又看着那已经是长到膝盖高的谷子,勾起了他一片伤感的回忆:

那是民国十四年夏天,母亲死了连口棺材也买不起。把仅有的一坰八亩地典出去吗?眼看着全家四口就没有饭吃;不呢?卷上领破席把母亲埋了,心里又觉着下不去。后来托人赖脸跟高大棒子借了一千吊钱——还得把地照拿去做抵押——才买了口棺材把母亲装殓起来。他想:把庄稼侍弄好好的,省吃俭用,赶个好年头,转过年来就能还一半,后年再还一半,把窟窿填平,了了这件心事。

第二年庄稼长得还不错。可是快要收割的时候,一天夜里连糟蹋带偷,损失了一大半。他向谁申冤呢? 报告了村长以后,得到的回答是:

"查查再说。"

郭长发以后也就再没有去追问,因为在第二天他就已经知道,高大棒子指使几个流氓来搞的。这个门槛不要说他郭长发,再比他"打腰"的也不敢去惹。

这样,账就还不起了。一年就来了个本利平,利上滚利,两个滚就由一千吊变成了四千吊。这笔重债把他压得头都抬不起来,可是高大棒子一直就没有向他催讨过。

他记得那是第三年的夏天,他刚从地里扛着锄回来,高大棒子底管家宋掌柜到他家里来,出乎意外的是他非常客气:

"才回来? 庄稼还可以吧?"

"嗯! 嗯!"他不晓得怎样回答才对。

"粮食能接下来吧? 秋庄稼还得个半月。"

"嗯,够! 够!"

"接济不上了说话,哥儿们没有什么过不去的。"

郭长发越发不知道怎么答应。以往见了面,宋掌柜总是把脸一扯,理都不想理,今天没头没脑地给他来了这么一套,他天大的本领也猜不透宋掌柜的葫芦里装的什么药。

"哥儿们不错,我才来找你;别人找了多少趟,我都不想去管。"

他稍停了一下，压低了声音："依我说，你那点账，用不着发愁，拿地来顶账，还有剩头呢，心里也去一块病。"

郭长发一听说"地"就像一声沉雷，把他震得半天不觉事。

一会，又好像听见宋掌柜说：

"……父一辈子一辈的，还能给你出坏主意？……东家说：三天以里，本利还清，我想你也办不到……"

"三天？"他底心神还没有稳定住，但宋掌柜的好话已经说完了，开始变了脸色，口气也硬起来：

"再不就拿地顶，反正账是非还不可！"

"地？ 地……地是我的命根呀！"

"没有什么可啰唆的，看你也还不起账。"他从口袋里掏出一沓子早已数好的吉林省官钱帖来："地按三千吊一垧算，公公道道，三的三千，三八两千四，五千四。本利去四千，下剩一千四，这是钱，分文不短。"说完又掏出一小张折得很整齐的红纸，在炕上铺平：

"这是你的借帖。"说完，头也不回，拔腿就走。

那天晚上他饭也没吃，把枕头哭湿了半截，这件事情到现在虽已有二十年，但郭长发还觉得像昨天的事一样。

二十年，他除了每年到母亲的坟上烧三回纸以外，根本就不到地里去一趟。平常走起路来，宁肯多绕点远，也不愿看到那块地，更不愿看到母亲的坟。

他觉得太对不起母亲了。每次他上坟时，总要哭着叨唠两句："你这不争气的儿子，连这点命根子也保不住……"

烧完纸以后，他又常常呆在坟上，半天不肯离开，翻来覆去地想：是我郭长发不争气吗？糟钱的道儿一概没有，黄烟叶子都不抽……他不由得想到了高大棒子，那个高个子，长驴脸，大眼珠子瞪得跟铃铛一样。一年四季总是提着那根有鸡蛋粗四尺来长的大棒子，只要他看到谁在他地边上走走，准得挨他两棒。到了"满洲国"，又和日本人勾搭好，当了大区长，三十多个屯子的出荷、劳工、奉仕，都是他一手来办——就是这个吃人肉、喝人血，吃完了喝干了还要啃你底骨头的坏种、恶霸！把我的地抢去了，那是埋着母亲的坟地！

"什么时候，才能争这口气呀？"最后他总是跺一脚，才离开了那块地。

世事的变迁，总没有辜负他底愿望。"八一五"的炮声把他惊醒之后，紧跟着就展开了清算汉奸逆产的运动。高大棒子也在一千多人的斗争大会上，吐出了勒索贪赃的财产。

郭长发算还了自己的土地以后，当天下午他就带着儿女到地里去了。先跪在地下，在坟前烧了纸，对着坟里的母亲说：

"争回这口气来了。"

然后又往坟上培了土，父子俩动手铲起地来。二十年后，郭长发又重新用自己的手来耕作自己的土地了。这是老人留下的命根，叫它长出粮食来养活后代的儿孙；可是二十年的光景，它被野狼吞了去，自己没有吃过它一颗粮食——他想这是旧社会把我底地抢走了。

现在呢？他又踏在这块地上铲草了。他感到自己已经离开家二十年，如今又回到母亲的怀里，亲切地叫着："娘！我回来了。"——于是他又感到：这是新社会把我底地要回来的。他这样想着，不由得拉长了声音跟儿子说：

"柱儿！想不到啊，盼了二十年，那时候你才三岁。多亏共产党……记住！可别忘了本啊！"

他直起腰来，两手拉着锄把，又沉重地重复着这句话：

"柱儿！记住可别忘了本啊！"

选自《东北日报》,1946 年 9 月 10 日

散文卷 ①

故土重温

加入人民的队伍

张凤山经过许多曲折,他的要参军的志愿,总算达到了。

他到了队伍里来,觉得什么都挺新鲜,心里可快活极了。

第二天一早,他在指导员那里谈了半点钟的话,填了一张"革命军人登记表",领了一套崭新的军衣、一个写着"民主联军"的符号,他仔细地把符号缀在左边的袖子上。他穿好以后,指导员把他领到第二班去,在那里正围着开检讨会的十来个人,见他来了,都迎过来,嘴里嚷着"欢迎新同志!"拥上来,七手八脚地把他的包袱接过去,手也被两个同志拉着,肩膀上也搭上了两只发热的手,问长问短的弄得他不知道招呼谁好。他被让到屋里去的时候,刚把一碗开水接过来,又一个同志把烟卷递过来——像这样热情的欢迎,使他想到七八岁上到了外祖母家里也似的,使他感激得流出眼泪来。

整整一天他都是和同志们谈话。他觉得民主联军的战士不光是会打仗,并且都很懂道理。

到了快落太阳的时候,班长吹哨子集合,说是开晚会,这对他可是个新名词,倒很想去见识见识。当他和许多同志站在一起的时候,他想到自己也居然成了民主联军——这是多么光彩的称号啊!

晚会开始的时候,台上一个同志说是今天这个会,一方面欢迎从各地来的慰劳团,一方面欢迎新参加的战士。紧接着宣布说:欢迎首长讲话! 这位天下驰名的名将,在张凤山想来,一定是令人望而生畏威武逼人的,但上台来的这位首长,完全不是他所想的那个样子,而是穿一身普通战士的军服,不是瞪着眼睛显出自己的威严,而是和大哥见了自己的弟弟似的那么亲热,谈起话来,也不是用大嗓门吓人,而是像老百姓拉家常话。但是讲到最后"要保卫人民胜利的果实,必须粉碎反动派进攻"的时候,又可以看出有无穷的力量汇集到他的声音里、眼睛和手势上。张凤山不由得把大拇手指头伸出来,轻轻地说着:"好! 名不虚传!"

以后他又听到了很多战斗英雄的故事。不知道是谁在讲欢迎新战士的时候,还敬了个礼,也看到慰劳团的代表说:"我们代表了全省三百万人民的热心,来慰劳民主联军的将士们,□因为只有你们才能真正保卫人民的利益。"后来把一面大红旗举起来送到首长的手里。又有一个慰劳团的女同志说:"我们辽西的每一个妇女,都想做一朵花,亲手给每一个战士戴到身上,但是环境不允许,我们妇联会的十几个同志,谨代表辽西的妇女同胞向民主联军献花,请首长也代表全体将士接受我们的敬意!"说完以后,她亲自把一朵朵的红花缀在首长的胸前。这时台下拍巴掌的声音,就跟夏天打雷一样,同时喊着"拥护首长!""民主联军万岁!"的口号,混在一块,越显出人民力量的强大无比。

正在开会的同时,前方的炮火又猛烈起来,风刮得又很大,情况越显得紧张。但是在场的一千多人,却没有一个动摇,都是聚精会神地在那里开会,一动也不动,演到只剩最后一个节目的时候,主持会的人想提早结束,向大家提议,但不管是军队或老百姓,都坚决要求把会开完,不愿受任何的袭扰。

当着张凤山回到自己的房子睡觉的时候,他在想:"这应当说是人民心上的军队。"他越想越觉得高兴。

一九四六年五月二十八日脱稿于松花江畔

选自《东北日报》,1946 年 6 月 3 日

生死斗争

——呼兰农代大会纪事

仅仅从呼兰农代大会期间，发生的几件反动地主向领导土地改革运动的干部反攻的事实，就可以看出此间之阶级斗争的尖锐程度。

其一：苔屯区孟村之封建堡垒，素有"五虎上将"沈、柴、刘、关、张之称，此外再加上两条"于"，构成坚强的反动势力。在去年十月间开展清算以来，封建堡垒基本上被摧毁，农民初步发动起来。但斗争尚未十分彻底，如五虎上将之一，号称"北霸天"的关××，曾在伪满时主谋陷害四条人命，清算时仅仅知道是与他有关，而未彻底追究。该村农会主任张凤岐参加县农代大会后，彻底了解了必须与反动地主作深入斗争，即将关主谋陷害四条人命的事实，当场揭露，不料就在那天晚上，张的家中，即被放火烧毁。张凤岐原住三间房，纵火者首先在当中门口点起火来，继点其寝室，足证系企图烧死其全家，但刚起火即被其弟发现，急呼张之妻及子等人逃出，粮食衣物,尽皆焚毁。

其二:康金区孤榆树屯长崔永生,为人忠厚老成,忠实于穷人翻身事业,不辞辛劳。此次选派代表来县参加农代大会时,群众一致拥护他,但为反动地主孙××、郑××所操纵的农会主任郑××反对,想取而代之,未果。郑××则又暗派心腹监视崔。当崔在大会痛哭流涕地诉苦,并揭发地主阴谋后,当晚即遭恫吓,崔的性格比较懦弱,终夜不能成寐,曾对同室代表说:"回去也活不成。"忧虑之余,竟于翌晨坠井殒命。

其三:一年以来,领导方台区人民作翻身斗争之耿田同志(女),工作朴素,艰苦踏实,虽在胡匪猖獗时期,她始终依靠群众,和反动势力坚决斗争。此次领导该区代表到城开会,住在于家店内。不料于一月十二日晚十时许,突被反动地主所勾引之国民党特务企图暗杀。耿同志已脱下棉衣,准备就寝,突由门外伸进一只手来,向炕上连打两枪,耿当即以还击,同时窗外亦有二三支手枪同时向室内打来,共发十余枪,耿乃□面还击,终将特务击退,安然无恙。事后检查,其脱下之棉衣,被击中两枪,窗户上的玻璃,都被打碎,墙上亦有数处枪痕。

对于以上事件的发生,代表们普遍燃起了愤怒的烈火。而所有康金区的代表们,更一致表示坚决为崔永生复仇,在查明真相后,星夜赶回本区,把反动分子逮捕起来,作坚决不留情的斗争。而张凤岐经过这次事件后,也更深刻地认识到:"地主是死也不肯饶我们的,咱们就斗个你死我活!"事情发生后,其妻曾经找来,要他回去,但他以为开会要紧,托其弟安顿家务,并派人严密追查放火之人,搜集材料,准备回去开展斗争。

方台区的代表们,对耿田同志事件也主动调查材料,追查凶手,并深入展开讨论,辨明本区之反动地主,详细搜集材料,决心追出此事之主谋者,并提出:"我们代表全区翻身群众,保护耿主任!"

至于大会对这些问题的讨论,一致认为孟村及孤榆树工作还是"半生不熟"所致,因之必须穷人团结成一条心。反动地主是用尽一切毒辣阴谋来与穷人作对的,他们已经由比较缓的收买、利诱、打击等方式,而转到直接的生死斗争。穷人如不结成坚强的团体,做深入的斗争,已经不能应付反动地主的毒恶手段,会继续遭受其陷害。苔屯区的一个干部代表说:"以往为什么留后路呢? 就是想着反动地主能够变好! 现在才明白留后路就是害了自己,非和他干到底不行!"

关于如何彻底摧毁封建堡垒,大会认为必须继续深入发动群众,面对面和反动地主撕破脸,打倒他们,并将其残余的封建经济势力加以摧毁。因为反动地主现在之所以继续不断地阴谋破坏,有些丧心病狂的腿子之所以还给尽忠效劳,主要是因为他们现在还有相当的政治经济的势力。

反动地主们企图威胁干部,破坏农代大会的阴谋,不但没有成功,相反地燃起了群众复仇的烈火,坚定了进行生死斗争的决心。

一九四七年一月十七日于呼兰

选自《东北日报》,1947 年 2 月 9 日

吴长春告状

——巴彦朱明屯一锅生饭的例子

巴彦西集区朱明屯农民吴长春,于上月二十九日到县民运工作委员会告状,申述屯里地主利用狗腿使用计策,篡夺翻身领导权,重新骑在人民头上,欺压作恶的情形。

朱明屯有四家地主:杨春林一百多垧地;贾会长(伪满兴农会长)六十多垧地;恶霸王泰一百多垧地;张星海五十二垧地。干部有的很不好,村(志达村)农会主任李延年自有十多垧地,扎大烟针,伪满自卫团长;村长陈万沧,是卖零工的流氓;屯农会主任黄文才,吃大烟;前屯农会主任杨景生,与地主杨春林是本族。其余干部还不错,但不能掌权。

当各地清算斗争、土地改革运动起来的时候,地主杨春林及贾会长曾经勾结前农会主任杨景生,故意组织了伪斗争;贾利用他的姑爷张老本作为斗争自己的"积极分子",杨则利用他的亲戚耿志高作为斗争自己的"积极分子",到开会的时候,由他们四人把预先排好的"双簧",搬到会场上来：

"积极分子"问：你是不是卖清油加过米汤？

地主答：是！

"积极分子"问：你是不是卖米提高价钱？

地主答：是！

"积极分子"问：你是不是卖米大斗进小斗出？

地主答：是！

"积极分子"问：你是不是卖酒掺凉水？

地主答：是！

"积极分子"问：你是不是叫工夫压低工资？

地主答：是！

"斗争"就这样结束了。张星海又给村长陈万沧送鸡送鸡蛋送酒肉，并给陈扎大烟针，买通了干部，于是张星海"自愿"献地二十五垧，自留二十七垧好地，献房三间，自留十七间，献马二匹，自留九匹。

地主王泰没有请干部喝酒，只请吃面条，村长嫌不好，不吃，于是把王泰分光了。

干部分好地，地主留好地，给干部扎大烟的分好地，真正穷人分坏地。

朱明屯共分二百五十五垧地，杨景生向分地户每垧地要二十元，共得五千一百元私吞，下台后钱也没退出。

斗争王泰的衣服，好的干部穿，破的、烂的给穷人。

粮食打了，农会把豆秸卖给地主喂牲口，卖多少钱老百姓不知道。粮食仍然存在地主的仓里，农民虽然名义上分得了地，但现在仍然没吃的。穷人要分粮，农会说：场还没打完。

全屯集体打场，二十天"吃"了三十石粮食，干部贪污、浪费。

吴长春家七口人，独生子吴耀星自愿参军，自地一垧，有房三间，按该屯每人分地五亩，吴家应分三垧半。但扣去自有地一垧，扣去三间房一垧五，还只能分给他一垧地，后因其子参军，多分给二亩（按该区参军家属应多得五亩），算是分了一垧二亩坏地。村长不给吴长春优待军属柴火，吴要时答应给两车，但吴去拉时，被"腿子"刘二光子、李大鼻子捆起来，打了一顿耳光子。并由张洪喜造谣说吴是"反动派"，张汉良则造谣说吴耀星开了小差，找吴长春时正赶的不在家，把吴的老婆抓去，扣了九天，放出后还逼要每天十二元的伙食钱。

吴长春蒙此不白之冤后，亲自到县里找到了他儿子，并由分区司令部写了证明信，打算到西集区去告状，在路上遇见工作队同志，问清来由后，才介绍到县民运委员会来告状。再附带一句是吴来县时不敢到直属之志达区开路条，而是绕道到宁安村来开的路条。

县民运工作委员会获悉以上情况后，又对照了过去对该村了解的干部情况，大部证明属实，没有想到会坏到这种地步。因之即刻组织了武装工作队，到该村作深入的调查，重新发动斗争，坚决把这锅生饭煮熟，煮香。

从吴长春的谈话中，可以明显地看出两个问题来：首先看出人民觉悟大大提高了，并且普遍的翻身运动是展开了，才会有吴长春告状的事情发生。当天他在分区开了证明信回家的路上，正遇到记者，只问了他一句话："你们屯里地分了吗？"他恨不得一口气把全村情况都说出来，并且不怕已经离城十五里的辛劳，愿意马上回县报告。到了县民运工作委员会时，好像到了自己家里一样，毫不拘束地说话、喝水、吃饭，这在以前是难以想象的。同时他这种不甘于忍受坏干部与反动地主欺压的精神,敢于发泄,也证明今天的农民已经深切地体验到共产党是为人民服务的了。

另外也得到了一个启示:在经过初步发动的农村里,虽然像朱明屯毛病这样严重的地区很少见,但类似这样的问题各处还是有的。从这里可以看出深入检查巩固工作的重要性。

选自《东北日报》,1946 年 12 月 22 日

◇孔志良

头一天

今天三月十九日，是我生活史上最值得纪念的一天，因为今天我又开始工作了，是董工友把我介绍到电气机械工场里来的。当时我怀着像以前到日寇统治时代工场工作一样的心情，可是待我进到了工场，我的心情完全改变了，先走进讲堂，看见里面的一切设备及专为工友们设立的壁报，发扬、批评、问答栏等等。上面全是工友们所写的自己的真心话。我想，今天是不同了。

董工友介绍我见课长（苏联人）和工会委员长崔同志及各组长等。工友们个个都是那么很和蔼的态度，同时课长便决定把我排在赵组长那组工作。因为我才干活，工作不敏捷，但赵组长并没有表示不满意，而且还很和气地讲解给我听，这真是我预料不到的，今天确与过去不同了。

正午笛响了，工友们都手持着饭票，欢天喜地地面带笑容走进了食堂。饭都给预备好了，各人按着各人的号码吃饭，热乎乎的一大碗高粱米饭，一大块台鲅鱼，吃得饱饱的。听说价钱很便宜，工场有这种施设，可使每人每月省下不少粮食。

饭后，我又看到一样令人高兴的事，就是有一个日本技师天天给工友上课，他说着很流利的中国话，这对于我们工友们工作上的帮助是太大啦！到一点钟时又开始下午的工作。

五点，一天的工作便完了，工友们都很快活地唱着新学会的歌曲，迅速地走进了讲堂，集体地再学习一小时。今天学习题目是："农民为什么穷？""你怎么穷的？"各工友都争先恐后地热烈地发言。学习使我们大老粗的工人，明白了些真理，了解些政治及目前国内外的形势，这多么好呀！

回家走在路上，心想，这不是一处工场，简直就是一所电气专门学校，我们不是什么穷"手艺棒子"，可以说是很幸运的学生呀！今天变了，今天变了。

选自《"工农园地"选集》，大连大众书店 1948 年

◇邓承业

地主恶霸豺狼心
——陈维国家的血泪史

母亲死了没棺材大伯无情黑了心

我家在江苏省乡下。家里有父亲、母亲、哥哥和妹妹。我六岁那年,家里没有吃的。父亲被逼得无法,去找我大伯借钱。他是我父亲的亲哥哥,是个大地主,外号老阎王。当时他叫我父亲答应给他干两个月的工,才算借到了两块钱。

我父亲拿着两块钱,买了点糖,带着我去到外乡换地瓜和胡萝卜,带回来好当饭吃。一路上我们都是讨饭吃。

家里扔下的妈妈和哥哥妹妹也没有吃的,逼得母亲带着七个月的身孕,去给老阎王铲了四天地,才赚了二升苞米。

母亲拿着苞米刚回家,老阎王的女婿——乡长,就带着打手来要征粮。我们一家大小都跪下哀求,他还是非要不可。逼得我妈去找大伯,想再借两升苞米,谁知粮没借到,反倒挨了大伯一顿骂:"你铲

314

了四天地,不是给你两升啦吗? 你再想用粮,等你再干了活再说吧。我家不是给你开的粮栈。"

母亲哭着回来,向乡长哭求,怎么也不行。母亲说:"我们已经好几天没吃到粮食了,刚弄来两升,你们就逼着要,你们真要逼死人吗?"凶狠的乡长一听就火了,叫他的狗腿子打手们把我母亲七手八脚地打了一顿,结果母亲被打流产,中风死了。

母亲死后,父亲和我才回来。父亲就领上我兄妹三个去给大伯磕头,想求几个破乱板子钉个棺材,哪知道他竟不念骨肉之情,求了半天不但不给,倒把我爸臭骂了一顿:"死了就死了,穷得这样,还想弄棺材呢! 就那么弄出去,埋了算啦。我那两块烂板子,还要留着钉猪食槽子呢!"

后来还是我表叔给了一元五毛钱,才买了两张席子,算是把我母亲卷出去了。

父亲求了几个穷邻居来帮助抬我母亲。走到老阎王的大门口,他怕我们的穷霉气污了他家,就在门前挂灯结彩的,好像办喜事一样。真是太没人心了。

母亲死了,家里没人照顾了。一家人无处去,只好又到老阎王家混碗饭吃。父亲给他当杂工,一年给七块钱。我和哥哥妹妹给他放猪,供饭不给钱,人家还不愿意,稍有不对,不是打,就是骂。爸爸也只好瞪着眼睛看着。

逼卖妹妹还租债抢去地瓜喂肥猪

我十五岁那年,我哥十六岁了。我舅舅给他定了个媳妇。我父亲为了弄几个钱给哥哥办喜事,也好把我们散了十来年的家再成立起来,就老着面皮又去找大伯求租几亩地种种。老阎王答应是答应了,但是不管我们收不收,规定一年得交两石三斗租子。

唉,穷人真是越穷越倒霉,好容易租了点地种种,头一年就遭了蝗灾,颗粒未上家。交不上租子,老阎王把地抽回去了,还硬逼着要租子。家里没有钱,他叫我父亲卖我妹妹。起初父亲不肯,后来被他逼得没有办法,只好答应了,把妹妹卖给他的徒弟(就是他的打手狗腿子)当媳妇,合了十八块钱。但是这十八块钱没等到我父亲的手,就被他扣去了十三元五毛(以前借的两块钱连利是八元,两石三斗租算五元五毛)。到我父亲手里时,就只剩下四块五毛钱了。

父亲含着眼泪,拿着这卖孩子的四块五毛钱,刚刚回来,追命的乡长听他老丈人——老阎王的话,知道父亲卖了闺女,有了钱,就立刻来要军火费。父亲说:"你可怜可怜我吧。咱还是亲戚呢。刚卖你妹子的几个钱,都被人家扣下,还了债啦。"没有人心的恶霸乡长却连骂带熊的:"我不管你怎来的钱,能还债就得交官款。今天交不上,我就把你带着交上面去。"父亲害怕,只好把家里仅有的八十斤地瓜给背去了。顶一块二毛的军火费。但是这混蛋东西却把地瓜全倒进老阎王家的猪圈,喂了猪。父亲眼看着自己舍不得吃的东西被人家逼去喂了猪,真有些耐不住了,气愤愤地说了一句:"这简直是不讲理,要穷人的命,我们一家还舍不得吃,你们逼来喂猪,我们穷人连猪都不如了。"

父亲的话被乡长听见了,指使他的狗腿子把我父亲痛打了一顿。父亲挨了打,无处诉冤出气,躺在炕上,连着四天没起来,也没吃东西。老阎王反倒跑来大骂:"他妈的,交不上官款,打死也不多,赶快起来,给我收拾牛栏去!"父亲因为使了他一年的七块钱工资,只得忍着一肚子苦,起来给人家干活。

霸占嫂子杀死哥满肚子冤仇无处诉

第二年春天,在表叔和舅舅的帮助下,好歹算是给我哥哥娶了媳妇。

这时日本鬼子已经占了上海。我们庄里的有钱人都搬家了,老阎王自然也一样搬家。临走他叫我们给他看房子。我父亲一想,穷人到哪还不一样挨饿,反正饿死和给鬼子打死一样,就领着我们去给老阎王看房子。

老阎王的女婿,那个连畜生都不如的恶霸乡长,看我嫂子长得好,就叫他的狗腿打手们,在一天夜里把我哥哥杀了,把我嫂子抢去。父亲又痛又恨,想去告状,可是县里当政执权的都是恶霸乡长的朋友,要告也告不倒他,只好忍着这口气,不敢出声。

申冤报仇翻了身坚决消灭地主头

大家害怕的鬼子没有来,可是我们穷人的救星共产党新四军来了。恶霸乡长和大地主都在暗地造谣说:"共产党是穷党,共产共妻。"他们都躲起来了。我父亲却不顾一切,出来帮助军队买粮买草,组织村里的人起来帮助军队,后来被大家选为村长。

以后又由共产党领导和民主政府做主,斗争大地主恶霸,清算他们的家产。在老阎王家翻出四缸大洋钱,也被穷人大家分了。当时我家也得到了十八亩地。全村的穷人都翻过身来了。

不久那万恶的乡长也被民主政府抓回来,交给我们全村自己来处理。在我们大家一齐动手下把他处死了。共产党替我们出了气,报了仇,我从心里认识了只有共产党才是我们穷人的救星;只有共产党领导的军队才能替穷人办事。当时我就参加了新四军。我参军是要为一切受压迫的人报仇,消灭大地主、大恶霸头蒋介石,坚决干到底!

选自《从奴隶到英雄》,新民主出版社 1946 年 6 月初版

◇左 忆

泥泞的春天

已经是春的季节了,窗前仍有雪在飘落,轻轻地,有如片片的落花,飞扬的柳絮,伴着风消失在泥水里,跟着,它的纯洁而美丽的形体,迅速地变成了污秽的落液。

隔着窗,我向院中凝望,当着那正在飞舞着的细碎的雪花,愚蠢的,将洁白的魂灵,去投向污泥,我深痛地颤动着惋惜的情绪。

太阳还没出来,房顶上的积雪,已经开始伏在房檐上低泣了,它是在向春天控诉吗——冬的战栗,抑是怕春风会把它吞蚀呢?

高的,在我的心灵上,揪起了淡淡的哀愁,向往着严冬的雪夜,给睡了的山河,披上底白色的睡衣,那河山是多么静谧,美丽,只是,如今啊!那洁白如百合花的梦境,我已深切地感到怀疑和否定了。它们不都在悲哀地哭泣吗?虽然仍是默默无语。

※　※　※

我走出了家门,门前已经泥泞不堪,我艰难地走了几步,已经预感到行路的艰辛了,于是,我又回转去,珍藏起我的半旧的皮靴,换上了一双绽了线的破布鞋，——走吧！望着泥泞的窄巷，一片积水，一片泥塘，连一个行人的脚步却无法寻觅，我待定了好久，踌躇，思索，我一向不愿绕路走的，最尽，望着开滞而见长的路子，索性就在这泥泞里跋涉吧！沉重地拔起一只脚，再寻找那只脚安放的位置，我悲哀而苦恼地，再不想走下去了，突然有风从我的身边吹过，仿佛有谁向我低语——你要勇敢下去。

※　　※　　※

泥泞的路子，永远不会走完，相继地，又是狂风四起，这风虽然已经不再那么尖锐，然而，它会常常地眯着我的眼睛，刮来腥臭的气息，于是，我昂着头，迎着风沙，任着两脚踏在开泥里，想到春天带给我的灾难。我无端地苦笑了。

望着路旁一堆堆尚未全然融化的积雪，和那给矮□□蔡的孩子们。我深深地叹息着。渴望的季节啊，仍是那么迢遥。

仰望欲哭无泪的暗蓝色的天空，我又想到，风狂烈地吹吧，吹干了泥泞的道路，吹散了浓重的云朵，让太阳走出来吧！晒干这个大地上污浊的泪迹。

在这静静的路旁，我该多么希冀着，有花的馥郁，有草的芳香，那漫的天空，我更希冀着，有一株辉煌的光亮。

选自《东北民报》，1947 年 4 月 3 日

◇石　阵

张成富
——记一个站务员怎样当上了站长

一

他生在大连，父亲是个农民。八岁那年母亲死了。十岁上学净念日本书，念了二年就转到私学馆去念"子曰"去了。他说："念日文不如念旧书，好歹还是中国的玩意儿。"

旧书念了二年也不能念了。

父亲耍钱，已经把家底儿折腾完了。家里吃饭已成了问题。他不得不含着眼泪离开了学堂，去找吃饭的地方。一看见别的孩子背着书包上学，他就偷偷地流泪，流泪也不顶啥，还是在一家杂货店当了学徒。学徒就是给人家抬货送货，挨打受骂，装烟倒水。抬货的活儿可不轻，年轻的孩子干了一天活晚上就得扯着猫尾巴上炕。若有一天不挨骂挨打，那这一天在张成富看来就好比过年了。

牛马一样的生活，使他想走开。

"走开又能怎样呢,给人家支使到哪儿都一个样啊!"一个比他大一点的学徒常常这么劝他。

"看在一天两顿窝窝头的分上忍着吧!"他想。

忍着忍着三年学徒满期了。他多少有一部分去留的自由。并且他一直渴望着能上真正中国的地方干点活,总比在日本人眼皮底下强。

他和父亲商量,活太累想要不干找旁的事去。父亲摇头不答应。问急了就说:"我不管,你翅膀硬了乐意怎的就怎的。"没有一个同情他这种主张的,都说:

"吃人家饭,服人家管,给人家支使,人家也不是请老太爷子呢。"

他不管别人同情不同情一个人跑到了奉天。他进了一家日本工厂干活。累个半死,每天顶多能挣六角钱,六角钱只能吃窝窝。他想:

"真是天下老鸦同黑,到奉天和在大连没什么两样。"

九一八事变了,奉天也被日寇占领了。

他想上更好的地方去做活,就和一个叫王世进的工友合计到关里去。关里能好一点吧,关里到底是中国的地方啊。

他和王世进走到山海关,就被日本宪兵堵回来了。上关里去的打算是竹筐打水一场空。又不得不回来挣饭吃。

他到了牡丹江,在海林当了铁路员工。

起先打扫站台,擦厕所,拔草。后来又擦车,给信号,在屋里听电话。

现在他再不傻等好心的主人恩典恩典,给他换一个好的地方去了。海林站换了一个中国人站长时,他要求上屋里来干活。好几次才允许了他管货物。这时候他已经在铁路上干了十年了。才是个货物员。站里的活，轻的重的都干到了，工人阶级的苦痛，挨打挨骂、挨冷挨饿，他也都尝尽了。

日寇的残暴，汉奸特务的迫害，没有使他屈服，相反地更造成了他那倔强的个性，更锻炼了他那斗争的毅力。

他已经不再梦想能有和气的主人。干活就吃饱饭的地方，这都是不会有的事。

二

他看不惯那些溜洋须而出卖自己同胞的汉奸走狗们。他和这种人是死对头，他的脾气暴，见了不平的事就要管。

一次，车要开了，一个农民样子的老头旅客背着个大行李要上车，和张成富一块管货物的那个人说：

"拿东西上车不行。"老头急了，眼看票房子的人一个也没有了，站台上人使劲跑。

"先生，我等火车等了十多天了，光店钱就花了好几百了。"

"不行。"开车的铃响了，老头的头上冒着汗。好容易从里边兜里掏出来一卷钱递过去说：

"我先上车，你随后给我补载纸。"

他用手一摸薄薄的，只多不过几百块钱，老头简直要给他跪下去地弯着腰。

"不行。"嘴说不行，钱可没松手。张成富实在看不过去了，说：

"放了吧，都是中国人。"

"别装好人，没有你的事。"

"怎么没有我的事，咱俩管货物你捅毛蛋。……"

老头趁他们吵嘴的机会上了车。

张成富就这样触犯了汉奸们的尊严。

太平洋战争爆发了,日本鬼子拼命地抽调在乡军人,老的小的,残废的都调走了,调到南洋调到关内送死去了。人们的眼睛雪亮,这下子可快了,张成富也正是为这个"快了"而高兴。

有一天,他和四个工友干活,干着干着他高兴起来,不由自主地说:

"德国完了,他妈小日本子这回可快了。有那一天我就把日本头儿砸死。"

第三天,一上班,两个便衣特务把张成富请走了。到了警护团,给他灌了两回辣椒水,打得混身上下没有一块好地方了。日本特务说:

"你的思想不好,心的大大的坏了。"

"你小子他妈的反满抗日。"一个中国特务说。

张成富的家里着了慌,把能卖的东西都卖了,凑了五千块钱,托人送去,才不打了。给他换个偷东西的罪名。正要放他那天,凑巧牡丹江汽车公司着了火,日本人说:这是他们同伙干的,又打了他一顿。

他出来一到家,员工的家属一看他打的那个样子,都忍不住哭了,他自己也哭了。他想:这有啥法呢,当亡国奴就是这样啊,要想不这样,除非不当亡国奴。

三

八一五,日本子跑了,国民党在海林成立了支党部,收编伪满警察特务汉奸成立了维持会,警察狗又成了党老爷了。协和会的牌子翻过来写上了"国民党部",派出所还是小衙门,他们下命令:凡是捡日本的东西,一律归官,因为这是军用。

张成富花了三十块钱买了一身日本军毛衣,在街上走,被维持会的看见了。没容分说,非扒下来不可。

张成富说:"我花三十块钱买的,又不是抢的。"

"废话,买的抢的一样,这是军用品,痛快给我脱下来。"

"这是日本鬼子的军用品,中国光复了,为什么还不许可穿?"

"军用品到多咱都是军用品。"

"实在要脱你跟到我家去脱下来给你,外边这么冷怎么脱?"

"不行!谁有那个闲工夫?"他没法,只得把衣服脱下了。他想,维持会就是国民党,国民党就会扒衣裳。回来告诉工友说:"别上街了,街上维持会扒衣裳。"

四

八路军开到山市的时候,一个苏联工友对他说:"中国军队快来了。"他起初不相信。到军队来的那天,大街小巷都挂上了国旗表示欢迎。

张成富跑到很远的地方去等着,他要看看这支军队到底啥样。

来了。穿的并不大整齐,前头一个人见了他就问:

"老乡,街里有多少军队呀?"

"有一千来人。"他留心说话人的脸色,脸色和气得一点也不像他见过的军队。

"街里的军队好不?"

"……"他没敢说好不好,他不知道这伙人和街里的军队有啥关系。

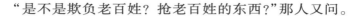

"是不是欺负老百姓？抢老百姓的东西？"那人又问。

"嗯。"张成富只哼了一声。

这支军队没有扒张成富的衣服，也没打张成富。他把他们领到街里，留心看着这支人民的军队，他们不拿老百姓一针一线，还替老百姓挑水劈柴火扫院子呢。扒衣裳的国民党早就吓跑了。

张成富信任了这支中国军队，他爱上了这支军队。

五

八路军虽然来了，铁路还是掌握在坏蛋的手里，上边派来了穆站长，穆站长一来，发饷比别的站少，干活的，还有不给钱的，站长的外甥上哈尔滨待了两个多月，回来倒领双份的。

每回发饷，总是一个小纸单上叫大家看，按戳拿上边按，张成富奇怪，就假装有事上站长家去看，站长正在拿大家的手戳作假名单呢。

张成富知道了站长的鬼事儿了。他想：伪满时代欺负咱工人没人敢说啥，现在欺负咱工人可不行，我非找着确实的证据跟他算账不可。有人劝他："铁路局都是他们自己人，你弄不好，把饭碗子打了不合算，轮到你头上才几块钱，扯那个干啥？"

"钱多钱少不说，他欺负咱们，少给一个子儿也不答应他。"于是张成富上牡丹江去抄账去了。管账的是郑科长，郑科长说：

"账归苏联人管。"张成富就去找苏联人去说，他不会苏联话，还是郑科长去说，郑科长说：

"他是海林的老博待，活计不好好干，上局里胡闹要看咱们的账，账哪能给老博待随便看？不给他看。"苏联人对张摇头告诉他，看账不行。临走时一个会中国话的毛子姑娘跟张成富说："你别恨我们,是你们中国人,他(指郑科长)不让给你看。"原来郑科长和穆站长一个鼻孔出气。

"难道斗不成了吗,大家上下通气(都是国民党),咱们说不上话去。"又一想——"不行,临走时,工友们嘱咐又嘱咐,一定把账抄来,抄不来,怎有脸回去呢,还是自己不中用没找着正地方。"他跟自己说。

张成富去了两次,都没看成。

穆站长知道张成富上牡丹江去了好几回,他想收买张成富,开饷的时候,多给张成富二百块钱。并说:

"你比别人多。"又拿单子给张成富看。

张成富心里明白,这是拿钱堵他的嘴。他想:

"哼,我不能为个人多得个三百二百的就不给大家办事儿了,账是非算不可。"

张成富就各处去打听,他相信,八路来了,一定有给咱工人办事出气的地方。他想对了,他终找到了职工会。职工会的同志领他到局里抄了账,抓住了确实的证据。回来给工友看,工友说:

"你敢领头,咱就敢斗。"

"你们敢斗,咱就领头。"张成富毅然地说。

"好!"

他们拿着证据和当地部队联络,先把穆站长抓起来,第二天开大会和他算账,穆站长被工友斗倒了,证据握在工友的手里,无话可说,局里也没法再袒护了,工友一致要求撤职,局里只好撤职,他们虽然都是一伙的,但是他们抵抗不了工人群众的力量啊!

斗争教育了工人,提高了工人的阶级觉悟,他们原来像一片散沙,如今铁一样地团结在张成富的周围了,他们认识了工人自己的力量。接着又斗争了第二个坏站长孔庆林。孔庆林也是局里派来的。

第三任站长上任了，召集大家讲话，他挺着胸，扬着头眼睛往上翻，他说：

"我受局长的命令来当站长，我看你们的学问不很大，我呢？是高中毕业，我看你们都是一瓶子不满，半瓶子晃荡，你们知道地球有几个大洋和几大洲？"工人在下边骂道：

"也不是让你来考我们呢。"

张成富并没有被局长的命令吓唬住，别说局长派来的，局长不好也一样斗争他。

郑站长和穆站长狼狈为奸，穆站长剥削工友的钱也分给郑站长一半。他早就恨透了张成富这伙人。不久，张成富以下六名被局里来命令撤职了。理由是，不安分守己，搅乱路局。

这使张成富气极了。他去找站长，站长说，这是局里命令，他不知道。到局里，局里说，是站长报的，他们不管。最后他去找苏联站长（苏军没撤出东北时），总算留下了他自己，别人都撤了。撤的人，都是斗争中最积极最出力的几个人。他们有的参了军，有的做了别的工作。

工人的团结，像一盆火，暂时被灰压住了，张成富这个海林工人的旗帜无依无靠了吗？没有，一点也没有。

他又从新团结了一批新的积极分子。

这位高中毕业的站长的坏事，又完全暴露在工友们的眼前了。原来这位高中毕业的站长，不但知道地球有几大洲几大洋，还会往自己的兜里搂大洋（钱）呢。

自然不能白白放郑站长过去，斗争了他。

六

别人看海林工友如火如荼的斗争精神,都被吓昏了头脑造起谣言来说:

"海林工人要造反了,那里的站长谁也干不了。"

海林的工友并没有被这话吓倒,他们还是不断地斗争。又斗争了贪污十万多元的工段主任徐发和不负责任而造成柏山海林列车正面冲突的海站长(第四个站长)。

"没有站长不要紧,我们自己干。"

于是,当了十多年的擦车员的张成富同志当站长了。被统治多年的铁路,在工人的艰苦不断的斗争下和海林工友一块儿解放了。

五月三十日于牡丹江

选自《东北日报》,1947 年 6 月 10 日

◇ 叶钦和

流浪散记

一、别了武夷山

一九四二年六月十七日"赤石暴动"后,我们四十多个胜利者,在闽南武夷山上分散成游击小组,以游击斗争来对付敌人狞恶的"搜索"。在暮秋十月中旬的一个黄昏,我们一行三个人——陈紫戈,黄蝶飞和我,毕竟和相处三个月的武夷山告别了。

呵,武夷山!在你的山石上有着我们奔突的脚迹,留下我们光荣的骄傲。

临行前,我们和共同在赣闽边区坚持游击的地方党邱同志告辞,他费尽了力量弄得几十个青瘦的小梨子送给我们当干粮,握别时,他郑重地说:

"祝你们沿途珍重,安全到达军部。"摆在我们面前的虽是遥远的途程,但那是我们归去的所在——我们革命的家,一种坚强的归去的信念牵引着我们。

在苍茫暮色中，我们踏上荒芜的山头，微风吹拂着枯黄的野草，野花已经萎谢，蟋蟀在草丛中唧唧奏乐，它们在欢送我们。走完了浓密的竹丛和树林子，又走过一段崎岖的山路，天色已经渐渐地暗黑下来，像一个凶猛的怪物张开了巨口，把一切景物都吞噬了。夜虽已深，但我们还是脚不停歇地踏着崎岖的山路，伴随着我们的是天上的星星，脚下的山溪。通过了几处敌人的封锁线，穿越过闽赣交界的威灵关，当我们到了江西境的山巅时，东方已渐渐发白了。

经过一夜的奔波，疲乏极了，我们正休息下来用早餐，隐约听到远处山村传来的起床号声。黄蝶飞幽默地说：

"我们进餐，国民党反动派还给我们吹号啊！"

我们继续进发，走上人迹绝少的大山，一边是危严峭壁，一边是黑漆漆看不见底的深渊，翻滚的瀑布水花喷溅得我们满脸满身，我们沿着陡峭的山石，在深潭和瀑布旁边一步一拐地匍匐前进。

第二天的晚上，我们宿营于金竹霸的山巅上，夜半醒来，满天的繁星和半圆的月亮照射着阴冷的群山，山风吹来，我不禁打了一个寒噤。

※　※　※

经过三昼夜的艰辛跋涉，到达了真正的最高峰五府岗的山顶上了。俯览四周，可以环视闽赣边界的五府（大概有广信、浮梁、崇安等府，记不清了），南通福建的武夷山脉，东联上饶广丰的风景山脉，渐西而下，就是江西铅山境界了。

我和陈紫戈同志正在争论判断方向地形时，突然一阵狂风吹来，乌云四起，顷刻弥漫天空，大雨如注，我们无处躲避，只好蜷曲着身子躲在松树下面，雨越下越大了，山上的流水也像潮水般汹涌而来，虎虎之声，令人毛骨悚然。

我们相互紧紧地搂抱着,像青蛙一样缩成一团,大家都冷得发抖了,牙齿颤抖得格格作响,四肢乏力,全身都麻木了。

夜深,风雨更剧,雷电交加,狂风呼啸,冷气刺入骨髓,我们难受得真不易熬忍,但是,除了相互搂得更紧些,有什么办法呢?

第二天早晨八九点钟,雨才停止,淡黄的阳光,不久也从东方出现了。遍山的松树在晨风中飘摇,我们才现出胜利的愉快。

把地形和方向判断清楚,我们便向铅山进发,到山麓时已近黄昏,刚巧山麓下有一户人家,即求宿于此。

当晚,主人端出雪白的大米饭叫我们吃,每人狼吞虎咽地吃了几大碗,连主人两口子的饭都给我们吃得精光,因为我们已经几天没有见过饭了呵!

二、抓去当壮丁

当我们到铅山县时,情形非常混乱。国民党在浙赣路上不战而退,军队到处流散,炮弹与枪弹,一堆堆杂乱地被丢在公路旁边。

陈紫戈留在铅山,我和黄蝶飞赶去河口出售过去在海外购来的纪念物——挂表。将近河口时,就给两个盘查哨扣留了。我问他们是哪一部分的,他恶狠狠地回答:"是军政部的!"

我听了是军政部的,心胸突然跳起来,因为军政部的军队,在三战区只有一个特务团,特务团曾在七峰岩看守过我们的,如果被他们发觉,那就完蛋了。

我被监视坐在路旁,旁边有一个卖花生的小孩,似乎害怕哨兵听见,轻轻地对我们说:

"你们真倒霉,这事情头几天没有的,因为师管区跑了壮丁,他们是抓壮丁的。"

我听到是师管区的倒很放心了。我们被送到连部去，一踏进门槛，里面像囚犯似的脸黄肌瘦的"壮丁"都聚拢了来，互相议论着：

"又抓来两个。"

"谁倒霉，谁就碰到这批冤鬼！"

师管区训练壮丁的情影，也无异于三战区的集中营，出操上课有机关枪看守，大小便要集体去，饭吃不饱，挨打挨骂，这一切都是极平常的事，所不同的，可以自由说话而已。在这种情形下，逃跑是困难的，这里的环境，虽不致涉及政治问题，然而这种生活长此下去都不是办法，而陈紫戈在铅山等待我们一定很焦急，我们商讨结果，决定打报告请求释放，报告送上去不久，值星排长就找我们去谈话了。

"你们不是逃兵，究竟是做什么的？说做生意吧，又没有什么证明。"值星排长说。

"我们是在金华做生意的，现在那里已经是前线了，情况紧急的时候政府下令疏散，也来不及发什么难民证，商会发给我们的会员证明书，已在路上给散兵抢劫去了。"我回答他的询问。停了一回，我又进一步说：

"依照兵役法规定，在四十五岁以上的免役；在壮丁年龄内近视眼五百度以上的也免役。我现在很快已经五十岁了，我的侄子的近视眼已经在一千度以上了，不能当兵的人送到前方去打仗也是没有用的啊！"

值星排长允许将我们的报告转给连长考虑。

那晚我们睡在草堆上，旁边睡着一个青年，在朦胧的灯光下看不清他的面貌，他在地下挣扎了好久，好容易翻了一个身，带着十分悲怆的口吻，叙述他的不幸的遭遇：

"啊……老表,我是三代独子,一生下来父亲就死了,我母亲千辛万苦把我抚养这样大,那天我像绑上刑场似的与她分离,她哭得那么伤心……,我到区署后,母亲还到区署哀求区长放我回去,唉!不但没有结果,反被他们毒打一顿,她怎么受得了? 现在……现在不知道她是生还是死了……"说到这里,他因过分地悲愤而抽噎起来……。沉静了一会,他突然变得很激动地说了:

"为什么当兵的都是我们穷人? 我们同庄上一个大地主有四个儿子,每次抽丁都没有抽到,每次政府派捐也只有穷人分摊,天下为什么这样不公平?"他被高度愤激的情绪所激动,把声音提得很高。

"老表,你不要难过,你生的什么病?"我只得这样安慰他。

提起病,他的两颊突然涨红,眼睛睁得大大的,悲愤更统治了他:

"我哪里是生病?! 我因为日夜惦念母亲,这里的生活实在无法忍受下去,在一个月前的一个黑夜里我开小差走错了方向,又被他们抓回来,打得我死去活来,什么刑罚都用过了,不能起床也一个多月了,又不给药吃,唉! 每个月总有几个人在这里死去的,我……也难保……"他又呜咽了。停了一会,他又说:

"老表呀,唯一的希望只有补充到前方去,到了前方再想办法开小差,不然,只有死在这里了呵。"

听了壮丁的话,翻来覆去,再也不能入睡。国民党的腐败和这种残酷无耻的行为,已在我脑海里织成一个有系统的故事,这故事此时又注入了新的内容,不禁又重温了一下国民党在我们中间出奇野蛮的暴行,这故事活生生地被我所体验过,过分的激动制伏了我的疲劳,我睁大着眼睛对着无边的黑暗直到天明。

三、困守在安洲

我们释放了出来,把表卖了,匆匆折返铅山,正与陈紫戈商讨怎样走的问题,碰着刚从师管区逃出的另一个江西老表,邀我们到他那里去做生意,他住在铅山与河口中间的一个小村庄——安洲。村上只有十来户人家,他的店就是他的家,门口贴一张红纸"罗义民小食店",里面摆着两张桌子,几张长板凳,有两口锅灶,大概卖些面食之类的东西。

我们决定和这位罗老板合股做生意,把一百块钱作为合股经营的资本,留下的零钱打电报到大后方去"请求援兵",立即发了重庆、桂林、曲江、赣州四个电报。我们想利用这个关系暂住下来,为了今后要走长远的路程和弄个路条;电报往返大约须一个月,"援兵"一到就可启程。

平平淡淡的生活约莫过了一个月,我们所期望于大后方的渐感失望了。有一天黄蝶飞往铅山去采办货物,竟整日不回,一天、两天、三天,也不见回来,一周之后才接到他自河口寄出的信,信上说:"我又给师管区抓去了,现已补充到预备第五师,就要出发前方,请即来河口一晤。"

我赶到河口时,他们已在队部门前大场上集合待命出发了,我急忙跑上去叮咛他:

"你现在随同他们出发后,找机会开小差,在一个月以内我们一定等你回来一起走,除了万一我们碰到'熟人'(特工)只好走,如无这种特殊情况发生,后方钱到了时也一定等你一块走的。"

值星的哨子无情地响了,前排队伍开始移动,黄蝶飞掉转头来望着我,他的眼泪已夺眶而出了,我低下头不忍再看他一眼,等我抬起头来,他的身影已在远处消逝了。

我没精打采地走回安洲,把这情形告诉陈紫戈,他也只得摇首叹息。

生意一天不如一天，终日依望于大后方的援助宣告失望了。罗老板对待我们已不如以前，尤其是那位老板娘，常常指东骂西地讥刺我们，使我们实在片刻不愿停留了。

陈紫戈同志已经病了半个月，大概是急性关节炎，开始那一天痛得昏了过去，幸亏罗老板娘的土办法，用一个铜板在痛的地方刮了一会，才渐渐止痛；关节炎愈后又染疟疾，每次发热后我总设法弄几毛钱买红糖冲开水给他吃，没钱买药，吃了红糖水心里可以好过些。

我们处在贫病交迫境地，走又不能，留又不得，困守安洲已有两个月了。有一天，罗老板脸上充满笑容走来和我说："我有一个朋友在石塘小学当校长，昨天路过此地，我已和他说好介绍紫戈到石塘区署去当书记，明天就可以去。"

到区署工作是带有危险性的，但是我们目前所处困境只得去冒险一下再说，同时我们有一个更重要的任务，到区署后可解决路条问题，陈紫戈病才好，不得不去尝试一下。那文弱的样子，倒很像一个小书记呢。

四、流浪河口

陈紫戈走后，我也离开罗老板家，到河口去找活做。河口是江西三大市镇之一，面临锦江支流，也是水陆交通之要道，我弄到一副扁担，开始出卖劳力。第一天就替一个客人挑一担五六十斤重的东西，约有二十里的路程，走了一半便觉得透不过气来，两肩已疼痛不堪，实在不能支持了，为了要解决吃饭问题，又不得不拼着命挺到目的地，担子放下时，肩膀上已是紫血斑斑了。

十几块钱，仅仅维持两天的生活，我一个人静悄悄坐在郊外坟墩上沉思，忽然从我背后传来一声大叫：

"老头子，你在这里想什么？"

把我吓了一跳，掉过头看时，原来是卖报青年小王，他是安洲小店里经常的顾客。我很欣喜地说：

"啊！小王，你到哪里去？"

"报纸卖完了。出来外面走走，我们到茶馆喝茶去。"他即刻拉我起来。一面似很诧异地问我：

"你不在安洲做生意了吗？"

"本钱通通吃光了，不做生意已有好几天了。"

"我不到你那里已有一个多月了，以前隔一天要到铅山去取报纸的，经过安洲终要到你店里坐坐，吃点东西，现在报纸由报社直接运到河口，我不必两头跑了。你现在有事做吗？和我一起卖报好吗？我每天可以赚十几块钱，明天我们一同去卖。"他热情地和我说。

报纸卖了两天之后，我仔细考虑一下，觉得卖报是有相当危险性的，因为报纸销路全靠茶楼、酒馆、旅馆，而这些地方常是特工活动的场所，为了慎重起见，只好不做这行买卖。

报纸不卖，小王即刻介绍我在一家旅店当茶房，做了几天。因为旅店也同样常有特工出入其间，不得不又把茶房辞掉了。

踯躅街头，已好几天了。关帝庙东边的墙壁已经倒坍了一大半，从半边墙角上射进一丝暗淡的月光，我躺在墙根的稻草堆中，凝视这一线可贵的光明。在西北角上的另一草堆中，有两个早已睡熟的讨饭的，一个露出一只脚，另一个露出一个头在外面。

早晨细雨迷蒙，庙里的空气比先前冷得多了，那两个讨饭的坐在地上聚精会神地捉着虱子，捉到一个便猛地丢进嘴里咬得哗喇作

响,我正看得出神时,忽然远远地好像有人喊着"老——头——子——"不一会,报贩小王蹦蹦跳跳地走进来,他有点埋怨我:

"老头子,你害得我好苦,我到旅店去找你,说你已辞工不做了,找了两个难民所都见不到你,我想你一定在这里,终算给我找到了。"

停一会,他又说:

"我问你,为什么又不在旅店做工呢?这样又不做,那样又不做,难道还想做官么?可惜你没有福气。"

为什么不做工宁愿饿肚子,他是难以领会的,而我也说不出理由,只好随便搪塞几句:

"不错,我是没有福气做官的,像这种敲榨穷苦百姓的官我是不愿意做的。"

他的脸色突然沉下来,眉毛像鬃毛样竖了起来,眼睛睁得圆圆的,愤慨地说:

"对!我如果做了大总统,我一定要把这批猪官狗官杀光!"

"你说我没福气做官,你倒想做大总统了。"我们都笑了,连那两个讨饭的都把眼睛笑成一条线,小王拉着我的衣袖更笑得俯仰不止。他忽然触着了什么似的惊奇地说:

"你只穿两件单衣,十二月了,不冷吗?"

"还好,不十分冷。"我勉强说。

"哼,不冷,不冷,你为什么又发抖呢?"

小王郑重其事地告诉我,这样冷的天气,不冻死也会冻病的,总要想个办法才好。他想起前几天一家豆腐店要请一个人,不知请进了没有,要我等一等,他马上去问。小王的关心,使我感到流浪中难得的友情,只有穷人才会怜惜穷人。约莫过了两个钟头,他兴高采烈地跑来说：

"老头子,豆腐店老板答应了,快去,快去,我带你一起去。"

到了豆腐店,小王向老板作了介绍。老板是个秃头的家伙,四十多岁,肚子大大的,轻视地把我打量一番。

"你来做工是可以的,工钱每月九十元,每天要磨二斗四升豆子,夜晚磨一斗六升,白天磨八升,半夜就要起来,磨完一斗六升差不多天快要亮了,天一亮把店门板拆卸,各处打扫好,就挑一担豆腐上街去卖,卖完回来吃早饭,上午再磨八升豆子,做完这锅豆腐吃中饭,下午要挑二十多担水,挑水的地方不很远,吃过晚饭,洗过碗筷、锅灶就没事了,这样的工不很费事,你能做吗? 如果做得来,你就做,做不来,我另外请人。"

我听完他这一串话,这种工作,自然是吃不消的,但是不做的话,目前生活如何解决? 只好硬着头皮答应"能做"。一面带着哀怜的声调说：

"老板,我做做看,能做就做下去,不能做,做一天算一天工钱,好吗?"

"哪有这样便宜的事情?"老板娘翘着猪肝似的嘴唇,斜着三角眼睛插嘴说。

"好罢,你来吧,能做就做下去,不能做也随你的便。"老板无可如何似的说。

我当天就上工,小王见我有了安身之所,也好像很宽心似的,临走他说：

"老头子啊! 你要好好做下去,不要做几天又不做了。"小王这种天真纯洁的心情,太使我感动了,我唯有答应他的好意的帮助。

做了几天,实在有些吃不消了,最困难的是一天挑二十多担水,肩膊已经红肿了,晚上浑身骨头都感酸痛,但这样繁重的工作,不得不咬紧牙关熬忍着,这样又过了半个月,可是有一天下雨,路上泥泞不好走,刚走上埠头石级,脚一滑,扑通一声,连人带水翻到石级后面了,爬起来时已跌得头破血流,水桶也打烂了,回来告诉老板,不但没有得到他的同情,反而挨了一顿臭骂,老板娘更是尖起嘴,骂得呶呶不休的:

"你做不来,你就不要做呀,买一对水桶要一百多元,你一个月的工钱还赔不够……"

于是我又辜负了小王的好意,辞工了。

五、当手车夫和伙夫

我只好住到难民所里去,难民们有的做小贩,有的到二十里路左右的地方挑柴火卖,于是我就跟着他们去挑柴,开始挑四五十斤了,后来能够挑到七八十斤,最低限度的生活可以维持下去。

那天早上雨雪纷飞,不能挑柴了,我们各拿出两块柴来烤火谈天。一个难民说:

"乡公所四处找人当壮丁,如果有人去,还可以拿到八百元安家费呢。"

我听到"八百元",心里动了起来,但一想到师管区壮丁队的生活,就不寒而栗。

"当壮丁不好,最好到手车队去当车夫,每个月有六百元,现在铅山县政府组织一个军粮运输队,每保派两个人去当手车夫,保长正四处雇人呢,我决定去,你们去吗?我可以介绍。"另一个难民愉快地说。

"六百元一月,只要两个月,我们就可以走了。"我心里这样想。

"我去,我去,现在就同你去找保长,怎样?"我很快抢上去说。

"还下雪呢,等一会,天晴了再去。"

※　※　※

我抱着新的希望到手车队去。手车队在离河口一里路的小村庄上,队部有一个队长,两个队副,和一个事务长,另外还有几个押运的兵士。我到手车队时,手车夫已有五六十个人了。到队的第二天就出发。每辆车上装着上三百斤重的白米,我走去端了一端,几乎端不动,我想这可糟糕,怎么推得动呢?车子一排排摆在路旁待命出发,哨音一响,前面的车子开始移动了,我动手推车时车子就翻倒下来,推几步倒一下,已经掉队在后面很远了。

瘦长个子的队副从前面赶过来,像虎狼般凶恶地吆喝我:"你这个混蛋,为什么还在后面拖?快赶上去!"

"这个老头子怎么推得动,他不会推车的。"押运士兵在旁说。

队副发火了,跑过来就给我几记耳光,还骂道:"推不动车子,你来干什么的?滚蛋!"

我顿时感到眼前星花四射,耳朵嗡嗡作响,眼睛闭了好一会,好容易才睁开来,受了这样的侮辱还得拼命使劲推,倒是那个押运的士兵给我解围,他用绳帮我拉,拉了一会,他又推一会,我用尽生平力气,一推一拐地到达上饶。我躺在草地上,只觉全身疼痛,简直像死人一样不能动弹了。

这样勉强挨过几天,有一天恰巧伙夫煮了生饭,被队长打了一顿屁股开除了。我趁机会要求调去当伙夫。队长在天井里踱方步,不屑正视地对我看了一眼:

"你会煮饭吗?"

"会。"

"你叫什么名字?"

"沈福良。"

"调去当伙夫是可以的,但是如果煮了生饭,照样打屁股。"

"勤务兵!"队长放直喉咙喊,带着嘶哑的声音,大约是一向习惯于这样地喊叫。

"有!"一个矮小个子的勤务兵,突然像电线木杆一般站在队长面前。

"把他带到事务长那里去,叫他当伙夫,专门煮饭。"

※　※　※

我开始当伙夫了。日子一天天过去,我们刚到队上时,饭是可以吃饱的,后来一天天地把米减少下锅了,闹饭的风潮已经有过好几次,有一次因争饭还打闹到队长那儿去,但反而受队长的辱骂。

按县政府规定,手车队每人每月有九十元的伙食费(那时——一九四二年冬—— 一块钱可买一斤米),每人以一斤半米计,连油盐还不到两块钱,柴火是自己砍的,队长已在我们每人身上揩上一元多钱油不算,还要在一斤半米上面克扣。队长的贪污,已由秘密而公开,大家已经怨声冲天了,我忍不住,就暗中鼓动几个积极斗争的车夫:

"我们大家团结起来,要求队长给我们吃饱饭,如果饭吃不饱就不推车子,只要大家一条心,队长是没有办法的。"

大家愤激地响应:

"对,我们团结起来,现在马上就干。"

"老李,你去第一排,老陈,你去第二排,我去第三排。"

他们临走时,我又告诉他们:

"我们一面要求队长给我们吃饱饭,一面大家签名做报告到县长那里去,报告队长怎样贪污的事情。"老李说:"没有人做报告呀!"

我就说:"我有一个朋友在警察局当书记的,我去请他做一张呈文,大家在上面签了名,寄到县政府去,不过县政府有人来调查,我们大家都要一致的。"

我向他们扯了谎,做好了呈文,老李拿去叫他们签名,呈文递去不久,县府派员来调查了。

这位"钦差大臣"来后约有一星期光景,队长撤职了,新队长也跟着来接任了,全队的车夫对这位新官都抱着热烈的希望,以为今后的生活可以得到改善了,新队长一上任就召集全队车夫训话:

"你们大家要安分守己,服从命令,如有调皮捣蛋,我是不客气的,饭,自然会给你们吃饱的……"

车夫们感到失望了,老李走来和我说:

"换来换去都是一样的坏家伙。"

新队长到任不久,车夫陆续走了许多,每走一个,队长照例要召集训话:

"你们跑,跑到哪里去? 如果给我抓回来统统枪毙!"

队长的吓唬,并没有吓倒他们,队上开小差的越来越多了。

※　　※　　※

我正在忙着煮饭,有一个车夫跑来告诉我:"外面有人找你。"原来是患难与共的黄蝶飞同志回来了。我欢跃得几乎发狂,真想把他抱起来亲吻一下,但我终于强抑住沸腾的感情,只轻轻地说:

"啊! 你回来了……"我让欢喜埋在心里。

我们走向伙夫房,黄蝶飞告诉我别后经过:"河口别后,一路都没有机会开小差,到了金华附近,我编在通讯连当通讯员,连长是广东同乡,不多久他叫我在连上当文书,后来他介绍我到军需处当少尉军需,升了官约有一个月,我就开小差了。我到安洲去找你,知道你在这里,罗老板还说陈紫戈在石塘区署,我想明天去看他。"

"没有必要的事情,还是不要去找他,免得暴露目标,前一个礼拜他来信要我去,我好容易请了两天假,去看了他一次,我给了他一点钱零用,他身体已好多了,我们马上写封信给他,说你已经回来,免得他日夜挂念着你。"

我还告诉老黄:"我已积蓄了五六百元钱了。你暂时也在这里,明天找保长介绍,我们在这里再做一个月就可以走了。"

在古历除夕前,家家户户大门上都贴上了春联。我们伙夫房是在姓费的一个老头子家里,我们都叫他"费老伯",他买了两张大红纸,预备找人帮他写对联,但是找遍了几个村子都找不到人会写,他愤愤地把两张纸丢在桌子上。

我一时感情冲动起来,带开玩笑地说:

"费老伯,你不要急,我帮你写。"

"你会写吗? 那好极了,请你就写吧。"他立刻去队部借了笔墨来。

我把对联写好,他一面看一面说:"写得真好,真好。"还叮嘱他的家人说:

"你们以后不要叫他伙夫了,要叫他广东先生了。"

我一听他叫"广东先生"才醒悟起来,自己暴露目标了。

第二天,果然队长找我去谈话了,我很不安,马上匆匆告诉黄蝶飞:

"事情糟了,如果谈得不好可能被扣留的,我身上的钱都交给你,万一我被扣,你立刻赶去告诉陈紫戈,你们两个赶快离开此地,以免意外,假使暴露了本来面目,那我就准备牺牲了,事情也许不至如此，但不得不从最坏的方面打算。"

我到了队长那里，他正伏在桌上写东西。

"队长叫我做什么？"

"厨房门口的对联是你写的吗？"

"是的。"

"你是什么学校毕业的？"

"我没有在什么学校毕过业，只在私塾读过几年书。"

"哼！我不相信，看你写的字，不是大学生，就是高中生。"他狡猾地对我狞笑着。他狡黠的眼光使我不敢抬起头来。我苦笑着说：

"我父亲是个秀才，我从小父亲就教我读书，后来又读了几年私塾，像我现在五十多岁的人，小时候的洋学堂只有省城京城才有，我们乡下人哪里读得起什么学堂呢？"

"我看你并没有五十多岁，如果把胡髭剃掉，还可看作三十多岁。"

"我今年确实五十一岁了，我老婆五十岁，先几天，她还向我要钱做生日，为了钱，我们还吵了一顿，队长如不相信，可以派人同我一起去我家问的。"

他听我说完话，从座位上站起来，在房间里踱来踱去，右手捏着下颏，好像在思索什么似的。我趁机说：

"队长还有事吗？我还要煮饭呢。"

"不要忙，你要老实告诉我，我想调你当文书。"

"如果队长肯栽培，不但我感激，我老婆也出头了，她日夜求菩萨希望我高升。"

"明天就要过年了，过了年再调你到队部来，现在你回去罢。"

"是。"我好像囚犯得到了赦免令似的出来。

黄蝶飞提心吊胆地在厨房焦急着,我回来就告诉他:

"根据刚才谈话情形,虽然不会马上发生意外,但已被他们发觉我是知识分子,不能再在这里停留了,你现在即刻赶往石塘找陈紫戈,叫他把路条打好,当天赶回来,和他约好地点,我们后天就走。"

正是大年初一,夜半飘起了微微的雪花,天还未明,我们挑着破棉被,踏着茫茫白雪又开始走上绵长的征途,雪花马上把我们的脚印盖上了。天明时,村野响彻震天的爆竹声,好像在欢送我们,我们充满着愉快的心情,离开这数月来浪尘寄迹的所在。

六、潦到沪滨

从河口启程经上饶,玉山,江山,衢州,寿昌,建德,桐庐,富阳,虽然走了个把月,一路都很顺利;可是,在钱塘江畔的一个小镇——和尚店,我和黄蝶飞竟被伪军的盘查哨所扣留,陈紫戈走在前面,见势不妙,机敏地溜掉了。我们被送到大队部,经过问话之后释放出来,但不知道陈紫戈的去向。我们患难与共的战友就此失散了一个。

我们搭沪杭路上午九点钟的快车,下午两点钟光景就到达上海。

在西站下了车,就在马路旁的饭摊吃了饭。走了好久才找到××路××村,在第六号的门前叩门,探问久别的亲友;可是门庭依旧,人事已非,求告邻居都说不知道。接着我们又找了几处亲友的住所,又都搬迁已久,无法找寻,所有上海的社会关系完全绝望了,我们没精打采地在马路旁的人行道上踱步,带着病容的阳光晒在马路上,把脱叶树影拉得长长的。我凝视着前面,所看到的不是马路上的繁华,也不是高楼大厦,而是透过云天的深处有我希望所寄之处,只有它能让我这受难脱险归来的孤儿得到母亲的抚慰。凭着这个信心，还有什么不能克服的困难呢？

天色已黑，囊中已空，我想到了一个办法，和黄蝶飞说：

"现在唯一的办法是找同乡会。"

"不知同乡会在哪里？"

"找同乡会只要找广东店，如果店门口玻璃橱窗里挂着叉烧，香肠之类的当然是广东馆子，再问同乡会在哪里就知道了。"

到了广东同乡会的门口，外面停满了汽车，三轮车，真是车马盈庭。一个门房很快走过来阻止我们说："里面有要人在开会，你们不要进去。"

我们说明了来意，就要求管事的给我们一些钱，他们为着同乡的情面和不屑麻烦的缘故，就拿出一百二十元钱来。我进一步要求发给我们临时市民证，他们就告诉了同乡会的干事，写了一张临时难民证。我们兴高采烈地出来，去找寻小客栈，找了好久才在××路一家××旅店开了一间每天八元四角的房间，马上解决了食宿问题。

在旅店住了两天了，仍是一筹莫展，这一天我们很少说话，整天都深困愁城似的。黄蝶飞坐在一张靠椅上，侧着头望着窗外出神，我脱下一件破烂的内衣，百无聊赖地捉虱子。外面好像有说家乡话的声音，我走出房门去看，一个须发斑白的老人，身材不很高，黝黑的脸孔衬在白发里显得更加黑，我和他打了一个招呼，请他进我们房间里来聊天。

他问我们的来历，我们告诉他，日本鬼子怎样进攻金华，我们怎样逃到上海，编造了一套经过。他也告诉我们到上海已经十多年了，他很同情我们的遭遇，要我们有空到他那里去坐坐，他就住在隔壁弄堂里的××号。

他走后我同黄蝶飞说：

"这位老乡是一个忠厚的长者，将来可能对我们有很大的帮助，我们不要错过机会。"

囊中又空，不得不离开旅店了。在一家瘪三旅馆又住了两天，这是相当狼狈的，每天晚上要到九点钟以后才能进去睡觉，天一亮老板就把我们撵走了。破棉絮上的虱子比我们身上还要多千百倍，多到简直无法形容。但是最后，就连这样每晚一元二角的瘪三旅馆也住不起了。

第一晚睡在南京路先施公司门口的水门汀台阶上，地上是冰凉，北面吹来的寒风刺心肺，两个人勉强蜷缩在那里。深夜，突然感觉头上被猛击一下的疼痛，蒙眬中睁开眼来，一个巡捕拿着木棍站在面前，凶恶地说：

"瘪三！这里不是睡觉的地方，快滚！"

被逼离开那里，深夜踯躅街头，又恐惹眼于资产阶级豢养的忠于职守的奴才，我们在这几家大公司外面兜了一夜圈子。

第二天，我们开始讨饭了，二人分头出发，一整天只讨到八毛钱。我们的对象是穿着笔挺西装的阔少们和摩登小姐们，但往往跟着跑了几十家店面还是不屑掷下一毛钱，偶然碰到一两个慷慨的，也是因为免得紧跟在后面啰唆，掏了半天皮夹，才掏出一毛钱来，睁大眼睛恶狠狠地把它丢在地上，并且说"真讨厌！"这样我就来不及去看他（或她）的表情，只顾赶快去拾取那可贵的一毛钱，随即又注目于第二个对象了。有时不幸跟了几十家门面碰到一毛不拔之辈，心里的难过，比千万个蚂蚁在心窝上扒还要难受。在五光十色所闪耀的都会景物底下，终日角逐于老爷阔少们的背后哀声乞怜，头目为之昏眩，心境是够迷乱的。

黄蝶飞讨了一天后，宁愿饿死再也不愿讨钱了，我是了解他的心情的，黄蝶飞同志在任何艰苦环境或任何残酷斗争中都是非常勇敢的，唯独向人讨钱就没有勇气了。为了肚子饿，我不得不鼓起勇气遭受人们的冷眼，同时鼓励黄蝶飞也同样忍受一时，我说：

"今天我们的困难是空前的也是最后的，目前除了讨钱外别无他法，只有讨钱来维持我们的生命。为了实现我们崇高的理想革命事业，为了保留生命，做乞丐讨钱也是光荣的。我们要克服困难战胜环境，我们已经经过残酷的斗争，经过几千里艰苦的历程，今天完全脱离了政治危害安全到了上海，何况到军部这一点路程？渡过这一难关，我们的前途就是光明的。"

我们又鼓着勇气，拖起疲乏的步伐，含着悲怆而又带着一丝希望的心境，走到静安寺路转角，黄蝶飞又开始向人讨钱了，跟了几步，他刚伸出手来，勉强开口：

"先生……先生……"

仅仅叫了"先生"两个字，他的眼泪就像珠子似的，一串串地滚下来，我看了这种情景，内心也有说不出的凄惨，我自言自语道：

"想不到我们的同志，会受到这种遭遇的。"

我走过去安慰他几句，想不出什么更妥当的话来，我说：

"你休息一会，不要讨吧，……"于是我继续去讨，但是讨来的钱两个人吃，当然吃不饱的。

后来一个摆测字摊的人告诉我们一个讨钱的方法，叫作"告地状"，我想这方法比伸手开口要钱好得多，于是花了三毛钱买了一支粉笔，在南京路国际饭店旁边告起地状来了，把编成的一篇历述苦境的"地状"写完，四周已围起了一大堆人，可是，一个红头黑脸的印度阿三跑来：

"瘪三，这里不是讨钱的地方，滚，滚……"

没有办法，只好恨恨地走开，又在另一条马路告了一天，结果分文无着，我们抱着很大愿望的讨钱方法又告失望了。

我们睡在修理马路阴沟的新的沟渠筒里，由于肚子饥饿，更觉寒冷难当，水门汀制的沟渠筒冷气逼人，常在半夜冻醒。后来发现马路旁边的自警亭，到了十二点钟以后，自警团全都站岗完毕回家了，我们像发现新大陆般高兴，躲在小小的四方的亭子里比沟渠筒好得多，也暖和得多。

有一天，钱讨不到，肚子实在饿得难受，我经过一家烧饼店时，看看店里一个人都没有，我以敏捷的动作偷了两个烧饼就跑，但是立刻给烧饼店老板发觉追上来，烧饼拿回去不算，顺手就"啪啪"给我两个耳光。

在上海所有马路上，瘪三，乞丐，讨钱与抢东西的不知多少，在一天之内，冻死饿死于街头巷尾的也不知几许。我们联想到自己的命运，感到这种伤心惨目的遭遇，长此下去就要轮到自己头上的；因此，我们一定要想别的办法来解决。

我们想到还有两条路可走；一是到 T 城 A 同志家，一是到 S 城 W 镇 C 同志家。T 城是个大城市，A 同志的父亲是个中学教员，如果 A 同志没有回来，他的父亲一定不会相信儿子有这样的乞丐朋友，这条路不大妥当。W 镇是一个乡村的集镇，即使 C 同志没有回来，在乡村总比城市好得多，同时他的父亲是当地一个公正士绅，我们部队以前在他家乡一带活动时，他都尽过很大的力量帮助的，去 W 镇的条件比较有利得多。

于是商讨的结果，决定作 S 城之行了。

七、重回上海

在那广东老人好心的济助下，我们获得了去 S 城的车资；怀着一种不可预知的命运的心情，挤上自北站开出的京沪特快车三等车，车厢里已经挤满了人，我们只好站在车厢的门口，让初春犀利的风刮着我们单薄的破衣。上海郊外一片荒凉的平原躺在淡淡的阳光里，急速地从火车后面施转过去，这种风光，倒好像和我的心境一样地迷茫。

到了 S 城，下车的人排着长长的队伍，从月台上一个个被检查着出去，我们挨到出口处时，因为没有市民证，被警察赶了回去，好容易得到行李夫的帮助才带我们绕道走出车站。

到处询问 W 镇的所在，都说不知道，后来问轮船公司才知道 W 镇离城还有六十里。我们身边的钱已所余无几了，想找家旅馆住宿一宵，又因为没有市民证，没有一家肯容纳我们。天色渐渐黑下来，且下了毛毛雨，不得已找到一个小菜场的肉台底下蹲着，雨却越下越大了，肉台遮不住风雨，我们的衣衫又打湿了大半，只得离开那里。找了不久，发现一个公共厕所里面的角落里有一堆稻草，我们喜出望外，高高兴兴地坐下来，谁知忽然来了一个乞丐，他穷凶极恶地呼喝我们：

"这是我睡觉的地方，你们哪里来的瘪三，敢抢我的地盘，还不快滚？"

不知说了多少哀求的话，他竟毫无同情心，终于把我们赶了出来，我们狼狈得连乞丐都能撵走我们的地步，结果，在一家旅店的屋檐墙角下躲了一夜，天明时全身衣服都已湿透了。

到了 W 镇，探听得 C 同志尚流浪在外，使我们对此行的热望冷却了一半。我冒充着 C 同志的岳丈去找他的家人,他们半信半疑地招呼我们进去住宿,从他的母亲处得知 C 同志的安全消息,使我们更宽怀的是他不久就要回来,我们曾经患难与共,一同在国民党集中营斗争过来的战友不久就可以见面了。第二天,他的母亲送给我们三百元钱,于是我们又折返上海,再度一时流浪生涯。

※ ※ ※

回到上海后,还钱给广东老人,他坚决不要,并且还容纳我们在他家里住宿,对待乡谊真是仁至义尽了。于是我们开始做起小买卖来——卖大饼油条,每天能够维持我们不致再受冻饿的生活。

有一天上午,我正在小菜场兜着圈子做生意,黄蝶飞哭丧着脸急匆匆地跑来:

"我……我泻肚子,裤子上都是大便,怎么办呢?"

"你的大饼油条给我卖,先去找个有水的地方洗干净,不要急,不要难过……"

我看到他这种情景,真有说不出的难受,在上海什么滋味都尝过了,现在我们过的是上海最下层市民的生活,每天在马路旁边小饭摊上吃着那种由各家菜馆饭店剩下来的脏菜角,这是上海最便宜的东西,每碗只用三毛钱,稀饭倒要八毛钱一碗,那么泻肚子是当然不可避免的了,在这样的景况下,还说得上什么卫生?

我捧着黄蝶飞和我自己的大饼油条,正在沉思我们目前的生活是这样凄楚的遭遇,同时也使我们亲身体味到下层市民的生活。

突然一群小瘪三像虎狼般拥上来,把我的大饼油条撒得满地,我当时像疯狂般叫喊:

"瘪三!瘪三!你们为什么抢我的东西?我要靠着活命的,你们怎么这样没有良心?"瘪三们当然不会理会我的叫声,抢着嚼着就逃了，围上来的是一堆看热闹的男男女女，有一个中年妇人同情地说：

"这个老头子真可怜，这样的瘪三太没有良心了。"

我一边拾起剩的掉在地上的大饼，一边想："良心是唯心的东西，饿寒起盗心，他们肚子太饿了，难怪他们要抢来吃，我要活命，他们也为的要活命啊！"我只能深长地叹了一口气。

在那位广东老人家中，我和黄蝶飞是冒充着一对父子的，他看到我们忠厚老实，不但不讨厌，而且更加亲密了起来，他的几个孩子叫我叔叔，叫黄蝶飞哥哥，逢时逢节叫我们在他家吃饭。天气渐渐暖和起来，已经过了清明和立夏，我们已由严冬过渡到初夏，生活简单了许多，日子也好过了些。但是焦急着 C 同志尚无回来的信息，归队的心随着日子的延长更迫切了。

那一天，黄蝶飞忽然失踪了。开始第一天总以为他会回来的，两天三天都不见回来，我可实在着急，一定又出了什么乱子，我当时的估计，我们在此并无熟人，绝对不致涉及政治问题的，再说我们已由广东老人领出了市民证，他身边又有了"护身符"；但是他是不是厌恨这样的生活了？他会去做冒险的事情吗？做强盗？不会的，他会投黄浦江自杀吗？这可能性较大。我万分担忧他的安全，生意也没心思去做了，四处找他又无下落，使我神情恍惚，寝食不安。想到在武夷山上时，党交给我两个同志，陈紫戈同志在初到沦陷区时就失散了，现在黄蝶飞又告失踪，我怎么对得起我们的同志？回到军部时叫我怎么向党交代？怎么回答首长呢？我内心的难过，蕴藏多年的热泪不禁夺眶而出了，黄蝶飞失踪后，广东老人和他的家人，每天总要来询问几次，他以为我骂了自己的儿子了，十分诚恳地对我说：

"他回来时你不要再骂他了，有我在这里，你们的生活我总要设法帮助的,我可以担保不会饿死你们的。"

像这样萍水相逢的人尚且这么亲切关怀,何况我们共患难的战友,他们每来询问一次,总是更增加我的悲伤。

到了第四天的黄昏,黄蝶飞手里提着一个洋铁桶回来了。我连忙跑上去抱住了他。

"你怎么搅的? 害得我日夜不安。"

"那天清晨,我在一个自警亭旁边拾到一个女人的皮包,打开一看,里面有很多日本军用票,我高兴我们的穷根从此可以解决了,不料后面追来一个巡捕抓住了我,说我是扒手,偷人家的,皮包给他夺了去,连我身上几十元本钱都搜了去,后来又送我到炮台湾去做苦工,今天我才设法逃回来……"他把做苦工的水桶一掼,告诉我这又一意外的遭遇。

之后,这困苦难堪的生活又过了几个月。C同志终于回家了,写信要我们去他家里,潦倒沪滨几个月流浪生活才告结束。

我把蓄了三年的胡须剃去,恢复了我的本来面目,到C同志家时,因为我上次去时,曾假冒说是C同志的岳父,因此,他的母亲还带开玩笑地说:

"叶先生,我的儿子回来了,可惜媳妇没有带回来,你的女儿究竟在哪里? 现在我要向你要媳妇了。"说得大家把身子都笑软了。

一九四三年的冬天,我们一行人,经江南十六旅回到了军部。

囚徒浪迹,悠悠三载,辗转跋涉,颠沛流离,重入怀抱,欣喜若何!

脱稿于一九四四年暮秋的深夜 一九四五年四月重抄

选自《集中营》,东北书店 1948 年 6 月

◇ 田　川

辽河边

——战地生活散记之一

中午，太阳当头的时候，我们过了冰冻的辽河，进了一个叫公安村的小村落。队伍分到房子里休息，打个尖，吃点干粮，喝些开水再走。休息的时间是一个钟头。

我们几个人在老籍家休息。这屋子有三铺炕，住着三家人，不满十岁的孩子足有十来个。

我们要买点黄豆炒炒做干粮，老大娘很利索地替我们炒了满满的一葫芦瓢。老钱拿出几张票子给她，她却不肯接，另一个中年妇女挤上来说：

"这不是见外了吗？咱们都是自家人，她佬家少的当八路，我们家的也当八路呢！"

她这话对我们倒是很新颖的。在这新解放的地方，一间屋里怎么就有两个当八路的呢？我们都发生了兴趣，围坐在火盆旁边，你一句我一句地问她，她吸着旱烟，坐在炕上，很高兴地告诉我们这件事。

她叫王兰云,掌柜叫籍广仪。从前住在双山,八一五那年一事变,籍广仪听说来了八路,听说八路是穷人的队伍,他就和弟弟一起参加了进去。那队伍叫一四七团。去年五月初那天,听说八路开到通辽,开到齐齐哈尔去了,籍广仪从那以后就失了音信。"中央军"到了双山,传说捉到当八路的全家剿斩。同屋老侯家掌柜的也当八路,屋里的没有躲,来了两个"中央"把她打得死去活来,后来捆到军营里去就没见回来。籍大嫂有一口箱子,所有的东西都放在里面,藏在烧草底下,也被"中央"弄走,连一把剪子、一根筷子都没有给留下。籍大嫂东躲西藏,不敢归家,带着三个孩子,逃到叔家过几天,怕人知道了,又逃到姥姥家去住。就这样偷偷地跑来跑去,见人和贼似的,也不敢用真姓名,改为姓王。有天在姥姥家门外,姥姥问小麻果姓啥,小麻果说姓王,到了屋里,再问她姓啥,她就说姓籍了。姥姥教她:外玩说姓王,在家里也要说姓王。不然被"中央军"听见了不得了。小麻果才两三岁,就懂得"中央"邪乎,见人再也不敢说姓籍了。

到九月间,籍大嫂跑到公安屯娘家来,听说"中央"败了,在大辽河的各个渡口上,八路军都挤着往东过队伍,人多得和蚂蚁似的,马呀,车呀,真是无其数,大洋炮都是十来个骡子拉的……有一天有一个兵骑着枣红马,穿着深绿色的新棉衣,直奔村子跑来。到了面前,籍大嫂定睛一看,惊叫着:

"这不是孩子的爸爸吗?"心里真是悲喜交集,一时不知怎的好了。

籍广仪拉住了缰绳,没有下马,很匆忙地说:"好!还活着就好!孩子们呢?"

籍大嫂说:"都很好,小麻果已经会走路了!"

籍广仪说:"小麻果?哦!我要走了!我们正在追击敌人,打完胜仗我再来吧!"说罢调转马头,就飞走了。

又过了两个月,听说"中央"都败到四平去了。籍广仪来了信,说队伍打了胜仗,驻在辽河东十里多路休息,把籍大嫂接了去。同志们专给找了间房子,夫妇俩带着三个孩子,住在队伍里欢聚了八天。同志们都是"嫂子嫂子"的,真像一家人一样,昨天籍大嫂才从队伍上回来。

我们正谈得有劲,突然房门口进来了一个人,魁梧的身材,忠厚的面孔,戴着簇新的草绿色皮帽子,关东军式的皮大衣穿着得很服帖。他一进门,籍大嫂就指着他说:"说着他,他就来了!"大家都笑着,为着胜利,为着他们夫妇的重逢而满足地笑着。

他是来为她送"军人家属证明书"的。这村子已经成立了农会,分了粮食。大地主老常家已经被穷人押了起来,田地、房子就要分了,再不用东躲西藏了,再也不用三家挤在一间屋里了。有了这张证明书,就标志着光荣,到处会受到尊敬,到处都会受到优待了!

因为他们还有战斗任务,他没有久待,就又走了。籍大嫂抱着小麻果出门送他,我也好奇地跟了出去。站在大门口,远远地望着他们。籍同志轻轻地不知交代了些什么,跨上枣红色的马,籍大嫂走到场园草堆边,在大扫帚上掰了一根枝子递给他当作鞭子。他打着马,马在她面前转了个圆圈,飞跑着,溅起白雪,往河东驰去了。

十二月九日于前线某地

选自《东北日报》,1948 年 1 月 5 日

◇田　汉

六月二十三那天

六月二十三那天素斐一早来看我，我说没有什么，默默地领着她走。晨风是那么凉爽，稍祛心中烦苦。刚走到法国公园——现在是复兴公园了，瞥见一队学生手里执着小旗朝北面走，前面的红白大旗在晨风里雄壮地招展着，猛然想起报上的记事，哦，他们是去送行的！

多年不来了，"法国"公园还是这么清丽而别有风格，池子里甚至都要开荷花了。路旁有人在练拳，许多人围着看。风吹皱着池水，树荫下座无余席。我们在右面小屋边找了一个座，树叶哗哗地潮水般响，我们依旧默然。两杯茶，两碗面，索五千元（请注意，这是去年六月二十三日的物价——编者），贵得几乎不能出门。我记起今天的事我起身了。

——我到北站去了一下。

——接谁？

——接谁？你没有注意这个？我焦躁地指着刚买的《文汇报》。

搭上到北站的电车已经快十点了。浙江路一带车子拥挤不堪，电车时开时停。卖票的客人说：刚才在前面足足停了半个钟头。

——为什么？

——学生同工人游行。

——今天为什么游行？

——反对内战啊。

我想会怕是过了。过了就过了吧，至少还可以拾到些传单，看到些标语，感到些时代的脉搏。过了桥空气渐渐紧张了。墙壁上的标语战激烈起来了，旧的"反内乱"添上新的"反内战"，最妙的是墨写的"反对伪民主"底下来了粉笔写的"实行真民主"。作为官方的标语，"反对伪民主"是欠妥的。莫非现在的政治算是"真民主"吗？不如干脆"反对民主"，无分真伪，倒天真得多。接着便有漫骂马叙伦、林汉达两位先生的标语了。起先是"打倒失意政客马叙伦"，我有些忍俊不禁。昔时武则天看了骆宾王的骂她的檄文十分惊叹，说："这样有才气的人不被重用，宰相之过也。"马叙伦先生的德高望重又非骆宾王可比，然而使他沦为"失意政客"岂是党国的夸耀？而且，谁又不知今日的政府"好的人不去，去了也站不住"。那些得意政客的嘴脸以我所知也没有什么好看的。接下去又骂他们是"人民贩子"。什么叫"人民贩子"呢？倘使他们受人民委托拥护赴京而不去呼吁和平，却与好战分子苟且妥协，甚至出卖人民以谋取一官半职，如许多自称当年"革命健将们"之所为，那才叫"人民贩子"啊。最后靠近车站的墙上竟有骂马、林两位先生为"汉奸"、为"出卖祖国"的，这更是口不择言，血口喷人了。他们既是"失意政客"，又能出卖了祖国什么呢？倘使他们真出卖了祖国什么，人民会举他们代表自己吗？会有这么些人跟他们送行吗？

车子靠近北站便看见站内外无数的旗帜，被大风吹得一片响，不断的花炮爆炸声，潮水似的"要和平""要民主"的口号声，学生、工人、各业的市民不下十万。原来会还没有散，甚至还有新的参加团体刚刚进站。我看了这盛况，想到抗战前后的上海，想到武汉、长沙、桂林，也想到昆明和重庆。"我也参加过甚至指挥过这样多群众游行的呀。"不觉我的眼泪水出来了。又饥又渴的男女学生工人多有向铁栏外的摊贩买糕饼汽水的。我想我能帮他们什么忙呢？我不能这样傻待着。在车站外的团体中有上海杂志界联谊会，他们没有到齐，人数过少，又怕新来的找不到，便撑起旗子站在铁栏旁边。这旗子下面有几位我相当熟识的面孔，有一位穿青云绸旗袍的中年女士，她后来在整个游行中非常热心，她是"世界知识"社的毛女士，杜宇，他是从上海到桂林找我，由我介绍到新中国剧社，后来又由昆明回上海的，现在他在"民主"服务，我说："我也找不到别人，我就代表'中原'参加你们的团体吧。"他们笑着欢迎我。我主张不在外面老等，该到里面去，消息也灵通些。如是一起挤进了大门，靠近几个工人队伍。花炮、口号和民主歌声形成热烈的交响。红绿小传单趁着一阵阵大风向天空撒去，飞入云霄，有的飞上北站的屋顶，屋顶上站着无数看热闹的站员，我们伸手去接，哪里接得到。

我们隔主席台太远了，播音器在这样的人群集中也威力甚小。一时只见许多人摇着手里的小旗子或是把大旗高举，但我实在听不到说些什么。一时传出消息说站上不肯开车。许多工人便嚷着说："我们自己开！"工人头目随口编成歌词教大家唱。于是扬起了一片"自己开"的歌声：

"为啥勿开，为啥勿开，真奇怪，真奇怪。我们是工人，我们有技术，自己开，自己开！"

这真是具体证明了群众的天才。而以前学生上南京要求抗日，政府不许开车，真是由工人和交大学生自己开的。但汽笛终于响了，"只许成功，不许失败"的口号吼起来了，旗子举得更高，摇得更猛了。花炮连珠地响着。乐队奏着雄壮兴奋的曲子。

风萧萧兮黄浦寒，
战士长征兮奏凯还。

有人这样念着。我们的和平战士走上壮烈的征途了。我望着烟云缭绕的那边，忆起了早几天还在一个座谈会上见过的马寅初先生那须发皤然而温文多趣的风貌，还有我们那东北热血男儿阎宝航先生。我衷心地祝两位先生和其他的诸多民主战士的健斗和成功。

从送行到游行，有一阵子小纷乱。但由指挥得法，数十单位，近十万人的大队伍很快地就依次出发了。杂志联谊会因为人数少，许多单位没有到，却也就有了一宗好处，行动敏捷。凭着这机动性我们钻到印刷业的后面，再前面是百货业，有一架大卡车挂满了标语。紧跟着这卡车的是三行一队的短笛队，都是二十来岁的青年，组织好，装备好，技术也好。辛苦了那几位鼓手，差不多游行的全程中一直不停。他们吹的曲子有几个很脍炙人口的，印刷业的工友都会跟着唱，我们喊口号前面也跟着喊。所以这队伍连续得颇为调和。天气实在热，心里又非常兴奋，又加发下来的口号太多，太长（有些不太顺，喊起来也不大有力），因此容易口渴。虽则沿途多有商店供给茶水，但仍是渴。前面的乐队青年每人腰边挂一小茶杯，渴起来卡车供给茶水还有面包点心，望着他们真是羡慕。走过八仙桥，实在忍不住了，由毛女士的推荐我也去讨过一杯。很好的白开水，而且温暖适度。可知这一类补给工作做得好对士气的鼓舞恢复大有帮助。

说到沿途商民的热烈响应是使人感动的。南京路有名的冠生园、五芳斋等都供给茶水,法大马路有一位老人家动员他家里所有杯碗锅桶,想使游行者稍稍解渴,但队伍前进了而茶水太热不容易喝完,但又舍不得不喝完。

——老人家,谢谢你,就是太烫了。

——先生,来不及呀。本想冰一冰的。

这位老人家的殷勤鼓励了民主群众,群众火一样的热情显然也鼓舞了这位老人家。

文具店的粉笔生意今天是意外的好。杜宇离开了一会也带了一盒粉笔回来。只要停下来大家就在两旁商店的玻璃橱上、墙壁上、停下的车辆上甚至马路上写着各种反内战标语。我第一次发现上海的柏油马路上写粉笔字是比在学校黑板上还要好看的。对国际朋友的标语如"中国需要美国帮助建设,但不需帮助打内战!""我们要自由,和平,民主!""租界法案可以停止了!""你们愿见你们自己国家打内战吗?""美国兵退出中国!""美国兵请回家!"等等。英文之外震旦同学还写了许多法文标语。有些奸恶的报纸马上挑拨说昨日发现"反美"标语,这是不用大惊小怪的,我们反对的是美国的孤立派、死硬派,帝国主义者干涉中国内政,鼓励中国内战。孙中山先生复活也要领导我们反对的,却不是无原则地反对美国人民,这还待说吗?

我们的小朋友是可爱的,他们还用学校里训练的叠罗汉,站在同学的肩头上贴标语,矫捷勇敢,锐不可当。纠察的组织也很严密负责。上海物力丰富,他们几乎都有脚踏车,队伍停下来使用脚踏车筑成一条长长的防线不许闯入者混进来。因此破坏游行的容易被发现。过八仙桥时我想看看这游行队伍究竟有多长，一度和小朋友们爬上马路中间一根铁柱，两头一看都是浩浩荡荡不见边际，正午的阳光，依然强大的南风使这有形的民主浪潮更添加明艳和生动而已。我感叹一番再爬下来想要归队，却给队伍阻住了。他们当我是闯入者，无论如何不许我过去，经联谊会的人说明才放手让我归队。我想这是对的。

大家见了宪警多高呼："提高军警待遇。""军警一致起来反对内战，保卫民主。"有人觉得滑稽，实则民主国家的宪警不保卫民主又保卫什么呢？（真没想到几个钟头后南京下关车站的宪警坐视特务暴徒凶殴我们民主战士而不加干涉，也就证明他们吃了人民的俸禄而保卫的却是什么了。）整个游行中他们大体采取监视态度，也有同情这运动的。这也是很自然的。除了少数不可救药的他们都有人性，都饱尝着公务员的悲哀，日益严重的生活压迫，他们为什么要欢迎内战呢？为什么要欢迎外国人管理中国干涉中国内政呢？但我一度回家再经"法国"公园时，就看见许多警察围住公园的入口，红色汽车多辆也威胁地停在那里。哦，这些从租界巡捕房接收过来的红色汽车啊！我们真是别来无恙。在当时你们原是专捉抗日分子的，于今摇身一变又照顾上我们民主分子，反内战分子了。

在路上联络员报告抓住特务了，于是爆发"打倒特务""取消特务组织"的口号。我们队伍附近抓住了一个破坏游行的女特务，一个女工跟着在说服她，问她。

——你觉得中国今天的局势我们应该怎么样呢？

——我们该要求和平要求民主啊。

在群众的威力前面特务也说要和平民主。但特务也是人变的，今天他不要求和平民主又要求什么呢？据说过三和楼有人从楼上摔碟子碗，打破了学生群众的头，这也给抓下来了。联络员在马路上写着：

"我们抓了五个特务，到复兴公园举行公审。"

这是怎样兴奋了群众的情绪是可以想象的。说是关了这五个特务的卡车经过我们的队伍边时再度爆发了怒雷般"打倒特务"的口号！

上海有许多高楼大厦，以前我不能想象那么高的地方会真有人住。今天可证明是有人住的，今天他们或她们都从那十几层或几十层高处的美丽的窗子里伸出头来惊异地俯瞰这队伍。他们有的还拿出照相机来拍摄这不太美丽但这样壮大的浪潮。过江西路时，吉普车上的美国孩子们对于我们的口号不以为侮，他们说：

——我们早就要求回去了。

有几个美国兵甚至帮助我们在吉普车上贴标语。

戏剧电影界参加这队伍的不太多，事前也没有通知。吴祖光兄和我算做了代表，但我们一直没有取得联系。他因有事也先走了。反而是老戏方面有许多朋友们参加，袁美云的堂妹袁灵云小姐和吕君樵、林鹏程诸君都一直游行到底，晒了六个钟头。

没有等公审特务我就离开复兴公园了。接着我参加了卡尔登的影剧附逆者的检举会和青年会的小教进修会。由陶行知先生手里看到上海几种晚报对于我刚才参加过的游行的记载，《大晚报》说是"反内乱的吼声"，《华美晚报》把前面说的"人民贩子""失意政客"之类，歪曲成今天的游行队伍的标语，有的更完全对千百万爱自由和平的人民头上喷血，这已经够我们愤怒了。及至得知我们送去的马先生阎先生和许多人民代表（甚至南京新闻界旧友浦熙修高集诸兄姊）就在距游行几个钟头之后在下关被特务暴徒凶殴达数小时之久，直到六月二十四日午前一时才脱险，我们的愤怒更达了无比的高度。

这真是与人民为敌。向人民宣战。

但是我们知道人民的声音是不可遏阻的，人民的意志是必须贯彻的。

不要忘了六月二十三日，全中国爱自由和平的同胞！

选自《蒋管区真相（第三集）》，东北书店 1948 年 4 月

◇史　飞

丁广德和他的生产小组

丁广德生产小组,在延寿第一次生产大会上获得了"第一等模范小组"的评价与奖励。

丁广德是一个卅四岁的老实庄稼人,他家三辈子给人扛活。旧社会没给这样人一点点好处,伪满时代,他只有出劳工的份儿,他从小就给人放猪,扛活。由于过度劳动的折磨,他的面庞已变得很苍老,不像一个卅几岁的人。

土地战争中,丁广德当了平安区平安村粉坊屯(现改胜利屯)的农会干部,当时有些人对这个"拙嘴笨腮"的庄稼汉缺乏信心,他们背地议论:"丁广德也能当干部?! 连句话都不会说,三岁孩子都不怕他。"连他的"把兄弟"也劝他不要干:"你能干得了?'应对公事'是好玩的?!"可是已经觉悟的丁广德心里有数:"能说会唠不抵事,能给穷人打算就行。"

丁广德虽然当了干部——以后又升为农会主任,但他没有那种"我是干部了!"的想法,他还是像从前一样的老实和虚心,从不在群众面前摆架子，无论开大会小会，就是传达上级指示也好，他总是和平常一样，和大家凑在一块堆，"句句吃吃"地（他有些"口吃"）叙说他的意见。群众也没觉得丁广德当了干部以后和从前有什么变化。因此，丁广德成为群众最喜欢接近的人物。

丁广德在"训练班"听到王兰亭订"家庭生产计划"的事，回来就找工作同志帮他订个计划，当时在他家里开了一次"家庭会议"。邻居们听到这件新鲜事，不少人也来听。丁广德弟兄们商量道："咱家三辈子没有过地，这回有了地，可得好好过。"他们计算种一垧苞米、半垧豆子、八亩谷子、二亩大麦、四亩土豆和菜，估计能打廿四石五斗粮。丁广德说，打这些粮"咱们交上二石四斗公粮，人吃马用要十三石，买布添补衣服用五石，还能剩几石，以后的日子就好说了"。哥们心里有说不出的高兴。可是要实现这个计划，必得有一匹马，所以他们首先计划买马。当时买一匹顶坏的马也得一万块钱，这笔钱从哪儿来？弟兄很踌躇，皱着眉头打主意，连老母亲也坐在炕头上"费心思"。"家里没有什么东西好变转的？"丁广德心里盘算着。一会他对哥哥说："把咱们的两口小猪卖了，能有五千……。"他二哥想了想，说："我编出三千块钱的席子来……。""还差两千，咱们出去捣借捣借差不多了。"弟兄商量着。老母亲说："明天把鸡下的蛋省下来（原是给老太太吃的），卖了，买个油盐，省了另花钱。"大家正是高兴；一个邻居问丁广德："你买了马，有草料喂？"一家人都"瞪了眼"。丁广德是个会过日子的人，连洋火都不买，天天把木头疙瘩埋在灶坑里留"火根"，没衣服穿可以拆棉穿单，今年夏天还计划晒赤膀。去年上冬丁广德称了半斤棉花打算絮棉裤，老母亲说："再冻一冬吧，这点棉花我纺成线，给你们补衣服用。"这些丁广德都有法对付，只有马草马料，可真把他难住了。东屋的李万福说："我有个主意,你买匹马,我有条牛,咱们插伙拉柴火,就能挣出草料来。"这一来真把他一家人高兴透了。他说:"这个办法对,订计划真有好处!"

丁广德三个哥哥,有两个是残废,大哥在家做饭,二哥没衣服不能出门,订了编席子的计划,三哥计划拾两车粪,丁广德自己出去开会也带上粪筐,八十岁的老母亲坐在炕上纺棉花,一家老小热腾腾地忙起来了。

丁广德家的生产热,使不少人受了影响。去年腊月十五前后,丁广德和大伙商量,组织人工和车户搭伙打柴,人管打,车管拉,人分七成车分三成。丁广德说,这样人工车工都有便宜,大伙核算的结果:一个人一天能打五十捆柴,打一天要背两天,平均每天只打二十五捆,有车人家每天也只能打五十捆。假如人车合作,以十个人工计算,一天能打五百捆,"三七"分账,人工每人能分卅五捆,车工能分一百五十捆(从那时开始,他们已打了二万三千捆柴)。丁广德自己就打了二四〇〇捆,用三车柴换了三车马草,另外还买了豆饼做马料,"马挣马吃",把困难局面打开了。平安区农会为此奖给丁广德五千块钱(半匹马)。丁广德得奖以后,胜利屯全屯的生产小组就进一步地组织起来。

丁广德小组共有十五户,七十六口人,有廿一个好劳动,十个半劳动,马原有六匹,犁杖两副。三月廿五日区上开会动员生产。丁广德回屯找干部唠家常:"咱们地不够种,你们还打算开点荒不?"有人说:"真得开点荒,要不日子就翻不过劲儿来。"有人则说:"马具不够,靠人工跳登,也仅够忙的了。"丁广德提出大家凑钱买牲口、插伙干活的办法。组员詹傅兴卖了一口母猪三个小猪,买了一条牛;田德卖了一千五百捆柴,又凑了些钱买了一条牛;于占春和王树凡两家凑钱买了一条小牛。这样这个组就凑成三副具,大家觉得日子"有了盼望",共同订了生产计划,就形成了长年的生产小组。

丁广德小组今年的计划种熟地廿七垧二亩,起撂荒十七垧。预计产粮三一四石,较去年增产三倍。组织了十个半劳动(内有两个妇女),翻地以后担任耪地(刨坑播种上粪),腾出好劳动上山起撂荒。半劳动力的组成,包括了男女老幼和半残废,从十一岁的小孩到六十岁的老头,凡可能利用的劳动力,俱被尽量利用,春耕以后,计划把七个小组合成三个组,一面把别人"带起来",一面可以提高劳动效能,"人多出活儿","犁杖多赶上蹚","一天铲一天蹚","当天活儿当天完","人不受天的气"(铲了未蹚,下雨伤苗)。

丁广德小组,冬季(腊月半)以来生产了炕席卅二张,条筐一百二十个,筛子廿个,草鞋廿五双。丁广德的哥哥是一把"能手",编席子、筐子、筛子、草鞋,都"在行"。他们哥俩商量,带着"徒弟"一块编,省得一个人"嫌孤单"。丁广德又请了会员王庆国担任教纺线和编粪筐。他哥哥教会了九个人编席子,七个人编筛子,八个人编草鞋。

丁广德小组当中有九家军属,其中需要半优待者三家,全优待者四家,军属代耕问题在小组生产中已被附带解决,无劳动力者,则参加副业生产。他们很关心军属的生活,缺乏劳动者家家都有足够半年烧的柴火。担水分配给其邻近的组员担任。有一家军属,曾自己要求取消优待,但组员认为他应该享受优待,就拒绝了他的要求。

胜利屯的群众,由于丁广德的领导,已全体投入生产热潮,有九个妇女过去从没下过地,现在准备夏天下地薅草,其中之一是丁广德的外甥女。丁广德的拐子哥哥要和他外甥女竞赛。马四赖和孙老四是本屯有数的屯流子,去年冬天已转入生产。

劳模大会竞选中,这个从来没被人注意的庄稼汉,更成为许多人"秋天见"的全年竞赛对象。

选自《东北日报》,1947 年 5 月 4 日

◇史戈白

精神不死

"靖宇将军永远活在人们的心里,靖宇将军精神不死!"今天,是靖宇将军光荣牺牲的九周年纪念日,我们哈市人民,正以无比的热情和敬意来追悼这伟大的民族英雄。

杨靖宇将军,杨司令,这个响亮的名字,在九一八以来,在东北广大人民的心目中,已成为一个不可磨灭的斗争旗帜,永远地是人民所最敬爱的,崇敬的战斗号召,靖宇将军奔驰于黑水白山,领导人民武装抗日,展开了无比艰苦的游击战争。

例如"老岭事件"和震撼"东边道"的"七道沟事件",都是使敌寇失魂丧胆的。

后来弹尽粮绝,"可是他们仍然手持着无子弹的枪,肚子吃些枯草根,拼命和敌人搏斗。到后来实在支持不住了,便终于将一腔的鲜血,流洒在那一片祖国的森林中"(冯仲云主席讲的)。靖宇将军殉国后,据说,伪通化省警务厅长曾绝赞地喊道:"杨靖宇不愧是一个将才!"

靖宇将军殉国整整九年了！人民对这伟大的民族英雄没有丝毫的淡忘。

靖宇将军的伟大事迹是留在每个人心的深处的！

"靖宇将军精神不死！"

选自《哈尔滨午报》,1949 年 2 月 23 日

◇史 村

无题随笔

合上书抬起头来，才知道昨天下了一整夜，今天又下了多半天的雨这时却已住了，乌云疾驰飞散的地方，就露出蔚青的天空来。

对于雨和雨天我有着一种偏爱，蒙蒙的春雨也好，倾盆的骤雨也好，我尤其爱的是雨天那种洋溢着的暖暖的柔和的光彩。雨天不像黑夜那样黑暗可怕，但也没有太阳，这阴暗的天气之为我所爱好，现在想来，恐怕正是因为它投合了也是同样阴暗的我过去的心情吧。

我考入中学，就已是"九一八"以后的第三年了。因此十几岁以后的这一段青春时代，就不能不在一个暗无天日的环境里度过。这和现在刚上中学的青年们就不一样，我们生在黄昏，他们却生在破晓，同是等待一个光明的早晨，就不能不比他们多熬过一个漫长的黑夜。这一段青年时代的暗淡的生活，在心绪上终竟留下了不易拭去的阴影。

本来 K 君约定找我来玩，大概是因为落雨的缘故，他没有来。K

君是个十四岁的中学生，他老是唱着，跳着，大声地喊叫，尽情地欢笑，他仿佛不知道世间有所谓怨苦。我看着这样的一个像正在熙熙的阳光下舒展开来的花蕾一般的青春，再回忆我们那像一株小草，被压在石头底下，却还委曲婉转地生长着的日子，更不能不引起无限的钦佩。

但是，现在太阳已经同样地照在我和 K 的头上，我望着乌云飞散过去的蔚蓝的天空，阳光正使天空辉耀着金色的光辉，雨后的长空分外晴明。

"自由"这两个字是太诱惑了，太动人了，多少人为了它不惜自己和最亲爱的人们的血，他们已经把用血换来的自由赠给我们，我们现在敢说要说的话，敢做要做的事，我们生活在自由的天地里，呼吸着自由的空气，天空辉映着金色的光辉，阳光照在我们头上。但是，我却依稀听到微弱的无助的嘶叫，我还隐约看到有无数的兄弟姊妹们沉浮在血泊的大海里，他们决不放过一棵海草，想抓住它挣扎到岸上来，但是：

我桌上摆着的就有长春的国民党的报纸，这报纸就给我画出一幅画面：有无数的布告贴在墙上，是征兵法违犯治罪的条例，是皮货禁止出口的条例，是征用军米的条例，是惩治"奸匪"的条例；有无数反对甄审请愿的青年学生们的人群和正待向这人群劈下去的刀斧；有想请核免孩子的兵役的老人的哀诉的脸；有缴不出军米，正在向梁上系着绳子的菜色的农民……

一江之隔，两个天地，我现在是在望着蔚蓝的晴明的天空，但却依稀听到微弱无助的嘶叫。我站在阳光下面，却不能不想到那些还在阴暗里毁灭着青春的兄弟姊妹们。

天空越发晴朗，屋里也越发亮起来，K 却终于没有来，大概他又去到什么地方练习唱歌去了吧,他老是唱着,跳着,大声地说话,尽情地欢笑。

我决定去找 K,我要跟他一道去玩,我也想把我依稀听到的无助的呼救的声音告诉他,我要和他说:我们一定要让阳光照在我们头上一样,也照在他们头上。

选自《文艺》,1946 年第 3 期

◇ 白　华

"小猪倌"二次戴了光荣花
——记周凤桐立功

"我今年二十啦,腊月二十二的生日;咱一营里数我最小,他们都叫我'小周',又叫我'小猪倌',因为我在家的时候给老李家放猪。"周凤桐一见我,就很熟识似的跟我拉起来。

小周给人很可爱的感觉,虽然二十岁了,看起来不过十六七岁,脸上总是浮着孩子般的微笑。

"你这次参加战斗了吗?"

"参加了! 还逮了好几个俘虏哩!"

"在哪一次战斗?"

"耿家窝棚!"

"你和我谈谈经过的情形好吗?"

"可是我都记不太清啦!"

"不要紧,你记得多少就说多少!"

"好!"他终于一五一十地叙述起来。

　　　　　　※　　※　　※

　　"到江南光跟着跑路,没捞着打仗,心里怪急的。那一天下晚,班副赵俊亭给我说:'这一回该咱主攻啦!'我还不懂啥叫'主攻',就问班副,他说:'主攻就是打先锋!'我明白了,心里想,这回可打上啦!班副又给我说:'打起来你跟着我,听着指挥!'我说:'错不了,只要不牺牲,就跟着你!'

　　"队伍走到耿家窝棚,三营就跟敌人打响了,我们在后边趴在雪地里等命令,等了半天还没咱的事,我急了,就问班副:'班副,怎么咱还不打呢?'班副说:'别犯急性病,等着!'我不作声了,可心里怪闷的。

　　"好半天,命令传来,叫我们准备上去,大伙都忙起来了。我也不知道该怎么准备好,班副过来叫我把子弹袋扎紧,鞋穿好,枪口帽摘下去……我问他:'上上刺刀行不行?'他说:'上了刺刀太沉,冲锋的时候你拿不动!'我又问:'手榴弹盖揭开吧?'他说:'揭开行,小心点,可别刮响啦!'我一共带了八个手榴弹,听班副常说,打起仗来,手榴弹最有用。

　　"不大一会,我们的队伍上去了。

　　"缺口爆炸开了,刘国栋(记特功的战士——笔者)一个人堵住那里掩护,我们就冲进去了。我跟着班副进了一个大院,他到屋里搜索,叫我在外边看着;忽然发现西南角一个端枪的人影正跑呢,我一吆喝:'站住!缴枪!'那小子站下愣了,我怕他拿枪打我,'啪!'的一下我先把他撂倒啦,可没打死,他在地上又爬又叫唤。我过去又给了他一枪,才不动弹了。班副听着打枪,出来说:'打着了吗?'我说:'打着啦!'随着过去把一支美国枪拾起来,一看那小子身上还背得满满的一袋子弹哩!我问班副:'子弹能解吗?'班副说:'别解了,

以后有的是;快跟我走!'

"我们又冲到西下屋,听着里边像有人,咱两个都吆喝:'快缴枪!'可是里边又没动静了。班副拔出手榴弹要打,我抢着说:'让我打吧!'我打门口扔进去两个,都炸了,还是没动静。班副一指,叫我打窗户口扔进去,我想:'对!'照他说的扔了一个,这一下里边可喊开啦:'别打了,交枪!'一涌出来四个,都没带枪。我问:'你们的枪呢?'他们都说:'我们是伙夫,没有枪!'真泄气!

"班副去送俘虏,叫我看着前面的炮楼。一会,他回来了,说:'咱们打这个炮楼!'他打了一梭子冲锋式,我打了两个手榴弹,没听到里边什么动静。班副说:'咱们去搜索!'我说:'好'!

"刚要去的时候,指导员来了,要我们往东院发展,只好把这个炮楼撂下。班副还是走在头里,叫我跟着他后边。

"远远就看着敌人乱窜,掏出手榴弹又够不上,我心里怪急的,班副说:'你劲小不行,我来!'他打了两个,敌人都钻到屋里去了。咱俩一气冲到跟前,喊着:'缴枪不杀!'敌人都没作声,班副生气了,说:'打手榴弹!'我说:'还是我打吧!'这一下可够着啦,两个手榴弹,就把两个小子从屋里打出来了,抱着脑袋直喊:'是百姓! 是百姓!'班副端着枪冲上去一吆喝:'有敌人没有?'那两个人吓蒙了,还在说:'是百姓呵,是百姓呵!'我一看真是两个穿便衣的老乡,知道他们害怕,就抓住一个轻轻地问:'老大爷,里边有中央军没有?'这回他听明白了,说:'有,有!'我又问:'有几个?'他说:'八个,八个!'班副一听,拔出手榴弹就往里扔,我也扔了一个,里边叫唤起来了:'别打啦,缴枪!'班副喊:'出来!'敌人举着手出来了,真是八个。我进屋一搜:两支冲锋式,四支步枪;只六个人的武器。一问,原来两个没枪的,一个是伙夫,一个是车老板。

"这时候东南角还有一个炮楼没拿下来,班副又要去送俘虏和武器,还是叫我看着;他说:'小周,好好看着,敌人要跑就打!'我瞅准了炮楼,动也没敢动。一会从外边跑来一个,提着个枪,我使劲一喊:'缴枪!'他那边说:'我是连部的!'我心想可怪啦,接着就问:'几连的?'他说:'我五连连部通讯员小白!'我明白了,——咱们这里根本没有什么小白,就把枪栓一推,说:'管你小白小黑,你过来!'他吓住了,慢慢地走过来,还瞅我哩!我冲过去一喊:'缴枪!痛快点!'他把枪放下了,我拾起来一看,是支冲锋式,心里真高兴,这一下可有美国武器啦。

"班副回来了,我说:'这小子叫我抓住了!'他看了看笑了,说:'你真行!'

"班副又去送小白,我还看着炮楼,不一会,从里边出来两个,我心想:有冲锋式,不怕了,照准那两个小子一'撸',子弹突突的真快,一下就打没了;眼瞅着敌人往墙角里钻,我又不会上梭子,急着掏出两个手榴弹扔过去,敌人又跑到炮楼里去了。我心里好气,在那里等着班副来了一块儿再打。

"于甘年来了,说班副挂彩啦,我心里又难过又着急,这炮楼可怎么打呢?恰好排副过来,我告诉他这个炮楼里的敌人还没缴枪哩!排副说:'打!'他领着一个小组,加上我,五个人冲上去。敌人打了两梭子冲锋式,让咱一排手榴弹就给压下去了。冲到炮楼跟前,敌人就交了枪。

"打完炮楼,我想着班副不放心,跑到房后路边找到了。他躺在那里,头上冒汗,心口直跳,我喊了他半天,才哼了一声,我看他伤口的血都快冻住了,想把他弄到屋里去,可是我一个人背又背不起,拉也拉不动;后来找到张宝和,才把他抬到屋里。刚放在炕上,班副的头就耷拉下去了，怎么喊他也不出声，张宝和说：'他牺牲啦！'我心里好难过，要哭又怕别人笑话。真的，班副对我太好啦，自打去年十月我一参军，就跟他在一起，什么不明了的事他都给我讲，生活上关心我，还帮助我学习：每天他教我认五个字，晚上就考我，说是学了文化进步更快，慢慢地我也能认识几个了。

"这回打仗，大伙都说要立功，我不懂，就问班副，他说：'立功就是重伤不哭，轻伤不下火线，还要缴枪捉俘虏。'我又问他：'该怎么打法才行呢？'他又告诉我三三制战术，还用豆子一面摆一面讲，……咱班副真是再好没有啦！

"担架把班副抬走以后，我又想起起头打的那个炮楼还没搜索哩，正好找到一个电筒，跑到那里一找，得了一挺机枪，还有满满一袋子弹；碰到机枪射手赵文海，都交给他了，他看了看蛮高兴，说是跟他在山海关得的那个一样！

"这时候，部队已经接着命令撤退了，我还不知道，又在那里搜索了两支步枪，连身上原有的一共三支步枪，一支冲锋式。我背着去找咱班的人，恰好碰着营长骑着马，他说：'小周，还不快走，在这里干什么？'我才知道别人都走了。

"出屯的时候，敌人的枪打得真密，在雪地里爬着走，大衣上还打穿了好几个洞。四支枪压得我喘不过气，好几回想扔掉一支，可是又想着：'这是同志们的血换来的，说啥也不能扔！'

"爬了二三百米达，才敢起来跑，一气走了一二十里，总算撵上了队伍，同志们都说我：'小猪倌这回可真不简单！'"

※　　※　　※

锣鼓喧天，红绿满院，八百名健儿戴着鲜红的大花，喜气洋溢地步入会场——这是××部庆祝松南大捷功臣大会隆重开幕的一天，我也带着兴奋喜悦的心情到会祝贺。

我浏览了四壁的贺帐锦旗,偶而想起几天前见过的"小猪倌",随步走到大红字的功臣榜前,凝神默念着一个一个功臣的名字,忽然一只手从背后伸来把我拉住,一个熟悉的年轻的声音:

"刘同志,你也来了吗?"

回头一看,正是我在功臣榜上找的小周,他胸前的大红花,在刚拆洗过淡黄的棉衣上,显得格外鲜艳。

"小周,你立功啦!"我握住他的手,像故友重逢般的亲热,却不知说什么好。

他笑了,轻轻地说:

"这是我第二回光荣,第一回是去年参军的时候,也戴了大红花,可是这回比那强得多啦!"

闭会那天,功臣宣誓后,小周严肃地和我说:

"我一边念着誓词,一边心里在想:再要打仗的时候,我该是个老战士了;更得好好立功,还要替咱班副报仇!"

紧握住这个小战士的双手,注视着他绯红的两颊,我默默地祝祷着他未来的胜利!

一九四七年四月十八日

选自《东北日报》,1947 年 4 月 26 日

◇白苇

迢遥的家乡

因为明晨我又将背起行囊跋涉悠长旅路,今天,我一个人到酒馆去喝酒为自己饯行。

到该走时,我就必须离开这里而重新开始摸索我的前路了。

我,一个孤儿,一张被褥,一个行囊,一只孤独的影……

哪里允许我生,哪里就是我的家,我的家在天南,在海北,在连我也预测不到的地方……

到这里来,我是怀着极大的希冀与热望,及至希冀和热望都变成泡影时,我必须离开这里而开始另一个漂流了。

但,我并不沮丧,也不颓靡,因为我有一颗倔强的心,一团烧不尽的热情,我的家还在远方哪!

明天,天一亮我就要被我的希冀和热望给牵走了。

今天,为了给自己饯行和祝福,我又一个人走进那并不太生疏的酒家去喝酒。

依然是两壶酒，一小碟酱菜。

端起酒杯，我又嚼起了福劳芮夫的诗句：

爱情的快乐只有一时

爱情的痛苦却是一生

多么沉重而又伤感的诗句呵！为了这诗句的压抑，我竟再也遏制不了我那内心里的斗争了。

有人说：爱情是展现在两性间无限的诱惑之网，禁不住那诱惑而落网的，是要遭受到爱情的惩罚。

那么，如今降临到我头上的无形的桎梏和折磨就是我过去以一时的快乐觅来的永生的爱情底惩罚吗？

为了禁不住过去记忆的折磨我举起了酒之杯子，然而，当我喝醉了酒，我却又更矛盾地把自己沉浸于记忆的毒汁里。

我毕竟逃不掉那爱情的惩罚呵！

这么远，我逃避了这么远，那永生的惩罚也终于追踪而来了。

酒只喝两壶我就醉了。

酒醉后的心情竟变得那么伤感而脆弱。

天还不曾黑，天还不曾黑呵！

白天喝醉了酒，夜里的寂寞又该怎样排遣呢？

然而，如今我的心已被莫名的悲哀淤塞得满满的，我的胸也被莫名的焦躁的火焰燃烧着，我再也顾及不了那许多，我再也顾及不了那许多了呵！

走出酒家的门，那胖胖的主人又含笑地对我打着招呼，我很想告诉他我明晨远行的消息，我更想亲切地握一下他那胖胖的手，但，又一想，即使告诉，他又能怎样呢？

明天，天一亮希望就把我牵到迢遥的远方去了，今天，这，就算我最后一次的诀别吧！

到该走时就该毅然地迈起健壮的步子。

明天，天一亮我就被我的希冀和热望给牵走了。

我的路虽坎坷而崎岖，但，我却有一颗倔强的心和烧不尽的热情，我的家就将建筑在那悠长旅路的尽头。

未来，该是多么美丽呵！

那永恒的春天，永恒为春阳抚摩的明朗底日子，没有阴郁也没有黑暗和呻吟……

我，一个孤儿，一张被褥，一个行囊，一只孤独的影子……

我的家还在那迢遥的远方哪！

杨叶飘的日子，在克山

选自《东北文学》，1946 年第 1 卷第 5 期

迎年记

日历终于逐渐薄下来了。

记得,被生活的鞭子赶到这个城市来时,我正患着重重的伤风症。为了病,我是住在一个并不太远的亲戚家里静养着。

我究竟在病床上躺了多少天呢,我已记不清了。但,我只记得病倒时,室外的杨叶才黄了边缘。

病中,杨叶渐渐地全黄了,又一片一片地飘零了。

如今,我的病虽已痊愈了,然而杨叶却已脱尽,风飘,雪落,而日历也只剩下薄薄的几页了。

"年是一团风,岁月是一串银铃。"

又一个年,被我一无所得地打发走了。如今,在异地,面对着这将逝去的年尾,我,竟还能说出一些什么来呢? 日子所丢给我的毕竟是一大串空虚的继续呵!

二十五个年的漂泊,在我生命里的每个"新年"上涂上了不同的色素,到今天,让我再打开心扉做一番精细的查验时,那还清晰而鲜明地留在我的心上的,只有前年和去年的两个"年"了。

记得,前年的年是在塞北。

因为收不抵支,因为平素常爱背着母亲偷喝几杯酒,将进十二月,各处的要账单条就陆续地在我的案头上堆积起来了。

债是必须还,年也是必须得过。于是,为了过年和还债,是不得不在年尾东借西挪堵窟窿了。

如果是我一个人,年本可以不过,债也满可以挡塞到来年再还;然而,为了怕母亲的叱责,不得不偷着借钱还酒账,为了使母亲欢心,更不得不买一些新年所必须用的和吃的来应付新年了。

母亲一向是反对我喝酒的,有时在外喝醉了酒归来,虽然总是谎说有宴会或朋友请客,但,当酒醒后,也是要重重地挨一顿叱责。然而,当年之末夜,母亲却相反地做了许多带肉的菜怂恿我喝酒;并且,母亲也高兴地喝了两小杯。

喝着酒,年来堵积在我喉咙里的淤塞,开始渐渐地向上涌,当它将要由我的口唇迸出时,我就急急地举起了一杯满满的白酒把它灌压下去。

我还是一个孩子呵!然而,为了生,孩子却不能不赌着生命去和生格斗,为了这生之格斗,创伤遭到孩子的一身子呵!年来,生活鞭策着我,环境折磨着我,孩子的喉咙就是那样被淤塞给填堵了。

酒,一杯一杯地由壶里移到杯里,又一杯一杯地由杯里移到我的胃袋里。

"年夜"就是那样地在烂醉里打发走了。

醒来,已是元旦。母亲在以湿手巾揩拭着我的前额:

酒,是有损无益的,你祖父死在酒上,你父亲的病也是落在酒上,为你故去的父亲,从此忌酒吧!

一串泪,凉沁沁地滴落到我的额角,我,哑然了。

※　　※　　※

去年的年,依然是在塞北,我依然住在那小楼上的一间阴暗的小室里;然而,已只剩下我孤零零的一个人,那,因为我的母亲已在秋八月急逝了。我渴望着春天,然而现实只丢给我以冷酷,我渴望着阳光和温暖,然而现实却只掷弃给我以绝望和无情。在那不满和不甘的苦闷底日子里,死亡却又偏偏地在我的心板上刻下了永恒也弥补不了的缺陷。于是,我忘掉了父亲的死和母亲的劝阻,我狂暴地吸起烟,而又拼命地喝起酒来了。

到年尾,要账的单条又一张一张地飞来了,厚厚地堆积在我的案头,我惨笑着把它撕碎了又疯狂地掷弃了满地……

独身人是不需要年的,但,望到那躺在地上的账单的碎片时,我又无端地想起了逝去的那"年"和亡故的母亲了。

年末之于我,只是一个使我窒息的重压,年始之于我,也只是一个恐怖阶段的展开呵! 我再也禁不住日子给我带来的恐怖和重压了。

年夜为了不愿再将过去的年之记忆折磨着我,我摈弃了我的家,去找琳和雪。

在琳的家,我烧火,琳温酒,雪炒菜,那夜,是我有生来第一个使我最高兴的日子,我们三个人尽情地喝了酒,尽情地倾吐了堵积在我们喉咙里的话语,到喝得烂醉时,我们又尽情地唱起来我们在平素想唱而不敢唱的歌"打倒列强"来了。

到深宵,我们三个人已烂醉得滚成一团,穿着衣服,直睡到天明。

岁月毕竟是一串银铃啊!

"只要相信有一个较好的明天会到来；那，今天的痛苦对你又算了什么呢？"

终久，真理战胜了强权，我们期待好久的东北光复了，真理给我们脱去了穿了十四年的奴衣。

光复当时，我正被命出张到奇克去了，光复后再归边城时，当地的诸建筑物都已被败退的日寇焚烧殆尽，我那阴暗的小室，已化成灰烬了。而过去的那一些青年朋友们，有的在狱中被日寇枪杀，有的中了日寇的阴谋为病魔所苦。所幸琳和雪仍然健在着。

由是，我已没有了家，我已变成一个无父无母，又无家可归的孤儿了。

归来夜，为了庆祝祖国的光复及哀悼夭逝的朋友，和琳及雪一同举起了酒之杯子，而更立了从此绝对忌酒的誓约。

到这塞北的边城来整整地六个年，纵令"家"已全部被烧毁，母亲已亡故，朋友已星散无踪，然而，这些却都沮丧不了我的意志。

无端地，我又想起了数年前由杏节那里借来的那册《鹰之歌》来了，为了再也禁不住苍鹰振翅的蛊惑，我已决计离开塞北的边城了。

早秋，塞北的田野正抹满血色的时候，我穿着琳的衣裳，携带着雪给我准备好了的行装和盘费登车南下了。

六年前的秋天，毕竟是这血色爬满原野的季节，我和母亲从迢遥的古城，携着行李和家具跋涉到这荒塞的塞北来了。然而六年后的今天，秋色虽依旧，而我却抛弃了母亲的坟墓，孤零零地赤身一人由塞北走出了。

然而，如今我的心却只是抹满欣欢和喜悦，我的喉咙也不再为不满和不甘所淤塞，我委实地有如一只脱笼的苍鹰，可以任意向青空自由地翱翔了。

秋,在我跋涉的时日里深起来,当杨叶黄了边缘时,我终于跋涉到长春来了。

时日果是一串银铃呵!

不觉地,冷风飘起,雪片已霏霏地飞扬,而日历又只剩薄薄的几页了。如今,面对着将逝去的年尾,忏悔我的过错和自责自家的失败的同时,迎三五年的新年,我立誓从此决定多读一些有用的书,修养自己,勉励自己,而做一些于大众有益的事,对祖国的建设上,我更希望能容纳下我这极薄弱的热、力,和最后的一滴血。

新的年,给我带来新的喜悦和新的展开吧!

三四年尾,长春

选自《东北文学》,1946 年第 1 卷第 2 期

烛火的启示

因为停电,屋子既黝黯而又死寂。

空洞洞的屋子里,任什么也没有呵!

一个木床,一个人,一颗为黑暗压得将窒息的心……

窗外风很大,雪又落起来了。

冷风一阵阵由窗隙钻入,冷得我一串串地打着寒栗。

冷呵! 冷,炉子里的火也熄灭了。

窗里窗外只有一片漆黑呵! 没有月,也没有星,只有霏霏的雪片和呼啸的风。

想睡,我又睡不着,几次我倒在床上,几次我又都被由内心里冲泻出的饥渴唤起。是的,我被黑暗和死寂压得饥渴起来了。

我渴望一丝光亮。

我渴望一丝温暖。

只要能暂刻地满足了我的渴望,哪管是一支纸烟的光和热也好,但,只有今夜我连一个烟蒂都没有。

于是,我开始寻觅了。我翻遍了每个角隅,虽然没有找到一支烟蒂,但我却终于找出一个小蜡头和几根火柴。

我划着了火柴,燃着了那残烛。

一团幽暗的光,闪烁在眼前,我对着烛光吁着气,我用那微弱的烛火烤熏着那冻僵了的手。

火舌伸吐着。

串串的眼泪开始向下流,一串串地流到脚面……

雪不停地落着,黑夜是悠长的,但,这残烛的寿命却是短促的。

为了珍惜那将完结的生命,我铺平了稿纸,握起我的笔,我要写出我的寂寞和饥渴,写出风雪黯夜的苦闷,写出流浪人的乡怀……

我的喉咙被这许多将要迸出的话语淤塞得将要窒息。

残烛一分一分地被时光吞噬下去,火舌也在窒息着了。

多么珍贵而又令人怀恋的光和热,将被我一无所得地葬送了。

对那残烛,我越发地感到了自己的自私和贪婪……

外面依然是沉沉的黑夜,风卷着雪片击打着窗口。

残烛终于被时光吞噬尽了,眼前展开的又是一片漆黑,然而,我却得到了一个启示。

落雪之夜

选自《东北文学》,1946 年第 1 卷第 5 期

◇ 白　浪

梅河口的春天

风雪横飞了几天，今天要算天晴了。

暖和而熟识的太阳，照耀在雪地上，简直使人们欢喜得连眼睛都睁不开来。

我牵着小抗，小林抱着刚一岁的小奚，行李有老梁、小高背着，急急忙忙从火车站走出来，不多远，就到了梅河口街上。我们把行李暂时搁在街边，和往常一样，又是小林自告奋勇地先去看房子。因为从芜湖、南京到东北，长途跋涉了五个多月，身体实在有些疲乏，大家都歪坐在包裹上，小奚抱在我怀里，我不时用探索的眼光注意周围围拢来的女人小孩们，他们都很善良地瞅着我们，有的想和我们攀谈，只是不好说起似的，后来终于有一个老太太逗着小奚、小抗了。"你们真好啊！""老乡，你们……"我准备开腔。

忽然小林跑来，笑着说房子找好了，还是一位宋先生叫我们住在他家的。我们一面说着，一面挟起行李，就往房子里搬。这是红砖红瓦两个大门，一共有五六间的漂亮干净平房，门前横躺着一个不大不小的院落,枯雪扫着堆在墙角边,我们一进院子,一个中年而肥胖的女人,和一个青年男的笑嘻嘻地迎了出来。

"咱们替你提行李,在这边。"

拎着几件包袱,就往西边这间房子拿。

"这就是宋先生,这是孙先生。"小林忙着向我们介绍。

"我们已经把这房子打扫干净,破东烂西,都已拿去啦！同志！你们住这里很好,我们很高兴。"宋先生一句一句有节奏的国语,像在舞台上演话剧对话似的,点着头。

"我们快把煤炉子发着吧！不尽冷着同志了。"这是那矮胖矮胖,肚皮看去好像怀有十个月小孩似的吴太太,缩起脖颈对宋先生说。话没完,有一个中年男子抱着一捆木柴和煤已从外面走来发炉子了,这个男的不大说话,把炉子发好就走了,看样子性子有些孤僻,后来才知道这就是在铁路局任科长胖太太的丈夫吴先生。据说他过去最容易发脾气,常和人家吵嘴,光复以后不知为什么忽然好起来了,友爱的精神也好了。宋先生是吴太太娘家兄弟,也在局里当职员。这家有两个女孩,大的叫松岩,小的叫小思,另外一家房子是蔡先生两口子。

我们一共住了大小三间房子,房子都很干燥适用,厨房用具完全是吴家的。

我们一两天后,因为彼此时常来往,是更亲近,更了解了。

有一天,我们到了他那边,他们正在吃饺子,桌上还罗着三个菜,我记得其中一个是炒牛肉,他们看到我们进来都很高兴的,连忙一齐顽固拽着吃。

我们本来刚吃过来的,但,一见到他们这种亲切的热情,也只好夹上几筷子。

"孙同志！现在我们吃起好面,吃起肉来啦!"这是吴太太粗索的声音。"唉!真可怜!在小鼻子时候,可把我们熬苦了,吃饭都不自由,连配给的橡子面也吃不饱,白面、大米虽然这里出产多,但是咱们中国人哪能捞到吃,都送到鬼子、意大利、德国去吃去啦!孙同志!我告诉你,有一天我从屯部偷偷搞来了两斤肉,半路碰到警察,把我连人带肉都拉到警察署去了,坐了几天,说是什么经济犯,这个警察局长后来被民主政府枪毙了。老百姓可乐了,鬼子投了降,八路军来时,他还在车站抵抗呢!可惜这些警察现在跑得连一个都不剩。"她像放机关枪似的说个不停,筷子时常在空中飞着。

"哼!"这是宋先生。"我的头发长一点还犯国事犯呢!孙先生没有像他们剃得庙里和尚一样,还说我思想不良,唉唉,孙先生!那时候简直不能活了,现在可乐了,你们八路一来,民主政府也成立了,老百姓能讲话啦,街上什么东西都有卖。"

"现在是咱们老百姓的世界,可以挺着胸脯自由自在地走路了。"宋先生还没说完,吴太太右手拿着筷子抬起头挺着肚子,那肥大的屁股一撅一撅地向门口走着。

"吃饭吧!饭菜都冷啰!"小林很着急似的,提醒他们。

这之后,他们才马马虎虎结束了这顿饭。

这又是一天,我去吴太太那边,又看到她的唯一的十七岁女儿松岩和小思两人,孜孜不倦地很兴奋地读着书。我如是转过头去问坐在炕沿上做针线的吴太太:

"她们的书一定读得很好了。"

"好什么!整天勤劳奉仕,拔草拾煤渣,一个学期简直读不到几天啰。"吴太太停了针线把眉一皱。

"日文那是很好的啰?"

"就是会鬼子话,别的什么也不懂,连中国话,几乎都讲不好,是不是中国人也弄不清楚呀！我恨起来,光复以后,都把那些鬼书烧掉了。"

坐在那边的松岩和小思,也笑起来了。

一九四五年旧历年最后的一天早上。

天正下着干雪,一起来就看到宋先生、吴先生脱了衣裳在扫雪；天天起得很早的吴太太,早把一二十只鸡放了出来,正在喂食。

"你看俱是笑话吧？孙先生。"吴太太忙着向我打招呼,指着那些鸡发笑,"十四年当中,连鸡鸭都成了杂种,这几个白的是日本鸡,那几个黄的黑的都是混血种咧！"

"哼,你还没有看到呢？"我说,"我们从山东敌伪区来,沿路的狗,几乎都是日本种,很少看到纯粹的中国狗。人们说的话,也多是协和语,你就看梅河口街上赶集的人吧,满口'小小的','大大的','我的说话的',真怪难听,至于人,我看也保不了没有混血种。这还不是十四年亡国奴的结果吗？"

话还没有说完,他们早把院子扫得干干净净,可爱的太阳也从墙头上爬了出来,放出金黄色,整个院子,不,整个梅河口,整个解放区,是充满着一种光明愉快而有无穷希望的气象,我不由得赞叹起来。

"你俱说得好,"宋先生笑嘻嘻的,"现在不晓得为什么,是比从前大不同啦！'满洲国'的时候,黄皮刮搜,无精打采的连头都抬不起来,一看到那些凶恶的日本人,警察,满洲军,协和服,协和语,橡子面,征粮,抓壮丁,勤劳奉仕,那简直使人们头痛。八路军,民主政府一来,老百姓才扬眉吐气,过着自己的愉快生活,人的生活。"

"孙先生,今晚同太太一道在我们家里过年,吃饺子,我们昨天已经称好肉啦！这是十多年来，才算真正过了一个好年，要好好乐一晚，不要睡，孙先生。"这是吴太太肯定的要求，我们只好允许了。

我看吴太太简直兴奋得不知道冷啦！如是我急急地告辞，我也累了，受了些激励，回到房里，想了一会，和小林很仔细地订了一个一年学习计划。

晚上，天是一遍黑，我们慢慢地蹑到他们那里，刚走到窗户下面，只听到吴太太、宋先生在蔡太太房子里有说有笑，我也孩子气地从窗户孔里偷偷地望过去，刚一露头，里面哄地一笑，只看到蔡太太冷地下爬了起来，朝着窗外的我们，很不好意思地张着嘴笑，我们进到房里，才知道蔡太太每逢初一十五，要敬观音菩萨的，求子，是有十五年的愿望了，求平安，是因为前几天听说国民党军进了沈阳，又要打内战，战争刚刚结束，又要打，还叫老百姓活受罪，这使蔡太太这两三晚没有合眼呀！

蔡太太两口子，都是台湾人，来到东北有十来年，和吴家一样都在铁路上做职员，蔡太太个子小，满嘴金牙，年纪约莫三十七八岁，一望而知是一个善良的人。

八路军是不信迷信的，所以她怪不好意思。我连忙安慰她，说明这没有什么，人到中年总是想自己有个孩子的，你们怕内战，我们更反对内战，不过国民党反动派这个家伙，不顾人民的死活，从"九一八"起就下决心不要东北，东北的老百姓在苏军帮助之下解放出来，他又厚脸地来接收。刚刚和平又要打仗，本来也真正气人，不过求菩萨是没有用的，还是人民自己组织起来跟反动派干才是。

后来我们又拥到吴太太房里。

我在灯光底下发现她墙壁上贴着一张每天的工作日程，里面的大意是：某某人分担清洁，某某人分担做饭，什么时候读书，什么时候休息,什么时候起床,睡觉。

今天的房子特别整洁,一切的用具都放得整整齐齐,房子中间是一个火炉,而烧着红红的炭火,据宋先生告诉我,这是铁路管理局早些天发下来乌金一样的抚顺的好煤。桌上的一盆玫瑰,嫩条已经长得长长的,象征着带来了春天的幸福。

墙上挂的一张死去五六年的吴老先生吴老太太的全身相片,抿着没有牙齿的嘴巴,满脸也堆着笑容。

我回头望见吴太太独自一个笑,我心里也笑了。

"你是在笑我吧?哼!"吴太太指着自己身上穿的一件不大合身的呢大衣,把头很得意地似乎又不好意思地点了几点,笑着说:"这是打仗从敌人手里得来的呀!"

"你也打仗了吗?"我有些奇怪。

"是鬼子投降后,我们老百姓上街在坏的日本人与警察二鬼子家里夺来的,松岩身上穿的旗袍,不就是日本人的和服改的吗?我们吃的盐也是拿的。这一下子可翻身了,哼!从前哪敢啦!路上碰了鬼子,还要低着头,像丧家之犬一样呢。"她一面说话,一面低垂了头,从屋子那边走到这边。

后来我们吃了饺子和汤圆,汤圆很甜,我几乎吃了两大碗,宋先生又把夺白糖的故事告诉我们。

"这话说起来也有些不对。"忽然吴太太好像发现了什么似的,"他们有个什么?不都是从中国人手里抢去的刮去的吗?他们吃大米老百姓不还是没有吃?前半个月公审后枪毙的监区长、警察局长,就是一个标准的强盗。真死得好,八路军民主政府做事真有理。"

"这些人就是强盗。"我同意地说,"八路军民主政府,还不是执

行老百姓的意思！"

快半夜了她们坚决要"守岁"，又留了一阵，然后才溜了出来，回到自己房里，小奚和老梁他们，早已入了梦乡了。

我从来是不失眠的，但是这晚在床上兴奋得乱糟糟地想了一夜，不知想了一些什么。第二天就是大年初一。

梅河口街上四周的爆竹清早已像激烈的枪声一样，把我从梦中惊醒，我也只得照例地天亮就起来，这也是我在军营中廿多年牢不可破的习惯了。

可是吴太太早在院子里，踏着昨日的新雪，把鸡放出来了，彼此道了个恭喜，祝贺新年。

早饭之后，吴太太邀我们一道上街去看热闹，穿着由敌人手中夺来的不三不四的协和服，街上的人们简直像海潮一样，大家的脸上，都浮起一种喜气洋洋的神气，疯狂地随着各个秧歌队跑，又跳又笑。老年人也成了青年了，挤在孩子女人一块，张着没有牙齿的嘴不住地发笑。地上铺满了破碎的爆竹纸屑，红红绿绿，像落花一样，家家门上墙上也贴满大红的绿的新式春联标语，什么"民主政府万岁"，"庆祝东北人民大翻身"，"反对独裁实行民主"，"生意兴隆通四海"……各色各样。

成群结队的小孩，有的燃着爆竹，对准别人的脸丢去："嘭！打倒汉奸狗腿子！"

"我是八路，我是大大的毛主席，你是日本，你是蒋介石。"另外一个大一点的小孩，站在较高的破墙上举起大拇指在叫。有的嘴里就哼着《毛泽东之歌》。

"随了……随了……大伙儿……都随了！"（随是指随八路军民主政府走了的意思。）一个拥了孙子的老头儿伛偻着腰，在铺门口惊

398

喜得不断地笑。

妇女们也和往日不同，从前躲在房子里不敢出来，现在居然在街上自由自在地玩笑，这在老古董说起来，恐怕是要翻天覆地了吧。

街上几所洋房，过去很骄傲地高耸在人们的头上，今天孤零零地在发抖。以前被压迫得呼吸不过来的平房，而现在仿佛扬眉吐气。

街旁边几块突出的大石块，好像也要翻身。

疯狂了，年轻了的梅河口，我终于有事不能不离开这可爱的它了。辗转千里，于三月初来到这辽远的海滨，昨天于无意中，从报纸上，看到了一段可怖的消息，国民党美制飞机轰炸海龙、梅河口，大部已经成为瓦砾场了。

唉，可恶的内战，可恶的中美反动派！

我翘首北望，凝视远方的白雪，仿佛那充满精力积极愉快的胖吴太太，还不时摆着八方步子，在自由自在地踱来踱去。蔡太太很虔诚地伏在神前祈祷，这一切像演戏似的，在脑海里显现。

我愤怒了，拳头握得紧紧的。

选自《大连青年》，1947 年第 3 期

◇ 白　朗

抗日联军的母亲

　　刚下火车，在联合中学的校门口和一群热情的同学闲谈，忽然一个学生很郑重地告诉我："顾老太太昨天也到佳木斯来了！"当然他报告这消息的动机不会是由于知道顾老太太是我到佳木斯的第一个访问对象，因为我既没有吐露过一句，而且又是第一次踏上佳木斯的土地，从他的表情上看来，可以知道，这个青年对于这位尽忠于东北人民的老人是怎样的衷心爱戴与尊敬！

　　十天以前，从冯主席的口中，便知道了一些顾老太太的英雄事迹；当然依恋地告别我热爱的松花江时，冯主席为了诱使我对佳木斯发生向往的心情，他说："去吧，佳木斯是过去抗联的根据地，那里有好多抗联的英雄，和流传于民间的英勇动人的故事，顾老太太就在那一带，有机会你可以去访问她。"

　　我点着头，我希望能够会到她，同时我也相信迟早总会有机会畅聊她的生平的。我下了决心，不管她住得如何遥远，我也要做一次专诚拜访的，然而，我决没想到，会这样快，而且一样巧，刚刚下车便得到了她到佳市的消息。

安置好住处以后，首先到李主席那里打听了顾老太太的住处，随后，便带着满身征尘匆匆地跑到县政府，兴奋使我忘记了几日来的旅途疲劳，我的脚步是相当轻快的。

今天正是端午，顾老太太从早晨就被人请去过节了，据说明天她就要回到大赉岗去了，我失望地踌躇着，迟疑地在秘书科徘徊着，聪明的郝秘书会意到了我求见的迫切，于是特意派人去找她。

我焦急地等待着，在脑子里画出了我想象中顾老太太的姿态——佝偻着腰，飘着斑白的发丝，代表着年龄的皱纹布满她瘦削的脸，两只小脚吃力地扭来扭去，也许她和一般的老年人同样，不断地咳嗽，发音不清，说话多了还要气喘……因为她已经是五十二岁的人了。

敏捷的脚步声自远而近，一个精神矍铄的半老妇人出现在我面前，郝秘书介绍着："这就是顾老太太。"我惊喜地和她紧握着手，完全和我的想象相反，她的头发既没有白，脸上也没有很多的皱纹，腰板是那样挺直，脚早放开了，敏捷轻健得就像一个能干的中年妇人。

她牵着我的手把我引到楼上她的卧室，她的亲切，她的一见如故的热情，简直使我忘记了她是我上一代的人了。

我说明了来意之后，便开始畅谈起来，我的访问是从抗联的先烈以及她熟悉的领袖开始的，我问："李兆麟同志，冯仲云主席以及杨靖宇将军您都认识吧？"

"认——识！"她拖长了声音回答，接着表示无限惋惜地说："他们都很年轻，都是抗联的领袖，中华民族的英雄，可惜杨靖宇早已牺牲了，死后连个囫囵尸首都没落到呵，可恶的日本鬼子割下了他的头，割开了他的肚皮，可怜的杨靖宇，满肚子全是草根和树皮，敌人以为这样一个智勇双全的猛将一定有什么法宝在肚里藏着呢！剖开来一看，才知道这位烈士就连一粒米也难吃到，他那艰苦为民族的奋斗精神使得狼心狗肺的敌人也不能不感动而赞叹了！"

隔着她的黑色眼镜我看不清她的眼里是否有泪，但听着那凄楚的声音，我知道她的心是哀痛的！

"冯仲云呢，是上次到哈尔滨开会在楼梯上碰到了一次，仅仅几分钟，他忙得厉害，没有谈什么，他胖了，也比前结实了，那是一个顶爽直，顶有学问的年轻人哪。"她那带着安徽的口音掺杂着许多东北方言，不慌不忙地讲述着。他皱了皱眉，接着说下去："最可惜的是张寿篯，听到他牺牲我特别难过，他死得多惨呵，在枪林弹雨里，冰天雪地里，忍饥受冻地苦战了十四年，多少次出生入死，多少次被敌人包围，可是凶残像狼一样的敌人都没有碰倒他一根毫毛，想不到东北解放之后，竟惨死在小毛贼手里，想想多冤枉，多伤心呢！丧尽天良的反动派！"

顾老太太越说越激动，顺手摘下了遮太阳的黑眼镜，使劲往桌上一摔，我真担心那眼镜会做她悲愤之下的牺牲品呢。

她沉思良久，而后叹了一声说："我心疼寿篯，我也埋怨他，他太胆大太粗心了，像他那样一个重要人物，出去不要说不带警卫员，带少了都不行，起码也要带上六七个才能保险呵，这算不了摆官架，是因为他这人物重要，有多少反动的眼睛盯着他，有多少特务走狗跟着他呀！张寿篯，我疼他，我也埋怨他，这死得该有多不值得，东北人民的损失该有多大？"

室内充满了哀悼气氛，我们默默地对坐着，两个人都陷入深思中。

房里不断地有人进来，她去闩起了门，用低微的声音向我提出了她关心的很多问题，如内战发展到如何程度了？何时才能结束？各地的群众发动起来没有？前方的士气以及伤兵的待遇等等。她尤其关心的是许多领袖的安全和近况，如××将军现在何处指挥作战，陈云，彭真诸负责同志还没有来吗？周恩来同志以及张学良将军是否都在南京，他们会不会被蒋介石给谋杀了呢？毛主席朱总司令不能来东北吗？她带着企望地说："我真想见见这些共产党伟大的领袖们哪！"

这些问题，我都据我所知地做了详细的回答。最后，她悲愤地说道："我说，我们那些领袖们真该注意呀，谋害抗日的英雄，东北老百姓能答应吗？决不能，不信开个大会问问，我就第一个不答应，从前我甘心情愿典房卖地帮助抗日联军，死而无怨，反动派要是来了，休想我供给一粒米，而且我还要把房子烧了，把地挖他们的坟茔穴！"

她又复激动起来，最后她敏捷地脱去长衫。

她谈话的措辞和姿态使我吃惊，她的话生动而有煽动的力量，而且有条不紊，完全像一个女学者的口吻与风度。这更增加了对她的尊敬！

我急于要知道她的历史，于是把话题拉转到她个人身上。她稍微沉思了一下，便很有条理地讲述下去。

她出身于小康的家庭，父亲是她家乡——安徽寿县的商会会长，家里还经营了一个小商店。缺陷的是她父亲没有儿子，因此，她仅仅读了两年私塾，便不得不留在家里帮着父亲经管那一个小店铺了，那时她不过十三岁，在这样幼小的年龄，尤其是女孩子，正是读书嬉戏的黄金时代，然而她这时却已做了商店的经理了。她每天自朝至暮地站在拦柜边酬应着顾客，很熟练地掌管账目和现金出纳，她虽然还是一个孩子，但她的头脑非常清晰聪慧，有着超人的才力，账目和现金很少发生过错误,她极自信地对我说:"别的不敢说,算小账可是张口就来,保险没错!"

五年的柜台生活丰富了她治家和业务的经验,这和她后来成为富农是有关系的。

十八岁上她结了婚,不久便搬到东北来,在佳木斯属大贲岗落了户,她们没有很多不动产,仅有的几垧地只够糊口而已。她和她的丈夫惨淡经营着那块唯一的土地——全家的生命线,同时也希望能更多些开荒,用自己的劳动力建立一个富裕的小家庭。可是不幸的事情发生了,她的丈夫竟一病不起,终于永别了她,这时她才廿八岁,她孤独地带着四个孩子凄凉地过活着,最小的孩子还在襁褓中,怎么办呢?他们孤儿寡妇是需要有人照顾的,于是她写信给故乡的夫家,请求叔伯们帮助她抚育遗孤和经管土地,可是得到的是一个残酷的答复:"爱莫能助,自谋生路吧!"

她气得痛哭了一场,邻舍们都劝她再嫁,但是她顾虑到一改嫁这四个孩子马上就变成了"带犊",她是不愿意使她的孩子蒙受这样耻辱的称呼的,因此,她决心不改嫁,宁愿吃土咽糠也要单独地把这四个可怜虫抚养成人,永不更姓,免得遭人家的白眼和蔑视。然而,怎么行呢?丈夫留给她的除了几亩薄田和四个待哺的羔羊而外,便是辛酸和眼泪,这艰苦的日子是决难维持的。于是在迫不得已的情况下,她改嫁了同乡农民段仰信,段仰信是一个朴实忠厚的农民,只身来到东北,由于勤劳积蓄了很多钱,因此曾在顾家管过事,所以顾家的孩子们都非常地爱他,为了孩子不受委屈,她愿意和他结婚,但她提出了很严苛的条件:

第一,要永远保持故夫的姓氏,以后生了孩子也要姓顾。

第二,取消封建家庭的丈夫独裁制,一切事都要两个人共同商量处理。

第三,在不影响家庭幸福的范围内,有绝对的个人自由,双方互不干涉。

没有问题,这个老实的农民是——首肯了,这样,段仰信便入赘顾家,做了顾家的半个主人,从此,他们便共同计划建立家务了。当时的荒地是很便宜的,他们把全部所有都购置了荒田,几年的工夫,那些荒地在他们的努力经营之下都开成了良田,于是他们便成了大赉岗的一个地主,有将近四百垧肥美的田地了。段仰信忠实地坚守着诺言,因之夫妇间的情感非常融洽,这期间顾老太太又生了两个孩子。

"九一八"日寇强占了东北,大赉岗随着也变成了敌人的囊中物,同时抗日联军的队伍出现在他们这块土地上。

顾老太太虽是一个商家女,但亡国之恨对她却是刺激很深的,她有着崇高的民族意识,她热爱着祖国,热爱着东北,更热爱她的土地,因此,当抗联的队伍在大赉岗活动时,她便和她的儿子一道参加了抗日工作。当时的抗联在极端困难的条件下与敌人浴血搏斗,依赖她的地方是太多了,抗联的战士们川流不息地出入于她的家门,她尽量地供给以足够的食粮,几年的存粮吃完了,更典房卖地供养队伍,只要抗联的同志们在她的乡土上活动,她绝不让他们有一个人,有一顿饿饭的。同时,她更经常亲自到哈尔滨为抗联的弟兄们秘密地运购布匹,运回后还要动员群众缝制,她有很大的煽动与团结的力量,大赉岗的群众都紧紧地团结在她的周围,慢慢地她就变成人人爱戴的群众领袖了。她把每一个抗联的战士都看成自己的儿女一样,她是在他们身上发扬了极崇高极伟大的母爱,抗联的同志们也把她看成了自己的母亲,他们之间是建立了亲密的感情和关系的。抗联的英勇坚持深深地感动着她，她确信东北是不会永久被奴役的，她在抗联英雄们身上发现了他日胜利的种子。

顾老太太是十余年如一日地帮助着英勇的抗日联军，到今天为止，她全部的土地仅剩四十垧了，而且还在逐渐减少着。

她的地下活动被敌人侦知了以后，曾一度被软禁起来，但她宁死不屈的精神是争取到了自由。由她重获自由之后，活动得更厉害了，因此当一九三八年她又一次从哈尔滨运了五大车布匹回来时，被敌人发现后便把她逮捕起来，并且连她的丈夫，她的大儿子传忠以及所有的亲戚总共二十一人，没有一个幸免。

被捕后，敌人把他们分别地监禁起来，钉上了手铐脚镣，除了她自己因为怀孕幸免了非刑外，其余人都受了严刑拷问，尤其是她的儿子顾传忠和丈夫段仰信受到了各式各样的酷刑，但是，在顾老太太的影响教育之下，每个人都是坚强不屈，没有在敌人面前吐出抗联的一点消息，更没有牵连一个群众。敌人要没收她的房子，她便秘密地通知群众把房子烧掉了。八个月的囚徒生活她是被折磨得衰老了，最后，当地群众用钱把他们赎买出来，然而已经迟了，连顾老太太自己，生还的不过五六人而已，其余的全囚死狱中了！而且她的丈夫出狱后便患了咯血症，呻吟病褥足足七年之久，直到今年春天才不救而死！儿子传忠呢？因为是主犯之一，受的刑也特别严重，出狱后便大口地吐血，腰骨也被打成重伤，不数月便含恨而终！

谈到他时，顾老太太说："我第一次被软禁时，就劝传忠带着两个兄弟顾洪和传远投奔故乡的新四军，可是他不肯放弃抗联的工作（他是做地方工作的），坚决不离开大赉岗，结果我只好把老二老四打发走，要不的话，这两个怕也牺牲了。"

她一面哀悼着大儿子的死，一面也庆幸老二老四的脱险。当她回忆到丈夫段仰信时,长叹了一声说:"他真是一个忠厚的庄稼人,抗日虽不太积极,我供养抗联军他却是拥护的,典房卖地从来没有一句怨言,虽然这份家业是他一手创立的!"

释放之后,敌人仍不给她真正的自由,敌人把她称作要"注意人",让当地的老百姓监视着她,可是大多数群众都是拥护她的,所以她还能很好地活动,一直没有放弃她的信仰和工作。

"八一五"后,顾老太太的兴奋是不可形容的,她借着红军的力量在大赉岗号召宣传,很快地便组织起二百多青年,谈到这里,她嘴角上挂着胜利的微笑:"当时国民党的郭县长也组织青年,但他组织的是国民党,而我组织的是共产党,结果,热情的青年都到我这边来了。咱们的孙司令一到,我马上就把这支队伍连同三四十支大枪,四五十发子弹,一挺机枪全部交给了他。"

民主联军进驻佳木斯以后,抗联的领袖李延禄将军及被敌监禁八年的董仙桥同志被选而建立了民主政权,她被选为合江省政务委员会的行政委员,四月选举国大代表,她又当选了出席国大的代表之一,如今参加新四军的两个儿子也回来了,二儿子顾洪任佳市的保安大队长,老四顾传远则是方司令员的文书参谋,老三又被选为大赉岗的区长。这个革命家庭不但在大赉岗为群众所尊敬赞羡,就是在整个佳木斯市也是被传为佳话而脍炙人口的。

现在,在建立新东北的公开活动情况下,顾老太太更加倍地积极起来,她经常地不辞艰苦地坐着大轮车往返于大赉岗与佳市之间,到处发动群众,群众都热烈地拥护她,连国民党组织起来的土匪都愿意向她投降,她很自信地向我保证:"大赉岗五十多个大屯的群众,我可以保证,只要我一声令下除了个别的坏分子而外,大部分群众都会响应我的。"

她举了几个例子,具体说明了群众对她的拥护!

八个区动员三百民夫,大赉岗一个区就来了一百。

自解放后大赉岗劳军送去了两千双鞋、五百套衣服、二百条毯子,而且是最先送到。

在扩军当中,由于分子不齐,为巩固武装,进行了甄审,把四个坏分子清洗出去了,发给他们每人一二百元路费回家,可是他们都不愿走,竟大哭而别。

顾洪大队长带着四个队伍去打土匪,土匪都望风而逃,她说:

"这队伍也是我发动的,因为教育和团结得好,便成了一个整体,乌合之众的土匪是一打就花(散)的。"

以上的例子可以看出顾老太太在群众中的威信之高。

当我问到妇女是否已经组织起来了,她的回答是:

"现在还是战争时期,武力第一,女人作用比较小,同时也无暇顾及,等男人组织起来之后,再组织她们,实际上妇女已经是无形中组织起来了,她们是经常地为军队做鞋缝衣的。"

她的工作很忙,群众离开她便失掉了凭依。她明早马上就要回去,因为有四十多土匪在大赉岗山边绑去了几十匹马票,土匪来了信,让用每匹两千元代价去赎回,她说:

"这都是号称中央军的土匪干的坏事情,我已组织下二十个民兵,准备明天带着去消灭他们,夺回抢去的马匹,拿钱去赎简直他们是在做梦!"

太阳已经偏西,不得不告辞这位可尊敬的老人——抗日联军的母亲,临别时她热情地挽着我的手一直把我送到门外,而且叫了马车,盛意难却,我不安地坐上车去,一直到车行远了,回头望时,她还站在县政府的门前目送着我呢。

"假如东北人民都像你这样,东北便不会有十四年的苦难!"这是一个苏联军官对她的赞美。是的,假如东北人民都像顾老太太一样,那么,新东北的建设很快就会成功,内战的时间会缩短,和平也会及早到来的!

选自《东北日报》,1946 年 6 月 14 日

民族女英雄李秋岳

在通河的一片茂密的粮草甸子上，新建起一所矮矮的草篷，它隐蔽在高可三四尺的茂草丛中，假如不是站在高地瞭望，是很难发现这个神秘的所在的。

在这个神秘的草篷里，住着神秘的人物李秋岳，在做着神秘的工作。

从她到通河那一天起，敌人的特务便布下了密网，以公开与秘密的两种方式在猎索着李秋岳的行踪，搜查、悬赏、贴布告："捉到李秋岳的重赏！""隐藏小黑李的杀头！"

在这种情况之下，李秋岳——这个韩国的女革命者，为了迅速地进行工作，为了不连累可爱的群众，她不得不把她的工作机关设在绝少人烟的草原上，她和另外两个共同工作的伙伴，用自己的手拔下青青的茂草，再用自己的手建筑起这所临时的草篷，而后便很安心地积极工作起来。

是炎热的夏天，虽然是在四无遮掩的旷野里，空气却很窒闷，因

410

为她们的草篷是埋在茂草之中的，同时，为了不给敌人的嗅觉嗅到这个神秘的机关，她们很少出来换一口新鲜的空气。尤其当酷热的中午时分，那低低的草篷里，闷热而窒息，她们不断地流着汗，而且喘息着，火一样的太阳烤着她们的篷顶，那刚刚脱离了土地的青草发散着清香然而是热烘烘的潮湿的气息。没有风，没有流畅的空气，更难得到一点解渴纳凉的清凉饮料，虽然附近有清清的溪流，可是她们却不敢轻易去汲取。她们埋头于这原野的草篷里，正像囚徒幽禁在监牢中一样，虽然外面有的是自由，有的是空气，然而这自由与空气是不属于她们的。

为了工作，为了理想，为了东北和朝鲜的受难同胞，她们忍受这一切，毫无怨尤地忍受这一切。

是一九三七年，东北沦陷在日寇的铁蹄下足足六个年头了，东北人民已经度过了悠长的苦难日子，这苦难究竟还要挨受多少呢？李秋岳也不敢做肯定的回答，她只抱着一个信念："民族革命成功的时候，便是东北人民解脱苦难的时候，而苦难时期的长短，是要以工作的努力程度为转移的，我们这些抗日的革命队伍，掌握着东北人民的忧患与幸福，同时也掌握着朝鲜人民的忧患与幸福，被奴役的东北人民解放之日，也就是朝鲜民族解放之时，我们要不惜任何牺牲，不怕任何艰苦，把我们的生命交给伟大的革命，交给这块可爱的土地，交给这块土地上可爱的人民，用鲜血和头颅去换取未来的自由与解放！"

她用这信念经常在鞭策着自己，同时也用这信念经常督促着和她一道工作的同志们。

她是一个个子不高，肤色很黑，富于健康美的韩国女孩子，她具有刚毅而倔强的个性，同时也具有母亲一样的慈爱心肠，她爱护别人甚于爱护她自己，把别人的苦难当作自己的苦难一样，在学校里，同学们都紧紧地团结在她的周围，她常是把自己的午餐费节省下来给贫苦的同学购买文具，因之，一般贫苦的女孩子更加倍地尊敬着她。

她是全班同学的大姐姐，又是全校同学的小先生，她用她那生动、流畅的讲词教育着大家，每次讲演竞赛的时候，她总是全校之冠的。而当她接受了革命思想之后，她的演说就更加生动，更加深刻，更富于煽动力了。每当她讲到祖国的命运时，便悲愤得挥泪而道，听者是用低低的啜泣拥护着她的，而当她讲到光明的未来时，人们的感情立刻又会被她拉向美丽的春天了。因此，在学校里，她是一个被学校当局注意的人物，在社会上，也是被日本人视为危险分子的。

引导李秋岳走上革命道路的是杨林同志，他是她一条战线上的朋友，是革命同志，同时也是她的导师，而不久便成为一对志同道合的爱人了。他们的爱情建筑在革命的事业上，基础是稳固的，除非某一方叛变了革命。他们这有机的联系是不会中断的，从和杨林恋爱之后，李秋岳便感到她的理想找到了归宿，她的工作找到凭依了。她爱他，更尊敬着他，她感到在杨林同志正确的领导之下工作，永不会疲倦，更不必担心发生什么严重错误；而在他的爱的灌溉中，她将永久地愉快积极，永久地年轻。

可是，在他们恋爱不久，当杨林同志的活动威胁到了日寇在韩国统治的时候，他便不能再容身于自己的祖国，于是在通令逮捕他的紧急情况之下，他机警地逃脱了，临行时留给李秋岳一个条子，告诉她他去的方向，并且叮咛着：

"假如你站不住脚的时候，就去找我，不过，但能坚持，还要尽可能地坚持,一切听命于组织,万不可为了私人的留恋而放松了祖国解放的重任,祖国是需要人的啊!"

李秋岳收到这个条子之后,她没有哭,无限的愤慨燃烧着她为祖国自由而奋斗的热情,从此,她更加积极地,也更加警惕地积极工作起来。

没有多久,她也竟像她的爱人一样,被登上了黑名册,奴才主——日本人正准备逮捕她的时候,她得到了组织的通知,不得不脱离了温暖的家,抛弃了被奴役的同胞,踏上航向中国的轮船。当她航行在鸭绿江上的时候,她的感情是激动的,她依恋地望着祖国的峰峦,望着鸭绿江的波涛流下了惜别的泪,她凄楚地低声唱着:

　　　　别了! 风光绮丽的祖国

　　　　别了,碧波荡漾的鸭绿江!

　　　　别了,母亲和朋友

　　　　别了,祖国被压迫着的人群

　　　　你们同我一样

　　　　是一群失去了祖国受着双重压迫的奴隶

　　　　你们同我一样

　　　　是一群无辜的可怜虫

　　　　长期的奴役唤起了我们的觉醒

　　　　我们要光复故国

　　　　我们要摆脱这无尽期的苦刑

　　　　我们要求翻身

　　　　我们要求解放

　　　　我们要挣断这无情的锁链

起来,祖国被压迫的奴隶们

我们的热情如海潮

我们的力量似钢铁

我们要团结一致

握紧铁拳

打倒万恶的日本侵略者

如今,我怀抱着满腔的热血

远涉重洋

投奔到他乡,异国

他们一样是被双重压迫的民族

他们一样是被帝国主义侵略的国度

那里有正义和真理

那里有为民族解放而战斗着的朋友

我将和他们一道

去战斗,去流血

为争得被压迫民族的独立

为换取祖国的光复

为劳苦大众的翻身

情愿拼掉头颅

流尽最后一滴血

　　她凄楚地唱着悲壮的歌子,抱着凌云的壮志,伴随鸭绿江碧澄的波涛,到达了中国,在云南讲武堂找到了杨林同志,这时她是十七岁。

　　在中国大革命时期,杨林同志和李秋岳深知韩国的解放是与中国的革命成功不可分离的,只有中韩两国人民紧密团结起来,才能打倒日本帝国主义,因此他们夫妻就一起到了广州,参加了中国革命,杨林同志就在黄埔军校担任教官,就竭诚效力来教育着该校的学生,而他们同时又领导着当地韩国革命青年,从事祖国光复的艰苦工作。他们在这个时候加入了中国共产党,北伐时杨林同志率军北进,英勇战斗,而李秋岳也随军进行宣传工作,以韩国亡国的痛苦而唤起中国人民,为自己国家的进步而奋斗,大革命失败后,在黄埔军校学习了一个时期之后,便又同杨林同志一道去莫斯科学习。一九三二年,回到中国来,秘密活动于白色恐怖的哈尔滨,杨林同志曾担任中共满洲军委书记。当时秋岳同志对东北妇女工作曾提出了许多意见,自己决心从事于妇女解放运动,后来杨林同志被调到中央苏区任补充师师长,而李秋岳同志则被派至珠河反日游击区担任中共区委书记,开辟妇女工作,于是,这一对夫妇便又赋别离了。对于这样的别离,他们并不感到难过,他们想,为了革命,为了被压迫民族的自由解放,轻轻的别离又算得什么呢? 不久以后,就又会重相聚首的。

然而,不久以后真的重相聚首了吗? 没有啊! 非但没有重相聚首,而且永远也没有聚首的机会了! 我们的杨林同志,竟在雪山草地的长征时,牺牲在中国的土地上,牺牲在"同是被压迫民族"的"围剿"中。

李秋岳呢? 她是倔强地抑止了这个惨痛的永别,增加了一种新的仇恨,继续死者的遗志,更加努力地工作起来,她认为这就是对于杨林同志的最大的安慰与纪念,她经常地自慰着:"要求得祖国之解放就要有牺牲,没有热血和头颅换不来全民族的幸福,死了一个杨林,将有无数的杨林再起,革命者是剿不尽杀不绝的,在祖国未解放,无产阶级革命没有成功以前,休想享受个人的幸福,一个个人又算得什么哟!"

和赵一曼同志一样,李秋岳同志不久便成为珠河反日游击区的妇女领袖,调到通河的时候,是一九三七年的夏天,就在那所用自己的手建筑起来的茅篷里,开始了她艰苦的工作。

突然,意外的事件发生了,她们的草篷竟被一个韩国叛徒发现后向敌告了密,于是在一天的黎明时光敌人来逮捕她们,李秋岳同志在这样的生死关头,她仍没有忘记保存干部,保存文件,当她发现了来逮捕的敌人时,她机警而迅速地掩蔽那两个和她一道工作的同志先行逃脱了,她自己却为了埋藏党的文件仅仅迟走了一分钟,便不幸被捕了。

被捕以后,她被解到敌人的特务机关,敌人开始了对她的审讯:

"你就是小黑李吗?"

"是!"

"你是韩国人吗? 会说中国话?"

"是! 会!"李秋岳毫无惧色地怒视着敌人回答。

"你为什么跑到满洲来进行破坏活动呢?"

"共产党是不分国际的,全世界无产阶级都是我们的朋友,满洲人民更是和我们同一命运的。"

"你是共产党员吗?"

"是的,一个光荣的布尔什维克!"

她理直气壮地回答,傲然地怒视着敌人,敌人战栗了,他不安地站起来自语着:

"啊,原来也是赵一曼一流人物呵!"

敌人感到用硬的手段是难以使她屈服的,于是变更了另一个方

式,他谄媚地说:

"我们非常敬佩你的英勇,你是韩国的女英雄,现在请求你,只要你能答复我们关于抗日联军的几个重要问题,我们是决不加害于你的。"

"我什么也不知道!"

"一个英雄是应该宽宏大度,坦率直爽的,使用欺骗是英雄的耻辱!"

"对待敌人使用欺骗,正是我们革命者的光荣,我将一直欺骗到底!"

"到底吗?"敌人的眼睛红了。

"到底! 到死!"她坚决地说。

"好,看你能不能坚持!"

于是,灌凉水,上大挂,种种难忍的非刑立刻施于李秋岳同志身上,她一声不响地忍受着这一切难忍的痛楚,曾经几次地昏厥过去,但始终没有吐出抗联的一字机密,她是坚持下来了,使得敌人对她一筹莫展。终于,经过了十几次的刑讯之后,她被解赴刑场,在就义之前,敌人最后一次地要求她:

"还是请你做最后的一次考虑!"

"没有任何的考虑,要杀就杀,废话少说吧!"

敌人还在无耻地哀求着,最后,李秋岳同志连听也不屑听了,她悲愤地喊起口号:

——全世界劳苦大众,团结起来,坚持下去,流尽最后一滴血,也不向敌人低头!

——英勇战斗,为我们的民族争取解放,为死难先烈复仇!

——打倒侵略者,推翻侵略者的走狗,争取做世界的主人!

——中韩两国人，团结起来，争取自己的解放！

——共产党万岁！斯大林同志万岁！毛泽东同志万岁！

抗日联军万岁！万岁！万万岁！！！

一颗子弹击中了李秋岳同志的咽喉，从此，这位韩国女英雄便带着三种仇恨，永诀了她舍不得离开的劳苦大众！终于和杨林同志一道了！

选自《东北日报》,1946 年 7 月 12 日

年

日子，像水一样地奔流，一转眼，又是一年了。我默默地坐在灯下，在脑子里翻着过去三十四年的历史，三十四个度过来的新年，但差不多全淡忘得无影无踪了，能够记起来的，仅仅是几个最值得记忆的，充满着斗争，充满着悲愤和仇恨的新年，这仇恨和悲愤已经是铭刻在我的记忆里，任凭年代的啃蚀，永远也不会磨平的，每逢过年的时候，便很自然地把它们重温一次。

民国二十一年的除夕（一九三二年的二月五日），这是一个混合着悲痛与耻辱的难忘的日子，也是东北人民开始做奴隶的第一个新年。

秋天，九月十八日的夜里，日寇的铁蹄踏上了故乡的土地，故乡里的同胞，故乡里的寡母弱弟全做了亡国的奴隶了，我自己虽是暂时逃脱了屈辱悲惨的命运，但在那坚不抵抗的卖国政策下，明知道迟早是会轮到的呵！于是，我便在真理的召唤之下，为了拯救故乡的父老解脱奴隶的锁链，为了自己不沦为奴隶，做了为驱逐异族的

侵略而摇旗的小卒,凭着青年人的热情和勇气,在几个革命前辈的领导之下,一声不响地默默工作着,不知疲倦,也毫无恐惧,那新鲜而神秘的工作兴奋着我,常常是夜深人静,连星儿都要瞌睡了的时候,我还在偷偷地伏案急挥呢。

快过年了,家家户户都在准备着过年的一切,好像和往年并没有什么区别似的,我呢,却什么都懒得去管,让那些没有心肝的人去庆祝这个屈辱的新年吧,我是没有那闲情逸致的,有时,在老人们非忙不可的督促下,却也不得不敷衍一下,但那种情绪是比往年更加低落了。在十分勉强的忙碌当中,我常是遐想着故乡新年时的凄惨景象,遐想着母亲的愁眉苦脸,以及弟弟那不可预知的遭遇。

临到除夕的那天,哈尔滨早已是焕然一新了,照例是锣鼓喧天,照例是琳琅满目,家家户户贴起了大红的对联和花样繁多的门神挂钱,真是万事俱备只待爆竹一声除旧岁了,谁也没有料到,在这短短的一天当中,哈尔滨的人民就会变为亡国的奴隶的。

正是吃早饭的时候,突然街上一片喧嚷,立刻骚乱起来,我们的院门砰然一声关上了,我刚想跑出去看看究竟,遂不及防地房东太太一头闯了进来,正和我碰个满怀,她本来已经吓得苍白了的脸色更加苍白了,她一面抚摸着我的肚子,一面喘吁吁地问我:

"唉呀,天爷爷,没有撞坏吗?撞掉了孩子可不是玩儿的呀!"

看到她惊慌失措的眼睛,我不禁笑了:"不要紧,没有撞着小孩呵!到底发生了什么事情啦,看你吓得那样子。"

"唉,唉,你不知道,可把我吓坏了,满街大兵,到处抢东西,还开枪打人呢,咳呀,真是反了,你看,可怎么得了呵!"

我立刻明白,一定是去迎击日寇的丁超部队溃退了回来,这还有什么疑问呢,敌人很快地就会长驱直入,哈尔滨即将变为日寇的统治地了,亡国奴的枷锁不是马上要套到脖颈上来了吗?事实比预想仿佛更坏些,就在当天晚上敌人便进占了哈尔滨,这一夜的情景是够悲惨、纷乱了。人们准备过年的东西恰好做了为敌人洗尘的欢筵,有多少小康之家就在今年的除夕破了产,有多少不愿做奴隶的人背井离乡告别了故土,更有多少有为的青年被拖进了监牢!

就在今年的除夕,哈尔滨的人们踏上奴隶的命运,刻上了耻辱的烙印!

我们的家也许因为地处僻静些吧,溃兵没有来抢劫,敌人也不曾来光顾,当夜,我们便在兵荒马乱中悄悄地埋起违禁的东西,并开了一个小组会,更加明确了我们今后斗争的方向,于是我悄悄地肩起了神圣的任务,做了不屈服的奴隶。

哈尔滨沦陷将近三年,勃被捕入狱也已经七个月了,这七个月烦愁恐怖的日子真是比七年还长!今年的旧历年终时,连老人们也无心去准备过年了,尤其是勃的母亲,整天地紧皱着眉头,很久也看不见她一个舒展的笑了。她吃不下饭,睡不着觉,头上斑白的发丝也逐渐发白起来,每当我不眠的夜里,便会听到隔室她的啜泣。我除了尽着我所有的力量设法营救受难的勃而外,还有什么更好的办法来安慰这受难的婆母呢?千言万语的慰藉已经都归无用,日子越接近新年,她思子的心就越迫切,七个月不见的儿子,她怀疑是被敌人杀害了,或者是被非刑打成了残废。这使她的魂梦不安,为什么贿买的那个看守也有二十天不来了呢?于是她下了决心去求见一次,虽然她明知这是万难办到的梦想。

这决心她并没有公布,原因是怕我加以阻拦。

忽然,当我一天下班回来的时候,她昏迷不醒地睡在床上,竟是千呼不应,我摸摸她的手,是冰一样的冷,当我发现她衣袋里的一个安眠药瓶时,才知道她是自杀了。

幸好,经过医生的急救之后,她又苏醒过来。原来是上午她到警察厅去要求接见她的儿子,不但遭受了严厉的拒绝,还被哨兵连推带斥地赶了出来。这位倔强的老太太感到了耻辱,也感到了绝望,很快地一个自杀的念头在她脑中萌芽起来。于是她立刻跑到药房买了一瓶安眠药片,一到家便全部吃了下去。她想:"我这样大的年纪,还要受狗腿子的欺侮吗? 那群帮虎吃食的东西,真叫人痛心哪!"

眼看明天就是旧历除夕了,老太太的身体虽已逐渐恢复,而勃的消息却依然渺茫。特务虽然是慢慢地放松了对我的威逼和监视,但勃能否生还呢,还是一个绝大的疑问。在这极端忙碌、愁烦而又恐怖的时日中,我还不得不强颜为笑地努力支撑着,老太太常常叨念:

"回家过年是没有希望了,可是送去的被子到底到手了没有呢? 到年下,讨债鬼也该来上一次呵。"

"一定收到了,放心吧,他准能过个暖和的年的。"

老太太摇头叹息了一声,对我的话表示了"不敢信任"。

我的心是千头万绪,真不知怎样打发以后那些未可知的时日了。因为报纸要出春节增刊,又不得不赶快写一篇应景的文章,于是我铺好稿纸,扭亮了台灯,刚想把脑子澄清一下,这时却有人敲门了。随着开门的声音走进来的却是望眼欲穿的看守老刘——老太太称作"讨债鬼"的——,老太太简直快乐得发抖了!"咳呀,我的神仙,你可是把人盼红眼啦!"

老刘笑了笑,随即取下皮帽,从耳扇里摸出一个小纸团,递到我手里,老太太张大着眼睛在注视着它。

那是勃写来的一个小字条，他说他生了满身脓疥，好多难友也害着同样的病，要我买些特效的药膏设法带给他，另外就是照例的几句鼓励的话。信就是这样简单，但在这几行简单的字迹里，我却读出了他精神与肉体的双重苦痛。我本不想把这事告诉老太太的，可是她看我迟疑地不读给她听，就一下抢了过去，于是她的眼泪把那纸条浸湿了。

这刚强的老人，她不愿让人看见她的眼泪，于是迅速地走进厨房，把准备了几天的一大包肉酱和糖果交给了老刘，然后照例掏出两元钞票嘱咐道：

"年初一你可千万再来，把药带去，我还请你吃饺子，也带点给我的儿子。"

唯钱是图的老刘用鼻子应了一声，掂了掂那包食物，似乎嫌它太重了。

老刘走到门边的时候，老太太追问一句："你可看他盖上了被褥吗？"得到的回答是："那里边不冷呵！"

除夕的夜，外面爆竹声此起彼伏，我和勃的父母没有吃照例的年饺子，三个人默然对坐了一会，很早便睡下了。冷清清的小屋伴着两位老人悲愤的长吁，这是一个寂寞得可怕的除夕夜呀！

在沦陷的哈尔滨挨过了三年多不自由的岁月之后，终于挣脱了亡国奴的枷锁，为着寻找一点点自由，跑到称为祖国的沪滨，满以为总可以舒一口气了。谁知所谓祖国，却更加恐怖，更加窒息，我们也只能住在租界里，在"外国人的庇荫"之下，仅幸免于牢狱而已，穷困和不自由竟像一头毒蛇一样，永远跟踪着我们，啃啮着我们。

记得在一年的除夕，我们几个东北的流浪儿，在一位刚到上海的老乡那里买了一升高粱米作为过年的佳肴。看到了故乡的粮食，真像见了故乡的同胞一样感到亲切呵！就在别人庆祝新年的爆竹声中，我们这群失掉了故乡，远离了爹娘的流浪儿，吃着故乡的香甜的高粱稀饭，纪念了这个异乡的新年，并遥向东北的父老宣誓：我们一定要收复故土，打回老家去的！要说到自由，这就是我们在祖国仅有的一点自由了。

一九四一年，皖南事变的第二天，我又做了一次奇怪的逃亡，这不是为了躲闪日寇的刀尖，而是逃避祖国的有声和无声的子弹。那时正是旧历年底，我们已在准备过年了，突然，消息传来，便不得不丢掉过年的米面肉食，迅速地撤离密布着特务的重庆。我们五辆满载着妇孺的大卡车迎着凛冽的北风，在冰天雪地里驰行，向着延安，向着我们憧憬的母亲怀抱里投奔。一路上，那群无耻的、丧尽了人性的特务走狗们不断地检查，阻碍着我们的前进，竟是五步一哨，十步一岗。每行二三十里，必然要携老扶幼地跳下车来，于是特务们便翻箱倒箧地把所有的行李都仔细搜查一遍，完了，便凌乱地掷在路边。这样，当卡车再继续开行时，那已经是两小时以后了。就是这样的非理刁难耽误了我们一半以上的行程，因此，孩子们的手脚全冻坏了，小脸蛋上裂成了龟纹。在车子的急驰中，每当看见老百姓悬红挂绿、锣鼓喧天的欢腾景象时，我们的受难的孩子们便钦慕地说："妈妈，人家在过年了啊！"

在襄城，反动派们更架起了五架机枪准备向我们这群八路军的妇孺放射。当特务们把我们逼下了车，向我们瞄准的时候，我那三岁的孩子惊愕地仰起小脑袋向我发问了：

"妈妈，他们是日本鬼子吗？"

"不是，是中国人，还有的是咱们东北老乡呢！"

"那么为什么要打我们呢？"

"傻孩子,这就是给咱们的新年礼物啊!"

我痛心的眼泪差点滴到孩子稚气的小脸上。

够了,那些苦涩的日子,那些充满了仇恨和磨难的新年,是搅和着多少血和泪,酸辛和屈辱啊。如今,总算赶跑了异族的魔鬼,我又重新回到阔别了十二年的哈尔滨了。在行军当中,我是多么热切地希望着看一看解脱了奴隶枷锁,受了十四年苦难的东北同胞,尤其是最初蒙难的故乡——沈阳父老呢!然而,反动派的蒋介石竟又发动内战,想把刚刚跳出水火的东北同胞再推向无底的深渊,使他们依然不能过着和平幸福的日子。如今,哈尔滨以及许多地区是解放了,然而,还有着多少东北同胞生活在暗无天日的鬼域中呵!今年的新年,他们将和十四年来的新年同样,残喘于"劳工""出荷""抓丁""派款"的威逼中,更有什么和平幸福可言呢?

而我那最初蒙难的故乡,故乡里十年不通音讯的骨肉,在新年当中,又复掀起了我对他们的怀念。我已经是归返了东北的土地,踏近故乡的门边了,而还不能和骨肉们团聚,过一个解放后快乐的年,这世界还有公理吗?

仇愤之火燃烧着我的胸腔,我的手在发抖,再也写不下去了,谨在此遥祝故乡的父老骨肉们,新年无恙!明年此时,也许你们的刑期满了,那时,我们再高高兴兴地过一个团聚的新年吧。

选自《东北文艺》,1947 年第 1 卷第 2 期

忆先烈

"老张"这一被大家尊敬和爱戴的名字,曾经被我们多么亲热地呼唤着呵,现在想起来,却已经是很久很久的往事了。

事隔十六年余,我虽健忘,但"老张"那硕健的身影,坚毅的神态以及经常穿在他身上的蓝布长衫,还深深地、长久地留在我的记忆中,仿佛昨天还见过一样。尤其使我不能忘记的是他给予我的启示和教育,使我认识了阶级,认识了革命,更认识了帝国主义的凶残和蒋党的庐山真面。我之所以能够不屈于敌人的威逼利诱,能够毫不动摇地在革命的道路上勇往前进,首先是应该归功于"老张"的教导和影响的。

"九一八"事变当时,我不过是一个二十岁的平凡青年,不但愚昧无知,而且正在深居简出,做着家庭的主妇,仅仅由于故乡——沈阳——的沦陷,才引起了我模糊的民族仇恨和对敌人的强烈憎恶,但那不过是青年人一种冲动的热情,是没有什么基础可言的。虽说不久便参加了反日会的组织,可是自己连想也没敢想过:能不能坚决反抗到底,忠贞不屈。假如敌人挥起屠杀的大刀,自己不会在刀下战栗吗? 不会中途退缩吗?

那时,反日会的宣传部就设在我的家里,那些足以招致杀身之祸的油印机,五红六绿的传单标语小册子,都藏在我的床下,毫无斗争锻炼的我,确是时刻在担着心思,要是敌人突来搜查,便什么全完了。

忽然有一天,身着蓝布长衫的"老张"在我家里出现了,而且不一会,便陆续地跟踪而来了那么多人,有青年知识分子,也有铁路的员工,我不知他们是来做什么的,到会议开始,才明白原来作为宣传机关的家,同时又成了秘密的会场。我还是第一次参加这种秘密集会,预感着灾祸就要到来了,我虽力持镇静,但掩盖不住的焦虑已经暴露在面上了,我紧张不安地站在那里,每个人的神色我都观察一过,心想:"他们为什么个个都比我镇静呢?"而最镇静的还是担任会议主席的"老张",他历数着蒋介石的不抵抗政策以及帝国主义的侵略阴谋和他们的滔天罪行。他的声音是低沉的,但却有着奇妙的威力,他的每一句话,都深深地打在人的心坎里,既具体、生动,更有着无比的煽动力,它使人悲愤,促人奋起,更叫人敢于勇往直前,毫无畏惧,连他的每一个手势都是多么有力地撼动着我的心弦呵。我的情绪由不安而变为镇静了,我的恐惧变成无畏了,在一小时之前还是模糊的民族仇恨,在他的启发诱导中逐渐强烈而清晰,并在开始生根了。从此,这个表面看来与一般同志没有什么差别的老张,在我的心目中邃然地神圣起来,伟大起来,我是以无限的尊敬把他牢牢地记下了。

从那时起,老张的影子便常常在我的小屋中出现,我对他的敬佩和拥戴也一次比一次加重加深。他总是悄悄地来了又悄悄地去了,而在这来去之中逐渐教育着我和许多同志,他使我们更坚决,更有勇气。在革命道路上奠下了不可摇撼的基石,在灾难深重的东北土地上撒下了革命的种子。

但是不久,他没有正式向我们告一声别,便悄悄地离开了哈尔滨,离开了被他领导教育的一群。以后他的消息便石沉大海了。我曾经为他的安全而久久不安过,也曾为遗失导师而苦恼过。他留给我的每一句教言都在哺育着我的思想,使它迅速地发展壮大,以至使它变为行动。

十六年的日子是长的,许许多多的人和事都已模糊不清了,有的甚而连根忘掉,而伟大的老张却不曾在我的记忆中淡去,每一思及,都还有着深切的感激和惦念,他在时刻地鼓舞着我前进、前进,坚决地前进。

八一五日寇投降,我得以重返故土,一入东北境内,便听到不少被东北父老传诵着的抗烈名字,然而在这里我找不到我所敬仰的"老张"。行军生活结束以后,曾经到处寻找抗烈的遗迹,也听了不少可歌可泣的壮烈故事,却依然没有老张的名字,就连个张姓的烈士也没听到。难道老张就这样无声无嗅毫无作为地了结了吗?按照我对他的估计和了解,他虽不一定像杨靖宇将军那样悲惨而壮烈地牺牲了,但是也必然会坚贞不屈,慷慨就义。幸而未死,也终会有一番伟大的作为,同时我还相信,他如活着的话我们定能在东北相逢的。

相逢呵,真的相逢了!然而我见到的却不是老张那个活跃的人物,而是被敌人罪恶的屠刀割下的头颅遗容。看着那照片,真使人悲愤莫名,心胆俱裂,我捧着它,老张的面容迅速地在我眼里扩大起来,最后竟像一座大山一样,庄严魁伟地巍立在我的面前了。回忆好像一面网,把我全部思维都罩在里面了。

这时我才如梦方醒,原来被东北父老最尊敬最爱戴的抗联第一位名将,曾以雪地为床,草根为食,与敌寇血战十余年,最后是壮烈牺牲的杨靖宇将军,就是当年教育我,领导我,更教育领导了无数抗日志士,革命青年的"老张"!

我的心真的惋惜极了,但是我没有掉下一滴泪——从接受靖宇同志教育开始,我就变得顽强了。看着靖宇同志那颗伟大的头颅,听着被敌人剖腹的残忍故事,我的悲痛变成了对敌的血海深仇,它使我更加坚定,更加奋勇。

先烈的血,灌溉了革命的花,革命的花已经结下了硕大的果,东北能有今天的形势,靖宇同志也有着不小的功绩,靖宇同志虽未能亲见敌人的溃灭和东北人民的幸福,但也足可安息于地下了。靖宇同志,你是东北之光,你虽死犹荣,现在你伟大光辉的遗容已经高悬于烈士纪念馆的壁间了,千万人向你致敬,曾经被你教育领导过的革命青年也将分得其荣呢。

选自《知识》,1948 年第 9 卷第 4 期

◇ 立 人

黑山顶上
——农村散记

　　黑山并不大,高下也就是五百来米,在山脊的东南部,住着六十多家农民,这个小部落的名字,就叫作黑山顶,它仅仅有七八年的历史,在兴隆区海浪村的正西,虽然只有十来里的路远,但在山坡路走出来就得两个多钟头,二十日午后一时,我随着×同志,在小莫多河过江,到了黑山顶。

　　那里的土地,黑黑的,肥沃得很,从山上的盘道走过的时候,到处可以看到,一片片的,已经下了种的庄稼地,整齐可爱。农会是在山顶中央一所很新的草房,我们到的时候,村干部正和几个人谈话,农民都刚从地里回来,喂上了牲口,吃过午饭,歇着晌。

　　这一个小小部落,人口仅仅有一百六七十人,每一个人,都是有着一段悲惨生活史,几乎百分之九十五以上是十几年前从迢迢三四千里外逃难到关外来的山东□州府人,在那个时候,他们辗转各处,拼命地劳动,仍是饿得站不住脚,才渐渐地上了这黑山顶。他们虽

430

然算是找到了一个能够待下来的地方,但是这多年来,活在敌伪和封建地主重重压榨统治下,过着喘息痛苦的日子。共产党来了,解放了他们,肥沃的土地,归到手中,山顶东头,鬼子修的掩护飞机场的碉堡周遭,他们可以自由开垦,用他们的话说:"都是咱的了。"敌伪没有被苏联红军打垮以前,到那个地方去是要被枪毙的。

现在啊,他们在过着很紧张的生产生活,天没亮的三点来钟,就打头场警钟,全村都开始做饭,五点钟大家就都下地了。

全村一百九十多坰地,现在离芒种还有半月多,已经种完了六分之五(因为是在山顶较之平地要早种半个来月),比往年快多了。原因就是穷人有了牲口,种地有了组织,干起来有了劲头。

不但要种分的地,还要抽空刨荒,在山顶上随处可以看到用镢头刨的一块一块的地,可以看出来,农民在解放区能够自由发展这一问题。

×同志和村干部谈着工作,我走出来,跟住农会西边的孙傅昌老汉谈起来,旧社会的艰苦劳动,使他面孔变得枯瘦憔悴,孙老太太坐在院里板凳上,牛在吃草。

"俺们来了了才四年哪!"孙老太太听我们问他们怎样来到这里时,笑嘻嘻地说。接着她就说了起来:"工作□没来的时候,一家子指着租人家点地过活,现在有了五坰四亩地了,还开了点荒。"

他家一共是五口人,两个儿子一个二十岁,一个十三岁,还有个十五岁的小姑娘,二儿子叫小五,跟着一家人从□州府逃难来到东北,到黑山时他才九岁,贫穷逼得他被卖给一家地主放牛,和干一些杂乱的活,身价二百块钱,现在那家地主被斗倒了,他也就回到老父老母的怀抱里,但是,腰已经受了病,十三岁的小五,已经变成了小老头。

从山顶东头的最高处瞭望，四方起伏的山岗，和隐约能见的地址，还有温村，到关山子，海浪之间的大平地（敌人修的飞机场），这些在现在来说都变成了人民的财富了。

黑山顶上的人哪，在旧社会里在鬼子的刺刀下，到处寻找自己的生活，但是这多年来，你们是望空捕影，共产党来了，你们用不着千里跋涉，幸福和自由，来找你们了。

选自《牡丹江日报》，1947 年 5 月 28 日

◇ 冯仲云

老李头

我脑海里永远不能消失和遗忘的人，就是在东北抗联和抗日救国会中的老交通员——老李头。他的足迹曾踏遍了抗联各军，和各地的抗日救国会，在那时，抗联各军和各地抗日救国会的负责同志，很少不知道这个老交通员的。他常常自负地说："我是抗联的父亲呢！"而同时真个全体同志也都是这样称呼他。

实际说来，他还真的是和抗联的父亲一样。因为那时由哈尔滨中国共产党满洲省委会往外县派遣许多先进工人和知识分子的时候，都是由老李头领送到各目的地去。他的年岁，已经很高，就是在一九三二年当时，他已经是将近七十左右的人了。

当时，日寇的特务警察和一些为虎作伥的汉奸狗腿子们，对于各地旅行的检查和限制是非常严厉的。同时警备网也安排得特别周密，为了要掩蔽敌人的搜索和被识破起见，所以他常常与被他领送的人化装，并约定为父子、父女，或翁媳关系。

他是长于世故而又非常机敏的人，在城市中虽然有敌人们的警

433

察和特务们到处追索，在乡村中虽然有敌伪不断的"讨伐"部点游动，但是，如果和老李头在一起就会很容易地应付过去而不至于发生危险。所以中共满洲省委每逢主要干部向外派遣时，都是由他领送的，而且也非常放心。

他虽然年纪很老，可是还很健步。他曾说过他年轻的时候，曾经从吉林到长春，只费了一天工夫。这绝不是他说的过火，因为还记得在一九三二年度，他在汤原和一个二十多岁的青年同时比赛的事。两个人各背了一斗重重的米，走了二十五里地，这个青年同志走得满头是汗，气都喘不过来，结果，落在他后面四五里地。还有一回我和他一起由汤原步行到哈尔滨。我自己虽然不算得是一个念书瘦弱的文人，但是从来也没走过长道，当时便和他一直走了二百多里，直到了通河一带，走得我两只脚掌下都出了无数的大泡，痛得我一步一跛，并且，抓心般的难受，几乎都有寸步难行之势。但是，我自己也决不示弱，咬着牙支着手杖，紧紧地随着他。好容易到了巴彦县，他给我想了个办法，上街买了几个乌枣，去了核，将枣肉贴在破了皮的水泡上，打好脚布，又走了不上半天，居然就觉得一点也不痛了，走道且轻快起来。当时我便埋怨他为什么不早告诉我这个好办法，也免得我受了这些苦，害得我挨着痛走了二百多里地的道，可是他却有趣地回答我说，看你是不是个好小子，我听了之后连气带笑地跟他走到了哈尔滨。

由于这次锻炼后，我在抗联里，一般说起来，我也算走得很快的一个。

在一九三七年，我又在依兰县遇见了他，他和我说，听说你现在走得很快了，我们再比一下吧，那时他已经七十四五岁了，但是他还是在我前面很快地飞跑，而我却又大大落后了。

他到过吉东,到过北满,到过哈东和松花江下游。当时游击运动情形下的交通联系是非常不方便,我们三军和抗联一军的关系断了许久,简直无法找到他们。于是便派了老李头去负担这个很重的任务。他于是竟步行到了长白山,费了多少时间,吃了若干辛苦,终于在长白山的岭巅附近,把一军密营找到了,于是才又建立了互相联络关系。

他非常地好喝酒,可是从来不喝醉,不过喝多了以后,常捻着胡子说话。虽然这样,可从未曾吐露过抗联的半点机密。

他坚决地相信着中共的主张,他也相信中共党员所领导的人民抗日武装力量——抗联是唯一能驱除日寇而救中国的,所以他曾能为了抗联做了许多重大的工作。

记得一九三二年秋,他在鹤立岗附近七号地方的一个屯子里割水稻,我那时正潜伏在这个屯子里企图组织汤原反日游击队。因为当时汉奸地主们都是威风凛凛地带着武装下乡收租,并且对交不上租的人加以毒打。于是我便趁着这个机会,发动了当地的韩国农民,起来抗租,提出了"不向汉奸交一粒租子,要组织反日游击队,开展反日游击战争"的口号。

结果,韩国的农民农妇们都起来了,而老李头就组织了该村全部的中国雇农(割水稻的雇农)和附近的中国农民,起来同情这个抗租运动,因此,形成了当地中韩农民拒绝向汉奸纳租的统一战线。

中韩两民族的农民于是集合了起来,到了鹤立岗镇,举行了一次大的示威运动,把汉奸地主们都吓跑了,后来,我们就建立了徒手的汤原反日游击队,共同计划着夺取敌伪的武装来武装自己。

从此以后我就和老李头更加接近了,经常整日整夜地和他谈论。他也参加训练班,在训练班毕业以后,他就要求加入共产党。

他说:"我在黑河一带赶邮政车多年,我就看老毛子办法强,中国非得常照老毛子学不可!"

他对我说:"我在东北各地乡村都跑过,还没看见过像你这样一个大先生,刻苦地跑到这样穷苦的乡下,来告诉我们这许多抗日救国的大道理。我现在才认识了中国共产党才是真正抗日救国的。"

他又说:"我一定拼着我的老命为共产党做事,我要做一个共产党员。我们大国人一定不能甘心做小鬼子的奴才。"

不久便真的偿了他的素愿,做了一个共产党员。他到处是这样地宣传着,由于他老于世故的经验,和有动人的口才,因此,他常常地能说到人们的内心深处,这样他也能够介绍许多抗日救国会员和共产党员。

谁也不知道他的家乡在哪里,和他有没有儿女,同志们每每有向他打听他的家时,他很严密地从来也未吐露过,用些胡乱的话来支吾过去。

可是只有我还比较知道一些。那是在一九三三年的夏初的事。我和他一起从汤原向哈尔滨走的途中,当我们路过通河时,他曾望着松花江的南岸方正县附近流泪,脚步也迟迟不愿前进,后来他才长叹了一口气告诉我说:

"我是一个跑邮政车的,九一八事变以后,有一次于大头(伪军于深征)的军队抓了我的车为他们拉了一车的军火,并且还有一个亡国奴坐在车口押着。我在走到江边时,我把这个亡国奴打死了,把军火都推到江里便跑,以后永远也没敢回家。后来日本子和于大头的军队到方正县后,把我的房子烧了,老妻和两个儿子都被杀死了。从此以后我就家破人亡,流落到外面,再也不能回到我那故乡去了。"

他在当交通员时,曾经几次被捕,他在宁安县某处被押过,但是因为他年老,敌人竟不太注意他,所以他有一次偷着逃出来了。在依兰县也曾被叛徒所咬,受到了敌人们的许多严刑拷打,可是他到底咬紧牙关,没有承认和那个叛徒——韩国人金千万认识,所以敌人无法才将他放了。

最后他的被捕是在一九三八年,还是在依兰。当时因为依兰的抗日救国会和共产党的支部被破坏,他又被牵连了。他在狱中受了敌人们的毒打,用了铁丝鞭子将他的背都抽得稀烂,从鼻子里灌辣椒水、煤油,把他那雪白而又美丽的胡须拔光,甚至于用烙铁烙他的皮肉等,但是他很倔强,始终并未吐出一字,他只是承认他是一个普通老百姓。

当时在狱里,还有几个抗日救国会的青年学生,和他同在一起,他教导和鼓励这些学生们怎样地宁死不招,要怎样地倔强,要怎样忠实于自己的中华祖国和自己的党。他把自己吃的东西,虽然很少,都送给他们吃,自己的棉衣送给他们穿,他爱护同志的精神可见一斑了。

后来,我们又听到了他被释放了出来。因为他受过了严刑,出狱就病了,他只能捎了一件棉袍到抗联里来,里面又夹了一封信,那上面告诉抗联同志说:"那些学生是被捕了,他们都能忠实于祖国和党,要设法营救他们。"

在一九三八年,敌人在伪三江省的"肃正"和"扫荡"疯狂地进行着,抗联各军不得不离开松花江下游而向各处远征了。而该地一带的地方组织又全都被敌人们破坏,我们大家所最亲爱的老交通员"抗联的父亲"老李头的消息以后就不知道了。

"八一五"光复以后我虽在各处打听他的消息,但是总没有打听得到,他大概是死了吧,如果还活着的话,他今年该是八十二岁了。

他那倔强的面貌,他那雪白的胡须,永远存在我们的记忆中。他是我们"抗联的父亲",是我们"东北人民的父亲"!

选自《东北日报》,1946 年 4 月 13 日

◇ 冯秀娟

房檐鬼

王成祥工友的老婆病了，又呕又吐、头昏脑涨、四肢无力，邻居张大嫂说：

"快去请冯老太太给看看吧！"

王工友也不知怎么办好，就去接了冯老太太来。

冯老太太满头灰发，眼睛滴溜溜地圆，满嘴的牙都掉光了，一张嘴就像一个大洞一样。

她看了一看病人，问她：

"你刚才立在什么地方？"

病人答道：

"唉！唉！我才在房檐底下站着。"

冯老太太把膝盖一拍：

"你看，果然是这么回事，今天日子不吉，你是冲着了房檐鬼儿！"

冯老太太叫买了一支香来，她给点上，两手捧着，立在门口，口中念念有词,然后把一炷香分为两半,插在后门两边的墙窟窿里,拍一拍手,就工作完了。

王成祥老婆的病果然好了,张大嫂得意地说:

"你们看冯老太太多灵验哪!"

王成祥为了感谢冯老太太,把家里留着来人去客老是舍不得吃的白面拿出来,做了一顿面条给冯老太太吃,还买了两个鸡子儿,炒一炒拌面。

但是过了两天,王成祥的老婆又闹起来了,闹得比上次还凶,张大嫂又说:

"快去找冯老太太!"

王成祥这回不大相信冯老太太的咒法了,他就到工会说了一说,委员长给他开个条子,给他半天的假,他就领着老婆上医院去看。

医生看了一看就明白了,说道:

"有喜啦,好好保重身体吧!"

老王今年三十多岁了,两口子身前连个孩子都没有,正盼望着这事,老王一听此言,乐得直蹦,回家就告诉张大嫂,张大嫂把牛眼珠子一瞪,往肚子里咽下一唾沫,一言不发。

老王想起那顿面条,两个鸡蛋,非常后悔,愤愤地说:

"这个老婆子! 我真想叫她把面条吐出来!"

他的老婆劝他:

"算啦吧呀! 是你找的人家!"

选自《"工农园地"选集》,大连大众书店 1948 年 8 月

◇ 戎 夷

砍断铁丝网的三勇士

二十七日下午四点钟是对新开原总攻击的时间。

"怎么还不打呢?"二连六班长陈川文一手提着钢剪,一面表示"打下新开原,解放穷哥们,不怕牺牲不叫苦,创造阶级硬骨头"的新决心。战士刘恒志看了看表:"还有五六分钟!"说着用大衣将准备砍破铁丝网的大铡刀擦了擦。同志们静静地等着总攻令。

总攻击开始了,二连的攻城排尾随着三连猛冲下去。六班长陈川文带领刘恒志、赵长江、何银山等几个同志冲到了最前头,部队连续冲锋到达距城墙外围铁丝网一百多米远的阵地上。班长陈川文在地上趴着,让刘恒志隐蔽好,自己却拿起钢剪一跃跳起:"冲呀!"跑了几步被打伤,倒了。枪弹把赵长江拿着挡在头前临时阻挡子弹的铡刀打了三个缺口,他急忙将铡刀背翻过来,但又被子弹刻上了三个坑痕。敌人拼命地乱打枪,子弹溅起雪花飞到同志们的脸上。赵长江的脚上中了弹伤,刘恒志、何银山、赵长江都急了眼:"妈那个×!一定把铁丝网砍断,打开冲锋道路,完成任务,歼灭敌人给班长报仇！""战前决心下的什么咧？这时候才是立功复仇的时候！"说着三个人趁着敌人换枪梭子的空隙，一股劲跑了五六十米。在离铁丝网四十米远的平原地上，敌人的枪一个劲向他们后边的梯子队乱打，但在我轻重机枪一齐猛烈扫射下敌人不敢哼气了。他三人一面继续前进一面喊："人民解放军优待俘虏，咱们都是穷弟兄，共产党打仗为咱穷哥们，你们拼死拼活为的什么？""营口一个师起义了，你们还打什么！"赵长江一边喊一边跑上去，用大铡刀砍着铁丝网，刘恒志、何银山也用钢剪铡刀一齐下手。敌人又打了两枪，赵长江来了火："妈的！你们不是不打了吗？你们交枪优待你们！""你们要再打我就打讯号让大炮轰你们！"何银山喘着气喊道："我是二十二师解放来的，人民解放军真的优待俘虏！"敌人混乱地答了话："老乡，我们不打了！交枪就是。"三个人砍完铁丝网，刘恒志迅速地爬上了城墙，后面八班的梯子队上来了，部队顺利地越过了城墙，二十九个敌人做了俘虏。

砍断铁丝网的三勇士看看俘虏，看看枪托上的决心和手里的铡刀、钢剪都愉快地笑了。

选自《阶级的硬骨头——献给冬季攻势的英雄们》，

佳木斯东北书店 1948 年 11 月

◇ 扬振邦

四喜齐来

丁元盛是一个三十一岁的壮年,他原来是山东沂州府的人,十二岁跟父母来到金县登沙河区,便给人家看猪。十八岁在本镇的元盛东火烧铺里当学徒,直至他二十四岁的时候又因为日本人要来统制火烧铺,于是元盛东便倒闭了。丁元盛便跑到大连在码头上给鬼子扛货,吃橡子面,货又太重,只得再回到登沙河,就在阿尔滨村的石坑里打石头,每月只挣八元钱,衣裳破了,鞋子烂了也没有钱来补。当然冬天只有挨着冻。

后又到本村李长江家扛活,一年才挣二百八十元,在受气挨骂里度过了一年。以后他想了一个办法便是托李福成租了一块荒地,自己开了一个石坑,但因自己与衙门里的人没有往来,又穷,便起不出票来,只得租本村张学谱的石坑,每年坑底是六千元,到过节就得这儿送礼,那儿送礼,尤其坑主狼心,送一次不行,两次还嫌少,逼得丁元盛是走投无路愁苦地说:"这世界上还有我的路吗?"

苏军来解放了旅大,民主政府成立了,老丁乐得跳起来,找了块官山自己又找了两个伙伴开石坑,区政府只有赞成和扶助他,所以他对全村的人说:"到底是咱们自己的政府,真给咱办事。"石坑确是开起来了,也不用拿坑租,于是他的日子一天比一天地好过起来,当政府号召开荒,他跑到了村政府要开荒,村长说道:"你随便开,能开多少就给你多少。"他就一面打石头,早晨晚上省出五个钟头开荒,他却也开了一天半地呢!还是一百一十三家开荒中的第一名呢!接着他便给种上了苞米、土豆、谷子、大豆、地瓜等,一面他仍照旧打石头,同时又在地里锄草,并且每天清晨便起床捡一担粪,粪是喂上了,小苗长得多么有劲,高高的。同时老丁打石头又赚下了两石三斗余粮,自然,因为肯出力能干,在村中老丁便也有了威信了,所以在今年四月二十六日,老丁便和王深公的四女结婚了,并且他又盖了两间新房子,老丁高兴地对大伙说:"我赚了钱,又有了房子,也有了地,还有了老婆。"

选自《"工农园地"选集》,大连大众书店 1948 年 8 月

存　目

446

邢路

长岭山之战

　　——本溪保卫战英雄事迹之一

吉戈

血肉相联

西虹

登峰攀树抢伤员

第一班力夺天险

反坦克英雄班

老爷岭围歼记

模范班

抢救英雄登科

则鸣

忆哈尔滨

伍延秀

南征北战的英雄

　　——司汉民同志

仲云

纪念沉痛的"九一八"

华山

长吉冰岛

刘英建

乡悲

汤荡

由上海到沈阳

安犀

五四断想

麦波

"海龙王"的受审

苏旅

胜利

      ——从锦州到沈阳

四平新生

李伟

炮战四平街

人民的战争

      ——记靠山屯战斗

天险争夺战

"突围"

李衍白

黎明升起

      ——巨大变化的东北一年间

452

敬　　告

　　《1945—1949 年东北解放区文学大系》为展现东北解放区文学的整体风貌而编辑出版。丛书选取此间最具代表性的作品,以纪录这段波澜壮阔的历史时期内东北解放区所发生的翻天覆地的变化。由于丛书所收录的作品众多,时代不一,加之编辑出版时间有限,至今尚有部分收录作品未能与原作者或继承人取得联系。为保护作者著作权益,我社真诚敬告:凡拥有丛书所选录作品著作权的,请与我们联系,我们将按照国家规定及时付酬。

　　感谢社会各界对我们的理解与支持。

黑龙江大学出版社

丛书策划：张永超　刘剑刚

本卷统筹：魏　玲

责任编辑：魏翕然　魏　玲　刘　岩　宋丽丽
　　　　　范丽丽　高楠楠　张永生

封面设计：洪恩设计

全五册

ISBN 978-7-5686-0467-3

定价：488.00 元